VIENNE AU CRÉPUSCULE

Du même auteur
aux Éditions Stock

MADEMOISELLE ELSE, *roman.*
BERTHE GARLAN *roman.*
LA PÉNOMBRE DES ÂMES, *nouvelles.*
LA RONDE, *dialogues.*

Arthur Schnitzler

Vienne au crépuscule

Roman

TRADUIT DE L'ALLEMAND
PAR
ROBERT DUMONT

Nouveau Cabinet Cosmopolite
Stock

Titre original

DER WEG INS FREIE

1

Georges von Wergenthin se trouvait, ce jour-là, seul à table. Félicien, son frère aîné, avait préféré, après une assez longue interruption, recommencer à prendre ses repas avec des amis. Georges, par contre, ne ressentait aucune envie particulière de revoir Ralph Skelton, le comte Schönstein ou quelques autres des jeunes gens avec qui d'habitude il aimait bavarder. Il se sentait pour le moment peu disposé à la vie en société.

Le domestique desservit la table, puis se retira. Georges alluma une cigarette, puis, comme à l'accoutumée, fit quelques pas dans la grande pièce un peu basse aux trois larges fenêtres, et s'étonna de constater que cet endroit, qui lui avait paru lugubre pendant des semaines, commençait à reprendre progressivement son ancien aspect accueillant. Machinalement, son regard se posa sur le fauteuil vide à l'extrémité de la table sur lequel le soleil de septembre, pénétrant par la fenêtre centrale ouverte, versait sa lumière ; il lui sembla que son père, mort depuis deux mois, y était encore assis, il y a une heure. Il se représentait avec une telle netteté le moindre geste du défunt, jusqu'à sa façon de reculer sa tasse à café, de chausser son pince-nez, de feuilleter une brochure.

Georges songeait à l'un de leurs derniers entretiens à la fin du printemps, peu avant leur installation dans la villa du Veldeser See. Georges venait de rentrer de Sicile où il avait passé le mois d'avril avec Grace, voyage mélancolique et un peu ennuyeux avant leur séparation, le retour définitif de son amie en Amérique. Cela faisait de nouveau six mois, sinon plus, qu'il n'avait fourni aucun travail sérieux ; il n'avait même pas transcrit l'adagio nostalgique qu'il avait entendu monter des flots lors d'une promenade matinale émouvante à Palerme. Il en avait alors exposé le thème à son père, puis improvisé à partir de celui-ci avec une richesse surabondante d'harmonies qui engloutissait presque la discrète mélodie ; et, comme il se lançait dans une variation éperdue, son père, de l'autre côté du piano, lui avait demandé en souriant : « Jusqu'où, jusqu'où ? » Georges honteux avait mis fin au flot de notes, et alors, avec sa cordialité coutumière, mais sans son ton dégagé habituel, le père avait entamé avec son fils une conversation sur son avenir, conversation qui maintenant lui revenait à l'esprit comme prémonitoire à bien des égards.

Il était assis près de la fenêtre et regardait au-dehors le parc passablement désert. Une vieille femme portant une mantille démodée avec un collier de perles noires était assise sur un banc. Une bonne passait, tenant par la main un garçonnet, tandis qu'un autre, tout petit, en uniforme de hussard, sabre au côté, pistolet à la ceinture, les précédait en courant ; il regardait fièrement autour de lui, et salua un invalide qui passait, fumant sa pipe. Plus au fond du jardin, des gens étaient installés autour du kiosque, buvaient un café ou lisaient des journaux.

Le feuillage était encore assez épais, et le parc, dans la lourdeur de l'air et la poussière, prenait un aspect beaucoup plus estival qu'il n'est normal dans les derniers jours de septembre. Georges posa le bras sur l'appui de la fenêtre, se pencha et observa le ciel. Depuis la mort de son père, il n'avait pas quitté Vienne, en dépit des nombreuses occasions qui s'offraient à lui. Il aurait pu partir avec Félicien dans la propriété de Schönstein ; une lettre aimable de Mme Ehrenberg l'avait invité à Auhof ; et, pour le tour à bicyclette à travers la Carinthie et le Tyrol qu'il projetait depuis longtemps, il eût facilement trouvé un compagnon. Cependant il préférait rester à Vienne, et passait son temps à revoir et à classer de vieux papiers de famille. Des souvenirs qui remontaient jusqu'à son arrière-grand-père, Anastasius von Wergenthin, originaire de la vallée du Rhin, qui, par son mariage avec une demoiselle Recco, était devenu propriétaire d'un petit château ancien, depuis longtemps inhabité, dans la région de Bolzen. Il y avait aussi des documents sur l'histoire de son grand-père, un colonel d'artillerie qui, en l'an 1866, était tombé devant Chlum. Le fils de ce dernier, donc le père de Félicien et de Georges, s'était consacré à des études scientifiques, principalement en botanique, et avait soutenu à Innsbruck un doctorat de philosophie. A vingt-quatre ans, il avait fait la connaissance de la fille d'une vieille famille de fonctionnaires autrichiens qui, beaucoup plus pour échapper à la condition matérielle médiocre, presque pauvre, de la maison, que par vocation profonde, avait embrassé une carrière de chanteuse. Le baron de Wergenthin l'entendit pour la première fois à une exécution de la *Missa Solemnis,* et dès le mois de mai suivant elle devint sa femme. La deuxième année de leur mariage, Félicien naquit, puis Georges la troisième. Trois ans plus tard, la santé de la baronne déclina, et les médecins l'envoyèrent dans le Midi. Comme la guérison se faisait attendre, on liquida la maison de Vienne, et c'est ainsi que le baron et les siens durent mener pendant de nombreuses années une vie errante d'hôtel en hôtel. Si lui-même était appelé par ses affaires à se rendre parfois à Vienne, ses fils ne quittaient presque jamais leur mère. On vécut en Sicile, à Rome, à Tunis, à Corfou, à Athènes, à Malte, à Méran, sur la Riviera, finalement à Florence ; pas du tout sur un grand pied, mais cependant sans manquer à son rang, sans trop économiser, si bien que peu à peu une bonne partie de l'héritage fut dépensée.

Georges avait dix ans lorsque sa mère mourut. Depuis cet événement neuf années s'étaient écoulées, mais il avait conservé intact le souvenir de cette soirée printanière où, en l'absence fortuite de son père et de son frère, il s'était trouvé seul, désemparé, au chevet de sa mère mourante tandis que, par les fenêtres ouvertes en hâte, parvenaient, portés par le souffle du printemps, la rumeur des conversations et les rires indécents des passants.

Le corps fut ramené à Vienne. Le baron se consacra de nouveau à ses études avec une ardeur fruit du désespoir. Alors qu'auparavant il n'était considéré que comme un amateur distingué, on commença désormais à le prendre au sérieux dans les milieux scientifiques, et, élu président d'honneur de la Société de botanique, il ne dut pas cette distinction à son titre de noblesse. Félicien et Georges s'inscrivirent comme auditeurs à la faculté de droit. Cependant, ce fut le père lui-même qui proposa au bout d'un certain temps au cadet d'abandonner les études universitaires pour cultiver ses dispositions musicales. Mais, même dans ce domaine choisi par lui, il ne faisait pas particulièrement preuve d'esprit de suite, et pouvait souvent pendant des semaines s'adonner à toutes sortes de choses n'ayant qu'un rapport lointain avec sa carrière. Ce côté fantaisiste l'avait conduit à feuilleter ces vieux papiers de famille aussi sérieusement que s'il s'agissait de rechercher des secrets importants du passé. Il passa de nombreuses heures à lire avec émotion des lettres que ses parents avaient échangées autrefois, lettres mélancoliques ou insignifiantes, nostalgiques ou apaisées qui ressuscitaient non seulement les disparus eux-mêmes mais aussi d'autres personnes à demi oubliées. Par exemple, son professeur d'allemand au front triste et blême qui, au cours de longues promenades, lui déclamait des vers d'Horace ; le visage juvénile bruni et farouche du prince Alexandre de Macédoine en compagnie duquel il avait pris à Rome ses premières leçons d'équitation, et, comme dans un rêve, dessinée en traits noirs sur l'horizon bleu pâle, la pyramide de Celsius surgissait comme Georges l'avait aperçue à la lueur du couchant au retour d'une chevauchée dans la Campagna. Et quand il s'abandonnait à ces rêveries, voilà qu'apparaissaient des rives, des jardins, des rues dont il ne pouvait dire de quel paysage, de quelle ville sa mémoire les avait conservés ; des silhouettes passaient, certaines parfaitement nettes, celles d'êtres qu'il avait un jour rencontrés à une heure indifférente, d'autres, celles de personnes qu'il avait dû à une époque quelconque fréquenter plusieurs jours, indécises, lointaines. Comme Georges, après avoir examiné ces lettres anciennes, mettait de l'ordre dans ses propres papiers, il trouva dans un vieux carton vert des esquisses musicales datant de son enfance dont il avait oublié jusqu'à l'existence et qu'on aurait pu lui présenter aussi bien comme les notes d'un autre. Par certaines il était agréablement mais douloureusement surpris, car elles semblaient contenir des promesses qu'il ne devrait peut-être jamais tenir. Cependant il avait, justement ces derniers temps, le sentiment que quelque chose germait en lui. Il voyait comme une ligne mystérieuse mais précise qui, partant de ses essais encourageants du carton vert, conduisait à de nouvelles sources d'inspiration, et il savait lesquelles : les deux lieder tirés du *Divan* de Goethe qu'il avait composés cet été par un lourd après-midi tandis que Félicien était allongé dans le hamac, et que son père, à l'ombre fraîche de la terrasse, travaillait dans son fauteuil. Ce n'était pas l'œuvre du premier venu.

Comme saisi par une pensée tout à fait inattendue, Georges s'écarta de la fenêtre. Il n'avait jamais réalisé avec une telle netteté que, depuis la mort de son père et jusqu'à ce jour, son existence s'était pour ainsi dire interrompue. Pendant tout ce temps, il n'avait jamais songé à Anna Rosner à qui il avait adressé l'original de ces lieder. Et la pensée de pouvoir entendre à nouveau sa voix chaude, harmonieuse, de pouvoir accompagner son chant sur le piano au son un peu sourd, dès qu'il le voudrait, suscitait en lui une émotion agréable. Il se souvenait de la vieille maison dans la Paulanergasse, le portail bas, l'escalier mal éclairé, qu'il n'avait pas gravi plus de trois ou quatre fois, comme on se remémore des objets chers depuis longtemps familiers.

Là-bas, dans le parc, un souffle léger passa sur le feuillage. Au-dessus de la tour de la cathédrale Saint-Etienne, de légers nuages apparaissaient. Un long après-midi, libre de toute obligation, s'offrait à Georges. Au cours de ces deux mois de deuil, il avait négligé ou abandonné ses anciennes relations. Il pensa à l'hiver écoulé, au printemps, fertiles en événements enchevêtrés et confus ; des images surgissaient dans sa mémoire : Le trajet en fiacre fermé avec Marianne dans la forêt enneigée. La soirée costumée chez les Ehrenberg et les réflexions pertinentes de Else sur *Hedda Gabler* avec laquelle elle prétendait avoir des affinités. Le baiser rapide de Sissy sous la dentelle noire du masque. Une excursion en montagne dans la neige d'Edlach à Rax avec le comte Schönstein et Oscar Ehrenberg qui — sans engouement particulier pour la montagne — avait volontiers saisi l'occasion de se joindre à deux aristocrates. La soirée près de Ronacher avec Grace et le jeune Labinski qui s'était suicidé quatre jours plus tard, sans que l'on ne sût jamais vraiment si la cause en était Grace, des dettes, le dégoût de l'existence ou uniquement l'attrait du geste théâtral. Au cimetière, dans la neige fondante de février, deux jours après l'enterrement de Labinski, l'étrange conversation avec Grace où se mêlaient passion et insensibilité. La soirée dans la chaleur étouffante de la salle d'armes où l'épée de Félicien croisait la lame dangereuse du maître italien. La promenade nocturne après le concert de Paderewski au cours de laquelle son père, se confiant à lui comme jamais auparavant, avait évoqué ce soir lointain où, dans la salle même d'où ils venaient de sortir, sa mère disparue avait chanté la *Missa Solemnis.* Et finalement Anna Rosner lui apparut, élancée et tranquille, appuyée au piano, la partition en main, ses yeux bleus souriants fixant le clavier; il entendit même au fond de lui vibrer sa voix.

Tandis qu'il restait ainsi à la fenêtre et promenait ses regards sur le parc qui peu à peu s'animait, un sentiment de quiétude l'envahit à la pensée de n'être étroitement lié à aucune personne, alors qu'il s'en trouvait plus d'une avec laquelle il pouvait renouer dès que l'envie l'en prendrait. En même temps il se sentait remarquablement reposé, dispos pour le travail et le bonheur comme jamais auparavant. Il débordait de résolutions sages et hardies, joyeusement conscient de sa jeunesse et de son indépendance. Il se rendait compte, non sans une certaine honte que, au moins en cet instant, la douleur causée par la perte de son père s'était beaucoup atténuée. Il trouvait pourtant à son indifférence une excuse au souvenir de la fin paisible qui avait été celle de cet être cher. Alors qu'il arpentait le jardin en bavardant gaiement avec ses deux fils, son père avait soudain regardé autour de lui comme s'il entendait des voix lointaines, levé les yeux vers le ciel, puis s'était affaissé mort sur la pelouse, sans un cri de douleur, sans un frémissement des lèvres.

Georges s'écarta de la fenêtre, s'habilla pour sortir. Il avait l'intention de se promener au hasard quelques heures et, le soir, de reprendre enfin le travail à son quintette pour lequel il se sentait maintenant dans une disposition favorable. Il traversa la rue et pénétra dans le parc. La chaleur accablante avait décru. La vieille femme à la mantille était toujours assise sur le banc, le regard dans le vague. Dans un espace circulaire recouvert de sable, des enfants jouaient. Autour du kiosque, toutes les chaises étaient occupées.

Dans l'abri était assis un homme au visage glabre que Georges connaissait de vue et qui l'avait frappé par sa ressemblance avec Grillparzer[1] dans sa vieillesse. Au bord de l'étang, une gouvernante accompagnant deux enfants bien habillés le croisa et l'observa d'un regard brillant. Parvenant sur le Ring au sortir du parc, il rencontra dans un long manteau d'hiver à rayures Willy Eissler qui l'aborda :

« Bonjour, baron, vous voici déjà de retour ?

— Je suis revenu depuis longtemps, répondit Georges ; après le décès de mon père, je n'ai plus quitté Vienne.

— Oui, oui, bien sûr... Me permettez-vous de renouveler... » Et Willy serra la main de Georges.

« Et qu'avez-vous fait cet été ? demanda Georges.

— Toutes sortes de choses. J'ai joué au tennis, peint, perdu mon temps, connu quelques heures amusantes et beaucoup d'ennuyeuses. »

Willy parlait extrêmement vite, d'une voix à dessein un peu voilée, sèche, négligée, aux intonations tour à tour hongroises, françaises, viennoises, juives.

« Au reste, tel que vous me voyez, continua-t-il, je suis arrivé ce matin de Przemysl.

— Une période militaire ?

— Oui, la dernière. Je le dis avec mélancolie. Même aux approches de la vieillesse, cela m'a toujours amusé de déambuler en faisant claquer mes éperons et en traînant un sabre évocateur d'un péril menaçant, et d'être pris par de minables quidams pour un comte distingué. »

Ils marchaient le long de la grille du parc.

« Vous alliez peut-être chez les Ehrenberg ? demanda Willy.

— Non, je n'en ai pas l'intention.

— Parce que vous êtes sur le chemin. Au reste, avez-vous entendu dire que Mlle Else serait fiancée ?

— Tiens ? dit Georges d'un ton traînant. Avec qui donc ?

— Devinez, baron.

— Disons, le conseiller Wilt ?

— Oh délicieux ! s'exclama Willy. Celui-là n'y pense pas du tout. S'allier avec S. Ehrenberg lui rendrait difficile une carrière de ministre, de nos jours.

— Le capitaine Ladisc ? proposa Georges.

1. Auteur dramatique autrichien (1791-1872). *(N.d.T.)*

— Ah, Mlle Else est trop intelligente pour se prendre à son jeu. »

Maintenant, Georges se souvenait que, quelques années auparavant, Willy s'était battu en duel avec Ladisc. Willy remarqua le regard de Georges, il lissa sa moustache blonde, tombante à la mode polonaise, d'un doigt un peu nerveux, et dit rapidement, comme incidemment : « Le fait que j'aie eu un jour un différend avec le capitaine Ladisc ne peut m'empêcher de déclarer en toute loyauté qu'il a toujours été un cochon d'ivrogne. Il faut dire que j'ai une antiphatie insurmontable, que même le sang ne peut laver, envers les gens qui se gavent chez les Juifs et commencent déjà à déblatérer contre eux dans l'escalier. On attend au moins d'être au café. Mais ne vous fatiguez pas davantage à deviner, Henri Bermann doit être cet heureux homme.

— Pas possible ! s'exclama Georges.

— Pourquoi ? demanda Eissler. Il y en aura bien finalement un. Bermann n'est certainement pas un Adonis, mais il est sur le chemin de la gloire, et l'alliance dans sa perfection suprême du chevalier et de l'esthète dont Else rêve visiblement sera difficile à trouver. La voilà âgée de vingt-quatre ans, elle devrait avoir assez souffert du manque de tact et des plaisanteries de Salomon... donc.

— Salomon ?... Ah, oui..., Ehrenberg.

— Vous aussi ne le connaissez que sous le nom de S. ? S. signifie naturellement Salomon, et le fait qu'il n'y ait que S. sur la plaque à la porte est une concession qu'il a faite aux siens. Si cela dépendait de lui, il aimerait par-dessus tout apparaître aux réunions de Mme Ehrenberg en caftan et avec des papillotes.

— Vous croyez ? Il n'est pourtant pas si pieux ?

— Pieux... O délicieux ! Cela n'a vraiment rien à voir avec la piété, c'est par méchanceté, principalement contre son fils Oscar avec ses aspirations à l'aristocratie.

— Ah, c'est cela, dit Georges en souriant. Oscar n'est-il pas baptisé depuis longtemps déjà ? Il est officier de réserve aux dragons.

— Ah, à cause de cela... Eh bien, moi non plus je ne suis pas baptisé et cependant..., oui, il y a toujours quelques exceptions... Avec un peu de bonne volonté. Il rit et continua : Du reste, en ce qui concerne Oscar, il préférerait certainement être catholique. Mais le plaisir de pouvoir se confesser lui paraîtrait pour le moment trop coûteux. Il sera certainement prévu dans le testament qu'Oscar ne saute point le pas. »

Ils étaient arrivés devant le café Impérial, Willy s'arrêta.

« J'ai ici rendez-vous avec Déméter Stanzidès.

— Saluez-le de ma part, je vous prie.

— Je n'y manquerai pas. N'entrez-vous pas prendre une glace ?

— Merci, je me promène encore un peu.

— Vous aimez la solitude ?

— Il est difficile de répondre à une question aussi générale.

— Sans doute », dit Willy. Devenu soudain sérieux, il leva son chapeau. « J'ai bien l'honneur, monsieur le baron. »

Georges lui tendit la main. Il sentait que Willy était un homme qui, constamment, défendait une position sans nécessité urgente. « Au revoir », dit-il avec une cordialité soudaine. Comme souvent dans le passé, il lui semblait presque étrange que Willy fût juif. Déjà son père, qui composait d'aimables valses viennoises et des lieder, connaisseur éclairé d'art ancien, collectionnait les antiquités et en faisait parfois le commerce et, qui, en son temps, avait passé pour le plus célèbre boxeur de Vienne, avait plutôt l'allure, avec sa longue barbe grise et son monocle, d'un magnat hongrois que d'un patriarche juif. De même des dispositions naturelles, un certain amateurisme uni à une volonté de fer faisaient de Willy à s'y méprendre le modèle d'un gentleman-né. Ce qui le distinguait pourtant des autres jeunes gens de sa race partageant la même ambition était son habitude de ne jamais renier son ascendance et d'exiger des explications ou de demander raison devant tout sourire équivoque, et de se moquer lui-même de tous les préjugés et des manifestations de vanité à quoi il semblait parfois enclin.

Georges prolongeait sa flânerie. La dernière question de Willy résonnait encore à ses oreilles. Aimait-il la solitude ?... Il se souvenait s'être promené seul à Palerme des matinées entières tandis que Grace, selon son habitude, restait couchée jusqu'à midi. Grace... Où pouvait-elle se trouver maintenant ?... Depuis qu'elle l'avait quitté à Naples, elle n'avait plus donné de ses nouvelles, conformément à leur accord. Il pensait à la nuit d'un bleu profond qui s'étendait sur l'eau quand, après cette séparation, il était parti seul pour Gênes ; et au chant mystérieux de deux enfants assis sur le pont à côté de leur mère endormie, blottis ensemble sous la même couverture.

Il éprouvait une sensation croissante de bien-être à poursuivre son chemin, à croiser de nonchalants promeneurs dominicaux. Parfois, le regard aimable d'une femme rencontrait le sien et semblait vouloir le consoler de déambuler par ce bel après-midi de fête, seul, portant les marques extérieures d'un deuil.

De nouveau, une image surgissait dans sa tête. Il était étendu dans une prairie en pente, tard le soir, à la fin d'une journée de juin torride. L'obscurité l'entourait. D'en bas lui parvenaient les rires et les bruits de la foule, les lumières des lampions. Toutes proches dans la nuit noire des voix féminines jeunes... Il allume la petite pipe qu'il ne fume qu'à la campagne ; à la lueur de la flamme il voit deux charmantes petites paysannes, très jeunes, presque encore des enfants. Il bavarde avec elles. Elles ont peur dans l'obscurité, se pressent contre lui. Soudain un crépitement, des fusées montent dans le ciel. D'en bas retentit un « ah » sonore. Des feux de Bengale violets et rouges brûlent au-dessus de la mer invisible. Les fillettes dégringolent la colline, disparaissent. L'obscurité règne de nouveau, il reste là, étendu, solitaire, lève les yeux vers la voûte sombre du ciel qui semble s'abîmer lourdement sur lui. C'était la nuit précédant le jour où son père devait mourir. Et il y pensait aujourd'hui pour la première fois.

Il avait quitté le Ring et se dirigeait vers Wieden. Par une si belle journée les Rosner seraient-ils à leur domicile ? De toute façon, cela valait la peine de parcourir cette courte distance, et, en tout cas, il était plus attiré par eux que par les Ehrenberg. Il ne désirait pas voir Else. Qu'elle fût ou non la fiancée de Henri Bermann lui était presque indifférent. Il la connaissait depuis longtemps. Elle avait onze ans et lui quatorze quand ils jouaient ensemble au tennis sur la Riviera. A cette époque, on eût dit une petite bohémienne, des boucles bleu-noir couvraient son front et ses joues, et elle était aussi délurée qu'un garçon. Déjà, en ce temps, le frère d'Else jouait au lord, et Georges riait encore aujourd'hui au souvenir du garçon de quinze ans apparu un jour sur la promenade en redingote gris perle et gants blancs bordés de noir, le monocle à l'œil.

Agée alors de trente-quatre ans, la grande, imposante Mme Ehrenberg était encore belle, elle avait des yeux voilés et donnait une impression de grande lassitude. L'arrivée, un jour, de son époux laissa à Georges un souvenir inoubliable ; le fabricant de cartouches, riche à millions, venu surprendre les siens, détruisit d'un coup par sa seule apparition toute la distinction des Ehrenberg. Georges le voyait encore surgissant pendant le petit déjeuner sur la terrasse de l'hôtel ; un petit homme maigre à la barbe poivre et sel, aux yeux bridés, dans un complet de flanelle blanche mal repassé, avec sur sa tête ronde un chapeau de paille foncé au ruban à rayures blanches et rouges, et aux pieds des chaussures noires, poussiéreuses. Il parlait d'un ton traînant à l'intonation toujours moqueuse, même des choses les plus insignifiantes, et, dès qu'il ouvrait la bouche, on percevait derrière un calme apparent une peur secrète sur le visage de son épouse. Elle tentait de se venger en se gaussant de lui, mais elle n'était pas à la hauteur de sa muflerie. Oscar, lui, affectait dans la mesure du possible d'être étranger à tout cela. Sur ses traits se lisait le mépris un peu vague de descendre d'un être si peu digne de lui, et il souriait aux jeunes aristocrates, quêtant leur compréhension. Else seule se montrait à cette époque affectueuse envers son père. Elle lui donnait volontiers le bras à la promenade, et parfois lui sautait au cou en public.

A Florence, un an avant la mort de sa mère, Georges avait revu Else. Elle prenait alors des leçons de dessin auprès d'un vieil Allemand à la chevelure grisonnante, ébouriffée, dont on prétendait qu'il avait été célèbre. Lui-même faisait courir le bruit qu'il avait renoncé à son nom ancien très connu quand il avait senti son génie l'abandonner, et qu'il avait alors quitté le lieu de son activité, lieu qu'il ne nommait jamais. A l'en croire, la responsabilité de son déclin incombait à une femme démoniaque qu'il avait épousée et qui, dans une crise de jalousie, avait détruit son œuvre la plus importante, puis avait mis fin à ses jours en se jetant par la fenêtre. Cet imposteur excentrique que Georges, à dix-sept ans, perçait à jour, avait été l'objet du premier engouement sentimental d'Else. Elle venait alors d'avoir quatorze ans et perdait déjà la fougue et l'ingénuité de l'enfance. A la galerie des Offices, devant la *Vénus* du Titien, ses joues brûlaient de curiosité, de nostalgie, d'admiration, et dans ses yeux passaient les rêves obscurs d'aventures futures. Avec sa mère elle venait assez fréquemment dans la maison que les Wergenthin avaient louée à Lugano; et tandis que Mme Ehrenberg s'efforçait avec esprit malgré sa lassitude de distraire la baronne malade, Else demeurait avec Georges à la fenêtre et tenait des discours de grande personne sur l'art des préraphaélites, et se moquait de leurs anciens jeux enfantins. Félicien aussi se montrait parfois svelte et beau; il promenait ses yeux gris, froids, sur les choses et les gens, prononçait à mi-voix d'un air presque dédaigneux quelques paroles aimables, puis s'asseyait au bord du lit de sa mère, caressait et embrassait tendrement sa main. Habituellement il repartait bientôt, laissant derrière lui, pensait Else, un air âpre de distinction ancestrale, de froide séduction et d'un mépris aristocratique de la mort. Elle avait toujours l'impression qu'il se rendait à une table de jeu où l'on misait des fortunes, ou à un duel à mort, ou chez une princesse aux cheveux flamboyants qui avait sur la table de nuit un poignard. Georges se souvenait qu'il avait été un peu jaloux aussi bien du professeur de dessin imposteur que de son frère. Le professeur fut soudain congédié pour des raisons qui ne furent jamais ébruitées, et, peu de temps après, Félicien partit pour Vienne avec le baron de Wergenthin. Georges alors, plus souvent qu'auparavant, jouait du piano pour les dames, interprétait parmi d'autres œuvres les siennes propres, et Else déchiffrait de sa petite voix légèrement aiguë des lieder assez faciles de Schubert et de Schumann. Avec Georges et sa mère elle visitait les musées, les églises. Lorsque le printemps revint, ce furent des excursions ensemble sur les collines ou à Fiesole; Georges et Else échangeaient des clins d'œil souriants qui semblaient trahir une complicité beaucoup plus grande qu'elle ne l'était en réalité. Leurs rapports se poursuivirent sur ce mode équivoque quand le contact fut repris à Vienne et les relations entretenues. A chaque rencontre, Else semblait agréablement touchée par l'amabilité toujours égale que lui témoignait Georges lorsqu'ils ne s'étaient pas vus depuis des mois. Quant à elle, elle était devenue d'année en année intérieurement plus instable sous des dehors plus assurés.

Elle avait de bonne heure renoncé à ses ambitions artistiques et, au fil des jours, se jugeait prédestinée aux carrières les plus diverses. Elle se voyait parfois femme du monde, organisatrice de fêtes des fleurs ou de grands bals, ou de représentations théâtrales de bienfaisance dans les cercles aristocratiques Plus souvent encore, elle se sentait élue pour trôner dans un salon parmi des peintres, des musiciens, des poètes, en admiratrice éclairée. Puis elle se mettait à rêver d'une vie plus aventureuse : un mariage sensationnel avec un millionnaire américain, une fugue avec un violoniste virtuose ou un officier espagnol, femme fatale qui détruirait tous les hommes qui l'approcheraient. A d'autres moments, le but le plus désirable lui paraissait être une existence paisible à la campagne au côté d'un laborieux propriétaire terrien, et alors elle s'imaginait, avec, pourquoi pas, une chevelure tôt grisonnante, entourée de nombreux enfants, assise à la table rustique; et, un sourire doux, résigné, aux lèvres, elle effacerait d'une caresse les rides sur le front de son austère époux. Georges se rendait compte que sa tendance au confort, plus profonde qu'elle ne s'en doutait elle-même, la garderait toujours d'une entreprise irréfléchie. Elle se confiait à Georges sur maints sujets sans être jamais tout à fait sincère. Car son vœu le plus constant et le plus sérieux était de devenir sa femme. Georges le savait bien, mais ce n'était pas seulement pour cette raison qu'il ajoutait peu de foi à la rumeur récente de ses fiançailles avec Henri Bermann. Ce Bermann était un homme maigre, imberbe, aux cheveux plats un peu trop longs, aux yeux sombres, qui s'était fait connaître récemment comme écrivain, et dont le comportement et l'apparence rappelaient à Georges, il ne savait pas lui-même pourquoi, un petit professeur juif de province. Rien dans tout cela pour séduire particulièrement Else, ou seulement émouvoir agréablement sa sensibilité. A vrai dire, quand on s'entretenait plus longtemps avec lui, cette première impression se modifiait. Un soir du printemps dernier, Georges avait quitté avec lui les Ehrenberg, et ils s'étaient plongés dans une conversation si passionnante sur des sujets musicaux qu'ils l'avaient continuée sur un banc du Ring jusqu'à trois heures du matin.

Etrange, pensait Georges, tout ce qui me passe aujourd'hui par la tête, des choses auxquelles j'avais à peine pensé. En cette heure tardive d'automne, il lui semblait émerger progressivement d'une songerie confuse, pénible, qui l'oppressait depuis de nombreuses semaines.

Il était arrivé devant l'immeuble de la Paulanergasse où les Rosner habitaient. Il leva les yeux vers le second étage. Une fenêtre était ouverte, des rideaux de tulle blanc flottaient au souffle léger du vent.

Les Rosner étaient chez eux. La bonne fit entrer Georges. Anna était assise en face de la porte, elle tenait à la main une tasse de café et fixait des yeux le visiteur. Son père, à sa droite, lisait le journal et fumait sa pipe. Son visage était glabre, à l'exception d'un mince collier de barbe grisonnant. Sa chevelure clairsemée était coiffée en avant sur les tempes, et donnait l'impression d'une mauvaise perruque. Il avait des yeux d'un bleu délavé aux paupières rougies.

La mère, une personne replète, avec au front comme le souvenir d'années plus belles, regardait dans le vague, les mains jointes sur la table, dans une attitude contemplative.

Anna reposa lentement sa tasse, salua de la tête en souriant doucement. Les deux vieilles personnes firent mine de se lever quand Georges entra.

« Je vous en prie, ne vous dérangez surtout pas », dit Georges.

Dans un coin de la pièce, un craquement se fit entendre. Joseph, le fils de la maison, se leva du divan sur lequel il était étendu.

« J'ai bien l'honneur, monsieur le baron », dit-il d'une forte voix de basse, et il réajusta sa veste à carreaux jaunes un peu tachée qui était remontée vers son cou.

« Comment vous portez-vous, monsieur le baron ? » demanda le vieux Rosner. Il restait là, maigre, un peu courbé, ne voulant pas reprendre sa place avant que Georges ne se fût assis. Joseph avança une chaise entre son père et sa sœur. Anna tendit la main au visiteur.

« Il y a longtemps que nous ne nous sommes vus », dit-elle, et elle but une gorgée.

« Vous avez traversé une période pénible, monsieur le baron », remarqua Mme Rosner d'un ton compatissant.

« Certainement, ajouta M. Rosner. Nous avons appris la perte cruelle... A notre connaissance, monsieur votre père avait pourtant toujours joui d'une excellente santé. »

Il parlait toujours très lentement, comme si d'autres

paroles allaient suivre, se passant parfois la main gauche sur le front et hochant la tête quand il écoutait.

« Oui, ce fut tout à fait inattendu », dit Georges doucement, fixant à ses pieds le tapis d'un rouge foncé passé.

« Pour ainsi dire, une mort subite », remarqua M. Rosner, et tous se turent.

Georges tira une cigarette de son étui, en offrit une à Joseph. « Merci », dit celui-ci, et il s'inclina en faisant, sans raison apparente, claquer ses talons. Tandis qu'il donnait du feu au baron, il crut voir son regard fixé sur sa veste et déclara, comme une excuse, d'une voix encore plus profonde que d'habitude : « Tenue de bureau. »

« Tenue de bureau vient de bureau », dit Anna simplement, sans regarder son frère.

« Mademoiselle se complaît dans l'ironie », répliqua Joseph serein, mais au ton contenu de ses paroles il était clair qu'en d'autres circonstances il se serait exprimé moins aimablement.

« L'émotion a été unanime, reprit le père. J'ai lu l'article nécrologique dans la *Neue Freie Presse*... de M. le conseiller Kerner, si ma mémoire est bonne ; l'article était extrêmement élogieux. La science aussi a subi une perte sensible. »

Georges, embarrassé, hocha la tête et fixa ses mains.

Anna parla de leur dernier séjour d'été. « A Weissenfeld, ce fut merveilleux, dit-elle. La forêt commençait juste derrière notre maison avec de très bons chemins plats... N'est-ce pas, papa ? On pouvait s'y promener pendant des heures sans rencontrer âme qui vive.

— Aviez-vous là-bas un piano ? demanda Georges.

— Oui.

— Une effroyable casserole, remarqua M. Rosner, une chose à attendrir les pierres et à rendre fous les humains.

— Ce n'était pas si pénible, dit Anna.

— Bien assez bon pour la petite Graubinger, ajouta Mme Rosner.

— La petite Graubinger est la fille d'un commerçant de l'endroit, expliqua Anna. Je lui ai inculqué des notions élémentaires de piano. Une jolie fillette aux longues tresses blondes.

— Par amabilité envers le commerçant, dit Mme Rosner.

— Oui, mais il faut mentionner, compléta Anna, qu'outre cela j'ai donné une leçon véritable, c'est-à-dire payée.

— Comment, à Weissenfeld également ? demanda Georges.

— A des enfants d'une colonie d'été. Au reste, monsieur le baron, il est dommage que vous ne nous ayez pas rendu visite une seule fois à la campagne. Vous vous y seriez certainement plu. »

Georges se rappelait seulement maintenant qu'il avait déclaré incidemment à Anna qu'il viendrait peut-être les voir à l'occasion d'une randonnée à bicyclette.

« Monsieur le baron n'aurait probablement pas trouvé dans ce lieu de vacances de quoi le satisfaire pleinement, commença M. Rosner.

— Pourquoi donc ? demanda Georges.

— Ce n'est pas adapté aux besoins de citadins exigeants.

— Je ne suis pas exigeant », dit Georges.

Anna se tourna vers lui. « N'éticz-vous pas à Auhof ?

— Oh, non, répondit Georges rapidement. Non, je n'y suis pas allé, ajouta-t-il d'un ton plus mesuré. Sans doute, on m'en avait prié... Mme Ehrenberg est si aimable... J'ai eu diverses invitations pour cet été, mais j'ai préféré rester seul à Vienne avec moi-même.

— Je regrette vivement, dit Anna, de ne presque plus voir Else. Vous savez que nous étions dans la même école. Il y a bien sûr fort longtemps. Je l'aimais vraiment beaucoup. Il est dommage qu'avec le temps on s'éloigne de plus en plus l'une de l'autre.

— Comment se fait-il ? dit Georges.

— Eh bien, cela tient à ce que tout l'entourage ne m'est pas sympathique.

— A moi non plus », dit Joseph, tirant sur sa cigarette pour former des ronds de fumée. « Je ne vais plus chez eux depuis des années. Pour être franc... Je ne sais pas quelle est la position de monsieur le baron sur cette question... Je n'ai pas d'affection particulière pour les Juifs. »

Rosner père leva les yeux vers son fils. « M. le baron est un familier de cette maison, cela lui paraîtra certainement assez étrange, cher Joseph...

— Etrange, à moi ? dit Georges d'un ton courtois. Mais je n'ai aucun lien particulier avec les Ehrenberg, bien que j'aime m'entretenir avec les deux dames. » Il ajouta, interrogatif : « N'avez-vous pas, mademoiselle Anna, donné l'année dernière des leçons de chant à Else ?

— Oui. Plus exactement, j'étais une simple répétitrice de chant.

— Le ferez-vous encore cette année ?

— Je ne sais pas. Elle n'a pas jusqu'à présent donné de ses nouvelles. Peut-être va-t-elle abandonner.

— Croyez-vous ?

— Ce serait presque à souhaiter, ajouta Anna doucement, car, à vrai dire, elle a toujours plus pépié que chanté. A propos », elle regarda Georges comme pour le saluer une nouvelle fois, « les lieder que vous m'avez adressés sont si beaux. Voulez-vous les entendre ?

— Vous les avez déjà étudiés ? C'est gentil. »

Anna s'était levée, elle porta les deux mains à ses tempes, les passa légèrement dans ses cheveux ondulés comme pour rectifier leur tenue. Elle les portait coiffés un peu en hauteur, ce qui la faisait paraître encore plus grande qu'elle n'était. Une mince chaîne en or sur son cou dégagé descendait en double boucle sur sa poitrine et se perdait dans une ceinture de cuir grise. D'un mouvement de tête imperceptible, elle invita Georges à la suivre.

Il se leva et dit : « Si vous me permettez...

— Je vous en prie, je vous en prie, cela va de soi, dit M. Rosner. Monsieur le baron est assez aimable de faire un peu de musique avec ma fille, c'est très bien, très bien. » Anna était passée dans la pièce voisine. Georges la suivit et laissa la porte ouverte. Les rideaux de tulle blanc devant la fenêtre ondulaient légèrement.

Georges s'assit au piano droit et plaqua quelques accords. Pendant ce temps, Anna, agenouillée devant une vieille étagère noire, ornée de dorures, cherchait des partitions.

Georges exécuta des variations sur les premiers accords de son lied.

Anna commença, elle chantait sur la mélodie de Georges les vers de Goethe.

> « Etre le reflet de ton regard,
> L'empreinte de ta bouche, de ton sein,
> Percevoir le son de ta voix
> Fut ma première et dernière joie. »

Elle se tenait derrière lui et regardait les notes par-dessus son épaule. Parfois, elle se penchait un peu, il sentait alors sur sa tempe le souffle de ses lèvres. Sa voix était beaucoup plus belle qu'il n'en avait gardé le souvenir.

A côté, on parlait un peu trop fort. Sans interrompre son chant, Anna alla pousser la porte.

C'était Joseph qui n'avait pas pu plus longtemps modérer sa voix.

« Je fais encore un saut jusqu'au café », dit-il.

On ne répondit rien. Rosner père tambourinait doucement sur la table, et son épouse hocha la tête d'un air indifférent.

« Adieu donc. » Arrivé à la porte, Joseph se retourna et, d'un ton plus modéré : « Maman, si tu as une minute...

— Je t'entends bien, ce ne doit pas être un secret.

— Non, seulement voilà, je suis déjà en compte avec toi.

— Est-on obligé d'aller au café ? demanda le père sans lever les yeux.

— Il n'est pas question du café. C'est avant tout... Vous pouvez me croire, j'aimerais mieux ne pas avoir à vous taper. Mais que peut faire un homme... ?

— Un homme doit travailler », dit Rosner père d'une voix faible et douloureuse, et ses yeux s'injectèrent de sang. Son épouse jeta à son fils un regard triste de reproche.

« Bon, dit Joseph, déboutonnant et reboutonnant sa veste, si vraiment... pour chaque florin...

— Chut ! » dit Mme Rosner désignant du regard la porte simplement poussée, par laquelle maintenant, le chant d'Anna terminé, la mélodie du piano résonnait assourdie.

Joseph répondit d'un geste dédaigneux au regard de sa mère. « Je dois travailler, dit papa. Comme si je n'avais pas déjà prouvé que je peux le faire. » Il vit deux visages interrogatifs tournés vers lui. « Parfaitement, je l'ai prouvé, et si cela ne dépendait que de ma bonne volonté, je pourrais n'importe où assurer ma subsistance. Mais je n'ai pas un tempérament à tout supporter, et je ne me laisse pas accabler de remontrances par mes chefs, si j'ai un jour un quart d'heure de retard ou quelque chose de ce genre.

— Nous connaissons la chanson, l'interrompit son père d'un ton fatigué, mais, finalement, puisque nous en parlons, il faudra bien que tu essayes de trouver quelque chose.

— Essayer..., d'accord, rétorqua Joseph, mais personne ne me fera plus travailler chez un Juif. Car, auprès de mes relations..., dans tout mon milieu cela me rendrait ridicule.

— Ton milieu... dit Mme Rosner. Qui constitue ton milieu ? Tes camarades de café ?

— Justement, puisque nous en parlons, cela a aussi à voir avec les florins. J'ai maintenant un rendez-vous au café avec le jeune Jalaudek. J'aurais préféré vous le dire quand l'affaire aurait réussi..., mais je vois bien qu'il me faut déjà abattre mes cartes. Donc, ce Jalaudek est le fils du conseiller municipal Jalaudek, le célèbre négociant en papier. Et Jalaudek père, on le sait, est une personnalité influente du parti..., ami intime de l'éditeur du *Messager chrétien,* un certain Zelltinkel. Et, au journal, ils cherchent en ce moment des jeunes gens distingués — chrétiens naturellement — pour leurs petites annonces. J'ai justement aujourd'hui au café un rendez-vous avec Jalaudek, car il m'a promis que son vieux me recommanderait auprès de Zelltinkel. Ce serait formidable..., je serais tiré d'affaire. Là, dans un court délai, je puis gagner par mois cent ou cent cinquante florins.

— Mon Dieu », soupira Rosner père.

A l'extérieur, la cloche retentit.

« Ce doit être le jeune docteur Stauber », dit Mme Rosner, et elle jeta un regard inquiet vers la porte d'où le son du piano s'échappait plus doucement que précédemment.

« Maman, tu te décides ? » dit Joseph.

Mme Rosner prit sa bourse et, dans un soupir, tendit à son fils un florin d'argent.

« Salut, dit Joseph s'apprêtant à partir.

— Joseph, cria son père, n'est-ce pas un peu impoli juste au moment où nous avons une visite...

— Ah, tant pis, je ne peux pas profiter de tout. »

On frappa, Berthold Stauber entra.

« Toutes mes excuses, cher monsieur, dit Joseph, j'allais justement sortir.

— Je vous en prie », répliqua Stauber froidement, et Joseph disparut.

Mme Rosner invita le jeune médecin à prendre place. Il s'assit sur le divan et tourna la tête dans la direction de la musique.

« Le baron Wergenthin, expliqua Mme Rosner un peu gênée, le compositeur. Anna vient de chanter. » Et elle se disposa à appeler sa fille.

Berthold la retint doucement par le bras et dit aimablement :

« Non, ne dérangez pas Mlle Anna, je vous prie, surtout pas, je ne suis pas pressé du tout. Il s'agit d'ailleurs d'une visite d'adieu. » La dernière phrase jaillit pour ainsi dire de sa gorge ; cependant, en même temps, il sourit avec courtoisie et s'assit confortablement dans l'angle du divan, lissant sa courte barbe de la main droite.

Le regard de Mme Rosner exprima une réelle frayeur.

M. Rosner demanda : « Une visite d'adieu ? Avez-vous pris un congé ? Le Parlement vient pourtant de se réunir dernièrement, à ce qu'on peut lire dans les journaux.

— J'ai donné ma démission, dit Berthold.

— Comment ! s'exclama M. Rosner.

— Parfaitement, ma démission », répéta Berthold, et il sourit d'un air absent.

Le piano s'était subitement tu, la porte s'ouvrit, Georges et Anna apparurent.

« Oh, docteur Berthold », dit Anna, tendant la main au visiteur qui s'était rapidement levé, « étiez-vous là depuis longtemps ? M'avez-vous par hasard entendu chanter ?

— Non, mademoiselle Anna, j'ai malheureusement manqué cela. Je n'ai perçu que quelques sons du piano.

— Le baron de Wergenthin, dit Anna, comme pour une présentation, mais ces messieurs se connaissent.

— Certainement », dit Georges, et il tendit la main à Berthold.

« Le docteur vient nous faire une visite d'adieu, dit Mme Rosner.

— Comment ? s'écria Anna étonnée.

— C'est que je pars en voyage », dit Berthold, sérieux, impénétrable ; il regardait Anna dans les yeux. « J'abandonne ma carrière politique, ajouta-t-il d'un ton persifleur..., plus exactement je l'interromps pour un certain temps. »

Georges s'était adossé à la fenêtre, les bras croisés, et observait de côté Anna. Elle s'était assise et levait calmement les yeux vers Berthold qui, debout, une main appuyée sur le bras du divan, semblait prêt à faire un discours.

« Et où partez-vous ? demanda Anna.

— A Paris, je dois travailler à l'Institut Pasteur. Je

reviens à mes premières amours, à la bactériologie. C'est une occupation plus propre que la politique. »

Le soir tombait, les visages s'estompaient, seul le front de Berthold, placé face à la fenêtre, était encore éclairé. Il fronçait les sourcils. Il a sans doute une certaine beauté, pensa Georges, qui, accoté immobile dans l'angle de la croisée, se sentait parcouru par une onde de quiétude.

La bonne apporta la lampe allumée et la suspendit au-dessus de la table.

« Mais les journaux ne signalent pas encore que vous avez renoncé à votre mandat, dit M. Rosner.

— Ce serait prématuré, répondit Berthold. Les membres de mon parti connaissent déjà mon intention, mais la chose n'est pas encore officielle.

— Cette nouvelle, dit M. Rosner, ne manquera pas d'avoir un grand retentissement dans les milieux intéressés. Surtout après le récent débat au cours duquel vous êtes intervenu avec une telle autorité. Monsieur le baron l'aura certainement lu. »

Il se tournait vers Georges.

« Je dois avouer, dit ce dernier, que je ne suis pas les comptes rendus du Parlement aussi régulièrement qu'il le faudrait.

— Qu'il le faudrait ? répéta Berthold conciliant, il ne le faut pas absolument, quoique dernièrement la séance ne manquait pas d'intérêt. Tout au moins pour montrer à quel degré peut s'abaisser le niveau d'une assemblée publique.

— Les débats furent passionnés, dit M. Rosner.

— Passionnés ?... Oui, ce qu'on appelle passionnés chez nous, en Autriche. Intérieurement c'était l'indifférence, extérieurement la grossièreté.

— De quoi s'agissait-il ? demanda Georges.

— C'était un débat provoqué par une interpellation au sujet du procès Golowski... Thérèse Golowski.

— Thérèse Golowski, répéta Georges, ce nom ne m'est pas inconnu.

— Naturellement, vous le connaissez, dit Anna, vous connaissez même Thérèse elle-même... La dernière fois que vous nous avez rendu visite, elle nous quittait.

— Ah oui, dit Georges, c'est une de vos amies.

— Je ne dirais pas une " amie ", ce qui suppose un certain accord intime qui n'existe pas vraiment.

— Vous n'allez pourtant pas renier Thérèse, dit Berthold avec un sourire caustique.

— Oh, non, répliqua vivement Anna. Il n'en est pas question. Je l'admire même. J'admire en général tous les gens qui sont capables de risquer autant pour une cause qui, au fond, ne les concerne pas. Et si, en plus de cela, il s'agit d'une jeune fille, d'une belle jeune fille comme Thérèse », elle s'adressait à Georges qui l'écoutait attentivement, « cela m'impressionne encore davantage. Il faut que vous sachiez que Thérèse est une des têtes du parti social-démocrate.

— Et savez-vous pour qui je la prenais ? dit Georges, pour une actrice débutante !

— Monsieur le baron, vous êtes un psychologue, dit Berthold.

— Elle a effectivement voulu faire carrière au théâtre, confirma Mme Rosner sans chaleur.

— Je vous en prie, chère madame, dit Berthold, quelle jeune fille douée d'un peu d'imagination et, de plus, menant une existence étriquée, n'a-t-elle pas au moins caressé cette idée à une période quelconque de sa vie ?

— C'est bien de lui pardonner », dit Anna en souriant.

Berthold se rendit compte trop tard que sa remarque pouvait avoir touché un point encore sensible dans le cœur d'Anna. Mais il poursuivit d'autant plus catégoriquement « Je vous assure, mademoiselle Anna, cela aurait été dommage pour Thérèse. On ne peut pas évaluer les services qu'elle est capable encore de rendre au parti, si quelque chose ne la fait pas dévier de sa voie.

— Le croyez-vous possible, demanda Anna.

— Certainement, répliqua Berthold. Pour Thérèse, il y a même deux dangers, ou bien ses paroles peuvent la perdre...

— Ou bien ? demanda Georges.

— Ou bien elle épousera un baron, conclut brièvement Berthold.

— Je ne comprends pas très bien, dit Georges, piqué.

— Si j'ai dit un baron, c'était naturellement pour plaisanter. Mettons un prince, et la chose sera plus claire.

— Ah bon, comme cela je puis interpréter à peu près votre pensée. Mais quel motif avait le Parlement pour s'occuper d'elle ?

— Ah ! voilà. L'année dernière, au moment de la grande

grève des mineurs, Thérèse Golowski, dans quelque bourgade de Bohême, fit un discours qui, paraît-il, contenait une expression blessante à l'égard d'un membre de la maison royale. On lui intenta un procès, elle fut acquittée. On pourrait peut-être en conclure que l'accusation n'était pas bien solide. Cependant, le procureur fit appel, on désigna un autre tribunal qui condamna Thérèse à deux mois de prison qu'elle purge en ce moment. Et comme cela ne suffisait pas, le juge qui l'avait acquittée en première instance fut déplacé... quelque part du côté de la frontière russe d'où l'on ne revient pas. C'est sur ce cas que nous avons déposé une interpellation, très modérée à mon avis. Le ministre répondit assez hypocritement, à la satisfaction bruyante des partis soi-disant soutiens de l'Etat. Je me suis permis de répliquer sur un ton peut-être un peu plus énergique que celui qui est habituellement le nôtre ; et, comme des bancs adverses on ne pouvait rien répondre de valable, on a essayé de me contraindre au silence par des cris et des injures. Ce que fut l'argument le plus fort d'une certaine catégorie de défenseurs de l'Etat contre mes déclarations, vous pouvez vous l'imaginer, monsieur le baron.

— Eh bien ? demanda Georges.

— Youpin, ferme ta gueule ! répondit Berthold, les lèvres serrées.

— Oh, fit Georges gêné, et il secoua la tête.

— Du calme, youpin ! La ferme, youpin ! Youpin ! Couchez ! », continua Berthold semblant éprouver à ce souvenir une sorte de délectation. Anna regardait dans le vague, Georges pensait intérieurement que cela suffisait. Un moment de silence pénible suivit.

« C'est donc pour cela ? demanda Anna.

— Que voulez-vous dire ?

— C'est pour cela que vous démissionnez ? »

Berthold secoua la tête et sourit. « Non, pas pour cela.

— Un homme comme vous est certainement au-dessus de ces grossièretés, dit M. Rosner.

— Je n'irai pas jusqu'à l'affirmer, répliqua Berthold, mais, de toute façon, il faut s'attendre à de telles choses. La raison de ma démission est autre.

— Peut-on vous demander laquelle ? » questionna Georges.

Berthold le fixa des yeux, mais d'un regard comme absent. Puis il répondit aimablement : « Bien sûr que l'on peut. Après mon intervention, je me suis rendu à la buvette. Là, j'ai rencontré parmi d'autres un des plus bêtes et des plus insolents de nos représentants, celui qui, comme de coutume, s'était montré le plus bruyant pendant mon discours..., le négociant en papier Jalaudek. Je l'ignore naturellement. Il venait de reposer son verre vide. Il me voit, sourit, me fait signe et me salue tout enjoué comme si rien ne s'était passé. " J'ai bien l'honneur, cher monsieur, désirez-vous un rafraîchissement ?"

— Incroyable ! s'exclama Georges.

— Incroyable ?... Non, autrichien. Chez nous, l'indignation est aussi peu authentique que l'enthousiasme. Les seules choses authentiques sont la joie maligne et la haine envers le talent.

— Et alors, qu'avez-vous répondu à cet homme ? demanda Anna.

— Ce que j'ai répondu ? Rien évidemment.

— Et vous avez démissionné », compléta Anna, une nuance moqueuse dans la voix.

Berthold sourit, mais, en même temps, ses sourcils se fronçaient comme lorsqu'il était désagréablement ou douloureusement ému. Il était trop tard pour dire à Anna qu'il était venu en vérité pour lui demander conseil comme autrefois. Et cependant, il le sentait, il avait bien fait de se couper dès l'entrée toute retraite en annonçant sa démission comme déjà formulée, et son voyage à Paris comme imminent. Car maintenant, il savait bien qu'Anna lui avait échappé à nouveau, et peut-être pour longtemps. Qu'un homme puisse vraiment la lui prendre, et à jamais, il ne le croyait pas vraiment, et il n'envisageait en aucun cas de jalouser cet élégant et jeune artiste qui restait là tranquillement, les bras croisés, près de la fenêtre. Il lui était déjà arrivé parfois que, pour quelque temps, Anna se dérobe et subisse le charme d'un élément inconnu de lui. Il y a deux ans, alors qu'elle pensait sérieusement se consacrer à la scène et avait commencé à étudier ses rôles, il l'avait, un court moment, jugée définitivement perdue pour lui. Plus tard, forcée par les défaillances de sa voix d'abandonner ses projets artistiques, elle avait paru lui revenir ; mais il avait volontairement laissé passer cette période sans la mettre à profit, car, avant d'en faire sa femme, il voulait avoir remporté un succès quelconque dans le domaine scientifique ou politique, pour être sans réserve admiré d'elle. Il avait progressé dans cette voie. A la place même où elle était assise aujourd'hui, le fixant d'un regard clair mais indifférent, elle avait tenu les épreuves de son dernier travail philosophico-médical qui portait le titre : *Remarques provisoires pour une physiognomonie des maladies.* Et puis, quand advint son passage à la politique, à l'époque où il faisait des discours dans les réunions électorales, et se préparait par de sérieuses études d'histoire et d'économie politique à cette nouvelle profession, elle s'était sincèrement réjouie de ses dons multiples et de son énergie. Mais tout cela était fini. Elle semblait progressivement, d'un regard plus aigu qu'auparavant, découvrir des fautes que lui-même ne pouvait se dissimuler, en particulier son inclination à se griser de ses propres paroles ; et, par là, il commençait à perdre de plus en plus en face d'elle son assurance. Il n'était pas entièrement lui-même quand il s'adressait à elle ou parlait en sa présence. Aujourd'hui également il n'était pas content de lui. Avec une irritation qui lui paraissait à lui-même mesquine, il se rendait compte qu'il n'avait pas évoqué de façon suffisamment frappante sa rencontre à la buvette avec Jalaudek, et qu'il aurait dû être beaucoup plus persuasif en expliquant son dégoût de la politique. « Vous avez probablement raison, mademoiselle Anna, de sourire à la pensée que j'aurais démissionné à la suite de cet incident stupide. Une vie parlementaire n'est absolument pas possible sans une part de comédie. J'aurais dû y réfléchir, et moi-même participer au jeu, et, pourquoi pas, boire à la santé de ce type qui m'avait publiquement offensé. Cela aurait été commode, autrichien, et peut-être même l'attitude la plus raisonnable. » Il se sentait de nouveau en train et continuait à parler avec vivacité : « Dans la pratique, il n'y a vraiment que deux méthodes pour arriver à un résultat en politique : ou bien faire preuve d'une grande légèreté et considérer toute la vie publique comme un jeu amusant, jeu dans lequel en vérité on ne s'enthousiasme pour rien, ni ne s'indigne de rien, et où l'on considère avec une indifférence totale les individus dont il s'agit en dernier ressort d'assurer le bonheur ou le malheur. Je n'en suis pas encore là, et je ne sais si j'y parviendrai un jour. Pour être honnête, je dirai que je l'ai souhaité parfois. L'autre méthode, c'est : Pour ce qu'on croit être juste, se tenir prêt à mettre toute son existence, toute sa vie au sens propre du terme... »

Berthold se tut soudain. Son père, le vieux docteur Stauber, était entré, il avait reçu un accueil chaleureux. Il serra la main de Georges que Mme Rosner lui présenta, et il le regarda si aimablement que Georges se sentit aussitôt attiré par lui. Il paraissait plus grand qu'il devait être. Sa barbe abondante était parsemée de quelques fils gris, et ses longs cheveux sobrement coiffés tombaient en mèches épaisses sur sa large nuque. Le front, d'une hauteur étonnante, donnait à toute sa personne un peu trapue aux fortes épaules une certaine dignité. Ses yeux, lorsqu'ils ne cherchaient pas à exprimer la bonté ou la sagesse, semblaient se reposer derrière les paupières fatiguées pour se préparer au regard suivant.

« J'ai connu votre mère, monsieur le baron, dit-il d'une voix faible à Georges.

— Ma mère, docteur... ?

— Vous devez à peine vous en souvenir. Vous étiez alors un petit garçon de trois ou quatre ans.

— Vous étiez son médecin ? demanda Georges.

— Je la voyais parfois comme remplaçant du professeur Duchegg dont j'étais l'assistant. Vous habitiez alors dans la Habsburgergasse une vieille maison qui a été démolie, il y a longtemps. Je pourrais, aujourd'hui encore, vous décrire l'aménagement de la pièce dans laquelle votre père me recevait..., votre père qui a disparu beaucoup trop tôt... Sur le bureau se trouvait une figurine de bronze qui représentait un chevalier en armure tenant un drapeau. Au mur il y avait la copie d'un Van Dyck de la galerie Liechtenstein.

— Oui, dit Georges, étonné de la bonne mémoire du médecin. Très exact.

— Mais j'ai interrompu ces messieurs et ces dames dans leur conversation », poursuivait Stauber d'un ton chantant un peu mélancolique et pourtant supérieur qui lui était propre, et il se coula dans un coin du divan.

« A notre grand étonnement, le docteur Stauber vient de nous apprendre qu'il est décidé à renoncer à son mandat », dit M. Rosner.

Stauber père échangea avec son fils un regard tranquille.

Georges, qui avait observé la scène, eut l'impression qu'il y avait entre eux un accord intime qui n'avait pas besoin de paroles.

« Oui, dit le vieux médecin, je n'ai pas été du tout surpris. J'ai toujours eu le sentiment que Berthold siégeait au Parlement en hôte de passage, et je suis à vrai dire heureux qu'il ait éprouvé une sorte de nostalgie de sa véritable vocation. Oui, oui, ta véritable », répéta-t-il comme en réponse à un froncement du front de son fils, « et cela sans être en rien préjudiciable à ton avenir. Rien ne nous complique tant l'existence que de croire si souvent à des choses définitives... et de perdre du temps à nous reprocher une erreur, au lieu d'en convenir et de repartir simplement pour une nouvelle vie. »

Berthold expliqua qu'il voulait s'en aller au plus tard dans huit jours, tout ajournement n'aurait aucun sens. Il était possible qu'il ne reste pas à Paris. Ses études pouvaient rendre indispensable un autre voyage. En outre, il était résolu à s'abstenir des visites protocolaires à l'occasion de son départ ; d'ailleurs, ajouta-t-il, il avait déjà mis totalement fin à ses relations antérieures dans certains milieux bourgeois, relations qui dataient du temps où le cabinet médical de son père possédait une clientèle étendue.

« Ne nous sommes-nous pas déjà rencontrés cet hiver chez les Ehrenberg ? demanda Georges non sans une certaine satisfaction.

— C'est exact, répondit Berthold. Il faut dire que nous sommes des parents éloignés des Ehrenberg. Le lien familial est constitué, chose étrange, par la maison Golowski. Toute tentative de vous l'expliquer, monsieur le baron, serait vaine. Il me faudrait vous inviter à une promenade dans les bureaux d'état civil et les communautés religieuses de Temesvar, Tarnopol et autres localités aussi agréables, je ne peux décemment pas vous l'imposer.

— Au reste, ajouta Stauber d'un ton résigné, monsieur le baron sait bien que tous les Juifs sont apparentés. »

Georges sourit aimablement, mais, en vérité, il était plutôt agacé. A son sentiment, il n'y avait aucune nécessité à ce que Stauber père lui fasse part, lui aussi, de son appartenance à la race juive. Il le savait et n'en était pas pour cela mal disposé à son égard, il ne l'était d'ailleurs pas non plus envers aucun des leurs ; mais pourquoi commençaient-ils tous d'eux-mêmes à en parler ? Partout où il allait, les Juifs qu'il rencontrait ou bien avaient honte de l'être, ou bien en étaient fiers, mais craignaient alors qu'on puisse croire qu'ils en avaient honte.

« Hier, j'ai parlé à la vieille Mme Golowski, continua Stauber.

— La pauvre femme, dit M. Rosner.

— Comment va-t-elle, demanda Anna.

— Comment elle va ?... Vous pouvez vous l'imaginer... La fille en prison, le fils pour son année de volontariat [1] aux frais de l'Etat à la caserne... Représentez-vous cela, Léo Golowski en patriote... Et le père reste au café et regarde les autres clients jouer aux échecs, il n'a plus les dix kreutzers [2] nécessaires pour participer au jeu.

— L'emprisonnement de Thérèse doit bientôt se terminer, dit Berthold.

— Une affaire de douze, quinze jours, répondit son père... Eh bien, ma petite Anna, ce serait vraiment gentil de votre part de faire une visite dans la Rembrandtstrasse, la vieille femme éprouve pour vous une profonde affection, quasi touchante. Je ne comprends vraiment pas pourquoi », ajouta-t-il en souriant et en contemplant Anna presque tendrement. Mais elle regardait dans le vague et ne répondit rien.

L'horloge murale sonna sept coups. Georges se leva, comme s'il n'avait attendu que ce signal.

« Monsieur le baron nous quitte déjà », dit M. Rosner se dressant à son tour.

Georges pria les personnes présentes de ne pas se déranger et leur serra la main.

« C'est curieux, dit le vieux médecin, comme votre voix rappelle celle de monsieur votre père.

— Oui, on me l'a souvent dit, répondit Georges. Personnellement cela ne m'a jamais frappé.

— Pas un homme sur cette terre ne connaît sa propre voix », remarqua Stauber; on aurait dit le début d'un exposé de vulgarisation.

1. Les diplômés universitaires pouvaient servir volontairement un an dans l'armée et en sortir officiers de réserve. *(N.d.T.)*
2. Le kreutzer valait le centième du florin. *(N.d.T.)*

Georges prit congé. En dépit de son signe de dénégation, Anna l'accompagna jusque dans l'entrée, et laissa — à dessein, pensa Georges — la porte entrouverte. « Il est dommage que nous n'ayons pu continuer notre séance de musique, dit-elle.

— Je le regrette aussi, mademoiselle Anna.

— Aujourd'hui, le lied m'a plu davantage que la première fois quand j'ai dû m'accompagner moi-même. Seulement, vers la fin, cela se dilue un peu..., je ne sais comment m'exprimer.

— Je vois ce que vous pensez. J'espère vous apporter bientôt une œuvre meilleure, mademoiselle Anna.

— Mais ne me faites pas trop attendre.

— Certainement pas. Au revoir donc, mademoiselle Anna. »

Ils se tendirent les mains et sourirent tous les deux.

« Pourquoi n'êtes-vous pas venu à Weissenfeld ? demanda Anna à voix basse.

— Je regrette beaucoup, mais voyez-vous, mademoiselle Anna, je n'aurais certainement pas été d'un commerce très agréable. Vous pouvez le comprendre. »

Anna le regarda, sérieuse. « Ne croyez-vous pas qu'on aurait pu peut-être vous apporter une aide, un soutien ?

— Il y a un courant d'air, Anna, cria Mme Rosner de l'intérieur.

— Je viens tout de suite », répliqua Anna, un peu impatientée. Mais Mme Rosner avait déjà fermé la porte.

« Quand puis-je revenir ? demanda Georges.

— Quand cela vous sera agréable. Sans doute..., il faudrait que je vous donne mon emploi du temps par écrit afin que vous sachiez lorsque je suis à la maison, et ce ne serait pas encore suffisant. Je me promène souvent, je fais des courses en ville, je visite des galeries de peinture, des expositions...

— Nous pourrions le faire ensemble.

— Oh oui », répondit Anna. Elle sortit son porte-monnaie de son sac et en tira un minuscule carnet.

« Qu'avez-vous là ? »

Anna, en souriant, feuilletait le carnet. « Attendez donc... Jeudi, onze heures, je voulais visiter l'exposition des miniatures à la Hofbibliothek. Si cela vous intéresse, nous pouvons nous y rencontrer.

— Mais très volontiers.

— Parfait. Là, nous conviendrons du jour où vous viendrez m'accompagner au piano.

— Entendu », dit Georges. Il lui tendit la main. Il lui vint à l'esprit que, certainement, pendant qu'il bavardait ici avec Anna, à l'intérieur de la pièce le jeune docteur Stauber devait s'irriter et même s'offusquer. Et il s'étonna que cette situation lui fût visiblement plus désagréable qu'à Anna qui semblait pourtant en général une personne bienveillante. Il dégagea sa main, prit congé et sortit.

Quand il se trouva dans la rue, le soir était tombé. Il marcha lentement en flâneur. Franchissant le pont Elisabeth, puis longeant l'Opéra, il se dirigea vers le centre ville, attentif au lied qui chantait dans sa tête en dépit des bruits et de l'agitation qui l'entouraient. Il trouvait étrange qu'il fût interdit à la voix d'Anna, qui dans un petit espace sonnait si pure, si juste, de réussir sur la scène ou au concert ; et, encore plus étrange, le fait qu'Anna paraissait à peine souffrir de cette infortune. A vrai dire, il n'était pas sûr que le calme affiché par Anna reflétât vraiment sa pensée intime.

Il la connaissait vaguement depuis déjà plusieurs années ; c'est seulement un soir du printemps dernier qu'ils s'étaient rapprochés. Une assez nombreuse société se trouvait réunie au jardin Waldstein. Enjoués, excités, séduits par la première soirée chaude de l'année, les participants avaient dîné en plein air sous de hauts châtaigniers. Georges les revoyait tous. Mme Ehrenberg, l'organisatrice de la réunion posant à la dame mûre, respectable, dans une ample robe foncée de foulard ; le conseiller Wilt, par sa distinction négligée et son ton supérieur un peu désinvolte vis-à-vis des choses et des gens, semblait porter le masque d'un homme d'Etat anglais ; Mme Oberberger qui, avec ses cheveux poudrés de gris, ses yeux étincelants, sa mouche au menton, ressemblait à une marquise de l'époque rococo ; Déméter Stanzidès aux dents éclatantes de blancheur, portant sur son front pâle la fatigue d'une héroïque ascendance ; Oscar Ehrenberg dont l'élégance tenait beaucoup du calicot, assez du chanteur comique débutant, et un peu du jeune homme de bonne famille ; Sissy Wyner qui gratifiait chacun tour à tour d'un regard de ses yeux sombres, rieurs, comme si elle était liée à chaque personne par un joyeux secret différent ; Willy Eissler qui, serein et jovial, racontait de plaisantes histoires du temps de son service militaire et des blagues juives ; Else Ehrenberg, dans une robe blanche de drap anglais, baignée de la mélancolie délicate du printemps, avec les attitudes d'une grande dame qui contrastaient d'une façon gracieuse, presque touchante, avec son visage juvénile et sa silhouette fragile ; Félicien, réservé et aimable, au regard fier qui, par-delà les invités, par-delà les tables, fixait les lointains ; la mère de Sissy, jeune, au teint coloré, qui papotait et aurait voulu participer à toutes les conversations et en même temps les entendre toutes ; Edmond Nurnberger aux yeux perçants, avec, sur ses lèvres minces, comme un masque, un sourire de mépris pour cette agitation qu'il perçait à jour, et dans laquelle, à son propre étonnement, il jouait lui-même un rôle ; enfin Henri Bermann, dans un costume d'été trop large, avec un chapeau de paille trop bon marché et une cravate trop claire, qui tantôt parlait plus fort, tantôt se taisait plus intensément que les autres. En dernier Anna était apparue, non accompagnée, sûre de soi ; elle avait d'un léger signe de tête salué la société, et avait pris place sans façon entre Mme Ehrenberg et Georges. « C'est pour vous que je l'ai invitée », dit Mme Ehrenberg à voix basse à Georges qui, jusqu'à ce soir, avait à peine accordé à Anna une place dans ses pensées. Ces paroles, fruits peut-être d'une inspiration subite de Mme Ehrenberg, devaient se révéler exactes au cours de la soirée. A partir du moment où la société s'ébranla pour entreprendre une joyeuse promenade à travers le Prater, partout, que ce fût dans les baraques foraines, aux manèges, devant les tréteaux des paillasses ou sur le chemin du retour en ville qui, pour s'amuser, fut effectué à pied, Georges et Anna restèrent ensemble, et, dans le tourbillon des propos joyeux et fous, ils avaient entamé une conversation très raisonnable.

Quelques jours plus tard, il se rendait chez elle et lui apportait, comme promis, l'extrait pour piano d'*Eugène Onéguine* et quelques-uns de ses propres lieder. A sa visite suivante, elle lui en chanta certains, et d'autres de Schubert ; sa voix lui plut beaucoup. Peu après, l'été les sépara sans la moindre trace de mélancolie et de tendresse ; l'invitation d'Anna à venir à Weissenfeld avait été interprétée par Georges comme un simple geste de politesse, son acceptation devait, elle aussi, être comprise ainsi ; et, par comparaison avec la banalité de leurs relations antérieures, l'atmosphère de la visite de ce jour devait paraître étrange à Georges.

Sur la place Saint-Etienne, il fut salué par quelqu'un qui se tenait sur la plate-forme d'un omnibus. Georges, qui était un peu myope, ne reconnut pas immédiatement la personne.

« C'est moi, dit le monsieur de la plate-forme.

— Oh, monsieur Bermann ! bonsoir. » Georges éleva la main jusqu'à lui.

« Où allez-vous ?

— Je vais au Prater, j'ai l'intention d'y dîner ce soir. Vous avez des projets, monsieur le baron ?

— Pas le moindre.

— Venez donc dîner avec moi. »

Georges grimpa dans l'omnibus qui repartit en cahotant. Ils se racontèrent entre autres leurs activités estivales. Henri était allé dans le Salzkammergut, puis en Allemagne d'où il venait de rentrer.

« Ah, à Berlin, dit Georges.

— Non.

— Je pensais que peut-être, à l'occasion d'une nouvelle pièce...

— Je n'ai pas écrit de nouvelle pièce, l'interrompit Henri assez impoliment. J'étais dans le Taunus et au bord du Rhin, à différents endroits. »

Qu'avait-il à faire au bord du Rhin, pensa Georges, bien que cela ne l'intéressât pas particulièrement. Il fut frappé de l'aspect distrait, presque sombre, du regard de Bermann.

« Et où en êtes-vous de vos travaux, cher baron ? » demanda Henri avec une vivacité soudaine tandis qu'il s'enveloppait plus étroitement dans le manteau gris foncé jeté sur ses épaules. « Votre quintette est-il terminé ?

— Mon quintette ? répéta Georges. Vous ai-je donc parlé de mon quintette ?

— Non, pas vous, mais Mlle Else m'a dit que vous travailliez à un quintette.

— Ah bon, Mlle Else. Non, je n'ai pas beaucoup avancé. Je n'avais pas le cœur à cela, comme vous vous en doutez.

— Ah oui », dit Henri. Il se tut un moment « Votre père était encore si jeune », ajouta-t-il lentement.

Georges, sans un mot, approuva de la tête.

« Comment va votre frère ? » demanda Henri soudain.

— Merci, très bien », répondit Georges un peu déconcerté. Henri jeta son cigare par-dessus la rambarde et en alluma immédiatement un autre. Puis il dit : « Vous vous étonnez que je vous demande des nouvelles de votre frère à qui j'ai à peine parlé. Mais il m'intéresse. Il représente pour moi à sa façon un type d'individu vraiment achevé, et je le tiens pour un des êtres les plus heureux qu'il y ait au monde.

— C'est possible, répliqua Georges après avoir hésité. Mais comment en arrivez-vous à ce point de vue alors que vous le connaissez à peine ?

— Premièrement, il s'appelle Félicien baron de Wergenthin-Recco », dit Henri très sérieux, et il souffla un nuage de fumée.

Georges dressa la tête, assez surpris.

« Vous vous appelez naturellement aussi Wergenthin-Recco, poursuivit Henri, mais seulement Georges, et ce n'est pas du tout la même chose, n'est-ce pas ? De plus, votre frère est très beau. Vous n'êtes sans doute pas mal non plus. Mais les individus dont la propriété principale est d'être beaux sont bien mieux lotis que ceux dont la propriété principale est d'être doués. Car quand on est beau, on l'est toujours, tandis que les gens doués passent au moins les neuf dixièmes de leur existencc sans la moindre trace de talent. Parfaitement, c'est comme cela, la ligne de vie est pour ainsi dire plus pure lorsqu'on est beau que lorsqu'on est un génie. Au reste, on pourrait exprimer cela beaucoup mieux. »

Qu'est-ce qui lui prend, pensa Georges, désagréablement troublé. Serait-il par hasard jaloux de Félicien... à cause d'Else Ehrenberg ?

Ils descendirent à l'étoile du Prater. Le grand courant de la foule du dimanche refluait à leur rencontre. Ils s'engagèrent dans la Grande Allée où l'animation était tombée, et continuèrent lentement leur marche. La fraîcheur se faisait maintenant sentir. Georges émit des remarques sur l'atmosphère automnale le soir, sur les gens attablés dans les restaurants, sur les musiques militaires qui jouaient dans les kiosques. Au commencement, Henri lui répondait distraitement, par la suite, plus du tout ; il semblait finalement à peine écouter, ce que Georges jugea mal élevé. Il regretta presque de s'être joint à Henri, d'autant plus qu'il n'était pas dans ses habitudes d'accepter sans réfléchir de vagues propositions ; il se trouva comme excuse d'avoir agi cette fois par distraction. Henri marchait à côté de lui, ou même le précédait de quelques pas, comme s'il avait totalement oublié sa présence. Il tenait toujours des deux mains son manteau jeté sur ses épaules, et, avec son chapeau mou gris-noir enfoncé sur le front, il manquait au plus haut point d'élégance, ce qui agaçait Georges. Les remarques précédentes de Henri Bermann sur Félicien lui parurent maintenant absurdes et parfaitement déplacées, et il se rappela à point nommé que presque tout ce qu'il connaissait des productions littéraires de Bermann lui déplaisait. Il avait vu deux pièces de lui, une qui se déroulait dans les basses classes parmi des artisans ou des ouvriers, et qui se terminait dans le sang ; une autre, sorte de comédie, une satire de la bonne société, avait provoqué un scandale à la première représentation et avait bientôt disparu du répertoire. A cette époque, Georges ne connaissait pas l'auteur personnellement, et il n'avait pas accordé beaucoup d'intérêt à l'affaire. Il se rappelait seulement que Félicien avait trouvé la pièce totalement ridicule, et que le comte Schönstein avait déclaré que si cela ne tenait qu'à lui, les œuvres théâtrales des Juifs ne devraient plus être représentées que par une troupe d'amateurs de Budapest. Mais c'était particulièrement M. de Breitner qui, en critique chrétien et objectif, avait donné libre cours à son indignation ; comment un jeune homme venu d'on ne sait où pouvait-il oser représenter sur la scène un monde qui lui était naturellement fermé, et dont il lui était impossible pour cette raison de comprendre la moindre chose Tandis que Georges se remémorait tous ces faits, l'irritation de voir son compagnon poursuivre sa marche dans un silence obstiné se mua en une véritable hostilité, et, sans bien s'en rendre compte, il commença à trouver justifiées toutes les insultes qui avaient été alors proférées contre Bermann. Il se rappela aussi que dès l'abord Henri lui avait été personnellement antipathique, et qu'il avait raillé Mme Ehrenberg pour l'habileté avec laquelle elle avait su immédiatement incorporer à son salon cette jeune gloire. Else, par contre, avait pris d'emblée le parti de Henri, déclarant qu'il était intéressant et parfois même charmant, et prophétisant que Georges deviendrait tôt ou tard un de ses amis. Et, en fait, Georges avait conservé au moins de leur conversation du printemps dernier sur un banc du Ring une certaine sympathie pour Bermann, sympathie qui s'était maintenue jusqu'à cette soirée.

Ils étaient passés depuis longtemps devant les derniers restaurants. A côté d'eux, la chaussée luisante et déserte s'enfonçait entre les arbres, droit dans la nuit ; seuls leur parvenaient par moments les flonflons d'une musique très lointaine.

« Allons-nous longtemps continuer ainsi ? », s'écria soudain Henri comme si on l'avait traîné de force jusqu'ici, et il s'arrêta.

« Je n'y suis pour rien, remarqua simplement Georges.

— Excusez-moi, dit Henri.

— Vous étiez plongé dans vos pensées, répondit Georges sèchement.

— Plongé n'est pas le mot. Mais il vous arrive parfois de vous perdre en vous-même.

— Je connais cela, dit Georges, un peu radouci.

— Ne vous a-t-on pas attendu ce mois d'août à Auhof ? dit Henri soudain.

— Attendu ? Mme Ehrenberg avait eu l'amabilité de m'inviter, mais je n'avais rien promis. Y êtes-vous demeuré assez longtemps, monsieur Bermann ?

— Assez longtemps, non. J'y suis monté plusieurs fois, mais seulement pour quelques heures.

— Je pensais que vous y aviez logé.

— Absolument pas. J'étais descendu à l'hôtel. Je n'allais là-haut qu'occasionnellement. L'atmosphère était trop bruyante, trop agitée..., la maison fourmille de visiteurs. Et je ne peux pas souffrir la plupart des gens qui la fréquentent. »

Un fiacre découvert, occupé par un monsieur et une dame, passa près d'eux.

« Mais c'était Oscar Ehrenberg, dit Henri.

— Et la dame ? » demanda Georges, suivant des yeux une tache claire qui se détachait dans l'obscurité.

« Je ne la connais pas. »

Ils s'engagèrent dans une allée latérale obscure. De nouveau leur conversation s'interrompit. Enfin Henri reprit : « Mlle Else a chanté pour moi à Auhof quelques-uns de vos lieder. J'en avais déjà entendu certains, interprétés par la Bellini, je crois.

— Oui, la Bellini les a chantés l'hiver dernier au cours d'un concert.

— Eh bien, ceux-là et d'autres le furent par Mlle Else.

— Qui l'a accompagnée ?

— Moi-même, aussi bien que je pouvais. Il faut d'ailleurs que je vous dise, cher baron, que ces lieder m'ont produit une impresssion encore plus forte que la première fois au concert bien que Mlle Else possède une voix et une technique sensiblement plus faibles que Mlle Bellini. D'un autre côté, on doit tenir compte que Mlle Else avait chanté vos lieder par un splendide après-midi d'été. La fenêtre était ouverte, on apercevait les montagnes et le ciel d'un bleu profond... Il vous en revient quand même une assez bonne part.

— Très flatteur », dit Georges, péniblement affecté par le ton moqueur de Henri.

« Savez-vous », continua Henri, et il parlait comme il le faisait parfois, les dents serrées, en accentuant inutilement les mots, « savez-vous qu'en général je n'ai pas l'habitude de prier de monter dans l'omnibus les gens que je rencontre par hasard dans la rue, et je préfère vous avouer tout de suite que j'ai... comment dit-on déjà ?... que j'ai considéré cela comme un signe du destin quand je vous ai soudain aperçu sur la place Saint-Etienne. »

Georges l'écoutait, étonné.

« Vous ne vous rappelez peut-être pas si bien que moi, poursuivit Henri, notre conversation sur un banc du Ring. »

Georges se souvint seulement à ce moment que Henri lui avait vaguement parlé alors d'un sujet d'opéra qui l'occupait, sur quoi Georges, non moins évasivement, plutôt en matière de plaisanterie, s'était proposé comme compositeur. Aussi sa réponse fut volontairement réservée : « Oui, oui, je me rappelle.

— Evidemment, cela ne vous engage en rien, répliqua Henri d'un ton encore plus froid, d'autant moins que, pour être franc, je n'avais même plus pensé à ce sujet d'opéra jusqu'à ce bel après-midi d'été où Mlle Else chanta vos lieder. Dites, si nous nous asseyions ici ? »

Le jardin de l'établissement dans lequel ils pénétrèrent était assez vide. Henri et Georges s'installèrent dans une petite tonnelle près d'une clôture verte et commandèrent à dîner.

Henri se renversa en arrière sur son siège, étala ses jambes, observant d'un regard inquisiteur, presque ironique, Georges qui se taisait obstinément. Il dit soudain : « Je ne crois pas me tromper si je présume que les choses que j'ai faites jusqu'à présent n'ont pas l'heur de vous plaire.

— Oh, répondit Georges en rougissant légèrement, qu'est-ce qui vous le fait penser ?

— Eh bien, je connais mes œuvres et je vous connais.

— Moi ? demanda Georges, presque blessé.

— Certainement, répliqua Henri d'un air supérieur. D'ailleurs, j'ai cette impression vis-à-vis de la plupart des gens, et je considère cette capacité comme la seule que je possède absolument. Toutes les autres sont, à mon avis, assez problématiques. En particulier mes dons artistiques sont tout à fait moyens, et il y aurait beaucoup à objecter à mon caractère. La seule chose qui me donne une certaine assurance est de connaître mon pouvoir de pénétrer dans les âmes..., d'y pénétrer profondément et dans toutes, dans celles des crapules et dans celles des honnêtes gens, dans celles des femmes, des hommes et des enfants, dans celles des païens, des Juifs, des protestants, et même dans celles des catholiques, des nobles et des Allemands, quoique j'ai entendu dire que ce serait infiniment difficile pour l'un d'entre nous, et même impossible. »

Georges eut un léger sursaut. Il savait que Henri, en particulier à l'occasion de sa dernière pièce, avait subi des attaques personnelles des plus virulentes de la part des journaux conservateurs et cléricaux. Mais en quoi cela me concerne-t-il, pensait Georges. Encore un qu'on a offensé ! Il est vraiment absolument exclu de fréquenter ces gens-là innocemment. Poli, distant, dans un rappel à peine conscient de la réplique de M. Rosner au jeune docteur Stauber, il déclara : « Je pensais que des hommes tels que vous étaient au-dessus des attaques du genre auquel vous faites visiblement allusion.

— Ah, vous pensiez cela », demanda Henri d'un ton

glacial presque hargneux qui lui était parfois propre. « Eh bien, continua-t-il radouci, parfois, c'est bien cela, mais malheureusement pas toujours. Il suffit de peu de chose pour réveiller le mépris de nous-mêmes qui continuellement sommeille en nous, et quand cela se produit, il n'est pas de crétin, de crapule avec qui nous ne contractions dans notre for intérieur une alliance contre nous-mêmes. Excusez-moi, si je dis " nous "...

— Oh, j'ai déjà éprouvé des sentiments tout à fait semblables. Bien que je n'aie pas eu encore l'occasion d'être exposé aussi souvent et au même degré que vous au jugement public.

— Eh bien même..., vous n'aurez jamais à subir ce que je supporte.

— Pourquoi donc ? » demanda Georges. Il était un peu vexé. Henri le regarda droit dans les yeux. « Vous êtes le baron de Wergenthin-Recco.

— Oh, à cause de cela ! Croyez-moi, il y a de nos jours une foule de gens qui, justement pour cette raison, sont prévenus contre vous et qui, à l'occasion, savent vous faire grief d'être baron.

— Oui, oui, mais le ton n'est pas le même, vous me l'accorderez, et cela signifie autre chose de jeter à la figure de quelqu'un sa qualité de baron ou celle de juif, quoique parfois ce dernier reproche..., vous me pardonnerez..., peut être le gage d'une noblesse supérieure. Allons, vous n'avez pas besoin de me regarder avec tant de compassion, ajouta-t-il soudain brutalement, je ne suis pas toujours aussi sensible. Il est d'autres heures pendant lesquelles rien ni personne ne peut m'atteindre, le temps d'un sentiment unique : Que savez-vous donc tous, que savez-vous de moi ?... » Il se tut fièrement ; par-delà le feuillage de la tonnelle, son regard méprisant fixait l'ombre. Puis il tourna la tête, observa autour de lui et dit simplement à Georges d'un ton changé : « Voyez donc, nous restons bientôt les seuls.

— Il commence à faire vraiment frais, dit Georges.

— Je pense que nous pouvons nous promener encore un peu dans le Prater.

— Volontiers. »

Ils se levèrent et partirent. Sur une prairie qu'ils longèrent flottait un léger brouillard gris.

« Cet été factice ne peut faire illusion jusque dans la nuit. Tout cela sera bientôt définitivement passé », dit Henri dans un accès de mélancolie disproportionné, puis il ajouta comme pour se consoler : « Eh bien, on travaillera. »

Ils arrivaient dans le parc aux attractions du Prater. On entendait la musique des guinguettes ; un peu de cette ambiance bruyante et joyeuse se communiqua à Georges, l'arrachant d'un coup à la tristesse d'une tonnelle automnale et à une conversation assez pénible.

Devant un manège dont l'orgue mécanique géant répandait alentour un pot-pourri du *Troubadour,* et à l'entrée duquel un bonimenteur conviait le public à un voyage à Londres, à Atzgersdorf et en Australie, Georges se souvint de nouveau de la sortie du printemps avec les invités des Ehrenberg. Mme Oberberger était assise sur ce banc étroit avec, à son côté, comme cavalier de la soirée, Déméter Stanzidès, et elle lui avait probablement raconté une de ses histoires invraisemblables : que sa mère avait été la maîtresse d'un grand-duc de Russie ; qu'elle-même était restée une nuit avec un admirateur dans le cimetière de Hallstadt, et qu'il ne s'était naturellement rien passé ; ou bien que son mari, le célèbre voyageur, avait à Smyrne en une semaine fait dans un harem la conquête de dix-sept femmes. Dans la petite voiture tapissée de velours rouge, avec le conseiller Wilt pour vis-à-vis, Else s'était installée avec l'aisance gracieuse d'une grande dame, comme dans un fiacre le jour du derby, tout en donnant à comprendre par sa tenue et l'expression de son visage que, s'il le fallait, elle pouvait se montrer aussi mutine que d'autres personnes simples et naïvement heureuses. Anna Rosner, qui chevauchait un pur-sang arabe blanc, tenait les rênes d'une main négligente, l'air digne bien qu'un peu malicieux ; Sissy se balançait sur un cheval noir qui non seulement tournait en cercle avec les autres animaux et les autres voitures, mais de plus oscillait d'avant en arrière. Sous une coiffure hardie surmontée d'un énorme chapeau noir à plumes, étincelaient, riaient les yeux les plus effrontés du monde, et sur ses chaussures vernies échancrées et ses bas de dentelle la robe blanche voletait, voltigeait. Cette apparition avait produit une impression si profonde sur deux inconnus qu'ils lui lancèrent une invitation sans équivoque ; il s'ensuivit un court et mystérieux entretien entre Willy, tout de suite accouru, et les deux messieurs, qui, passablement gênés, cherchèrent d'abord en allumant nonchalamment des cigarettes à sauver la face, mais qui, par la suite, se perdirent rapidement dans la foule.

La baraque aux mirages et aux projections lumineuses évoquait également pour Georges un souvenir particulier. Ici, tandis que Daphné se changeait en arbre, Sissy lui avait murmuré à l'oreille un discret « remember », lui rappelant ainsi le bal masqué chez les Ehrenberg au cours duquel elle avait pour lui, et probablement pas pour lui seul, soulevé son voile de dentelle pour un baiser rapide. Puis la boutique où le groupe entier s'était fait photographier : les trois jeunes filles, Anna, Else et Sissy dans une pose inspirée, les messieurs à leurs pieds levant des yeux extasiés, si bien qu'on aurait dit le tableau final d'un vaudeville. Et tandis que Georges évoquait ce petit événement, la scène d'adieu avec Anna, survenue le jour même, flottait dans son souvenir et lui semblait chargée des plus riantes promesses.

Devant un stand de tir, il y avait foule. Tantôt le tambour était atteint au cœur et faisait tourbillonner ses baguettes à coups rapides sur la peau de son instrument, tantôt une boule de verre qui dansait sur un jet d'eau volait en éclats dans un tintement sonore, tantôt une cantinière portait rapidement à sa bouche sa trompette et, menaçante, sonnait l'appel, tantôt d'une porte brusquement ouverte un petit chemin de fer surgissait dans un bruit de tonnerre, franchissait en trombe le pont suspendu et disparaissait par une autre porte. Comme des spectateurs peu à peu s'écartaient, Georges et Henri se rapprochèrent et reconnurent dans les habiles tireurs Oscar Ehrenberg et sa compagne. Oscar pointait justement son fusil sur un aigle qui, les ailes déployées, se déplaçait au plafond de la baraque ; il manqua le but pour la première fois. Furieux, il reposa l'arme, aperçut les deux hommes derrière lui et les salua.

La jeune femme, la crosse plaquée contre la joue, jeta un coup d'œil rapide aux nouveaux arrivants, visa de nouveau et appuya sur la détente. Touché à l'aile, l'aigle la laissa pendre et ne bougea plus.

« Bravo ! » cria Oscar.

La dame reposa devant elle le fusil sur la table.

« Ça suffit », dit-elle au jeune garçon qui s'apprêtait à le recharger. « J'ai gagné.

— Combien de coups ? demanda Oscar.

— Quarante, dit le garçon, ça fait quatre-vingts kreutzers. »

Oscar mit la main à son gilet et jeta un florin d'argent, acceptant avec condescendance les remerciements de l'employé.

« Permets-moi », dit-il, tandis que les deux mains sur les hanches il inclinait le corps légèrement en avançant le pied gauche, « permets-moi Amy de te présenter ces deux messieurs, témoins de ton triomphe. Baron Wergenthin, Monsieur de Bermann... Mademoiselle Amélie Reiter. »

Les deux hommes soulevèrent leurs chapeaux, en réponse Amélie salua plusieurs fois de la tête. Elle portait une robe simple de foulard à motifs blancs, et, par-dessus, une mince cape jaune clair bordée de dentelle. Elle était coiffée d'un chapeau noir coquin. « Je connais déjà monsieur de Bermann, dit-elle, je vous ai vu à la première de votre pièce l'hiver dernier quand vous êtes venu saluer. J'ai passé une très bonne soirée, et je ne le dis pas par pure politesse. »

Henri remercia avec gravité.

Ils reprirent leur promenade à travers les baraques, de moins en moins fréquentées, passant devant des établissements qui, peu à peu, se vidaient de leur clientèle.

Oscar passa son bras sous celui de sa compagne, puis il se tourna vers Georges. « Pourquoi n'êtes-vous pas venu cette année à Auhof ? Nous l'avons tous beaucoup regretté.

— Je n'étais malheureusement pas d'humeur à me trouver en société.

— Naturellement, je peux me l'imaginer, dit Oscar du ton sérieux qui s'imposait. Je n'y suis d'ailleurs resté que quelques semaines. Au mois d'août, j'ai fortifié mes membres fatigués dans les vagues de la Manche, j'étais dans l'île de Wight.

— Il paraît que c'est très joli, dit Georges. Qui y va donc habituellement ?

— C'est aux Wyner que vous pensez, répondit Oscar. Tout au moins lorsqu'ils vivaient à Londres, ils s'y rendaient régulièrement. Ils n'y vont plus maintenant que tous les deux, trois ans.

— Mais ils ont gardé l'*y* pour l'Autriche », dit Georges en souriant. Oscar restait sérieux. « Le vieux M. Wyner a honnêtement gagné le droit d'écrire son nom avec un *y*. Dès sa treizième année il s'est rendu en Angleterre, il s'y est fait naturaliser, et est devenu l'associé de l'importante aciérie qui s'appelle toujours Black et Wyner.

— Mais n'est-ce pas à Vienne qu'il s'est cherché une épouse ?

— Oui, et quand il est décédé, il y a sept ou huit ans, elle s'y est installée avec ses deux enfants. Mais James ne s'habituera jamais ici... Lord Antinoüs, c'est, vous le savez, le nom que lui donne Mme Ehrenberg. Il est reparti à Cambridge où il étudie, chose curieuse, la philologie grecque. D'ailleurs Déméter, lui aussi, a passé quelques jours à Ventnor.

— Stanzidès ? compléta Georges.

— Connaissez-vous M. de Stanzidès, monsieur le baron ? demanda Amy.

— Certainement.

— Il existe donc vraiment ! s'écria-t-elle.

— Tu l'entends, dit Oscar. Au printemps de cette année, elle avait parié sur lui à la Freudenau et gagné une jolie somme, et maintenant elle demande s'il existe.

— Pourquoi doutez-vous de l'existence de Stanzidès, mademoiselle ? demanda Georges.

— Voyez-vous, chaque fois que je me demande où est mon Oscar, c'est : J'ai rendez-vous avec Stanzidès, ou je monte au Prater avec Stanzidès. Stanzidès par-ci, Stanzidès par-là, on dirait plutôt un prétexte qu'un nom.

— Maintenant, vas-tu te taire, dit Oscar doucement.

— Non seulement Stanzidès existe, expliqua Georges, mais il a la plus belle moustache noire et les yeux noirs les plus brillants qui soient.

— Ça se peut bien, mais quand je l'ai vu il avait l'air d'un clown. Une tunique jaune, une casquette verte, des rubans violets.

— Et il lui a fait gagner quarante florins ! compléta Oscar avec humour.

— Où sont les quarante florins ? » soupira Amélie... Soudain, elle s'arrêta et s'écria : « Mais je ne suis jamais montée là-dedans.

— On peut y remédier », dit simplement Oscar.

C'était la Grande Roue qui tournait devant eux, lente,

majestueuse, avec ses nacelles éclairées. Les jeunes gens franchirent le tourniquet, montèrent dans un wagon vide et s'envolèrent.

« Savez-vous, Georges, de qui j'ai fait la connaissance cet été ? dit Oscar. Le prince de Guastalla.

— Lequel ? demanda Georges.

— Le plus jeune, naturellement, Karl Friedrich. Il était là incognito. Il est en excellents termes avec Stanzidès, un homme remarquable. Je puis vous assurer, ajouta-t-il à voix basse, que si l'un d'entre nous se permettait le centième de ses déclarations, il serait bon pour un emprisonnement à vie.

— Regarde, Oscar, s'exclama Amy, regarde les gens et les tables en bas, comme sortis d'une boîte de jouets, pas vrai ? Et cette foule de lumières tout au loin, certainement en direction de Prague. Ne croyez-vous pas, monsieur Bermann ?

— C'est possible », répondit Henri qui, une ride au front, fixait la nuit à travers la paroi de verre.

Lorsqu'ils quittèrent le wagon et se retrouvèrent dehors, le brouhaha dominical se calmait.

« Cette petite », dit Oscar Ehrenberg à Georges, tandis qu'Amy marchait devant avec Henri, « ne se doute pas que nous nous promenons ensemble au Prater aujourd'hui pour la dernière fois.

— Pourquoi la dernière fois ? demanda Georges, médiocrement intéressé.

— Il le faut, déclara Oscar, de telles affaires ne doivent pas durer plus d'une année. Vous pourrez d'ailleurs, à partir de décembre, acheter vos gants chez elle », ajouta-t-il d'un ton dégagé malgré un soupçon de mélancolie. « Je lui achète un petit commerce. Je lui dois bien cela, car je l'ai détournée d'une situation passablement plus sûre.

— Une situation plus sûre ?

— Oui, elle était fiancée. Avec un fabricant d'étuis. Saviez-vous que cela existait ? »

Pendant ce temps, Amy et Henri s'étaient arrêtés devant un escalier à vis étroit qui grimpait hardiment jusqu'à une plate-forme et ils y attendaient les deux autres. Tous étaient d'accord qu'on ne pouvait quitter le Prater sans être monté sur le Grand Huit.

Dans l'obscurité, avec un vacarme assourdissant, leur

wagon dévalait la pente, puis remontait sous les cimes noires des arbres ; et, dans ce bruit sourd, rythmé, Georges découvrait peu à peu un motif musical burlesque à trois temps. Redescendant l'escalier avec les autres, il savait déjà que cette mélodie devait être exposée par le hautbois et la clarinette accompagnée du violoncelle et de la contrebasse. C'était de toute évidence un scherzo, peut-être pour une symphonie.

« Si j'étais un entrepreneur, déclara Henri résolument, je ferais construire une telle piste sur des milles de distance, à travers prairies, collines, forêts, à travers des salles de bal, sans oublier des surprises en cours de route. » En tout cas, il poursuivait son idée, le temps était venu d'exploiter en grand au Prater l'élément fantastique. Il avait lui-même déjà songé à un manège qui grâce à un mécanisme spécial s'élèverait, tournant en spirale pour atteindre le sommet d'une tour. Il lui manquait malheureusement les bases techniques nécessaires pour préciser le projet. Tout en marchant, il imaginait des mannequins et des groupes grotesques pour le stand de tir, et il finit par proclamer la nécessité urgente d'un grand théâtre de marionnettes pour lequel des poètes originaux écriraient des pièces à la fois gaies et profondes.

On était ainsi parvenu à la sortie du Prater où la voiture d'Oscar attendait. De bonne humeur, bien qu'à l'étroit, ils gagnèrent un restaurant en ville, réputé pour sa cave. Dans un cabinet particulier, Oscar fit servir du champagne. Georges se mit au piano et improvisa sur le thème qu'il avait découvert dans le Grand Huit. Amy s'était installée dans l'angle du divan, et Oscar lui murmurait à l'oreille des bêtises qui la faisaient rire. Henri était de nouveau silencieux et tournait lentement son verre entre ses doigts. Soudain Georges cessa de jouer, laissant ses mains posées sur le clavier. Comme parfois lorsqu'il avait bu du vin, le sentiment de l'irréalité et de la vanité de l'existence l'envahit. De nombreux jours s'étaient écoulés depuis qu'il avait descendu un escalier mal éclairé de la Paulanergasse, et la promenade avec Henri dans la sombre allée automnale reculait dans un passé des plus lointains. Par contre, il se souvenait, aussi nettement que si cela datait d'hier, d'une personne très jeune et très corrompue avec laquelle, plusieurs années auparavant, il avait eu pendant quelques semaines le même genre de relations joyeuses et absurdes qu'Oscar avec Amy. Un soir, elle l'avait fait attendre trop longtemps dans la rue ; impatient, il était parti et n'avait plus jamais entendu parler d'elle, ni ne l'avait revue. Comme parfois la vie s'arrange facilement... Il entendit le rire léger d'Amy, se retourna et rencontra les yeux d'Oscar qui, par-dessus la tête blonde, cherchait les siens. Ce regard lui déplut, il l'évita et plaqua de nouveau quelques accords d'un tour populaire, mélancolique. Il ressentit l'envie de noter toutes ses trouvailles du jour et regarda l'horloge au-dessus de la porte. Il était une heure passée. D'un coup d'œil il s'entendit avec Henri, tous deux se levèrent. Oscar montra Amy qui s'était endormie sur son épaule, et fit comprendre d'un geste en souriant que, dans ces circonstances, il n'était pas question pour lui de partir. Les deux autres lui serrèrent la main, lui souhaitèrent à voix basse une bonne nuit et s'éloignèrent.

« Savez-vous ce que j'ai fait, dit Henri, pendant que vous improvisiez si joliment sur cet affreux piano ? J'ai essayé de mettre au net le sujet dont je vous ai parlé au printemps.

— Ah, le sujet d'opéra ? C'est intéressant, voulez-vous me l'exposer ? »

Henri secoua la tête. « Je le voudrais bien, mais le malheur est, comme je viens de m'en apercevoir, qu'il n'existe pas encore. Comme la plupart de mes prétendus sujets. »

Georges le regarda, interrogatif. « Pourtant, au printemps, quand nous nous sommes vus la dernière fois, vous en aviez en quantité.

— Oui, j'avais noté pas mal de choses. Mais il n'en reste aujourd'hui que des phrases..., non, des mots ! Même pas, des lettres sur du papier blanc. Il semble qu'une main mortelle soit passée dessus. Je crains, si j'y touche, de voir tout tomber en cendres. Oui, je traverse une mauvaise période, et qui sait s'il en viendra jamais une meilleure. »

Georges se tut. Puis il se rappela soudain avoir lu une notice de journal concernant le père de Henri, l'ancien député Bermann ; il pressentit quelque rapport et demanda : « Monsieur votre père n'est-il pas souffrant ? »

Sans le regarder, Henri répondit : « Mon père est dans une clinique psychiatrique, déjà depuis le mois de juin. »

D'un hochement de tête, Georges exprima sa sympathie.

Henri continua : « Oui, c'est une chose épouvantable. Même si, ces derniers temps, je n'étais plus très proche de lui, cela n'en demeure pas moins épouvantable au-delà de toute expression

— Dans de telles circonstances, remarqua Georges, on conçoit que le travail ne puisse avancer.

— Oui, répondit Henri après une hésitation, mais ce n'est pas la seule raison. Pour dire la vérité, ce fait joue un rôle relativement modeste dans ma disposition d'esprit actuelle. Je ne veux pas me faire meilleur que je ne suis. Meilleur... ! Si j'étais meilleur... ? » Il eut un rire bref, puis il poursuivit : « Voyez-vous, hier je pensais encore que ma dépression résultait de tout un ensemble, mais aujourd'hui j'ai eu de nouveau la preuve irréfutable que des choses insignifiantes, voire ridicules, me touchent plus profondément que des choses essentielles, comme, par exemple, la maladie de mon père. Fâcheux, n'est-ce pas ? »

Georges regardait dans le vague. Pourquoi est-ce que je l'accompagne, pensait-il, et pourquoi trouve-t-il cela tout naturel ?

Henri reprit, les dents serrées, d'un ton inutilement violent :

« Cet après-midi, j'ai reçu deux lettres. Deux lettres..., une de ma mère qui est allée voir mon père à la clinique. Cette lettre m'annonce qu'il va mal, très mal, en un mot, qu'il n'en a plus pour longtemps. » Il respira profondément. « Et naturellement des tas de choses en dépendent, comme vous pouvez le penser. Des difficultés de toutes sortes, des soucis pour ma mère, pour ma sœur, pour moi. Et maintenant, figurez-vous qu'avec cette lettre en est arrivée une autre qui ne renfermait, pour ainsi dire, rien de bien important. Une lettre d'une personne qui, pendant deux ans, me fut très proche. Et dans cette lettre se trouvait un passage qui m'a paru un peu suspect. Un unique passage... A part cela, cette lettre, comme toutes celles de cette personne, est très affectueuse, très gentille... Et maintenant, rendez-vous compte, le souvenir de ce passage suspect qu'un autre n'aurait même pas remarqué me poursuit, me tourmente tout le jour. Je ne pense pas à mon père dans cet établissement pour aliénés, pas à ma mère, à ma sœur qui se désespèrent, je ne pense qu'à ce passage insignifiant d'une lettre stupide, d'une femme qui n'a absolument rien de remarquable. Cela me ronge profondément, me rend incapable de sentir en fils, en être humain... N'est-ce pas épouvantable ? »

Georges l'écoutait, stupéfait. Il semblait étrange que cet homme taciturne, sombre, lui ouvrît ainsi son cœur, à lui, une vague relation, et il ne pouvait se défendre d'un pénible sentiment de gêne devant cette franchise inattendue. De plus, il n'avait pas l'impression de devoir cette confession à une sympathie particulière de Henri à son égard, il la ressentait plutôt comme preuve d'un manque de tact, d'une maîtrise de soi défaillante, une attitude relevant d'une « mauvaise éducation », un mot qu'il avait déjà entendu appliquer à Henri — était-ce de la bouche du conseiller Wilt ? — et qui lui paraissait parfaitement adéquat. Ils venaient de passer près de la Hofburg. Un ciel sans étoiles recouvrait la ville silencieuse. Les arbres du Volksgarten bruissaient légèrement, on entendit le roulement d'une voiture qui s'éloignait.

Comme Henri de nouveau se taisait, Georges s'arrêta et dit du ton le plus aimable possible : « Il faut maintenant que je vous quitte, cher monsieur Bermann.

— Oh, s'exclama Henri, je m'aperçois seulement maintenant que vous m'avez accompagné un bon bout de chemin et que je vous ai raconté, ou plutôt que je me suis raconté en votre présence, quel manque de tact, une foule d'histoires qui ne pouvaient vous intéresser le moins du monde... Excusez-moi.

— Qu'y a-t-il à excuser », répondit doucement Georges qui, devant cette auto-accusation de Henri, se sentait un peu coupable. Il lui tendit la main, Henri la prit en lui disant : « Au revoir, cher baron », comme si toute autre parole lui eût paru importune, et il s'éloigna rapidement.

Georges le suivit des yeux, éprouvant à son égard à la fois sympathie et aversion ; il se sentit soudain d'humeur libre, presque joyeuse, jeune sans souci, destiné au plus bel avenir. La venue imminente de l'hiver le réjouissait. De multiples perspectives se présentaient : des moments de travail, d'entretiens, de tendresse, et il lui était au fond indifférent de savoir d'où ces joies pouvaient venir. Près de l'Opéra, il hésita un instant. Rentrer chez lui par la Paulanergasse ne représentait pas un grand détour. Il sourit au souvenir de ses allées et venues d'autrefois sous une fenêtre. A peu de distance se trouvait la rue où mainte nuit il avait guetté une croisée. Derrière ses rideaux Marianne avait coutume d'apparaître quand son mari s'était endormi. Cette femme qui aimait jouer avec le danger, sans trop le prendre elle-même au sérieux, n'avait jamais été très chère à Georges... Un autre souvenir plus ancien lui était beaucoup plus délicieux. A Florence, à dix-sept ans, il était passé et repassé de nombreuses nuits devant la fenêtre d'une belle jeune fille, première aventure féminine avec une vierge d'un garçon pur lui aussi. Et il évoquait l'heure où il l'avait vue marcher à l'autel au bras de son fiancé ; au moment où le prêtre allait bénir ce mariage, il se souvenait du regard qu'elle lui avait adressé sous son voile blanc, message d'un éternel adieu... Il était arrivé. Les réverbères ne brûlaient plus qu'aux deux extrémités de la petite rue, si bien que, face à la maison, il se trouvait entièrement dans l'ombre. La fenêtre de la chambre d'Anna était ouverte et, comme dans l'après-midi, les rideaux de tulle flottaient légèrement dans le vent. Derrière, l'obscurité régnait. Un doux sentiment de tendresse s'éveilla en Georges. De tous les êtres qui lui avaient témoigné de l'inclination, Anna lui semblait le meilleur, le plus pur. N'avait-elle pas été la première à s'intéresser à ses essais artistiques, un intérêt plus authentique que celui de Marianne qui avait toujours les larmes aux yeux quel que fût le morceau que lui jouait Georges, plus authentique que celui d'Else Ehrenberg qui ne songeait qu'à affirmer hautement son privilège d'avoir été la première à reconnaître son talent ? Si une personne était capable de combattre sa tendance à la dispersion, à la nonchalance, de le contraindre à une activité précise et fructueuse, c'était bien Anna. Déjà, l'hiver dernier, il avait songé à chercher un poste de chef d'orchestre ou de répétiteur de chant sur une scène d'opéra allemande ; chez les Ehrenberg il avait vaguement parlé de ses projets qui n'avaient pas été pris très au sérieux, et Mme Ehrenberg, toujours maternelle et pratique, lui avait conseillé d'entreprendre plutôt une tournée de compositeur et de chef d'orchestre aux Etats-Unis, sur quoi Else, l'impertinente, avait ajouté : « Et une héritière américaine ne serait pas à dédaigner. » Tandis qu'il se rappelait cette conversation, l'idée de vagabonder un peu à travers le monde n'était pas pour lui déplaire, il souhaitait découvrir des villes et des gens étrangers, conquérir quelque part au loin l'amour et la gloire, et jugeait finalement que jusqu'ici son existence s'était écoulée par trop paisible et monotone.

Depuis longtemps, sans avoir en pensée pris congé d'Anna, il avait quitté la Paulanergasse et il se retrouva bientôt à son domicile. Entrant dans la salle à manger, il vit de la lumière briller dans la chambre de Félicien.

« Bonsoir, Félicien », lui cria-t-il.

La porte s'ouvrit, et Félicien apparut encore tout habillé Les deux frères se serrèrent la main.

« Tu rentres seulement maintenant, dit Félicien. Je pensais que tu dormais déjà depuis longtemps. » Selon son habitude, il portait en parlant son regard au loin, et inclinait la tête sur la droite.

« Qu'est-ce que tu as fait ?

— J'étais au Prater.

— Seul ?

— Non, j'y ai rencontré des gens, Oscar Ehrenberg et son amie, et l'écrivain Bermann. Nous avons tiré à la cible, nous sommes montés sur le Grand Huit. C'était très amusant... Qu'est-ce que tu tiens là ? dit-il s'interrompant. C'est ainsi que tu es allé te promener ? » ajouta-t-il en plaisantant.

A la lueur de la lampe, Félicien fit briller l'épée qu'il tenait de la main droite. « Je viens de la décrocher du mur. Demain, je m'y remets sérieusement. Le tournoi a lieu à la mi-novembre. Cette année, je veux affronter Forestier.

— Vraiment ! s'exclama Georges.

— Du culot, penses-tu ? Mais la mi-novembre est encore loin et, chose étrange, j'ai l'impression d'avoir progressé pendant les six semaines d'été où je n'ai pas touché à cette lame. Comme si mon bras avait découvert de nouvelles idées. Je ne peux pas bien te l'expliquer.

— Je crois comprendre ce que tu veux dire. »

Félicien tenait l'épée tendue devant lui et la considérait avec tendresse. Puis il dit : « Ralph a demandé de tes nouvelles, Guido aussi... Dommage que tu n'étais pas avec nous.

— As-tu passé tout l'après-midi avec eux ?

— Oh, non ! Après le repas je suis resté à la maison. Tu as dû juste partir à ce moment-là. Puis j'ai étudié.

— Etudié ?

— Oui, je dois m'y mettre sérieuseent. Au plus tard en mai, je veux passer l'examen pour entrer dans la diplomatie.

— Tu es donc fermement décidé ?

— Absolument. Rester dans un bureau ministériel ne m'intéresse pas du tout. Plus j'y demeure et plus je m'en rends compte. Ce n'est d'ailleurs pas du temps de perdu. Ils voient d'un œil favorable celui qui a déjà travaillé dans les services intérieurs.

— Tu vas donc probablement quitter Vienne à l'automne ?

— On peut l'envisager.

— Où vont-ils t'envoyer ?

— Ah, si on pouvait le savoir déjà. »

Georges restait rêveur. La séparation était-elle donc si proche ? Pourquoi cela le touchait-il subitement à ce point ?... Lui-même était décidé à partir et, encore récemment, il s'était entretenu avec son frère de ses projets pour l'année suivante. Ce dernier ne les avait-il pas pris au sérieux ? Si l'on pouvait seulement discuter avec lui cordialement, en frère, comme au soir de l'enterrement de leur père. Vraiment, il n'y avait qu'aux heures sombres de la vie qu'ils se retrouvaient unis. Autrement, une gêne étrange persistait toujours entre eux. Cela, il était clair, ne changerait pas. Il fallait se contenter de bavarder ensemble comme de bons amis. Résigné, Georges demanda : « Qu'astu fait hier soir ?

— J'ai soupé avec Guido et une jeune femme intéressante.

— Tiens !

— Le voilà de nouveau tendrement épris.

— De qui donc ?

— Elle travaille au conservatoire, elle est juive, elle joue du violon. Mais elle n'avait pas apporté son instrument. Pas particulièrement jolie, mais intelligente. Elle l'admire et il la respecte. Il veut qu'elle se fasse baptiser. De drôles de rapports, crois-moi, tu ne te serais pas ennuyé. »

Georges regarda l'épée que Félicien tenait toujours à la main. « Aurais-tu envie de faire un petit assaut ?

— Pourquoi pas », répondit Félicien. Il alla chercher dans sa chambre une seconde épée. Pendant ce temps, Georges avait poussé la grande table contre le mur.

« Depuis le mois de mai je n'en ai pas manié une », dit-il en saisissant l'arme. Ils retirèrent leurs vestes et se mirent en garde. Une seconde plus tard Georges était touché.

« On continue ! » cria Georges, tout joyeux de pouvoir, dans une pose audacieuse, la lame fine, étincelante à la main, affronter son frère.

Félicien le toucha autant qu'il voulut, sans lui-même être atteint une seule fois. Il baissa l'arme et dit : « A quoi bon, tu es trop fatigué aujourd'hui. Tu devrais fréquenter la salle plus assidûment. Je t'assure, c'est dommage, avec tes dispositions. » L'éloge fraternel réjouit Georges. Il posa l'épée sur la table, respira à fond et alla à la grande fenêtre centrale restée ouverte. « Quel air délicieux ! » dit-il. Du parc parvenait la lueur d'un unique réverbère, le silence était total.

Félicien s'approcha de Georges, et comme celui-ci se penchait, les deux mains posées sur l'appui de la fenêtre, l'aîné resta debout derrière lui, et laissa son regard serein, supérieur, errer sur la rue, le parc et la ville. Ils se turent un long moment. Chacun d'eux savait à quoi l'autre pensait : à une nuit de mai du printemps dernier où ils étaient rentrés à la maison en traversant le parc, au salut muet que leur avait adressé leur père de la même fenêtre où ils se trouvaient à présent, et ils frissonnèrent un peu tous deux à la pensée de la joyeuse journée qu'ils venaient de passer sans une pensée émue pour l'être cher qui reposait maintenant sous la terre.

« Bonne nuit », dit Félicien, plus tendrement que d'habitude, et il tendit la main à son frère. Celui-ci la serra sans un mot, et chacun regagna sa chambre.

Georges alluma sa lampe de bureau, prit du papier à musique et commença à noter. Pas le scherzo que lui avait inspiré trois heures plus tôt la course dans la nuit sous les arbres noirs avec les trois autres, ni la mélodie populaire mélancolique esquissée au restaurant, mais un motif tout nouveau, comme surgi lentement, irrésistiblement, de profondeurs secrètes. Il lui semblait qu'il devait simplement laisser agir une force mystérieuse. Il écrivit la mélodie qu'il se représentait chantée par une voix de contralto ou jouée au violon alto, il entendait dans sa tête un accompagnement étrange dont il savait qu'il ne sortirait jamais de sa mémoire

Il se coucha à quatre heures du matin, apaisé comme quelqu'un à l'abri à jamais des vicissitudes de l'existence, un être à qui solitude, pauvreté, mort n'inspiraient plus la moindre crainte.

2

Assise sur le sofa de velours vert dans l'encorbellement de la fenêtre, Mme Ehrenberg brodait ; en face d'elle, Else lisait. Dans le fond de la pièce, derrière le piano, la tête en marbre blanc d'Isis brillait et, venant de la porte ouverte sur la pièce voisine, un rai de lumière se dessinait sur le tapis. Else leva la tête de son livre et regarda par la fenêtre les hautes cimes des arbres du parc Schwarzenberg qui s'agitaient dans le vent, et dit incidemment : « On pourrait peut-être téléphoner à Georges Wergenthin pour qu'il vienne ce soir. »

Mme Ehrenberg reposa sur ses genoux sa broderie. « Je ne sais pas, dit-elle. Tu te rappelles la lettre de condoléance vraiment délicate que je lui avais adressée, et mon invitation pressante à nous rendre visite à Auhof. Il n'est pas venu, et sa réponse a été particulièrement froide. Je ne lui téléphonerais pas.

— On ne peut le traiter comme les autres, répliqua Else. Il fait partie des gens auxquels il faut rappeler à l'occasion son existence. Qu'on le lui rappelle, et il s'en réjouit. »

Mme Ehrenberg avait repris sa broderie. « Cela ne donnera rien, dit-elle tranquillement.

— Mais il n'y a rien à attendre, répondit Else. Ne le sais-tu pas, maman ? C'est pour moi un bon ami, rien de plus, et encore par intermittence. Ou crois-tu vraiment que je sois amoureuse de lui ? Bien sûr quand j'étais petite et que nous jouions ensemble au tennis à Nice, mais c'est du passé.

— Ah, et à Florence ?

— A Florence, je pensais plutôt à Félicien.

— Et maintenant ? dit Mme Ehrenberg lentement.

— Maintenant ?... Tu songes probablement à Henri Bermann... Eh bien, tu te trompes, maman.

— J'aimerais bien me tromper. En tout cas, cet été, j'ai vraiment eu l'impression que...

— Je te l'ai déjà dit, l'interrompit Else, un peu impatientée, il n'en est rien, il n'en sera rien. Une unique fois, comme nous étions en barque, par un après-midi étouffant — tu nous as vu du balcon avec tes jumelles d'opéra —, cela a pris un tour dangereux. Mais même si nous étions tombés dans les bras l'un de l'autre, ce qui d'ailleurs n'est jamais arrivé, cela n'aurait rien signifié. Rien de plus qu'une passade d'été.

— Il paraît même qu'il aurait une liaison très sérieuse, dit Mme Ehrenberg.

— Tu penses à cette actrice, maman ? »

Mme Ehrenberg releva la tête. « T'en a-t-il parlé ?

— Parlé ?... Pas directement. Mais quand nous nous promenions dans le parc, ou le soir au bord du lac, il n'était question que d'elle. Naturellement, sans prononcer son nom... Et, plus je lui plaisais, quelle drôle d'espèce que les hommes, plus il était jaloux au sujet de l'autre... Au reste, quelle importance ! Chaque jeune homme n'a-t-il pas une liaison sérieuse ? Crois-tu peut-être qu'il en est autrement pour Georges Wergenthin ?

— Une liaison sérieuse ?... Non, celui-là n'en connaîtra jamais. Il est beaucoup trop froid, trop supérieur..., et il manque de tempérament.

— Justement pour cette raison, déclara Else en psychologue avertie. Il se laissera embarquer dans quelque affaire, à son insu, et se retrouvera submergé. Et un beau jour, il se mariera... par simple lassitude..., avec une personne qui lui sera probablement parfaitement indifférente.

— Tu dois soupçonner quelqu'un en particulier, dit Mme Ehrenberg.

— Exactement.

— Marianne ?

— Marianne ! Mais maman, c'est terminé depuis longtemps. De plus, ce n'a jamais été sérieux.

— Alors, ce serait qui ?

— Qu'en penses-tu, maman ?

— Pas la moindre idée.

— C'est Anna, dit Else brièvement.

— Quelle Anna ?

— Anna Rosner, évidemment.

— Par exemple !

— Tu peux bien t'exclamer, c'est ainsi.

— Tu ne crois pas sérieusement qu'Anna, une nature si réservée, puisse s'oublier au point...

— S'oublier... Vraiment, maman, tu as parfois de ces expressions... D'ailleurs je trouve qu'en l'occurrence l'oubli ne doit pas être si grand. »

Mme Ehrenberg sourit non sans une certaine fierté.

La sonnette de la porte d'entrée retentit. « Enfin, c'est pourtant lui, dit Else.

— Ce pourrait être aussi Déméter Stanzidès, remarqua Mme Ehrenberg.

— Stanzidès devait un jour nous amener le prince, dit Else.

— Crois-tu que ce soit possible, demanda Mme Ehrenberg, et elle reposa sa broderie.

— Pourquoi ne serait-ce pas possible, ils sont très intimes. »

La porte s'ouvrit, mais au lieu des visiteurs prévus, ce fut Edmond Nurnberger qui entra. Il était comme toujours vêtu avec le plus grand soin mais pas à la dernière mode. Sa jaquette était un peu trop courte, et dans son ample cravate foncée en satin était piquée une épingle surmontée d'une émeraude. Dès la porte il s'inclina, un salut accompagné d'une mimique qui semblait railler sa propre politesse. « Suis-je le premier ? demanda-t-il. Personne n'est encore là ? Ni un conseiller, ni un comte, ni un poète, ni une femme démoniaque ?

— Seulement une femme qui ne le fut malheureusemnt jamais, répondit Mme Ehrenberg en lui tendant la main, et une... qui un jour peut-être le deviendra.

— Oh, je suis persuadé, dit Nurnberger, que Mlle Else y parviendra si elle s'y applique sérieusement. » Et il passa lentement sa main gauche dans sa chevelure noire, lisse, un peu luisante.

Mme Ehrenberg exprima ses regrets, on l'avait attendu en vain à Auhof. Avait-il vraiment passé tout l'été à Vienne ?

« Pourquoi vous en étonner, chère madame ? Que j'arpente les sites montagneux, les bords de mer ou l'espace de mes quatre murs, tout cela est au fond assez indifférent.

— Vous avez dû vous sentir très seul, dit Mme Ehrenberg.

— On prend sans doute conscience un peu plus nettement de la solitude quand il ne se trouve personne à proximité pour exprimer le besoin de vouloir converser avec vous. Mais parlons plutôt de personnes plus intéressantes et plus prometteuses que moi. Comment se portent les nombreux amis de votre maison si appréciée ?

— Les amis ! répéta Else. Il faudrait d'abord savoir ce que vous entendez par là.

— Eh bien, tous les gens qui, à l'occasion, vous disent des choses agréables et en qui vous avez confiance. »

La porte de la chambre s'ouvrit, M. Ehrenberg apparut et salua Nurnberger.

« Tu as déjà fini tes bagages ? demanda Else.

— Vite fait, bien fait », répondit Ehrenberg qui portait un complet beaucoup trop large et mâchonnait un gros cigare. Se tournant vers Nurnberger, il expliqua : « Tel que vous me voyez, je pars aujourd'hui pour Corfou..., provisoirement. La saison commence, je me sens mal à l'aise à la pensée des réceptions de la maison Ehrenberg.

— Personne ne te demande, dit Mme Ehrenberg doucement, de les honorer de ta présence.

— Encore heureux, dit Ehrenberg en s'échauffant. Je pourrais naturellement me passer de tes réceptions. Mais si je veux dîner tranquillement un jeudi à la maison, et qu'un attaché d'ambassade est assis dans un coin, un hussard dans l'autre, tandis qu'un individu nous régale de ses compositions musicales, et qu'un bel esprit pérore sur le divan, et que Mme Oberberger fixe un rendez-vous au gré des circonstances..., cela me rend nerveux. Une fois, on le supporte, une autre fois, non.

— Pensez-vous rester absent tout l'hiver ? demanda Nurnberger.

— C'est bien possible. J'ai l'intention de pousser plus loin, vers l'Egypte, la Syrie, probablement aussi vers la Palestine. Peut-être seulement parce qu'on vieillit ou parce qu'on lit trop de choses sur le sionisme et ses problèmes, mais, c'est plus fort que moi, je voudrais avoir vu Jérusalem avant de mourir. »

Mme Ehrenberg haussa les épaules.

« Voilà des choses, dit Ehrenberg, que ma femme ne comprend pas, et mes enfants encore moins. Toi non plus,

Else. Mais quand on lit ce qui se passe dans le monde, on est tenté de croire qu'il n'y a pas d'autre solution pour nous.

— Pour nous ? répéta Nurnberger. Je n'ai pas remarqué jusqu'à présent que vous ayez eu particulièrement à souffrir de l'antisémitisme.

— Vous le pensez, parce que je suis devenu un homme riche ? Si je vous disais que je me moque de l'argent, vous ne me croiriez naturellement pas, et vous auriez raison. Mais, tel que vous me voyez, je vous jure que je donnerais la moitié de ma fortune pour voir les pires de nos ennemis pendus à la potence.

— Je crains seulement, remarqua Nurnberger, que vous vous trompiez de coupables.

— Le danger n'est pas grand, répliqua Ehrenberg, vous en prendrez toujours un dans le tas.

— Ce n'est pas la première fois que je remarque que vous manquez de l'objectivité souhaitable en la matière. »

Ehrenberg écrasa soudain son cigare entre ses dents et le déposa d'une main tremblante de colère dans le cendrier. « Que quelqu'un vienne m'entreprendre là-dessus..., et justement..., vous m'excuserez..., ou bien êtes-vous par hasard baptisé ? De nos jours, on ne peut plus savoir.

— Je ne suis pas baptisé, répliqua Nurnberger tranquillement, mais, à vrai dire, je ne suis pas juif non plus. Je me tiens depuis longtemps en dehors de toute confession ; pour la simple raison que je n'ai jamais eu le sentiment d'être juif.

— Quand dans la Ringstrasse on vous enfoncera votre haut-de-forme sur la tête parce que, permettez-moi de vous le dire, vous avez le nez un peu juif, vous vous sentirez atteint comme juif, vous pouvez y compter.

— Mais, papa, pourquoi t'excites-tu ainsi ? » dit Else, passant la main sur sa tête chauve congestionnée.

Le vieux Ehrenberg prit sa main, la caressa, et demanda soudain inopinément : « Aurai-je le plaisir de voir monsieur mon fils avant mon départ ? »

Mme Ehrenberg répondit : « Oscar doit de toute façon rentrer bientôt.

— Vous serez certainement heureux d'apprendre, dit Ehrenberg en se tournant vers Nurnberger, que mon fils, Oscar, est lui aussi un antisémite. »

Mme Ehrenberg eut un léger soupir. « C'est une idée fixe

chez lui, dit-elle à Nurnberger. Il voit des antisémites jusque dans sa propre famille.

— Voilà la toute dernière maladie nationale des Juifs, dit Nurnberger. Pour ma part, je n'ai réussi jusqu'à présent qu'à rencontrer un seul antisémite authentique. Je ne peux malheureusement pas vous cacher, cher monsieur Ehrenberg, que c'est un leader sioniste connu. »

Ehrenberg se contenta d'un geste de la main très évocateur. Déméter Stanzidès et Willy Eissler entrèrent, répandant autour d'eux un vif éclat. Déméter portait son uniforme avec une aisance qui en faisait plutôt un costume de ville qu'une tenue militaire ; Willy, en smoking, resta longtemps debout ; la mine pâle, il avait tout de suite pris en main la direction de la conversation, et sa voix enrouée mais agréable résonnait, à la fois impérieuse et charmante. Il racontait les préparatifs d'une représentation dans un cercle aristocratique, dans laquelle comme l'année précédente il tenait les rôles de conseiller, de metteur en scène et de participant ; il décrivit une réunion de ces jeunes messieurs, laquelle, à l'en croire, s'était déroulée à la manière d'une assemblée de faibles d'esprit ; il égaya l'assistance par l'imitation réussie d'une conversation ridicule entre deux comtesses. Ehrenberg se divertissait toujours aux récits de Willy Eissler. L'impression confuse que ce Juif hongrois d'une façon ou d'une autre dupait, ridiculisait cette clique aristocratique qui lui était personnellement odieuse, lui inspirait pour le jeune homme une grande considération.

A une petite table dans un coin, Else était assise en compagnie de Déméter et se documentait sur l'île de Wight.

« Vous y étiez avec votre ami ? demanda-t-elle, avec le prince Karl Friedrich, n'est-ce pas ?

— Mon ami le prince ?... Ce n'est pas tout à fait exact, mademoiselle Else. Le prince n'a pas d'amis et je n'en ai pas. Ce n'est pas dans nos tempéraments, ni à lui ni à moi.

— Ce doit être quelqu'un d'intéressant, à ce qu'on dit.

— Intéressant, je ne sais pas. C'est un fait qu'il a réfléchi à pas mal de problèmes qui n'ont pas coutume de préoccuper beaucoup ceux de son rang. Peut-être aurait-il pu, si on lui avait laissé les mains libres, accomplir de nombreuses choses. Ah, qui sait, ce fut peut-être préférable pour lui, pour lui et pour le pays, d'être tenu en laisse. Une personne seule ne peut rien faire. En aucun lieu et à aucune époque. Le mieux est encore de laisser aller, et de se tenir à l'écart, comme il l'a fait. »

Else le regarda, un peu étonnée. « Voilà des propos bien philosophiques, qu'est-ce qui vous arrive ? Il me semble que Willy Eissler vous a perverti.

— Willy, moi ?

— Oui, savez-vous, vous ne devriez pas fréquenter des gens aussi intelligents.

— Pourquoi pas ?

— Contentez-vous d'être jeune, de briller, de vivre, et puis finalement, faites ce qui vous plaît..., sans méditer sur vous et sur le monde.

— Il aurait fallu me le dire plus tôt, mademoiselle Else ; quand on a commencé à devenir intelligent... »

Else secoua la tête. « Pour vous, c'était peut-être à éviter », dit-elle très sérieusement. Et tous deux ne purent s'empêcher de rire.

Les flammes du lustre brillaient. Georges de Wergenthin et Henri Bermann étaient entrés. Invité par un sourire d'Else, Georges prit place auprès d'elle.

« Je savais que vous viendriez », dit-elle, peu sincère mais cordiale, et elle lui serra la main. Après tant de temps, le voir de nouveau en face d'elle, pouvoir contempler son visage à la grâce altière, entendre sa voix, un peu faible mais chaude, la réjouissait plus qu'elle ne l'avait soupçonné.

Mme Wyner apparut, petite, congestionnée, joyeuse et embarrassée. Sa fille Sissy l'accompagnait. Dans le va-et-vient des salutations, les groupes se disloquèrent.

« Est-ce que vous m'avez déjà composé mon lied ? » demanda Sissy à Georges. Ses yeux, ses lèvres riaient, elle jouait avec un de ses gants et, dans sa robe chatoyante vert sombre, elle ondulait comme un serpent.

« Un lied ? » demanda Georges. Il ne s'en souvenait vraiment pas.

« Ou une valse, ou quelque chose de ce genre. Vous m'aviez promis de me dédier un morceau. » Tandis qu'elle parlait, son regard faisait le tour de l'assistance. Ses yeux jetaient des flammes dans ceux de Willy, se glissaient, enjôleurs, vers Déméter, interrogeaient, énigmatiques,

Henri Bermann. L'impression que des feux follets dansaient dans le salon.

Mme Wyner, toute rougissante, apparut soudain près de sa fille. « Sissy est vraiment trop stupide... Que crois-tu donc, Sissy, le baron Georges a en ce moment des choses plus importantes à faire que de composer pour toi.

— Oh, certainement pas, dit Georges poliment.

— Vous venez d'enterrer votre père, ce n'est pas une petite affaire. »

Georges regardait au loin. Mais Mme Wyner continuait, imperturbable. « Votre père n'était pas très âgé, n'est-ce pas ?... Un si bel homme... Est-ce exact qu'il était chimiste ?

— Non, répliqua Georges se dominant, il était président de la Société de botanique. »

Henri, une main sur le couvercle fermé du piano, bavardait avec Else.

« Vous êtes donc allé en Allemagne ? demanda-t-elle.

— Oui, répondit Henri, il y a assez longtemps de cela, quatre, cinq semaines.

— Quand y retournez-vous ?

— Je ne sais pas, peut-être jamais.

— Ah, vous n'y croyez pas vous-même. A quoi travaillez-vous ? ajouta-t-elle rapidement.

— A des sujets divers. Je connais une période assez agitée. J'entame de nombreux projets, mais je ne termine rien. En général, l'achèvement m'intéresse rarement. Il faut croire que, par nature, j'en ai trop vite terminé avec les choses.

— Et avec les gens, ajouta Else.

— Possible. Le malheur est qu'on reste parfois sentimentalement attaché à des êtres, alors que, depuis longtemps déjà, la raison n'attend plus rien d'eux. Un poète, si vous me permettez ce mot, devrait s'éloigner de toute personne qui ne lui pose plus de problèmes..., particulièrement d'une personne qu'il aime.

— On dit pourtant, objecta Else, que les gens que nous aimons sont ceux que nous connaissons le moins.

— Nurnberger le prétend, mais ce n'est pas tout à fait exact. S'il en était ainsi, ma chère Else, la vie serait probablement plus belle qu'elle n'est. Non, les êtres que nous aimons, nous les connaissons mieux que les autres, seulement cette connaissance est à base de honte et d'irritation, mêlées à la crainte que d'autres les connaissent aussi bien que nous. Aimer, c'est avoir peur que se révèlent à d'autres les défauts que nous avons découvert chez l'être aimé. Aimer, c'est pouvoir lire dans l'avenir et maudire ce don... Aimer, c'est connaître quelqu'un au point de se détruire. »

Else, appuyée au piano, à sa façon juvénile mais digne, prêtait à ses propos une curiosité tranquille. Comme il lui plaisait en de tels instants ! Elle aurait voulu le consoler d'une caresse sur les cheveux, comme autrefois sur le lac, lorsqu'il était déchiré par son amour pour l'autre. Mais, quand il se rétractait soudain et apparaissait froid, dur, comme éteint, elle sentait qu'elle ne pourrait jamais vivre avec lui, qu'il lui faudrait s'enfuir après quelques semaines... avec un officier espagnol ou un violoniste virtuose.

« C'est une bonne chose pour vous, dit-elle d'un ton un peu protecteur, de fréquenter Georges Wergenthin. Il aura sur vous une influence bénéfique. Il est plus calme. Mais je ne crois pas qu'il soit aussi doué, et certainement pas aussi intelligent...

— Que savez-vous de ses dons ! » L'interruption était presque grossière.

Georges s'approcha et demanda à Else si elle leur ferait le plaisir de chanter un lied. Elle répondit qu'elle n'en avait pas envie, que d'ailleurs, ces derniers temps, elle étudiait principalement des parties d'opéra. Cela l'intéressait davantage. Au reste, elle n'avait pas un tempérament lyrique. Georges lui demanda en plaisantant si elle ne nourrissait pas l'espoir secret de se produire sur une scène.

« Avec mon filet de voix », dit Else.

Nurnberger se tenait près d'eux. « Ce ne serait pas un obstacle, remarqua-t-il. Je suis même persuadé qu'il se trouverait bientôt un critique moderne pour vous proclamer, mademoiselle Else, une grande cantatrice, justement parce que vous n'avez pas de voix, mais parce qu'il découvrirait chez vous en compensation quelque autre don, par exemple, le tempérament. De même que de nos jours des peintres renommés remplacent le sens des couleurs par l'esprit, et que les poètes en renom pallient leur manque total d'inspiration en réussissant à découvrir pour chaque mot l'épithète la plus fausse. »

Else remarqua que le discours de Nurnberger agaçait Georges, et elle se tourna vers ce dernier. « Je voulais vous montrer quelque chose », dit-elle, et elle se dirigea vers l'étagère aux partitions. Georges la suivit.

« Voici la collection de chansons populaires de la vieille Italie. J'aimerais que vous me désigniez les plus précieuses. Je ne m'y entends pas encore suffisamment.

— Je ne comprends pas, dit Georges à voix basse, que vous supportiez auprès de vous des gens comme ce Nurnberger. Il répand autour de lui une atmosphère de méfiance et de malveillance.

— Je vous ai dit plus d'une fois, Georges, que vous manquiez de psychologie. Que savez-vous de lui ? Il est tout autre que vous le pensez. Questionnez donc votre ami Henri Bermann.

— Oh, je sais bien qu'il s'est également entiché de lui.

— Vous parlez de Nurnberger ? demanda Mme Ehrenberg qui justement s'approchait.

— Georges ne peut pas le souffrir, dit Else d'un ton détaché.

— Vous êtes très injuste, avez-vous seulement lu quelque chose de lui ? »

Georges secoua la tête.

« Même pas son roman qui connut, il y a quinze ou seize ans, un si grand retentissement ? C'est presque une honte ! Dernièrement, nous l'avons prêté au conseiller Wilt. Je vous le dis, il est resté stupéfait de voir déjà dans ce livre une préfiguration complète de l'Autriche actuelle.

— Tiens, tiens, fit Georges sans conviction.

— Vous ne pouvez pas vous représenter, continua Mme Ehrenberg, quel accueil enthousiaste il reçut alors. On peut dire que toutes les portes s'ouvrirent d'un coup devant lui.

— Peut-être cela lui suffisait-il », remarqua Else d'un air sentencieux.

Henri se tenait près du piano, en conversation avec Nurnberger, et s'efforçait, comme il s'y employait souvent, de le décider à composer une nouvelle œuvre ou à publier des écrits antérieurs. Nurnberger s'y refusait. La pensée de voir son nom livré en pâture au public, de participer à la foire littéraire qui lui semblait à la fois odieuse et absurde, lui faisait horreur. Il n'avait pas envie de se joindre à la compétition. A quoi bon ? Les manigances d'une coterie qui ne se cachait même pas sévissaient partout. Un homme de talent, travailleur, honnête, ne devait-il pas s'attendre, à tout moment, à être traîné dans la boue, tandis qu'un imbécile pouvait se targuer d'avoir été proclamé un génie dans quelque feuille de chou ? Est-ce que, en ce temps, la gloire avait le moindre rapport avec l'honneur ? Etre dédaigné, oublié, cela méritait-il davantage qu'un haussement d'épaules ? Enfin, qui pouvait savoir quels jugements se révéleraient exacts dans l'avenir ? Les sots n'étaient-ils pas en réalité les génies, et les génies des sots ? Il était ridicule de mettre en jeu sa tranquillité, sa propre considération, dans une partie où même le gain le plus élevé possible ne promettait aucune satisfaction. « Vraiment aucune ? demanda Henri. Je veux bien vous suivre dans votre refus de la gloire, de la richesse, de la notoriété, mais que tous ces biens soient aléatoires n'impose pas de renoncer à quelque chose d'aussi indéniable que sont les instants où nous prenons conscience de notre énergie intérieure...

— Energie intérieure ! Pourquoi ne pas dire tout de suite ivresse de la création ?...

— Cela existe, Nurnberger !

— Possible. Je crois même à l'occasion avoir éprouvé quelque chose de ce genre, il y a fort longtemps... Seulement, vous le savez, j'ai totalement perdu au cours des années la capacité de me leurrer moi-même.

— Vous vous l'imaginez peut-être simplement, répliqua Henri. Qui sait si ce n'est pas justement cette capacité de se leurrer soi-même qui s'est fortifiée en vous avec le temps. »

Nurnberger se mit à rire. « Savez-vous quelle impression j'éprouve à vous entendre parler ainsi ? A peu près celle du maître d'armes touché en plein cœur par son propre élève.

— Et même pas le plus doué », dit Henri.

Soudain, M. Ehrenberg apparut à la porte, à la surprise de son épouse qui le croyait déjà en route pour la gare. Il conduisait par la main une jeune femme sobrement habillée de noir, à la coiffure surprenante, toute en hauteur, selon une ancienne mode. Ses lèvres étaient pleines et rouges. Dans son visage pâle mais animé, le regard était direct et dur.

« Entrez donc », dit Ehrenberg, dont les petits yeux brillaient d'une certaine malice, et il conduisit l'invitée tout droit vers Else qui était en train de bavarder avec Stanzidès. « Je t'amène une visite. »

Else lui tendit la main. « C'est très aimable. » Elle présenta : « Monsieur Déméter Stanzidès, mademoiselle Thérèse Golowski. »

Thérèse salua brièvement de la tête, arrêta un certain temps, calmement, son regard sur lui comme si elle contemplait un bel animal. Puis elle se tourna vers Else : « Si j'avais su que vous donniez une grande réception... »

« Savez-vous à quoi elle ressemble, dit discrètement Stanzidès à Georges. A une étudiante russe, n'est-ce pas ? »

Georges hocha la tête. « A peu près. Je la connais. C'est une camarade d'études de Mlle Else, et maintenant, rendez-vous compte, elle joue un rôle important chez les socialistes. Elle a même récemment fait de la prison pour crime de lèse-majesté, je crois.

— En effet, il me semble avoir lu quelque chose de ce genre, répondit Déméter. On devrait faire plus ample connaissance avec une telle personne. Elle est jolie. Son visage rappelle l'ivoire

— Et il y a beaucoup d'énergie dans ses traits, ajouta Georges. Son frère est lui aussi quelqu'un de remarquable. Pianiste et mathématicien. J'ai fait récemment sa connaissance. On dit que le père est un fourreur juif ruiné.

— C'est déjà une race spéciale », remarqua Déméter.

Dans l'intervalle, Mme Ehrenberg était allée au-devant de Thérèse. Elle avait choisi de ne pas manifester la moindre surprise. « Prenez donc place, Thérèse, dit-elle, que devenez-vous ? Depuis que vous vous adonnez à la politique, vous ne vous souciez plus de vos anciennes fréquentations.

— Oui, malheureusement mon activité me laisse peu le temps de cultiver les relations de famille », répondit Thérèse en avançant le menton, ce qui rendit soudain son visage viril et presque laid. Mme Ehrenberg hésitait, devait-elle ou non mentionner la détention de Thérèse. Ne fallait-il pas considérer qu'il n'y avait guère d'autre maison à Vienne fréquentée par des dames sortant tout juste de prison.

« Comment va ton frère ? demanda Else.

— Il fait son service militaire, répondit Thérèse. Tu peux à peu près t'imaginer comment il peut aller... » et elle jeta un regard ironique sur l'uniforme de hussard de Déméter.

« Il n'a probablement pas l'occasion de jouer souvent du piano, dit Mme Ehrenberg.

— Mais il ne pense pas du tout devenir pianiste, répliqua Thérèse, il est jusqu'au cou dans la politique. » Elle ajouta, se tournant en souriant vers Déméter : « Vous ne le dénoncerez pas, lieutenant. » Stanzidès rit, un peu gêné.

« Qu'est-ce que ça signifie : la politique, demanda M. Ehrenberg. Veut-il devenir ministre ?

— Certainement pas en Autriche, répondit Thérèse. Il faut dire qu'il est sioniste.

— Comment ? » s'exclama Ehrenberg. Son visage rayonnait.

« C'est, à vrai dire, un domaine où nos opinions divergent plutôt, ajouta Thérèse.

— Chère Thérèse..., commença Ehrenberg.

— Tu vas manquer ton train, l'interrompit Mme Ehrenberg.

— Je ne manquerai pas mon train. Et il en part un autre demain. Chère Thérèse, je dis seulement : chacun doit faire son salut à sa façon. Mais, en l'occurrence, votre frère est le plus avisé et pas vous. Excusez-moi, je suis peut-être dans le domaine politique un profane, mais je vous assure, Thérèse, que vos sociaux-démocrates juifs connaîtront le même sort que les libéraux et les nationalistes allemands juifs.

— De quelle façon ? demanda Thérèse avec hauteur. De quelle façon connaîtrons-nous le même sort ?

— De quelle façon ?... Je vais vous le dire immédiatement. Qui a créé le mouvement libéral en Autriche ?... Les Juifs. Par qui les Juifs ont-ils été trahis et abandonnés ? Par les libéraux. Qui a créé le mouvement nationaliste allemand en Autriche ? Les Juifs. Par qui ont-ils été lâchés..., que dis-je lâchés..., couverts de crachats comme des chiens ?... Par les Allemands ! Et il leur arrivera la même aventure avec le socialisme et le communisme. Quand la soupe est servie, on vous chasse de la table. Il en a toujours été ainsi et il en sera toujours ainsi.

— Nous verrons bien », répliqua Thérèse posément.

Georges et Déméter se regardèrent comme deux amis naufragés sur une île. Oscar, qui était entré pendant le discours de son père, était très mal à l'aise. Ils éprouvèrent tous un sentiment de délivrance quand Ehrenberg, après un coup d'œil à sa montre, prit brusquement congé.

« Nous ne pourrions plus nous mettre d'accord aujourd'hui », dit-il à Thérèse.

Thérèse sourit. « Il y a peu de chances. Bon voyage, et encore une fois au nom...

— Chut ! » dit Ehrenberg, et il disparut.

« De quoi donc remercies-tu papa ? demanda Else discrètement.

— D'une contribution que j'ai eu l'audace de venir lui demander. Il n'y a pas d'autre homme fortuné dans mes relations. Quant à la destination, je ne suis pas autorisée à la révéler. »

Mme Ehrenberg s'approcha de Bermann et de Nurnberger qui bavardaient de part et d'autre du piano à queue ouvert et dit à voix basse : « Vous savez bien qu'elle... », elle désigna Thérèse du regard, « vient d'être libérée de prison.

— Je l'ai lu quelque part », répondit Henri.

Nurnberger cligna des yeux et jeta un coup d'œil sur le groupe formé dans un coin par les trois jeunes filles en conversation avec Stanzidès et Willy Eissler. Il secoua la tête.

« Quelle rosserie vous brûle la langue ? demanda Mme Ehrenberg.

— Je pense qu'il aurait fallu peu de chose pour que le destin envoie Mlle Else croupir en prison, tandis que Mlle Thérèse en fille de la maison recevrait ses hôtes dans un élégant salon.

— Peu de chose ?...

— M. Ehrenberg a eu de la chance, M. Golowski de la guigne... C'est peut-être toute la différence.

— Ecoutez, Nurnberger, dit Henri, vous ne prétendez pas nier totalement l'élément individuel dans le monde... Else et Thérèse sont deux natures assez différentes.

— Je le pense aussi », dit Mme Ehrenberg.

Nurnberger haussa les épaules. « Toutes deux sont des jeunes filles très douées, très jolies... Tout le reste, chez elles comme chez la plupart des jeunes femmes, et probablement chez la plupart des êtres humains, est plus ou moins donné de l'extérieur. »

Henri secoua la tête avec force. « Non, non, dit-il, la vie n'est pas si simple.

— Cela ne la rend pas plus simple, cher Henri. »

Le regard de Mme Ehrenberg s'était dirigé vers la porte, ses yeux brillaient. Félicien venait d'entrer. Avec une assurance de somnambule il marcha vers la maîtresse de maison, lui baisa la main. « J'ai eu à l'instant le plaisir de rencontrer M. Ehrenberg dans l'escalier... Il part pour Corfou à ce qu'il m'a dit. Il doit y faire très beau en ce moment.

— Vous connaissez Corfou ?

— Oui, chère madame, un souvenir d'enfance. » Il salua Nurnberger et Bermann, et tous parlèrent de ces contrées du Sud que Bermann aspirait à connaître et dont Nurnberger niait l'attrait.

Georges serra la main de son frère à la fois en guise d'accueil et d'adieu. Comme il disparaissait discrètement par la porte ouverte de la salle à manger, il jeta un dernier coup d'œil derrière lui et remarqua Marianne, assise dans le coin le plus éloigné du salon, qui le suivait d'un regard ironique derrière son face-à-main. Cette femme avait toujours eu le don mystérieux d'être soudain présente, sans que l'on sût d'où elle arrivait. Dans l'escalier, une dame qui portait une voilette lui barra le chemin. « Ne vous hâtez pas ainsi, elle peut encore attendre un moment, dit-elle. Il ne faut pas trop gâter les femmes... Seriez-vous si pressé si vous aviez rendez-vous avec moi ?... Mais vous ne voulez pas en entendre parler. Probablement parce que vous avez peur que mon mari vous tue à son retour de Stockholm, ou plutôt de Copenhague, où il doit se trouver déjà aujourd'hui. Il a en moi une confiance aveugle, au reste justifiée. Car je puis vous jurer que personne n'est allé plus loin qu'un baiser sur ma main..., non, pour ne pas mentir, sur ce cou. Vous êtes persuadé aussi que j'ai eu une liaison avec Stanzidès. Non, très peu pour moi ! J'ai horreur de la beauté chez les hommes. De même, je ne trouve rien de particulier à votre frère Félicien. » On ne pouvait prévoir quand la dame à la voilette cesserait de discourir, car c'était Mme Oberberger. Chez d'autres femmes une attitude semblable aurait paru en rien provocante, pas chez elle, et malgré le caractère équivoque de son comportement, on n'avait jamais pu lui attribuer un amant. Sa vie de femme mariée sans enfants, quoique peu banale, la rendait apparemment heureuse. Son bel et brillant époux, géologue de profession, avait entrepris autrefois des voyages d'exploration au cours desquels, à en croire le conseiller Wilt, il n'attachait pas autant d'importance au caractère inexploré des contrées visitées qu'aux possibilités de voyages confortables et d'une cuisine irréprochable. Mais, depuis quelque temps, il ne se déplaçait plus que pour faire des conférences et des conquêtes féminines. De retour chez lui, il vivait avec son épouse en parfaite camaraderie. Déjà, à plusieurs reprises, mais sans s'y arrêter, Georges avait envisagé la possibilité d'une liaison avec Mme Oberberger. Il était même un de ceux qui l'avaient embrassée dans le cou, ce dont elle ne se souvenait probablement plus. Lorsqu'elle releva sa voilette, Georges fut de nouveau agréablement troublé par le charme de ce visage qui, bien que plus tout jeune, respirait la grâce. Il voulut l'interrompre, mais elle continua : « Savez-vous que vous êtes très pâle ? Il vous faut mener une vie rangée. Qu'est-ce que c'est que cette femme qui vous enlève à moi ? »

Sans faire de bruit, selon son habitude, le conseiller Wilt surgit soudain près d'eux, il leur lança, altier et galant : « Je vous baise la main, belle dame, bien le bonjour, baron... » et voulut poursuivre son chemin.

Mais Mme Oberberger jugea indiqué de lui apprendre encore que le baron Georges se rendait à une orgie selon son habitude, puis elle suivit le conseiller jusqu'au deuxième étage, au risque, comme elle en fit la remarque, qu'en le voyant pénétrer avec elle chez les Ehrenberg, on le tînt pour son quatre-vingt-quinzième amant.

Il était sept heures quand Georges put enfin prendre une voiture pour se rendre à Mariahilf. Les deux heures passées chez les Ehrenberg l'avaient vraiment épuisé. Aussi se réjouissait-il plus que d'habitude à la pensée de la rencontre proche avec Anna. Depuis cette matinée à l'exposition des miniatures, ils s'étaient vus presque tous les jours, dans des jardins, dans des galeries de tableaux, chez elle. La plupart du temps, ils s'entretenaient des petits événements de leur existence, ou discutaient livres, musique. Ils ne parlaient pas souvent du passé, et, quand c'était le cas, sans méfiance ni doute. Car les aventures dont Georges sortait n'exhalaient pas pour Anna le parfum inquiétant du mystère ; et le fait qu'elle-même avait éprouvé plusieurs penchants amoureux, Georges l'apprit calmement, sans inquiétude, par des allusions faites sur le ton de la plaisanterie ; il ne la questionna pas plus avant. Dans une salle déserte de la galerie Liechtenstein, il y avait huit jours, ils s'étaient embrassés pour la première fois, et, à partir de cet instant Anna le tutoya, comme si une appellation plus distante lui eût semblé mensongère.

La voiture s'arrêta à l'angle d'une rue. Georges descendit, alluma une cigarette et fit les cent pas devant la maison d'où devait sortir Anna.

Au bout de quelques minutes, elle franchit le portail. Elle traversa la rue, courut à sa rencontre, il lui baisa la main avec bonheur. Comme chaque fois, elle avait apporté un livre relié en cuir, car la plupart du temps elle avait coutume de lire pendant le trajet.

« Il fait vraiment frais, Anna », dit Georges qui lui prit le livre et l'aida à enfiler la jaquette qu'elle portait sur le bras.

« Je suis un peu en retard, dit-elle, et j'étais très impatiente de te voir. Oui, ajouta-t-elle en souriant, on a aussi ses sautes d'humeur. Que dis-tu de mon nouveau tailleur ? demanda-t-elle tout en marchant.

— Il te va très bien.

— Pendant la leçon, on a trouvé que j'avais l'allure d'une dame de la cour.

— Qui a trouvé cela ?

— Mme Bittner elle-même et ses deux filles, mes élèves.

— Je dirais plutôt d'une archiduchesse. »

D'un signe de tête, Anna marqua sa satisfaction.

« Et maintenant, raconte-moi tout ce que tu as fait depuis hier. »

Elle commença, très sérieuse : « A midi, après t'avoir quitté à la porte, repas de famille. Après-midi, un peu de repos et pensé à toi. De quatre heures à six heures et demie, sept élèves, puis lecture, *Henri le Vert* [1] et le journal du soir.

1. Célèbre roman de formation de l'écrivain suisse Gottfried Keller (1819-1890). *(N.d.T.)*

Trop paresseuse pour sortir, musardé à la maison. Dîner. Dispute familiale habituelle.

— Ton frère ? »

Elle répondit d'un « oui » qui interdisait d'autres questions.

« Après le dîner un peu de musique..., même essayé de chanter.

— Tu as été satisfaite ?

— Pour moi, c'est toujours bien suffisant », dit-elle, et Georges crut percevoir dans l'intonation une légère tristesse. Elle reprit rapidement son rapport : « Couchée à dix heures et demie, bien dormi, debout à huit heures... On ne peut pas chez nous rester plus longtemps au lit... Toilette jusqu'à neuf heures et demie, jusqu'à onze heures...

— ... musardé, compléta Georges.

— Exact. Puis à Weils pour la leçon du petit garçon.

— Quel âge a-t-il donc ?

— Treize ans, répondit Anna avec une gravité comique.

— Ce n'est plus si jeune.

— Certainement pas, dit Anna, mais apprends pour te rassurer qu'il aime sa tante Adèle, une frêle blondine de trente-trois ans, et qu'il ne songe pas pour le moment à lui être infidèle... Suite de la chronique : Rentrée à la maison à une heure et demie, déjeuné seule, Dieu merci, papa déjà au bureau, maman faisant la sieste, de nouveau, repos de trois à quatre, pensé davantage à toi et avec plus d'intensité qu'hier, puis des courses en ville, des gants, des épingles de sûreté, quelque chose pour maman, enfin lecture dans le tramway pour rejoindre Mariahilf et les deux gamines Bittner. Maintenant tu sais tout, satisfait ?

— Mis à part le jeune homme de treize ans.

— Je t'accorde que cela peut paraître inquiétant, mais maintenant écoutons si tu n'as pas à me faire des confessions plus sombres. » Ils étaient arrivés dans une petite rue tranquille, tout à fait inconnue de Georges, Anna prit son bras.

« Je viens de chez les Ehrenberg, commença-t-il.

— Eh bien, demanda Anna, n'a-t-on pas trop essayé de te séduire ?

— Justement pas. On a même semblé un peu vexé que je ne sois pas venu, cet été, à Auhof, ajouta-t-il.

— Est-ce que petite Else a montré ses talents ?

— Non. Quant à ce qui a pu se passer après mon départ, je ne le sais naturellement pas.

— Cela n'en aura plus valu la peine, dit Anna, débordante d'ironie.

— Tu te trompes, Anna. Il y avait là des gens devant qui elle n'aurait pas chanté en pure perte.

— Qui donc ?

— Henri Bermann, Willy Eissler, Déméter Stanzidès.

— Oh, Stanzidès ! s'exclama Anna. Maintenant, je regrette vraiment de n'avoir pas été là aussi.

— Il me semble, dit Georges, que tu ne le penses pas aussi légèrement que tu le dis.

— Certainement pas, répliqua Anna. Je trouve ce Stanzidès terriblement beau. »

Georges se tut quelques secondes, et soudain, avec une émotion qui ne lui était pas habituelle, il demanda : « Est-ce finalement lui ?

— Lui qui ?

— Lui que tu... as plus aimé que moi. »

Elle sourit, se blottit plus étroitement contre lui, et répondit simplement, mais d'un ton un peu moqueur : « Est-ce que j'aurais vraiment aimé quelqu'un plus que toi ?

— Tu me l'as avoué toi-même.

— Je t'ai aussi " avoué " qu'avec le temps je t'aimerai davantage que j'ai jamais aimé ou pourrais aimer quelqu'un d'autre.

— Tu en es sûre, Anna ?

— Oui, Georges, j'en suis sûre. »

Ils se trouvaient de nouveau dans une rue plus animée, et, spontanément, ils cessèrent de se donner le bras. Ils s'arrêtèrent devant divers étalages, découvrirent sous un portail la vitrine d'un photographe, et se divertirent à voir sur les photos exposées l'attitude faussement détachée de vieux couples à l'occasion d'un anniversaire, d'élèves officiers, de cuisinières en toilette du dimanche, de dames déguisées pour un bal masqué. Georges, d'un ton plus dégagé, demanda : « C'était donc Stanzidès ?

— Mais, qu'est-ce qui te prend ? De ma vie j'ai à peine échangé trois mots avec lui. »

Ils continuèrent leur promenade.

« Alors c'était Léo Golowski ? »

Elle secoua la tête et sourit. « C'était un amour de jeunesse, répondit-elle. Cela ne compte absolument pas. D'ailleurs, je voudrais bien connaître une jeune fille de seize ans qui, à la campagne, ne tomberait pas amoureuse d'un beau jeune homme qui se bat avec un comte authentique et se promène ensuite huit jours avec le bras en écharpe.

— Mais il ne l'a pas fait pour toi, ce fut, pour ainsi dire, pour l'honneur de sa sœur.

— Pour l'honneur de Thérèse ? Qu'est-ce qui te fait penser ça ?

— Tu m'as bien raconté que le jeune homme avait abordé Thérèse dans la forêt, comme elle lisait *Emilia Galotti*[1].

— C'est vrai, mais elle s'est volontiers laissé aborder. Ce qui a mécontenté Léo, c'est l'appartenance du comte à un cercle de jeunes gens qui se comportaient de façon assez insolente avec un soupçon d'antisémitisme. Et voilà que Thérèse, en promenade avec son frère au bord du lac, rencontre le comte qui lui adresse la parole comme à une vieille connaissance, tandis qu'il se tourne distraitement vers Léo, articulant à peine son nom. Alors Léo s'est incliné et s'est présenté ainsi : Léo Golowski, youpin de Cracovie. Il y a eu une altercation, et, le jour suivant, un duel à Klagenfurt dans la caserne de la cavalerie.

— J'avais donc raison, insista Georges, ironique, il s'est battu pour l'honneur de sa sœur.

— Non, te dis-je. J'étais présente quand il a discuté, plus tard, de cette histoire avec Thérèse. Il lui a dit : " Quant à moi, tu peux bien agir à ta guise, te laisser faire la cour par qui tu veux... "

— Mais seulement par un juif », compléta Georges.

Anna secoua la tête. « Il n'est vraiment pas ainsi.

— Je sais, répondit Georges doucement. Nous sommes devenus ces derniers temps de très bons amis. Hier soir nous étions de nouveau ensemble au café, il a fait preuve envers moi de beaucoup de condescendance. Je crois même qu'il me pardonne mon origine. Au fait, je ne t'ai pas

1. Drame de G. E. Lessing de 1772. Emilia, fille de famille bourgeoise poursuivie par les assiduités du prince régnant, demande à son père de la tuer pour sauver son honneur. *(N.d.T.)*

raconté qu'aujourd'hui Thérèse aussi était chez les Ehrenberg. » Il décrivit l'apparition de la jeune fille dans le salon et l'impression qu'elle avait produite sur Déméter.

Amusée, Anna souriait.

Plus tard, dans une rue plus calme, comme ils se promenaient bras dessus, bras dessous, Georges reprit : « Je ne sais toujours pas qui fut ton grand amour. »

Anna se taisait, les yeux fixes.

« Eh bien, Anna ! Tu m'as promis, n'est-ce pas ? »

Sans le regarder, elle répondit : « Si tu te doutais à quel point cette histoire me semble étrange aujourd'hui.

— Pourquoi étrange ?

— Parce que celui qui t'intrigue était un homme âgé.

— Trente-cinq ans, plaisanta Georges, n'est-ce pas ? »

Sérieuse, elle secoua la tête. « Il en avait cinquante-cinq ou soixante.

— Et toi ? » Il posa lentement la question.

« Il y a deux ans cet été. J'en avais alors vingt et un. »

Georges s'arrêta soudain. « Maintenant, je sais. C'était ton professeur de chant. N'est-ce pas ? »

Anna ne répondit pas.

« C'était donc ça », dit Georges sans trop s'étonner, car il n'ignorait pas que, malgré ses cheveux blancs, toutes les élèves étaient amoureuses du célèbre maître.

« Et c'est lui, demanda Georges, que tu as le plus aimé de tous ceux que tu as rencontrés ?

— Etrange, n'est-ce pas, mais c'est ainsi...

— L'a-t-il su ?

— Je le crois. »

Ils étaient arrivés sur une vaste place avec un petit square faiblement éclairé. Derrière, dans une lueur rougeâtre, se dressait une église. Comme attirés par ce havre de paix, ils s'y rendirent, marchant dans la pénombre et le bruissement des branches.

« Que s'est-il vraiment passé entre vous deux, si on peut poser la question ? »

Anna se taisait, et, en ce moment, Georges envisagea le pire, qu'Anna avait été la maîtresse de cet homme. Mais, en dépit du malaise que lui causait cette pensée, il ressentait le vague désir, à peine conscient, d'entendre confirmer ses craintes. Car s'engager dans une aventure était facile et sans aucune responsabilité si Anna avait déjà appartenu à un autre avant d'être à lui.

« Je vais te raconter toute l'histoire, dit finalement Anna. Elle n'est vraiment pas si terrible.

— Eh bien, dit Georges, étrangement tendu.

— Une fois, après la leçon, commença Anna d'une voix hésitante, il m'a aidée à enfiler ma jaquette. Soudain, il m'a serrée contre lui et m'a embrassée.

— Et toi...

— Moi... J'étais totalement grisée.

— Grisée...

— Oui, c'était quelque chose d'indescriptible. Il m'a embrassée sur le front, sur la bouche, dans les cheveux..., puis il a pris ma main et a balbutié toutes sortes de paroles que je n'ai pas bien entendues...

— Et...

— Et alors..., il y a eu des bruits de voix à côté..., il a lâché ma main... et ce fut fini.

— Fini ?

— Oui, fini. Evidemment, ce fut fini.

— Je ne trouve pas cela du tout si évident. Tu l'as bien revu ?

— Certainement, j'ai poursuivi mes leçons.

— Et...

— Je te le dis, c'était fini..., complètement, comme si cela n'avait jamais existé. »

Georges s'étonna de se sentir apaisé. « Il n'a jamais renouvelé sa tentative ? demanda-t-il.

— Jamais. Ç'aurait été si ridicule. Comme il était très intelligent, il s'en est parfaitement rendu compte. Auparavant, c'est vrai, je l'avais beaucoup aimé. Mais, après cet incident, il n'était plus rien d'autre pour moi que mon vieux professeur. Et, d'une certaine façon, plus vieux même qu'il ne l'était en réalité. Je ne sais pas si tu peux bien comprendre cela, l'impression qu'il avait gaspillé tout le reste de sa jeunesse en cet instant.

— Je comprends fort bien », dit Georges. Il la croyait, il l'aimait d'un amour plus grand qu'auparavant. Ils entrèrent dans l'église. Il faisait presque noir dans le vaste édifice. Seuls, quelques cierges brûlaient devant un autel latéral. Derrière une petite statue de saint brillait une pauvre lumière. Entre la voûte et le sol dallé de pierre circulaient de lourds effluves d'encens. Le sacristain allait et venait, faisant légèrement tinter ses clés. En arrière, dans les bancs, on distinguait à peine des silhouettes immobiles. Lentement Georges s'avança avec Anna, il se sentait comme un jeune époux en voyage qui avec sa jeune femme visite une église. Il le dit à Anna. Elle se contenta d'approuver de la tête. « Mais ce serait beaucoup plus beau », lui murmura-t-il, tandis qu'ils se tenaient devant la chaire étroitement enlacés, « si nous étions réellement tous les deux ensemble quelque part à l'étranger. »

Elle le fixa d'un regard à la fois ravi et interrogatif, et il s'effraya de ses propres paroles. Anna allait-elle les prendre pour une proposition sérieuse ou même pour une sorte de déclaration ? N'était-il pas tenu de lui expliquer que leur signification était autre ?... Un entretien lui revint à l'esprit qu'ils avaient eu récemment alors que par une journée venteuse, pluvieuse, se donnant le bras sous un parapluie, ils marchaient par-delà la voie ferrée en direction de Schönbrunn. Il avait proposé à Anna d'aller avec lui en ville et de souper ensemble dans quelque auberge isolée. Elle, avec cette froideur qui glaçait parfois tout son être, avait répondu : « Je ne suis pas de celles qui acceptent ces choses-là. » Il n'avait pas insisté. Cependant, un quart d'heure plus tard, à vrai dire au cours d'une conversation sur le mode de vie de Georges, elle lui avait dit avec un sourire équivoque : « Tu ne sais pas prendre d'initiative, Georges. » En cet instant, il avait eu soudain l'impression de découvrir dans l'âme d'Anna des abîmes dangereux, jusqu'alors insoupçonnés, auxquels il était sage de prendre garde. Il y repensait maintenant. Que se passait-il en elle ?... Que souhaitait-elle et à quoi s'attendait-elle ?... Et que souhaitait-il, que pressentait-il lui-même ? La vie était si imprévisible. N'était-il pas très possible qu'il voyage un jour avec elle par le monde, qu'il connaisse en sa compagnie une période de bonheur... pour finalement se séparer d'elle comme il s'était séparé de bien d'autres ? Mais quand il songeait à cette fin inéluctable, qu'elle fût apportée par la mort ou par la vie, il ressentait au cœur une légère souffrance... Elle se taisait toujours. Trouvait-elle à nouveau qu'il manquait d'initiative ?... Ou peut-être pensait-elle : j'y parviendrai, je serai sa femme ?...

C'est alors qu'il sentit sa main caresser très doucement la sienne avec une tendresse nouvelle pour lui, bienfaisante.

« Sais-tu, Georges.

— Quoi donc, demanda-t-il.

— Si j'étais pieuse, je ferais un vœu.

— Quel vœu ? demanda Georges, presque inquiet.

— Que tu deviennes quelqu'un, Georges. Quelqu'un de très important, un véritable, un grand artiste. »

Il dut baisser les yeux dans sa confusion de constater que ses pensées à elle suivaient des voies beaucoup plus pures que les siennes.

Un mendiant soulevait l'épais rideau vert. Georges lui donna une pièce. Ils se retrouvaient dehors. Les lumières de la rue brillaient, les bruits des voitures, des volets roulants étaient proches. Georges sentit se déchirer le voile délicat que la pénombre de l'église avait tissé autour d'eux ; d'un ton dégagé, il proposa une petite promenade en fiacre. Dans une voiture à la capote relevée sur leur demande, ils descendirent la rue, firent le tour du Ring sans bien regarder bâtiments et jardins, ils n'échangèrent pas une parole, restant étroitement blottis l'un contre l'autre. Chacun percevait l'impatience de l'autre et savait qu'il n'était plus question de retour en arrière.

A proximité du domicile d'Anna, Georges dit : « Quel dommage que tu doives déjà rentrer. » Elle haussa les épaules et eut un sourire étrange. Les abîmes, pensa Georges de nouveau, mais sans crainte, presque joyeux. Avant que la voiture ne s'arrêtât à l'angle de la rue, ils convinrent d'un rendez-vous pour la matinée suivante au jardin Schwarzenberg, puis ils descendirent. Anna regagna rapidement sa maison, et Georges repartit lentement, en flâneur, dans le centre.

Il se demanda s'il devait se rendre dans un café. Il n'en avait pas très envie. Aujourd'hui, Bermann restait probablement à souper chez les Ehrenberg, et il fallait peu compter sur la venue de Léo Golowski ; quant aux autres jeunes écrivains, israélites pour la plupart, dont Georges avait fait superficiellement la connaissance ces derniers temps, ils ne l'attiraient guère, même s'il reconnaissait à plusieurs d'entre eux un caractère intéressant. En général, il trouvait le ton qu'ils employaient ensemble tour à tour trop intime, trop distant, trop ironique, trop pathétique.

Aucun ne semblait se présenter aux autres, et à peine un seul se présenter à soi-même, avec naturel. D'ailleurs, Henri lui avait récemment déclaré ne plus vouloir avoir affaire avec tout le groupe qui, depuis ses succès, montrait à son égard une attitude haineuse. A vrai dire, Georges jugeait possible que Henri, vu son caractère vaniteux et hypocondriaque, subodorât hostilité et persécution où il n'y avait peut-être qu'indifférence et antipathie. Lui, pour sa part, savait que c'était plutôt la curiosité que l'amitié qui l'attirait vers ce jeune écrivain, curiosité de connaître de plus près une personnalité étrange, peut-être aussi de découvrir un monde qui lui était resté jusque-là assez étranger.

Car, tandis que lui-même, après comme avant, gardait une attitude suffisamment réservée et évitait, principalement sur ses rapports avec les femmes, la moindre allusion, Henri lui avait parlé non seulement de cette bien-aimée lointaine, au sujet de qui il prétendait souffrir les affres de la jalousie, mais aussi d'une charmante blonde avec laquelle, ces derniers temps, il passait ses soirées, pour s'étourdir, comme il ajoutait en se moquant de soi-même. Egalement il s'étendait non seulement sur ses années d'études et de journalisme qui ne se situaient pas trop loin dans le temps, mais aussi sur la période de son enfance dans une petite ville provinciale de Bohême où il était venu au monde, il y avait trente ans. Bizarre et parfois pénible paraissait à Georges le ton mêlé de tendresse et d'aversion, d'attachement et de désintérêt qu'employait Henri pour parler des siens, en particulier de son père malade qui avait été avocat dans sa petite ville et député au Parlement. Il semblait même tirer fierté d'avoir, à vingt ans, prédit à son père par trop confiant son futur destin, exactement comme il devait s'accomplir : après une courte période de popularité et de succès, la montée du mouvement antisémite l'avait chassé du parti libéral-allemand, la plupart de ses amis l'avaient abandonné et trahi, si bien qu'un étudiant peu recommandable, mais membre actif d'une association universitaire, qui au cours des réunions publiques dénonçait Tchèques et Juifs comme les pires ennemis de la discipline et de la morale allemandes, et qui chez lui battait sa femme et engrossait les servantes, devint par la grâce des électeurs son successeur au Parlement. Henri qui, en dépit de leur sincérité, n'approuvait pas les grandes déclarations de son père sur l'Allemagne, la liberté, le progrès, avait observé au début avec une joie maligne la déchéance de l'homme vieillissant, puis, progressivement lorsque l'avocat autrefois recherché commença à perdre sa clientèle et que les conditions matérielles de la famille empirèrent de jour en jour, une compassion tardive gagna son fils. Il avait abandonné de bonne heure ses études juridiques et dû par une activité de journaliste aider les siens. Ses premiers succès littéraires n'éveillèrent aucun écho dans la demeure familiale assombrie. Chez son père des signes inquiétants annonçaient l'approche de la folie, et sa mère pour qui l'Etat, la patrie avaient cessé d'exister quand son mari ne fut plus réélu au Parlement, se ferma au monde à l'heure où l'esprit du père s'enfonça dans la nuit. La sœur unique de Henri, autrefois un être actif, rayonnant, devint neurasthénique à la suite d'une passion malheureuse pour une sorte de don Juan de province, et, avec une obstination maladive, accusa son frère, avec qui elle s'était entendue parfaitement pendant sa jeunesse, d'être responsable du malheur familial. Henri lui parlait aussi d'autres parents dont il avait depuis un temps lointain gardé le souvenir, et Georges voyait défiler dans la brume un cortège mi-ridicule, mi-touchant de Juifs et de Juives, gens âgés à la foi bornée. Il finissait par se rendre compte que Henri n'éprouvait pas la moindre nostalgie de cette petite ville déchirée par de lamentables conflits politiques, ni de l'atmosphère confinée, étouffante du foyer familial, et il comprenait que l'égoïsme de Henri signifiait pour ce dernier à la fois salut et délivrance.

Neuf heures sonnèrent au clocher de l'église Saint-Michel quand Georges s'arrêta devant le café. A une fenêtre que le rideau ne masquait pas, il vit installé le critique Rapp, une pile de journaux devant lui. Il venait de retirer son pince-nez, l'essuyait, et son visage blême à l'expression habituellement fine et sarcastique paraissait avec ses yeux éteints comme mort. En face de lui, gesticulant dans le vide, le poète Gleissner était assis dans l'éclat d'une fausse élégance, avec une énorme cravate noire sur laquelle étincelait un rubis. Georges qui, sans les entendre, voyait seulement les lèvres des deux personnages se mouvoir et leurs regards se croiser, concevait à peine comment ils pouvaient rester un quart d'heure, l'un en face de l'autre, dans cette ambiance de haine. Il sentait tout d'un coup que c'était là l'atmosphère dans laquelle se déroulait la vie de tout le cercle et que traversaient parfois des éclairs salubres d'esprit et de lucidité. Qu'avait-il à faire avec ces gens ? Une sorte d'épouvante le saisit, et il se détourna et décida au lieu d'entrer dans le café de se rendre enfin de nouveau au club dont il n'avait pas foulé les salles depuis des mois. Georges grimpa bientôt le large escalier de marbre, entra dans la petite salle à manger aux rideaux vert clair et fut salué par Ralph Skelton, l'attaché d'ambassade anglais, et Breitner, qui soupaient dans un coin, avec la cordialité contenue due à un ami longtemps attendu. On parla du tournoi imminent, du banquet qui devait être organisé en l'honneur des escrimeurs étrangers, on commenta la nouvelle opérette du Wiedner Theater dans laquelle Mme Lovan en bayadère s'était montrée presque nue, et le duel du fabricant Heidenfeld avec le lieutenant Novotny dans lequel le mari offensé avait trouvé la mort. Après le repas, Georges joua avec Skelton au billard et gagna. Il se sentait de plus en plus en forme et se promit, à partir de ce jour, de fréquenter plus assidûment ces salles aérées au décor soigné où se réunissaient des jeunes gens sympathiques, élégamment vêtus, avec lesquels on pouvait s'entretenir de façon agréable et enjouée. Félicien apparut et raconta à son frère que la soirée chez les Ehrenberg avait pris un tour très gai, il lui transmit le bonjour de Mme Marianne. Breitner, fumant un de ses célèbres cigares d'une dimension impressionnante, se joignit aux deux frères et rapporta que, sous peu, on allait accrocher dans la salle à manger les portraits de quelques membres méritants du club, en premier celui du jeune Labinski qui s'était suicidé l'année passée. Et Georges dut penser à Grace, à leur étrange conversation froide et brûlante dans le cimetière sous la neige fondante de février, ainsi qu'à la nuit merveilleuse sur le pont, brillant sous la lune, du vapeur qui les avait amenés de Palerme à Naples. Il savait à peine quelle femme il désirait le plus en cet instant : Marianne, l'abandonnée ; Grace, la disparue, ou bien la charmante et jolie personne avec qui, il y a quelques heures, il s'était promené dans la pénombre de l'église, comme des jeunes mariés dans une ville étrangère, elle qui avait voulu demander au ciel de faire de lui un grand artiste. A ce souvenir, il éprouvait une tendre émotion. Ne semblait-il pas que son avenir d'artiste importât presque plus à elle qu'à lui ?... Non..., pas plus, elle n'avait fait qu'exprimer ce qui sommeillait au tréfonds de son âme. Il lui arrivait seulement parfois d'oublier qu'il était un artiste. Mais cela allait changer. Il avait tant de projets en chantier. Il ne fallait qu'un peu d'application et le succès ne pouvait manquer. L'année prochaine, il partirait. Un poste de chef d'orchestre serait bientôt découvert d'emblée, on se trouverait au cœur d'une profession qui apportait argent et honneur. Il nouerait des relations avec des gens nouveaux, un ciel nouveau resplendirait au-dessus de sa tête, et, mystérieusement, émergeant d'une brume lointaine, des bras blancs se tendaient vers lui. Et tandis qu'à ses côtés les jeunes gens supputaient très sérieusement les chances des participants au tournoi proche, Georges rêvait dans son coin d'un avenir consacré au travail, à la gloire, à l'amour.

A la même heure, Anna reposait dans sa chambre obscure, sans dormir, les yeux grands ouverts fixant le plafond ; pour la première fois dans sa vie, elle avait le sentiment infaillible qu'il se trouvait en ce monde un homme qui pourrait faire d'elle ce qu'il voudrait, sentiment uni à la ferme résolution d'accepter tous les délices et toutes les souffrances qui pouvaient l'attendre, et avec le léger espoir, plus beau que tous ceux qu'elle avait connus, d'un bonheur constant et paisible.

3

Georges et Henri descendirent de bicyclette. Ils avaient laissé derrière eux les dernières villas, et la large chaussée, en montée régulière, conduisait dans la forêt. Un feuillage encore assez dense recouvrait les arbres, mais le plus léger souffle de vent emportait les feuilles qui tombaient lentement. L'automne parait les collines d'un éclat jaune et roux. La route continuait à monter et passait près du vaste jardin d'une auberge auquel on accédait par des degrés de pierre. Peu de gens étaient assis dehors, la plupart des clients se tenaient dans la véranda vitrée ; ils ne se fiaient pas à la chaleur de cette séduisante journée tardive d'automne, traversée par intervalles d'un souffle frais redoutable. Georges se remémorait la morne soirée d'hiver où ils étaient, lui et Marianne, les seuls à s'y être arrêtés. Assis près d'elle, il se morfondait, l'écoutait avec impatience discourir sur le concert de la veille au cours duquel Mlle Bellini avait chanté ses lieder, et quand, sur le chemin du retour, il avait dû déjà quitter la voiture dans une rue du faubourg pour apaiser les craintes de Marianne, il avait poussé un soupir de soulagement. Un sentiment semblable de délivrance l'envahissait, à vrai dire, presque chaque fois quand, après un moment d'intimité, si beau fût-il, il prenait congé d'une femme aimée. Même lorsqu'il avait laissé Anna à sa porte, il y a trois jours, après la première soirée de bonheur complet, il avait éprouvé avant toute autre émotion la joie de se retrouver seul. Et, tout de suite après, alors que le sentiment de reconnaissance et l'intuition d'une communauté réelle d'esprits avec cet être tendre qui se vouait de tout son cœur à sa personne n'avait pas encore pénétré son âme, celle-ci fut emportée dans un rêve nostalgique de voyages sur une mer étincelante, de côtes se dévoilant pour le séduire, de promenades sur des rives évanouies le matin suivant, de lointains bleus, une vision d'indépendance et de solitude.

Le lendemain matin au réveil, encore baigné du parfum de la soirée précédente, lourd de souvenirs et de promesses, le voyage fut naturellement remis à une date ultérieure, peut-être pas très éloignée, mais plus indiquée. Car aussi sérieux et charmant qu'avait été le début de cette aventure, qu'elle fût également destinée à finir, Georges le savait à cette heure même, mais sans aucune angoisse. Anna s'était donnée à lui sans laisser entendre par une parole, un regard, un geste que commençait pour elle un nouveau chapitre de sa vie. Aussi leur séparation, Georges en était persuadé, devait s'accomplir sans tristesse, sans difficulté ; une poignée de main, un sourire, un pudique « ce fut beau ». Et son âme fut encore plus rassérénée lorsqu'elle l'accueillit à leur rencontre suivante d'un simple mais chaleureux bonjour, sans les accents embarrassés pour exprimer un mélancolique abandon ou l'accomplissement d'un destin, comme il les avait entendus dans la bouche d'une autre qui ne s'éveillait pas pour la première fois par un tel matin.

Une ligne de hauteurs imprécise apparut dans le lointain et disparut lorsque la route s'éleva à travers une forêt plus épaisse. Des arbres feuillus et des conifères croissaient en paix côte à côte, et, à travers la teinte plus terne des sapins, le feuillage aux couleurs d'automne des hêtres et des bouleaux étincelait. Des promeneurs surgirent, les uns, sac au dos, munis de cannes et de chaussures ferrées, équipés comme pour des courses importantes en montagne. Parfois, des cyclistes, grisés par la vitesse, dévalaient la route en descente.

Henri fit à son compagnon le récit d'une excursion à bicyclette qu'il avait entreprise, début septembre, le long du Rhin.

« N'est-ce pas étrange, dit Georges, que moi, qui ai déjà tant voyagé par le monde, je ne connaisse pas encore la contrée dont mes aïeux sont issus ?

— Comment ? demanda Henri, et vous n'éprouvez rien quand vous entendez prononcer le mot Rhin ? »

Georges sourit. « Il faut dire que cela fera bientôt cent ans que mes arrière-grands-parents ont quitté Biebrich.

— Pourquoi souriez-vous, Georges ? Il y a beaucoup plus longtemps que mes ancêtres ont dû émigrer de Palestine, et cependant certains, des gens ordinairement logiques, exigent que le mal du pays fasse battre mon cœur. »

Irrité, Georges secoua la tête. « Pourquoi vous soucier toujours de ces gens-là. C'est devenu chez vous une idée fixe.

— Ah, vous croyez que je pense aux antisémites ? Absolument pas. De ceux-là je ne m'en formalise plus, tout au moins par moments. Mais demandez plutôt à notre ami Léo ce qu'il pense de la question.

— Ah ! c'est à lui que vous songez. Voyons, il ne le prend pas au pied de la lettre, mais pour ainsi dire, sur un plan symbolique... ou politique », ajouta-t-il après une hésitation.

Henri approuva de la tête. « Ces deux conceptions sont peut-être étroitement liées dans des cerveaux semblables. » Pendant un moment, il resta plongé dans ses pensées et propulsa sa bicyclette par petits coups de pédales rageurs, si bien qu'il se retrouva en tête de quelques pas. Il recommença alors à parler de son voyage de septembre. Il l'évoquait presque avec émotion. La solitude, le dépaysement, le mouvement, n'avait-il pas connu là un triple bonheur? « Je peux à peine vous décrire, disait-il, le profond sentiment de liberté intérieure qui me saisissait. Connaissez-vous ces états d'âme dans lesquels tous les souvenirs, lointains et proches, ont, pour ainsi dire, perdu toute pesanteur terrestre ? où tous les êtres auxquels nous sommes habituellement liés d'une façon ou d'une autre, par la souffrance, le souci, la tendresse, ne nous sont plus que des ombres flottantes, ou, plus exactement, des figures nées de notre propre création ? Et ces figures imaginées se présentent naturellement à nous, nous sont au moins aussi vivantes que les êtres dont nous gardons le souvenir réel. C'est alors que se développent les plus curieux rapports entre les figures réelles et imaginaires. Je pourrais vous relater une conversation qui eut lieu entre mon grand-oncle défunt, un rabbin, et le duc Héliodore, vous savez celui qui hante mon projet d'opéra, une conversation si divertissante, si profonde comme on n'a pas coutume d'en trouver dans la vie, ni dans les livrets d'opéra... Vraiment, de tels voyages sont merveilleux ! On traverse des villes qu'on n'a jamais vues, que l'on ne reverra peut-être jamais, on ne rencontre que des visages inconnus qui disparaissent aussitôt pour l'éternité..., et puis on file de nouveau sur une route claire entre le fleuve et les vignobles. De telles impressions sont vraiment purificatrices. Dommage qu'elles ne nous soient accordées que rarement. »

Georges éprouvait toujours un certain embarras quand Henri devenait pathétique. « Maintenant, nous pourrions peut-être continuer », dit-il, et ils sautèrent en selle. Un chemin latéral étroit, assez raboteux, entre prairie et forêt, les conduisit bientôt à une maison à deux étages d'une nudité peu engageante qui, par une enseigne d'un brun maussade, prétendait à la qualité d'auberge. Sur la prairie, séparée de la maison par la route, se trouvait une grande quantité de tables recouvertes de nappes, certaines à fleurs, d'autres unies, qui avaient un jour été blanches. Tout au bord de la route, autour de quelques tables regroupées, dix ou douze jeunes gens, membres d'un club cycliste, étaient installés. Plusieurs avaient retiré leur veste, d'autres la portait négligemment jetée sur les épaules ; sur leur sweater bleu ciel à bordure jaune resplendissait, brodé en relief, leur emblème rouge et vert. Un chœur puissant mais pas très juste, montait au ciel : « Le Dieu qui fit croître le fer ne voulait pas d'esclaves[1]. »

Henri parcourut d'un coup d'œil rapide le groupe, cligna des yeux et dit à Georges, les dents serrées, en accentuant les mots : « Je ne sais pas si ces jeunes gens sont honnêtes, fidèles et courageux comme ils pensent l'être, mais qu'ils répandent un parfum de laine et de sueur est certain ; c'est pourquoi je suis d'avis que nous prenions place à une certaine distance. »

Que veut-il donc, pensa Georges à part soi. Trouverait-il plus sympathique de rencontrer ici une réunion de Juifs polonais chantant des psaumes ?

Tous deux poussèrent leurs bicyclettes jusqu'à une table éloignée et s'assirent. Un serveur se présenta, son frac noir constellé de taches de graisse et de légumes, il essuya énergiquement la table avec une serviette sale, prit les commandes et disparut.

« N'est-il pas lamentable, dit Henri, que dans les environs immédiats de Vienne on ne trouve presque partout que des auberges aussi mal tenues. Cela vous donne des idées noires. »

Georges estima déplacée cette mélancolie excessive. « Mon Dieu, à la campagne on s'en accommode. »

Henri n'admit pas ce point de vue, et commença à envisager la création de sept hôtels aux limites de la forêt viennoise, et était en train de calculer que cela demanderait tout au plus trois ou quatre millions lorsque Léo Golowski se dressa devant eux. Il était en civil, mais comme souvent chez lui, sa tenue avait quelque chose d'excentrique. Aujourd'hui, il portait sous une veste sport gris clair un gilet de velours bleu, assorti d'une cravate de soie jaunâtre serrée dans un anneau de métal poli.

Les deux autres l'accueillirent avec plaisir, tout en exprimant une certaine surprise.

Léo s'assit près d'eux. « Je vous ai entendu hier soir projeter cette excursion, et, comme aujourd'hui nous avons pu sortir de la caserne à neuf heures, j'ai aussitôt pensé qu'il serait agréable de passer une heure à bavarder dans la

1. Célèbre poème patriotique de E. M. Arndt (1813). *(N.d.T.)*

nature avec deux personnes intelligentes et sympathiques. Je suis donc rentré à la maison, j'ai sauté dans mes vêtements civils, et en route. » Il dit cela de son ton habituel, aimable, presque naïf, qui séduisait toujours Georges bien qu'avec le recul il prît pour lui le plus souvent une nuance d'ironie, voire de dissimulation. Cependant cette intonation, pour ainsi dire chatoyante, n'était propre à Léo que dans les conversations insignifiantes. Il savait conduire un entretien sérieux avec une précision qui en imposait à Georges. Il avait eu, ces derniers temps, plusieurs fois l'occasion d'entendre au café des discussions entre Henri et Léo sur des questions relatives aux théories artistiques, en particulier sur les rapports entre les lois de la musique et celles des mathématiques. Léo se croyait sur le point de découvrir pourquoi les tonalités majeures et mineures touchaient l'âme humaine de manière différente. Georges suivait volontiers ses explications claires et pénétrantes, quoique quelque chose en lui se rebellât contre cette tentative audacieuse qui prétendait réduire tout le charme, tout le mystère de la musique à des lois qui, aussi inexorables que celles qui régissent le mouvement de la terre et des étoiles, devaient avoir la même origine que ces normes éternelles. C'est seulement quand Henri voulait prolonger les théories de Léo et cherchait, à l'occasion, à les appliquer aux créations de la poésie, que Georges perdait patience et se sentait aussitôt l'allié tacite de Léo qui réservait un doux sourire aux démonstrations fantastiques et confuses de Henri.

Le repas fut servi et les jeunes gens lui firent honneur; Henri pas moins que les autres bien qu'il exprimât des critiques sévères sur la médiocrité de la cuisine, et se déclarât enclin à considérer l'attitude de l'aubergiste non seulement comme l'expression de la mentalité méprisable de ce dernier, mais comme un élément caractéristique du déclin de l'Autriche dans beaucoup d'autres domaines. La conversation porta sur la situation militaire du pays, et Léo les régala de descriptions de ses camarades et de ses supérieurs, pour leur plus grand amusement. Un lieutenant, en particulier, provoqua leur hilarité, il s'était présenté devant le détachement des volontaires avec ces mots lourds de menace : « Avec moi, pas question de rire, je suis une bête à figure humaine. »

Tandis qu'ils continuaient leur repas, quelqu'un vint à leur table, claqua les talons, et salua en portant la main à sa casquette de cycliste, le tout accompagné d'un plaisant : « Hello ! » Il ajouta encore, en camarade, à l'adresse de Léo : « Salut ! » et se présenta à Henri : « Je m'appelle Joseph Rosner. » Là-dessus, d'un ton jovial, il entama la conversation par ces mots : « Ces messieurs font aussi un tour à bicyclette... » Comme personne ne le contredisait, il continua : « Il faut profiter des derniers beaux jours, ce temps superbe ne durera pas. »

Courtois, Georges proposa : « Voulez-vous prendre place, monsieur Rosner ? »

« Merci beaucoup, mais... », il désigna l'autre groupe, « nous sommes sur le point de partir, une longue route, nous nous proposons de descendre jusqu'à Tulln, puis de regagner Vienne par Stockerau. Vous permettez... » Il prit une allumette sur la table et alluma une cigarette avec élégance.

« De quel club fais-tu donc partie ? » demanda Léo, et Georges fut étonné du tutoiement, puis il se rappela que tous deux se connaissaient du temps de leur jeunesse.

« C'est le club cycliste de Sechshaus », expliqua Joseph. Bien que personne ne manifestât de l'étonnement, il ajouta : « Vous êtes surpris que, originaire de Margareten [1], j'appartienne à ce club de banlieue. La raison en est qu'un de mes bons amis en est le président. Vous voyez le gros là-bas, qui est en train d'enfiler sa veste. C'est le jeune Jalaudek, le fils du conseiller municipal et député.

— Jalaudek... », répéta Henri d'un ton manifestement dégoûté, et il se tut.

« Ah, déclara Léo, c'est celui qui récemment, dans un débat sur la société d'éducation populaire, a donné cette magnifique définition de la science. Vous ne l'avez pas lu ? » dit-il se tournant vers les autres.

Ceux-ci ne se souvenaient pas.

« La science, cita Léo, la science est ce qu'un Juif copie sur son voisin. »

Tous rirent, Joseph également qui précisa aussitôt : « En vérité, il n'est pas comme ça, je le connais bien. Il ne se comporte si grossièrement qu'en politique..., car là, dans

1. Un quartier de Vienne. *(N.d.T.)*

notre chère Autriche, les antagonismes se déchaînent. En temps normal, il a d'excellentes manières. Son fils est plus entier.

— Est-ce que votre club est chrétien-social ou nationaliste-allemand ? fit préciser aimablement Léo.

— Oh, chez nous on ne fait pas de différence, mais naturellement, vu la situation...

— Voyons, l'encouragea Léo, que votre club soit fermé aux Juifs, cela va de soi. On le remarque déjà à distance. »

Joseph estima que le mieux était de rire, puis il dit : « Oh, s'il vous plaît, sur les montagnes la politique se tait ; au reste, si nous abordons ce sujet, vous vous faites là-dessus, messieurs, des idées fausses. Par exemple, un membre de notre club est fiancé à une Juive. Mais mes amis m'appellent. Messieurs, j'ai bien l'honneur, salut Léo. » Il s'éloigna d'un pas souple. Les autres, souriant malgré eux, le suivirent du regard.

Alors Léo se tourna soudain vers Georges. « Où sa sœur en est-elle de ses études de chant ?

— Comment ? » Georges sursauta et rougit légèrement.

« Thérèse m'a raconté, continua posément Léo, que vous faites parfois de la musique avec Anna. Est-ce que sa voix est rétablie ?

— Oui, répondit Georges en hésitant, je le pense ; en tout cas, je la trouve très agréable, très harmonieuse, particulièrement dans les sons graves. Dommage qu'elle ne soit pas assez forte pour chanter dans des salles d'une certaine grandeur.

— Pas assez forte, répéta Léo songeur, on peut le dire ainsi.

— Comment voudriez-vous la qualifier ? »

Léo haussa les épaules et regarda Georges calmement. « Voyez-vous, dit-il, moi aussi j'ai trouvé sa voix tout à fait charmante, mais même à l'époque où Anna songeait à la scène..., honnêtement, je n'ai jamais cru que cela aboutirait.

— Vous avez probablement su, dit Georges d'un air qui se voulait détaché, que Mlle Anna souffre d'une faiblesse particulière des cordes vocales.

— Certainement, je le savais, mais si elle avait été destinée à une carrière artistique, je veux dire, si elle avait eu une vocation profonde, elle aurait surmonté cette faiblesse.

— Croyez-vous ?

— Oui, je le crois, je le crois absolument. Et c'est pour cela que je trouve que des mots comme " faiblesse particulière " ou bien " pas assez forte " ne sont que des circonlocutions pour désigner une cause plus profonde, une cause spirituelle. Il n'est pas inscrit dans son destin de devenir une artiste. Voilà ce que c'est. Elle était destinée pour ainsi dire dès sa naissance à finir bourgeoisement. »

Henri était tout à fait d'accord avec la théorie du destin, et, à sa manière contournée, la développa par des idées ingénieuses, puis baroques et finalement insensées. Puis il proposa de s'étendre une demi-heure sur la prairie en plein soleil, un soleil dont les rayons ne dispenseraient plus souvent cette année une telle chaleur. Les autres l'approuvèrent.

A cent pas de l'auberge, Georges et Léo s'allongèrent sur leurs manteaux, Henri s'assit dans l'herbe, les bras croisés sur les genoux, le regard fixe. A ses pieds, la prairie descendait jusqu'à la forêt. Plus bas, blotties dans un feuillage moins dense, les maisons de Neuwaldegg reposaient. Les clochers et les fenêtres, étincelant dans le soleil, émergeaient d'un brouillard gris bleuâtre, et, tout au loin, la plaine flottait, s'estompait comme portée par les vagues de brume.

Des promeneurs traversaient la prairie pour se rendre à l'auberge. Quelques-uns saluèrent en passant, et l'un deux, tenant un enfant par la main, dit à Henri : « Voilà une belle journée, on se croirait en mai. »

Henri sentit d'abord, malgré lui, comme parfois devant une amabilité banale mais inattendue, son cœur se dilater. Mais il se reprit, car il savait bien que ce jeune homme était seulement grisé par la douceur du jour, la paix de la contrée. Dans son for intérieur, il lui était aussi hostile que tous les autres qui passaient si innocemment près de lui. Il n'arrivait pas à s'expliquer pourquoi la vue de ces paisibles collines, de cette ville dans la brume lui causait une si vive émotion d'une douceur presque douloureuse, alors que les gens qui y demeuraient signifiaient si peu pour lui et rarement quelque chose de bon.

Le club cycliste filait sur la route voisine, les vestes

volaient au vent, les emblèmes brillaient, un rire épais résonna à travers la prairie.

« Des gens odieux », remarqua Léo sans changer de position.

Henri désigna d'un mouvement de tête le fond de la vallée. « Et de tels types, dit-il, serrant les dents, s'imaginent être plus à leur place ici que nous.

— Eh oui. » Léo gardait son calme. « Sur ce point ils n'ont peut-être pas tort, ces types. »

Henri se tourna vers lui avec mépris. « Excusez-moi, Léo, j'oubliais un instant que vous-même souhaitiez être seulement toléré.

— Je ne le souhaite pas le moins du monde, répliqua Léo en riant, et vous n'avez pas besoin de mal interpréter si méchamment mes paroles. On ne peut en vouloir à ces gens de se considérer comme des autochtones, et vous et moi comme des étrangers. C'est seulement l'expression de leur instinct assuré d'un fait fondé sur l'anthropologie et l'histoire. Contre cela et tout ce qui en résulte, la sentimentalité juive ou chrétienne est sans pouvoir. » Et, se tournant vers Georges, il lui demanda d'un ton exagérément courtois : « Ne trouvez-vous pas ? »

Georges rougit, toussa pour éclaircir sa voix, mais ne trouva rien à répondre, tandis que Henri, sur le front duquel deux rides profondes s'étaient creusées, prit avec irritation la parole : « Mon instinct est pour moi aussi déterminant que celui de MM. Jalaudek senior et junior, et cet instinct m'assure sans risque d'erreur que c'est ici, justement ici, mon pays, et non dans je ne sais quelle contrée qui, à en croire ses descriptions, ne me dit absolument rien, une contrée que certains veulent me persuader de considérer maintenant comme ma patrie, sous prétexte que mes ancêtres, il y a quelques milliers d'années, durent la quitter et se disperser dans le monde. Et il faudrait de plus faire remarquer que les ancêtres de M. Jalaudek, et même ceux de notre ami, le baron de Wergenthin, ne sont pas plus ici chez eux que les miens et les vôtres.

— Ne m'en veuillez pas, répondit Léo, mais, dans ce domaine votre point de vue est tout de même un peu étroit. Vous pensez toujours à vous et à la circonstance accessoire..., pardon pour cette circonstance accessoire, que vous êtes un poète que le hasard a fait naître dans un pays allemand, qui écrit en langue allemande et qui, vivant en Autriche, parle dans son œuvre des Autrichiens et de leurs problèmes. Mais il ne s'agit pas en premier lieu de vous ou de moi, ni des quelques fonctionnaires juifs privés d'avancement, ni des quelques volontaires juifs qui ne peuvent devenir officiers, ni des assistants de faculté juifs jamais promus professeurs sinon avec retard. Tout cela ne sont que désagréments de second ordre, il s'agit ici de tout autres personnes que vous ne connaissez pas bien ou pas du tout, sur le sort desquelles, je vous assure, mon cher Henri, en dépit de l'obligation que vous en auriez, vous n'avez pas assez profondément médité. Certainement pas..., sinon vous ne pourriez parler de ces choses d'une façon aussi superficielle et aussi... égoïste que vous le faites. » Il leur raconta alors l'expérience vécue au congrès sioniste de Bâle auquel il avait participé l'année précédente et où il avait acquis, comme jamais auparavant, une connaissance profonde de l'essence et de la mentalité du peuple juif. Chez ces hommes qu'il avait vus de près pour la première fois, la nostalgie de la Palestine, il le savait maintenant, n'était pas un apport artificiel, elle agissait en eux comme un élément authentique jamais éteint, dont la nécessité avait ravivé la flamme. Cela, personne ne pouvait en douter, qui avait vu comme lui briller dans les regards une sainte colère quand un orateur déclara qu'il fallait provisoirement abandonner l'espoir de la Palestine et se contenter de colonies en Afrique et en Argentine. Oui, il avait vu pleurer des hommes âgés, et pas des gens incultes, non, des savants, des sages, par crainte que le pays de leurs pères qu'ils n'auraient jamais pu fouler eux-mêmes, fût-ce par la réalisation des plans sionistes les plus audacieux, n'accueillerait peut-être jamais leurs enfants et petits-enfants.

Georges l'avait écouté, surpris, même un peu ému, mais Henri qui, pendant le récit, avait arpenté à petits pas la prairie, déclara que le sionisme lui semblait la pire épreuve jamais imposée aux Juifs, et que justement les paroles de Léo l'en avait convaincu plus fortement que toute réflexion ou toute expérience précédentes. Le sentiment national, la religion étaient, depuis toujours, des mots qui par leur superficielle, voire sournoise ambiguïté l'irritaient. La patrie..., n'était-ce pas une fiction, un concept politique vague, changeant, insaisissable. La seule réalité était le pays natal, pas la patrie..., et ainsi le sentiment du pays natal se confondait avec le droit d'y vivre. Quant aux religions, il goûtait les légendes chrétiennes et juives comme celles de la Grèce et de l'Inde, et chaque religion lui devenait également insupportable, odieuse lorsqu'elle cherchait à lui imposer ses dogmes. Il ne se sentait solidaire de personne, non, de personne sur terre. Aussi peu des Juifs pleureurs de Bâle que des braillards proallemands du Parlement autrichien, aussi peu des usuriers juifs que des chevaliers brigands de l'aristocratie, aussi peu d'un cabaretier juif que d'un épicier chrétien-social. Et le sentiment de la persécution subie en commun, de la haine recuite en commun était le moins fait pour l'unir à des hommes dont il se sentait intimement éloigné. Il voulait bien accepter le sionisme comme principe moral, comme œuvre de bienfaisance, s'il se donnait sincèrement pour tel ; l'idée de la création d'un Etat juif sur une base religieuse et nationale lui semblait une révolte insensée contre l'esprit de toute l'évolution historique. « Et dans le tréfonds de votre âme, cria-t-il, s'arrêtant devant Léo, vous-même ne croyez pas que ce but soit atteint un jour, et même vous ne le souhaitez pas, même si l'idée de marcher dans cette direction vous séduit pour telle ou telle raison. Que signifie pour vous cette " patrie ", la Palestine ? Une notion géographique. Que signifie pour vous " la foi de vos pères " ? Un ensemble de coutumes que vous n'observez plus depuis longtemps, dont la plupart vous semblent aussi ridicules et absurdes qu'à moi. »

Ils discutèrent encore longtemps avec violence, puis se calmèrent dans le désir sincère de se convaincre l'un l'autre ; étonnés parfois de voir leurs points de vue converger pour retomber l'instant suivant dans une nouvelle contradiction. Etendu sur son manteau, Georges les écoutait. Tantôt gagné à la cause de Léo qui exprimait, d'une voix tremblante d'émotion, sa compassion ardente pour ses malheureux frères de race, et qui se détournait fièrement de ceux qui ne voulaient pas l'admettre comme un des leurs. Tantôt il se sentait plus proche de Henri qui, dans sa colère, rejetait une entreprise à la fois utopique et bornée qui prétendait rassembler aux quatre coins du monde pour les regrouper sur une terre étrangère les membres d'une race dont les meilleurs, en tout lieu, s'étaient épanouis dans la culture du pays d'accueil, ou tout au moins y participaient. Georges commençait à pressentir combien il serait difficile, justement aux meilleurs d'entre eux, dans les âmes desquels l'avenir de l'humanité se préparait, de prendre une telle décision ; comment eux justement ballottés entre la crainte de paraître importuns et l'exaspération d'être accusés de devoir céder à une majorité arrogante, entre la conscience innée d'être chez eux là où ils vivaient et œuvraient, et l'indignation de se voir précisément là persécutés, injuriés ; comment, pris entre l'obstination et le découragement, le sentiment de leur existence, de leur valeur et de leurs droits ne serait-il pas désorienté. Pour la première fois la qualification de Juif, qu'il avait lui-même souvent employée, commençait à lui apparaître dans un éclairage tout nouveau, plus sombre. Une intuition du mystérieux sort de ce peuple se fit jour dans son esprit, sort qui se manifestait chez chacun de ses membres, pas moins chez ceux qui aspiraient à échapper à cette origine comme à une honte, une souffrance ou une fable qui ne les concernait plus en rien, que chez ceux qui, obstinément, se référaient à lui comme un destin, un honneur ou une donnée intangible de l'histoire.

Quand il s'oubliait dans la contemplation des deux antagonistes et observait leurs silhouettes dont les lignes nettement marquées, violemment agitées, se détachaient sur un ciel d'un violet rougeâtre, il était frappé, ce n'était pas la première fois, par le fait que Henri, qui ne démordait pas d'être ici chez lui, par l'allure et le geste ressemblait à un prêcheur juif fanatique, tandis que Léo, qui voulait partir avec son peuple en Palestine, par les traits du visage et le maintien lui rappelait la statue d'un éphèbe grec qu'il avait vue un jour au Vatican ou au musée de Naples. Et, de nouveau, tandis qu'il suivait des yeux avec plaisir les mouvements vifs et harmonieux de Léo, il comprenait fort bien qu'Anna ait éprouvé, il y avait des années, lors de cet été au bord de la mer, une inclination passionnée pour le frère de son amie.

Henri et Léo se faisaient toujours face sur la prairie, et leur conversation se perdait en considérations inextricables. les phrases s'affrontaient, s'empoignaient, se manquaient, se perdaient dans le vide, et, à un certain moment,

Georges s'aperçut qu'il n'entendait plus que le son des paroles sans pouvoir en suivre le sens.

Un vent frais soufflait de la plaine. Georges se releva, frissonnant légèrement. Les deux autres, qui avaient presque oublié sa présence, en furent rappelés à la réalité, et on décida de partir. Il faisait encore plein jour sur la campagne, mais le soleil reposait rouge sombre et blafard sur un long banc de nuages vespéraux.

Henri, qui bouclait son manteau sur sa bicyclette, dit : « Après de telles discussions, il subsiste toujours en moi une insatisfaction qui va jusqu'à provoquer une sensation douloureuse dans l'estomac. Vraiment, c'est ainsi. Elles ne mènent à rien. Et d'ailleurs, à quoi riment des opinions politiques chez des individus qui n'en font pas par profession ou par intérêt ? Exercent-elles la moindre influence sur la conduite de la vie, sur la construction d'une existence ? Vous, Léo, aussi bien que moi, tous deux nous ne ferons jamais rien d'autre, nous ne pourrons jamais rien faire d'autre qu'exécuter ce qui dans le domaine de notre être et de nos possibilités nous est donné d'exécuter. Vous n'émigrerez de votre vie en Palestine, même si l'Etat juif était fondé, et si l'on vous y proposait immédiatement un poste de Premier ministre ou, tout au moins, une place de pianiste officiel... »

Léo l'interrompit : « Oh, vous ne pouvez pas le savoir.

— J'en suis absolument sûr, et, en contrepartie, je vous avouerai qu'en dépit de mon indifférence totale en matière de religion, je ne me ferai jamais baptiser, même s'il était possible — ce qui est de moins en moins le cas aujourd'hui —, par une telle supercherie d'échapper à tout jamais à l'antisémitisme borné et crapuleux.

— Hum ! dit Léo, même si l'on rallumait les bûchers...

— Dans ce cas, je m'engage ici solennellement à régler mon attitude sur la vôtre. »

Georges intervint : « Ces temps ne reviendront plus. »

Les deux autres ne purent s'empêcher de rire à l'idée, comme Henri le fit remarquer, que Georges, au nom de toute la chrétienté, était assez aimable pour les rassurer sur leur avenir.

Ils avaient entre-temps traversé la prairie. Georges et Henri poussaient leurs bicyclettes sur le chemin de terre raboteux, Léo, à côté d'eux, son manteau flottant au vent, marchait sur l'herbe. Comme sous l'effet de la fatigue, ils se turent tous un moment. A l'endroit où le mauvais chemin débouchait sur la grand-route, Léo s'arrêta et dit : « Malheureusement, il nous faut nous séparer ici. » Il tendit la main à Georges et dit en souriant : « Vous avez dû pas mal vous ennuyer aujourd'hui. »

Georges rougit. « Dites donc, est-ce que vous me prenez pour... ? »

Léo garda sa main serrée dans la sienne.

« Je vous prends pour quelqu'un de très intelligent et de très bon. Me croyez-vous ? »

Georges garda le silence.

« Je voudrais savoir, Georges, si vous me croyez, j'y attache de l'importance, reprit Léo d'un ton chaleureux.

— Bien sûr, je vous crois, répondit Georges non sans quelque impatience.

— J'en suis heureux, car vous m'êtes très sympathique, Georges. »

Il le regarda droit dans les yeux, puis lui tendit encore une fois la main, ainsi qu'à Henri, et partit.

Georges eut soudain le sentiment que ce jeune homme qui, la tête légèrement inclinée, le manteau flottant, marchait au milieu de la chaussée dans la descente, ne s'en allait pas vers un « chez soi », mais quelque part dans une contrée étrangère où l'on ne pourrait le suivre. Sentiment qui lui était d'autant moins compréhensible qu'il avait, ces derniers temps, passé plusieurs heures au café à bavarder avec Léo, et qu'il avait aussi appris par Anna sur lui, sur sa famille, sur ses conditions d'existence, des renseignements révélateurs. Il savait que ce fameux été au bord de la mer qui, ainsi que la passion juvénile d'Anna, remontait à six ans, avait signifié pour la famille Golowski la dernière période heureuse, et que le commerce du père avait périclité l'hiver suivant. D'après le récit d'Anna, il avait été tout à fait remarquable de voir les membres de la famille s'adapter si facilement au changement des circonstances, comme s'ils s'attendaient depuis longtemps à ce renversement de fortune. On déménagea de l'habitation confortable du quartier de l'Hôtel de Ville pour une petite rue sombre au voisinage du Augarten, M. Golowski se livra à une activité de courtier pour toutes sortes d'affaires, Mme Golowski exécuta et vendit des travaux de couture, Thérèse donna des leçons de français et d'anglais, et continua, les premiers temps, à fréquenter le cours d'art dramatique. Un jeune violoniste d'une famille russe appauvrie éveilla son intérêt pour les questions politiques. Bientôt elle renonça à l'art pour lequel elle avait toujours montré plus de penchant que de talent, et, peu de temps après, elle militait en oratrice et agitatrice au parti social-démocrate. Léo, sans partager ses opinions, se réjouissait de la voir si active, si audacieuse. Parfois, il se rendait avec elle aux réunions ; mais comme il ne se laissait pas facilement impressionner par les grands mots, ni par les promesses qui ne seraient jamais réalisées, ni par les menaces proférées dans le vide, il s'amusait le plus souvent sur le chemin du retour à lui démontrer avec une rigueur irréfutable les contradictions incluses dans ses discours et dans ceux de ses camarades du parti. En particulier, il s'efforçait inlassablement de lui faire comprendre qu'elle ne pourrait pas si souvent, pendant des jours, des semaines, oublier complètement sa grande mission, si sa compassion pour les pauvres, les déshérités, était vraiment aussi profonde qu'elle se l'imaginait. Cependant, la vie de Léo lui-même manquait d'un but précis. Il écoutait des conférences techniques, donnait des leçons de piano, envisageait même parfois une carrière de virtuose et s'exerçait alors cinq à six heures par jour. Mais on ne pouvait encore déterminer ce qu'il choisirait en définitive. Conformément à sa nature d'attendre inconsciemment le miracle qui pourrait lui épargner des désagréments, il avait repoussé son année de service volontaire aussi longtemps que possible, et attendu le dernier délai, si bien qu'il était maintenant sous les drapeaux à vingt-cinq ans. Les parents laissaient toute latitude à Léo et à Thérèse, et les nombreuses différences d'opinion ne provoquaient chez les Golowski que peu de conflits sérieux. La mère demeurait le plus souvent à la maison, cousait, tricotait, faisait du crochet, le père vaquait à ses affaires de plus en plus négligemment, préférant passer ses journées au café à regarder les joueurs d'échecs, une distraction qui lui permettait d'oublier la ruine de son existence. Depuis la banqueroute de son commerce, il semblait ne pouvoir se départir vis-à-vis de ses enfants d'une certaine gêne, si bien qu'il était presque fier quand, à l'occasion, Léo daignait, le dimanche, disputer avec lui une partie de ses chers échecs.

Il semblait parfois à Georges que sa propre sympathie pour Léo entretenait un mystérieux rapport avec l'inclination, depuis longtemps révolue, qu'Anna avait éprouvée pour ce dernier. Car, ce n'était pas la première fois qu'il se sentait étrangement attiré par un homme vers qui, dans le passé, une âme s'était tournée qui maintenant lui appartenait.

Georges et Henri étaient remontés en selle et roulaient sur une route étroite à travers un bois épais et sombre. Plus tard, quand les arbres s'écartèrent des deux côtés, ils eurent dans le dos le soleil couchant et leurs ombres les précédaient. La route se mit à descendre plus rapidement et les conduisit bientôt à des maisons basses recouvertes d'un feuillage couleur rouille. Un très vieil homme était assis sur un banc devant une porte d'entrée, un enfant pâle se penchait à une fenêtre ouverte. A part eux, on n'apercevait aucun être vivant.

« On dirait un village enchanté », remarqua Georges.

D'un hochement de tête, Henri approuva. Il connaissait l'endroit. Il y était venu avec son amie par une splendide journée d'été de la même année. Il se le rappela, et une nostalgie ardente fit palpiter son cœur, il se souvint des dernières heures passées à Vienne dans sa propre chambre en sa compagnie, les jalousies baissées gardaient la fraîcheur et laissaient filtrer par leurs fentes les rayons matinaux d'un soleil d'août brûlant ; puis la dernière promenade par les petites rues restées fraîches entre les murs de pierre, dans un calme dominical, et à travers de vieilles cours désertes, et lui qui ne se doutait pas qu'il vivait tout cela pour la dernière fois. Car, le jour suivant, l'affreuse lettre était arrivée qui disait qu'elle avait voulu lui épargner la douleur de la séparation, et que lorsqu'il lirait ces lignes elle aurait depuis longtemps franchi la frontière, en route pour une ville nouvelle, une ville étrangère.

La route s'anima. Des villas accueillantes, entourées de plaisants jardinets, apparurent ; derrière les maisons, des hauteurs boisées s'élevaient en pente douce. La vallée s'élargit de nouveau, et le jour sur son déclin reposait sur les prairies et les champs. Dans le grand jardin désert d'une auberge, des lanternes étaient allumées. Les voiles du crépuscule s'étendaient rapidement de tous les côtés à la fois. On arrivait à un carrefour. Georges et Henri descendirent de bicyclette, allumèrent une cigarette.

« A droite ou à gauche ? » demanda Henri.

Georges regarda sa montre : « Six heures..., et je dois être en ville à huit heures.

— Alors, nous ne pourrons pas dîner ensemble, dit Henri.

— Malheureusement pas.

— Dommage. Alors, prenons tout de suite le chemin le plus court par Sievering. »

Ils allumèrent leurs lanternes et poussèrent leurs bicyclettes sur la longue route en lacet à travers la forêt. L'un après l'autre, les arbres surgissaient de l'ombre, saisis par le faisceau lumineux, puis retombaient dans la nuit. Le vent sifflait plus fortement dans les branches, et on entendait le bruissement des feuilles qui tombaient. Henri éprouvait une légère anxiété, comme cela lui arrivait parfois dans l'obscurité en pleine nature. A la pensée de devoir passer la soirée seul, il ressentait une sorte de déception. Il en voulait à Georges, et s'irritait de l'attitude renfermée que ce dernier adoptait à son égard. Il décida, et pas pour la première fois, qu'à partir de maintenant il ne parlerait plus à Georges de ses propres affaires intimes. Cela valait mieux. Il n'avait pas besoin de la confiance, de la sympathie de quiconque. Il s'était toujours senti plus à l'aise quand il suivait seul sa voie. Il en avait fait suffisamment l'expérience. Pourquoi ouvrir son cœur à un autre ? Bien sûr, avoir des relations pour participer à des promenades, des voyages, à des conversations intéressantes sur toutes sortes de choses de la vie et de l'art, avoir des femmes pour de brèves étreintes, mais pas besoin d'un ami, d'une amie. Ainsi l'existence s'écoulait plus digne et exempte de soucis. Il s'exaltait à ces pensées, se sentait devenir dur, supérieur. L'ombre de la forêt perdait sa menace, il marchait dans le léger murmure nocturne comme dans un élément allié.

La hauteur fut bientôt atteinte. Un ciel sombre, sans étoiles, surplombait la route grise et les prairies baignées de brouillard qui s'étendaient de part et d'autre sur une étendue indéterminée jusqu'aux collines boisées. De la petite maison des douanes proche parvenait une faible lueur. Ils remontèrent sur leurs machines et descendirent la pente aussi vite que l'obscurité le permettait. Georges avait hâte d'être au but. Il lui paraissait curieusement invraisemblable qu'il pût déjà dans une heure et demie retrouver la chambre discrète dont seuls Anna et lui connaissaient l'existence ; la pièce à la lumière tamisée avec les chromos au mur, le divan de velours bleu, le piano droit sur lequel se trouvaient des photographies de gens inconnus, et un buste de Schiller en plâtre blanc, avec ses hautes fenêtres étroites en face desquelles la vieille église grise se dressait.

Des réverbères brûlaient le long du chemin. La route se fit plus dégagée et offrit une dernière vue sur les hauteurs. Puis ils roulèrent plus rapidement tout d'abord entre des villas bien entretenues, enfin sur une artère principale encombrée et bruyante qui s'enfonçait dans la ville. A l'église votive, ils mirent pied à terre.

« Au revoir, dit Georges, à demain au café.

— Je ne sais pas... », répondit Henri et, devant le regard interrogateur de Georges, il ajouta : « Il se peut que je parte en voyage.

— Oh, une décision si soudaine !

— Oui, on est parfois saisi...

— De nostalgie, compléta Georges en souriant.

— Ou de peur, dit Henri avec un rire bref.

— Alors, vous n'avez pas de raison particulière, remarqua Georges.

— En êtes-vous bien sûr ? » Le ton de Henri était hargneux.

« Vous m'avez dit vous-même...

— Quoi donc ?

— Que vous receviez de ses nouvelles chaque jour.

— Oui, c'est vrai, chaque jour. Je reçois des lettres tendres, enflammées, chaque jour à la même heure. Mais qu'est-ce que ça prouve ? J'en écris bien de plus enflammées et de plus tendres, et pourtant...

— Ah bon », dit Georges qui le comprenait. Il risqua la question :

« Pourquoi ne restez-vous pas auprès d'elle ? »

Henri haussa les épaules. « Reconnaissez vous-même, Georges, que cela vous paraîtrait un peu ridicule si, pour une telle amourette, on démontait sa tente pour parcourir le monde avec une petite actrice.

— Moi, personnellement, je le regretterais évidemment beaucoup, mais " ridicule ", qu'y aurait-il là de ridicule ?

— Non, je n'en ai pas envie, conclut Henri brutalement.

— Mais si vous..., si vous y attachiez un grand prix..., si vous le lui demandiez sans détours..., la jeune femme abandonnerait-elle sa carrière ?

— C'est possible. Mais je ne le demande pas. Je ne veux pas le demander. Non, plutôt souffrir qu'en porter la responsabilité.

— La responsabilité serait-elle si grande ? Je veux dire..., le talent de cette jeune personne est-il si exceptionnel que ce lui serait un sacrifice d'y renoncer ?

— Si elle a du talent ? Je n'en sais rien moi-même. Je crois bien qu'elle est la seule créature au monde dont je ne me risquerais pas à juger le talent. Aussi souvent que je l'aie vue sur scène, le son de sa voix m'a paru celui d'une inconnue, pour ainsi dire, plus étranger que celui de toutes les autres voix. C'est vraiment tout à fait étonnant... Mais vous l'avez vue jouer, Georges, quelle impression vous fait-elle ? Dites-le-moi sincèrement.

— Oui, pour être franc..., je ne me la rappelle pas bien. Excusez-moi, mais je ne savais pas alors... Quand vous me parlez d'elle, je vois toujours une mèche de cheveux roux qui retombe un peu sur le front, et dans un petit visage pâle de grands yeux noirs inquiets.

— Oui, des yeux inquiets », répéta Henri. Il se mordit les lèvres et se tut un instant. « Adieu, dit-il soudain.

— Vous m'écrirez, n'est-ce pas ? demanda Georges.

— Oui, certainement. Et d'ailleurs, je reviendai bien un jour, ajouta-t-il avec un sourire figé.

— Bon voyage », dit Georges qui lui tendit la main avec une cordialité marquée. Henri en fut réconforté. Cette poignée de main chaleureuse lui donnait soudain non seulement l'assurance que Georges ne le trouvait pas ridicule, mais aussi, chose étrange, que son amie lointaine lui était fidèle, et qu'il était lui-même un homme à qui il était plus permis qu'à d'autres.

Georges le suivit des yeux tandis qu'il s'éloignait au plus vite sur sa bicyclette. De nouveau, comme peu d'heures auparavant, lors du départ de Léo, il avait l'impression que quelqu'un lui échappait pour partir vers une contrée inconnue ; et, en cet instant, il savait que, malgré toute la sympathie qu'ils lui inspiraient, il ne connaîtrait jamais auprès d'aucun des deux une intimité sans réserve comme cela avait été le cas l'année précédente avec Guido Schönstein et auparavant avec le pauvre Labinski. Il se demandait si cela ne tenait pas à la différence de race entre lui et eux, et si, sans la discussion intervenue entre les deux hommes, il se serait rendu compte de lui-même aussi nettement du rôle de l'élément étranger. Il en doutait. Ne se sentait-il pas justement plus proche de ces deux êtres et de bien d'autres de leur race, et même plus apparenté à eux qu'à beaucoup d'autres personnes du même sang que lui ? N'éprouvait-il pas très fortement le sentiment que parfois, quelque part dans les profondeurs, il existait entre lui et ces deux-là des liens plus solides que ceux qui l'unissaient à Guido, voire à son propre frère ? Mais, s'il en était ainsi, n'aurait-il pas dû à un moment quelconque de l'après-midi le leur dire, leur crier : Faites-moi confiance, ne m'excluez pas, essayez de me considérer comme un ami !... Et quand il se demandait pourquoi il ne l'avait pas fait et pourquoi il avait à peine participé à leur discussion, il s'apercevait avec étonnement qu'il n'avait pu se défendre pendant toute sa durée d'une sorte de sentiment de culpabilité, comme si lui-même, sa vie durant, n'avait pas été exempt d'une certaine hostilité inconsidérée envers les « étrangers », comme Léo lui-même les appelait, hostilité qu'aucune expérience personnelle ne justifiait, et qu'il avait ainsi contribué pour sa part à la méfiance, à l'attitude de bravade que certains lui opposaient, se renfermant sur eux-mêmes alors qu'il ressentait l'opportunité et le désir d'aller lui-même à leur rencontre. Cette pensée suscitait en lui un malaise croissant qu'il n'arrivait pas à bien analyser, et qui n'était rien d'autre que la prise de conscience diffuse que des rapports sains même entre des individus sains d'esprit ne peuvent se développer dans une atmosphère de folie, d'injustice et d'insincérité.

Comme pour fuir ce malaise, il accéléra de plus en plus sur le chemin du retour. Arrivé chez lui, il se changea en hâte pour ne pas faire attendre Anna. Il ne l'avait jamais aussi fortement désirée. Il lui semblait rentrer d'un long voyage pour retrouver l'être unique qui lui appartenait tout entier.

4

Georges se tenait à la fenêtre. Juste au-dessous se voûtaient les dos de pierre de géants barbus qui portaient de leurs bras puissants le blason nobiliaire rongé par les intempéries d'une race depuis longtemps disparue. Vis-à-vis, émergeant de la pénombre des très vieilles maisons, la montée serpentait jusqu'au porche gris de l'église qui, dans le tourbillon des flocons de neige, s'estompait comme derrière un rideau flottant. Sur la place, la lumière d'un réverbère scintillait faiblement dans le jour déclinant. Par cet après-midi férié, la rue en contrebas recouverte de neige était encore plus silencieuse que de coutume, elle qui menait jusque dans le centre tout en restant en dehors de toute agitation. Et, une fois encore, quand il eut gravi le large escalier de l'ancien palais, loué maintenant par appartements, et qu'il eut pénétré dans la pièce spacieuse à la voûte surbaissée, Georges, évadé de son monde habituel, comprit qu'il pénétrait dans l'autre domaine de son étrange double vie.

Il entendit une clé grincer à la porte et se retourna. Anna entra. Georges, radieux, la prit dans ses bras, l'embrassa sur le front et sur la bouche. Sa jaquette bleu foncé, son chapeau à large bord, son boa de fourrure, tout était couvert de neige.

« Tu as travaillé », dit Anna en posant ses affaires. Elle désignait la table sur laquelle près de l'abat-jour vert se trouvait du papier à musique noirci.

« J'ai revu le quintette, le premier mouvement. Il y a là encore beaucoup à faire.

— Et ce sera magnifique.

— Espérons-le. Tu viens de chez toi, Anna ?

— Non, de chez les Bittner.

— Comment, aujourd'hui, un jour férié ?

— Oui. A la suite d'une rougeole, les deux fillettes ont perdu beaucoup de temps, il faut le rattraper. Cela d'ailleurs ne me déplaît pas, ne serait-ce que pour des raisons financières.

— Quelle somme énorme !

— Et puis cela me permet au moins d'échapper pour quelques heures au “ cher foyer familial ”.

— Ah bon », dit Georges. Il posa le boa d'Anna sur le dossier d'un siège et, distraitement, passa ses doigts sur la fourrure. La remarque d'Anna où perçait, ce n'était pas nouveau, un léger reproche envers lui, l'avait contrarié. Elle s'assit sur le divan, porta les mains à ses tempes, lissa un peu en arrière sa chevelure ondulée châtain clair et regarda Georges en souriant.

Lui, les deux mains dans les poches de sa veste, appuyé à la commode, commença à lui parler de la soirée précédente qu'il avait passée avec Guido et la violoniste. Cette jeune personne suivait depuis quelques semaines, à la demande du comte, une instruction religieuse catholique auprès du confesseur d'une grande-duchesse ; elle, de son côté, incitait Guido à lire Nietzsche et Ibsen. Mais le seul résultat de cette étude, d'après le récit de Georges, était que le jeune comte avait pris l'habitude d'appeler en plaisantant son amie « petit rat », d'après le personnage curieux du *Petit Eyolf*.

Anna, elle, n'avait rien de divertissant à raconter sur la soirée précédente. Ils avaient eu des visites. « Tout d'abord, les deux cousines de maman, puis un collègue de bureau de papa pour une partie de tarots. Joseph également s'est consacré à la famille, il est resté sur le divan de trois à cinq, puis son grand ami de fraîche date, M. Jalaudek, est arrivé, qui m'a fait outrageusement la cour.

— Tiens, tiens.

— Il était ravissant. Imagine, une cravate violette mouchetée de jaune. Va donc passer inaperçu avec ça. Il m'a transmis la proposition flatteuse de participer dans l'établissement *Au Sauvage* à la réunion d'une prétendue académie au profit de l'association des bâtisseurs d'églises de Waehring[1].

— Tu as naturellement accepté.

— Je me suis excusée en prétextant l'insuffisance de ma voix et de ma piété.

— Pourtant, en ce qui concerne la voix...

— Non, dit-elle simplement, cet espoir-là je l'ai abandonné définitivement. »

1. Quartier de Vienne. *(N.d.T.)*

Il la regarda, observa ses yeux qui restaient clairs, sans le moindre trouble. De l'église voisine, le chant de l'orgue leur parvenait assourdi.

« Au fait, dit Georges, je t'ai apporté le billet pour la représentation de *Carmen* de demain.

— Merci beaucoup. » Elle prit le billet. « Viendras-tu aussi ?

— Oui, j'ai une loge au troisième balcon, et j'ai invité Bermann. J'emporterai la partition, et, comme dernièrement pour *Lohengrin*, je m'entraînerai à la direction d'orchestre. Dissimulé dans le fond, tu t'en doutes. Tu ne peux imaginer ce qu'on apprend ainsi. Je voudrais encore te proposer quelque chose, ajouta-t-il d'une voix hésitante. Veux-tu après le théâtre souper avec moi et Bermann ? »

Elle se tut.

Il continua : « Cela me ferait vraiment plaisir que tu le connaisses mieux. Avec tous ses défauts, c'est cependant une personnalité, et... »

Elle l'interrompit sèchement et reprit son visage de bourgeoise distinguée. « Je ne suis pas " un petit rat ". » Georges pinça les lèvres. « Cela ne m'atteint pas, chère enfant, je me différencie de Guido sur pas mal de points. Mais, comme tu voudras. » Il marchait de long en large dans la pièce, elle restait assise sur le divan.

« Tu iras donc ce soir chez les Ehrenberg ? demanda-t-elle ensuite.

— Tu le sais, j'ai déjà refusé à deux reprises ces derniers temps. Il m'était difficile cette fois...

— Tu n'as pas à t'excuser, Georges, je suis aussi invitée.

— Où donc ?

— Egalement chez les Ehrenberg.

— Vraiment ! s'exclama-t-il spontanément.

— Qu'est-ce qui t'étonne si fort, demanda-t-elle, sarcastique. Apparemment, ils ne savent pas encore que je ne suis plus une personne fréquentable.

— Voyons, Anna, qu'est-ce qui te prend aujourd'hui ? Pourquoi es-tu si susceptible ? Même si l'on savait..., crois-tu que cela empêcherait les gens de t'inviter ? Au contraire, je suis convaincu que Mme Ehrenberg en concevrait du respect à ton égard.

— Et " petite Else " irait peut-être jusqu'à m'envier. Ne crois-tu pas ? Elle m'a d'ailleurs écrit une lettre charmante.

La voilà, veux-tu la lire ? » Georges la parcourut et la trouva d'une amabilité un peu appuyée ; il la rendit à Anna sans commentaire.

« En voici une autre, si elle t'intéresse.

— Du docteur Stauber ? Cela lui plairait-il de savoir que je puisse la lire ?

— Te voilà tout à coup bien scrupuleux, Georges. » D'un ton de reproche, elle ajouta : « Cela ne lui plairait probablement pas à bien des égards. »

Georges lut rapidement la lettre de bout en bout. D'une manière sèche, parfois légèrement humoristique, Berthold rendait compte de ses travaux à l'Institut Pasteur, de ses promenades, de ses excursions, de ses soirées au théâtre, sans oublier des remarques d'ordre général. Cependant, dans ses huit pages, la lettre ne contenait aucune allusion au passé ou à l'avenir. Georges demanda négligemment : « Combien de temps reste-t-il encore à Paris ?

— Comme tu vois, pas un mot sur son retour.

— Ton amie Thérèse mentionnait récemment que les membres de son parti souhaiteraient le voir revenir parmi eux.

— Ah, elle est reparue au café ?

— Oui, je lui ai parlé là, il y a deux ou trois jours. Elle m'amuse chaque fois énormément.

— Vraiment ?

— D'emblée, elle se comporte toujours de façon très hautaine, également avec moi. Visiblement parce que je gaspille ma vie avec mes occupations artistiques et des bêtises semblables, alors qu'il existe au monde tant de choses plus importantes à faire. Mais quand elle s'échauffe un peu, on découvre qu'elle s'intéresse à toutes les bêtises possibles, comme nous autres, gens ordinaires.

— Elle s'échauffe facilement », remarqua Anna, imperturbable.

Georges marchait de long en large et continuait à parler. « Elle fut dernièrement délicieuse lors du tournoi d'escrime dans la salle du conservatoire de musique. A propos, qui était donc l'homme assis près d'elle tout en haut de la galerie ? »

Anna haussa les épaules. « Je n'ai pas eu le privilège d'assister au tournoi, et je ne connais pas tous les chevaliers servants de Thérèse.

— Je suppose, dit Georges, qu'il s'agissait d'un camarade du parti, sous tous les rapports. Une mine sombre, et assez mal habillé. Quand Thérèse a applaudi à la victoire de Félicien, il s'est carrément tordu de jalousie.

— Que t'a dit au juste Thérèse au sujet de Berthold ?

— Oh, répondit Georges sur le ton de la plaisanterie, on s'y intéresse encore énormément, à ce qu'il paraît. »

Anna ne répondit pas.

« Eh bien, je peux t'annoncer qu'on veut le voir, cet automne, poser sa candidature au Parlement, ce que je trouve d'ailleurs très compréhensible vu ses remarquables dons d'orateur.

— Qu'en sais-tu, l'as-tu déjà entendu parler ?

— Evidemment, tu ne te rappelles donc pas ? C'était chez vous !

— Tu n'as vraiment pas besoin de te moquer de lui.

— Je n'en ai pas l'intention.

— J'ai remarqué d'emblée qu'il t'a semblé alors un peu ridicule, lui et aussi son père. Tu as pris la fuite à leur arrivée.

— Pas du tout, Anna. Tu es injuste de m'imputer une attitude semblable.

— Tous les deux peuvent bien avoir leurs faiblesses, mais ils font au moins partie des gens sur qui on peut compter. C'est quelque chose.

— L'ai-je nié, Anna ? Vraiment, je ne t'ai jamais entendu t'exprimer d'une manière aussi illogique. Qu'attends-tu de moi ? Aurais-je dû me montrer jaloux à cause de cette lettre ?

— Jaloux ? Il ne manquerait plus que ça, jaloux, toi, avec ton passé. »

Georges haussa les épaules. Des souvenirs surgissaient dans sa tête, souvenirs de pareilles disputes verbales au cours de liaisons précédentes, de ces désaccords, ce relâchement des liens, soudain, inexplicable qui, le plus souvent, ne signifiait rien d'autre que le commencement de la fin. En était-il déjà aujourd'hui arrivé là avec Anna, sa bonne et intelligente Anna. De mauvaise humeur, presque triste, il arpentait la pièce. Par moments, il jetait un coup d'œil rapide sur son amie qui, assise silencieuse dans un coin du divan, frottait doucement ses mains l'une contre l'autre, comme si elle avait froid. Dans le silence de la pièce subitement devenue lugubre, l'orgue résonna plus fort qu'auparavant, on entendit des chœurs, et les vitres vibrèrent légèrement. Le regard de Georges tomba sur le petit sapin de Noël dressé sur la commode dont les bougies avaient brûlé avant-hier soir pour lui et pour Anna. Mi-ennuyé, mi-distrait, il tira des allumettes de sa poche et commença à les allumer l'une après l'autre. Soudain, la voix d'Anna tinta à ses oreilles. « Dans un cas grave, dit-elle lentement, je ne ferais confiance à personne d'autre qu'au vieux docteur Stauber. »

Surpris, Georges se tourna vers elle et souffla sur l'allumette enflammée qu'il tenait encore à la main. Il sut tout de suite ce qu'Anna voulait dire, et s'étonna de n'y avoir lui-même plus pensé depuis leur dernière rencontre ; il alla à elle, lui prit la main. Elle releva alors les yeux, impénétrable, les traits figés. « Voyons, Anna, dis-moi... » Il s'assit à côté d'elle sur le divan, prenant ses deux mains dans les siennes.

Elle se tut.

« Pourquoi ne parles-tu pas ? »

Elle haussa les épaules. « C'est qu'il n'y a justement rien de nouveau à ajouter, déclara-t-elle simplement.

— C'est cela », dit-il lentement. Il pensa brusquement que son irritabilité actuelle surprenante devait être interprétée comme un signe de l'état auquel elle faisait allusion, un sentiment d'inquiétude l'envahit. « Mais nous n'en sommes sûrement pas encore là, dit-il d'un ton un peu plus froid qu'il l'aurait voulu. Et... quand bien même..., ajouta-t-il avec un entrain forcé.

— Tu me pardonnerais ? » demanda-t-elle en souriant. Il la serra contre lui et retrouva soudain sa bonne humeur. Son cœur fut embrasé d'une vive tendresse un peu émue pour cet être doux et bon qu'il tenait dans ses bras et qui, il le sentait profondément, ne lui causerait jamais une peine sérieuse.

« Ce ne serait vraiment pas si terrible, dit-il gaiement, tu quitterais simplement Vienne pour quelque temps, et c'est tout.

— Pas aussi simple que tu sembles soudain le supposer.

— Pourquoi pas ? Un prétexte est vite trouvé. Et d'ailleurs, ça regarde qui ? Nous deux. Personne d'autre. En ce qui me concerne, je peux partir n'importe quel jour, et rester absent aussi longtemps que je veux. Je n'ai même pas encore signé de contrat pour l'année prochaine », ajouta-t-il en souriant. Puis il se leva pour éteindre les bougies presque entièrement consumées, il reprit ensuite avec une animation grandissante : « Ce serait même magnifique. Pense donc, Anna ! Nous pourrions partir fin février ou début mars, dans le Midi naturellement, en Italie, peut-être au bord de la mer. Nous habiterions dans un endroit tranquille où personne ne nous connaîtrait, dans un bel hôtel avec un immense parc. Et là-bas on pourrait travailler, formidable !

— C'est donc pour cette raison », dit-elle, le comprenant soudain.

Il rit, la serra plus fort dans ses bras, elle se blottit contre sa poitrine. Aucun son ne parvenait plus du dehors. L'orgue et les chœurs s'étaient tus. Devant les fenêtres, le rideau des flocons de neige flottait... Georges et Anna étaient heureux, comme jamais auparavant.

Tandis qu'ils se reposaient dans la pénombre, il parla de ses projets musicaux pour le proche avenir, et lui raconta le livret d'opéra de Henri, tout au moins ce qu'il en savait. La pièce se remplit d'ombres chatoyantes. Dans une salle royale féerique une cérémonie de mariage battait son plein. Un jeune homme exalté s'y glissait et brandissait un poignard contre le prince. Un jugement sinistre, plus mystérieux que la mort, était prononcé. Sous une lumière crépusculaire, lentement, un bateau dérivait vers un but ignoré. Une princesse, autrefois fiancée à un duc, reposait aux pieds du jeune homme. Voguant sur un esquif scintillant, un inconnu apportait un étrange message. Des fous, des astrologues, des danseuses, des courtisans défilaient. Le récit terminé, Georges était curieux d'apprendre l'impression produite sur Anna par ces tableaux imprécis.

« Je ne peux pas bien le dire, répondit-elle. En tout cas, je me demande si jamais quelque chose de solide naîtra de ce fatras.

— Bien sûr, tu ne peux pas encore te le representer, surtout d'après mon récit... Mais tu es sensible cependant au souffle musical que dégage cette histoire, n'est-ce pas ? J'ai même déjà noté quelques motifs, et je souhaiterais vivement que Bermann se mette bientôt sérieusement au travail.

— A ta place, Georges... Je peux te dire quelque chose ?

— Evidemment, dis toujours.

— Eh bien, moi, à ta place, je terminerais tout d'abord le quintette. Il doit, à l'heure actuelle, être presque achevé.

— Presque, et pourtant... Et puis, tu ne dois pas oublier que j'ai, ces derniers temps, mis en chantier divers projets : les deux pièces pour piano, ensuite le scherzo pour orchestre qui est même assez avancé ; mais sa place est obligatoirement à l'intérieur d'une symphonie. »

Anna ne répondit rien. Georges remarqua que ses pensées vagabondaient, et il lui demanda dans quelle contrée elle s'était évadée. « Pas très loin, répliqua-t-elle. Il m'est simplement passé par la tête tout ce qui peut se produire d'ici la réalisation définitive de l'opéra.

— Oui, dit lentement Georges, en proie à un léger trouble, si l'on pouvait lire dans l'avenir. »

Elle soupira très doucement, et il se serra plus étroitement contre elle, comme touché de compassion. « Sois tranquille, ma chérie, sois tranquille, je suis là et je serai toujours là. » Il crut deviner sa réflexion. Ne peut-il rien dire de mieux..., de plus fort qui me délivrerait de toute inquiétude et pour toujours ?

Dissimulant sa pensée, avec le sentiment de courir un danger, il lui demanda : « A quoi penses-tu ? » et, comme elle gardait obstinément le silence, de nouveau : « A quoi penses-tu donc ?

— A quelque chose d'étrange, dit-elle doucement.

— A quoi ?

— Que la maison où il viendra au monde existe déjà, et que nous n'avons aucune idée où... Voilà à quoi j'ai dû penser.

— A cela », dit-il, étrangement attendri. Dans un nouvel accès de tendresse, il la pressa sur son cœur. « Je ne vous quitterai jamais... tous les deux. »

Quand la clarté revint dans la pièce, ils étaient très gais. Ils cueillirent sur les branches du petit sapin de Noël les dernières sucreries oubliées, se réjouirent à la pensée de se retrouver bientôt parmi des gens indifférents, comme à l'idée d'une plaisante aventure. Ils rirent et débitèrent de joyeuses sottises.

Dès qu'Anna fut partie, Georges enferma ses partitions dans un tiroir, éteignit la lampe et ouvrit une fenêtre. La neige tombait, fine, légère. Emergeant de l'ombre, un vieil homme gravit la pente, et sa respiration pénible était perceptible dans l'air immobile. En face, l'église muette dressait sa muraille grise... Georges demeura un moment à la fenêtre. En cet instant, il était presque convaincu que la conviction d'Anna n'était pas fondée. Il se rappela avec soulagement l'assertion de Léo Golowski selon laquelle Anna était vouée à un destin bourgeois. Cela ne pouvait vraiment pas correspondre à la « ligne de son destin » d'avoir un enfant d'un amant. Et ce n'était pas non plus dans la ligne du sien d'assumer des responsabilités de nature austère, et d'être lié dès aujourd'hui, et peut-être pour toujours, à une femme. Devenir père si jeune. Père !... Le mot le frappa au cœur, lourd, sinistre.

A huit heures du soir, il pénétra dans le salon des Ehrenberg. Des airs de valse retentirent à ses oreilles. Le vieux Eissler était au piano, sa longue barbe grise frôlant presque les touches. Georges, qui s'était arrêté sur le seuil pour ne pas déranger, fut salué du regard par l'assistance. D'un toucher délicat au rythme bien marqué, Eissler exécutait ses célèbres valses viennoises et ses lieder, et Georges prit comme d'habitude un vif plaisir à entendre ces mélodies langoureuses.

« Splendide ! » dit Mme Ehrenberg quand le vieil homme se redressa. « Gardez plutôt les grands mots pour de plus grandes occasions, Léonie », répliqua Eissler dont c'était le privilège reconnu d'appeler toutes les dames et les jeunes filles par leur prénom. Et chacune semblait savourer de l'entendre prononcé par la voix chaude et vibrante du beau vieillard, voix dans laquelle vibrait parfois un écho sentimental, souvenir de ses fredaines de jeunesse. Georges lui demanda si toutes ses compositions avaient été publiées.

« Fort peu, cher baron, je ne puis malheureusement pas écrire la partition.

— Mais ce serait vraiment dommage si ces mélodies charmantes devaient se perdre tout à fait.

— Justement, je le lui ai dit souvent, intervint Mme Ehrenberg, mais il fait partie, hélas, des gens qui ne se sont jamais pris eux-mêmes au sérieux.

— Mais c'est une erreur, Léonie. Savez-vous comment j'ai commencé ma carrière musicale ? J'ai voulu composer un grand opéra. A vrai dire, j'avais alors dix-sept ans et j'étais follement épris d'une cantatrice. »

De la table, la voix de Mme Oberberger parvint jusqu'à leur coin. « C'était certainement une choriste.

— Vous vous trompez, Katharina, je ne m'intéressais pas aux choristes. C'était même un amour platonique, comme toutes les grandes passions de ma vie.

— Etiez-vous donc si maladroit ? demanda Mme Oberberger.

— Peut-être bien aussi parfois, répondit Eissler d'une voix sonore et digne, car j'aurais pu probablement avoir autant de succès qu'un capitaine de hussards. Mais je ne regrette pas ma maladresse. Nous ne gardons des souvenirs authentiques que des occasions manquées. »

Mme Ehrenberg approuva de la tête.

« On ne se tromperait donc pas, monsieur Eissler, remarqua Nurnberger, si l'on attribuait dans votre vie le rôle principal aux souvenirs inauthentiques. » De nouveau, Mme Ehrenberg opina de la tête. Elle était ravie quand on se montrait spirituel dans son salon.

« Pourquoi dites-vous, demanda Mme Oberberger, que vous auriez pu avoir autant de succès qu'un capitaine de hussards ? Il n'est pas vrai du tout que les officiers aient particulièrement du succès auprès des dames. Ce n'est pas parce que ma belle-sœur a eu un jour une liaison avec un lieutenant...

— Je ne crois pas à l'amour platonique », dit Sissy, enveloppant la salle d'un regard brillant.

Mme Wyner poussa un léger cri.

« Mlle Sissy a probablement raison, dit Nurnberger. Je suis au moins persuadé que la plupart des femmes considèrent l'amour platonique comme une offense ou une excuse.

— Il y a de très jeunes filles ici, rappela Mme Ehrenberg doucement.

— Mais on le remarque déjà au fait qu'elles participent à la conversation, dit Nurnberger.

— Cependant, je voudrais me permettre d'ajouter au chapitre de l'amour platonique une petite anecdote, dit Henri.

— Mais pas une histoire juive, intervint Else.

— Certainement pas. Ecoutez donc. Une blondinette...

— Cela ne prouve rien, interrompit Else.

— Laisse-le donc terminer, exhorta Mme Ehrenberg.

— Donc, une blondinette, reprit Henri, m'a un jour, en présence de Sissy, exposé sa conviction que l'amour platonique existait vraiment. Et savez-vous ce qu'elle m'a fourni comme preuve ?... Une aventure personnelle. Elle aurait, à ce qu'elle dit, passé une fois une heure entière dans une pièce avec un sous-lieutenant et...

— Cela suffit, s'exclama Mme Ehrenberg.

— Et, termina Henri imperturbable, d'un ton apaisant, il ne s'était pas passé la moindre chose pendant cette heure.

— Dit la blondinette », compléta Else.

La porte s'ouvrit. Georges vit entrer une dame inconnue vêtue d'une robe bleu clair au décolleté carré, une dame pâle, simple et distinguée. Ce ne fut qu'à son sourire qu'il reconnut que cette dame était Anna Rosner, et il en ressentit une sorte de fierté. Comme il tendait la main à son amie, il perçut dirigé sur lui le regard d'Else.

On se rendit dans la pièce voisine où la table d'un luxe sobre était dressée. Le fils de la maison manquait. Il se trouvait à Neuhaus dans l'usine paternelle. M. Ehrenberg, lui-même, apparut soudain à table comme on commençait à servir. Il venait tout juste de rentrer de son voyage qui, en fait, l'avait conduit jusqu'en Palestine. Quand le conseiller Wilt lui demanda ses impressions, il fut d'abord réticent. Finalement, il se révéla que le paysage l'avait déçu, que les fatigues du voyage avaient affecté son humeur, et qu'il n'avait pratiquement rien vu des colonies juives qu'il savait de source sûre être en développement.

« Ainsi donc nous avons bon espoir, observa Nurnberger, de vous conserver ici, même au cas où l'Etat juif serait fondé dans un avenir proche ? »

Ehrenberg répliqua d'un ton bourru : « Vous ai-je jamais dit que j'avais l'intention d'émigrer? Je suis trop vieux pour cela.

— Ah bon, dit Nurnberger, je ne savais pas que vous aviez visité cette contrée uniquement pour faire plaisir à Else et à Oscar.

— Mon cher Nurnberger, je ne discuterai pas de ce projet avec vous. Le sionisme mérite mieux que propos de table.

— S'il mérite mieux, dit le conseiller Wilt, laissons cela

en suspens, et en tout cas, il est trop compliqué, ne serait-ce que parce que chacun le comprend de manière différente.

— Ou veut le comprendre, ajouta Nurnberger, comme c'est au reste le cas pour la plupart des formules à la mode, et pas seulement en politique. Voilà l'origine de tant de bavardage sur cette terre. »

Henri déclara que, parmi toutes les créatures humaines, le politicien représentait pour lui en quelque sorte l'apparition la plus indéchiffrable. « Je comprends les voleurs, dit-il, les acrobates, les directeurs de banque, les hôteliers, les rois... Je veux dire que je réussis sans peine à me mettre dans l'état d'esprit de tous ces gens. Il en résulte qu'il suffirait de certaines modifications quantitatives, importantes bien sûr, de ma personnalité pour me rendre capable de jouer dans le monde le rôle d'un acrobate, d'un roi, d'un directeur de banque. Par contre, je sens avec certitude que je pourrais bien grandir mon être à l'infini, cela ne donnerait jamais ce qu'on appelle un politicien, un chef de parti, un camarade, un ministre. »

Nurnberger sourit de cette conception de Henri selon laquelle les politiciens représenteraient une race d'hommes particulière, alors que cela faisait partie des obligations extérieures, même pas indispensables, de cette profession de s'afficher pompeusement comme une espèce singulière, et de cacher sa grandeur ou son insignifiance, son énergie ou sa paresse derrière des titres, des abstractions, des symboles. Ce que représentaient parmi eux les gens insignifiants ou les illusionnistes était évident, c'étaient tout simplement des hommes d'affaires, des escrocs ou de beaux parleurs. Mais ceux qui comptaient, les hommes d'action, les personnalités géniales, n'étaient au fond d'eux-mêmes rien d'autre que des artistes. Eux aussi essayaient de créer une œuvre, une œuvre qui prétendait à la même immortalité, à la même finalité que n'importe quelle œuvre d'art. A la différence que la matière qu'ils formaient n'était pas chose figée, ambiguë comme les sons et les mots, mais une matière vivante perpétuellement en mouvement.

Willy Eissler apparut, s'excusa de son retard auprès de la maîtresse de maison, prit place entre Sissy et Mme Oberberger, salua son père comme on salue un vieil ami cher après une longue séparation. Il s'avéra que les deux hommes, bien qu'ils habitassent ensemble, ne s'étaient pas vus depuis plusieurs jours. On complimenta Willy de son succès lors d'une représentation théâtrale dans la haute société, où il avait joué le rôle d'un marquis au côté de la comtesse Liebenberg-Rathony dans un proverbe français. Mme Oberberger lui demanda, à voix suffisamment haute pour être comprise des personnes les plus proches, où avaient lieu ses rendez-vous avec la comtesse et s'il la recevait dans le même pied-à-terre que ses conquêtes bourgeoises. La conversation s'anima, les propos s'échangeaient d'un groupe à l'autre, se mêlaient ici et là. Georges percevait des mots isolés d'un entretien entre Anna et Henri dans lequel il était question de Thérèse Golowski. En même temps, il voyait comme Anna jetait parfois un regard sombre, curieux, vers Déméter Stanzidès qui s'était présenté aujourd'hui en redingote avec un gardénia à la boutonnière ; et sans éprouver à proprement parler de la jalousie, il se sentait étrangement troublé. Pensait-elle en ce moment qu'elle portait peut-être un enfant de lui dans son sein ? « Les abîmes... » La phrase lui revint à l'esprit. Soudain elle regarda dans sa direction, souriante comme si elle revenait de voyage. Il en fut profondément soulagé et prit conscience avec un léger effroi de l'intensité de son amour. Il porta alors son verre à ses lèvres et but à sa santé.

Else, qui jusqu'à présent avait bavardé avec son voisin Déméter, se tourna vers Georges et, dirigeant son regard vers Anna, remarqua comme incidemment : « Quelle mine superbe, si féminine. A vrai dire, ce fut toujours son apanage. Continuez-vous à faire de la musique avec elle ?

— Parfois, répondit Georges sèchement.

— Peut-être lui demanderai-je à partir du Nouvel An d'accompagner mon chant. Je ne sais pas pourquoi nous n'avons pu le faire jusqu'à présent. »

Georges se tut.

« Et où en êtes-vous », du regard elle désigna Henri, « de votre opéra ?

— De notre opéra ? Rien n'est encore arrêté. Dieu sait s'il verra le jour.

— Naturellement, il ne le verra pas. »

Georges sourit. « Pourquoi êtes-vous aujourd'hui si sévère à mon égard ?

— Je vous en veux.

— A moi ? Pourquoi donc ?...

— De vouloir toujours offrir aux autres l'occasion de vous considérer comme un dilettante. »

Le coup porta, et Georges ressentit même une légère animosité envers Else ; mais il se ressaisit rapidement et répliqua : « Je ne suis peut-être justement rien d'autre. Quand on n'est pas un génie, il vaut mieux être un honnête dilettante qu'un... artiste bouffi d'orgueil.

— Qui vous demande d'atteindre d'un coup les sommets ? Mais pour cela il ne faut pas se laisser aller comme vous le faites, intérieurement et extérieurement.

— Je ne vous comprends vraiment pas, Else. Comment pouvez-vous affirmer ?... Ne savez-vous pas que je vais partir pour l'Allemagne à l'automne comme chef d'orchestre ?

— Votre carrière échouera parce que vous ne pourrez être à dix heures du matin aux répétitions. »

Georges ressassait encore le reproche précédent. « Qui m'a traité de dilettante, si je puis vous poser la question ?

— Qui ? Mon Dieu, c'était écrit dans le journal.

— Ah oui », dit Georges rasséréné, car il se rappelait maintenant qu'après le concert au cours duquel Mlle Bellini avait chanté ses lieder, un critique l'avait traité d' « aristocrate dilettante ». Les amis de Georges lui avaient alors expliqué que ce jugement fielleux tenait au fait qu'il ne s'était pas présenté à ce monsieur particulièrement vaniteux.

C'était bien cela ! Les gens formulaient toujours des jugements défavorables pour des raisons extérieures. Ainsi l'humeur orageuse d'Else aujourd'hui n'était rien d'autre que de la jalousie.

On sortit de table. Les invités se rendirent au salon. Georges s'approcha d'Anna, appuyée contre le piano, et lui dit à voix basse : « Tu es belle. »

D'un mouvement de tête elle marqua son contentement.

Puis il demanda : « Intéressante, ta conversation avec Henri ? De quoi avez-vous parlé ? De Thérèse, n'est-ce pas ? »

Elle ne répondit pas, et Georges remarqua avec inquiétude que ses paupières s'abaissaient soudain et qu'elle commençait à vaciller.

« Qu'est-ce..., qu'est-ce que vous avez donc ? » demanda-t-il effrayé. Elle n'entendit pas et se serait effondrée s'il ne l'avait pas rapidement saisie par les poignets. Dans l'instant même Mme Ehrenberg et Else étaient auprès d'elle. Nous ont-elles observés ? se demanda Georges.

Déjà Anna avait rouvert les yeux et s'efforçait de sourire, elle murmura : « Oh, ce n'est rien, je supporte parfois si mal la chaleur.

— Venez, dit Mme Ehrenberg, maternelle, venez vous allonger un moment. »

Anna semblait perdue, elle ne répondit rien, et les deux dames de la maison la conduisirent dans une pièce voisine.

Georges regarda autour de lui. Apparemment, les autres n'avaient rien remarqué. On servit le café. Georges prit une tasse, tourna distraitement sa cuillère. Finalement, pensa-t-il, elle ne fera pas une fin bourgeoise. Mais, en même temps, il se sentait intérieurement très loin d'elle, comme si l'affaire ne le concernait pas. Mme Oberberger se tenait près de lui. « Eh bien, que pensez-vous de l'amour platonique, n'êtes-vous pas orfèvre en la matière ? » Il répondit distraitement, elle continuait à parler selon son habitude, sans se soucier s'il écoutait, s'il répondait. Soudain, Else réapparut. Georges s'enquit de la santé d'Anna en ami compatissant et poli.

« Cela ne devrait pas être une maladie sérieuse », dit Else en fixant sur lui un regard étrange.

Déméter Stanzidès s'approcha et la pria de chanter. « Voulez-vous m'accompagner ? » Elle s'adressait à Georges. Il s'inclina et se mit au piano.

« Que choisir ? demanda Else.

— Ce que vous voulez, répliqua Wilt, mais pas du moderne. »

Après le souper il aimait, tout au moins dans le domaine artistique, jouer le réactionnaire.

« Justement ceci », dit Else, et elle tendit à Georges une partition.

Elle chanta *Le Tableau ancien* de Hugo Wolf de sa petite voix bien placée, assez émouvante. Georges l'accompagnait avec sensibilité bien qu'il fût un peu distrait. Malgré lui, il éprouvait une certaine irritation à l'égard d'Anna. Au reste, en vérité, personne ne semblait avoir remarqué l'incident, à part Mme Ehrenberg et Else. Après tout, qu'importait... Même si tous le savaient... Qui cela concernait-il ?... Vraiment qui s'en souciait ?... Pour le moment tous écoutent, pensa-t-il, et apprécient la beauté de ce lied. Même Mme Oberberger, qui n'est pas musicienne, oublie pour quelques minutes qu'elle est une femme, son visage est calme, asexué. Henri aussi est sous le charme, il ne pense peut-être pas à l'heure actuelle à ses œuvres, ni au sort des Juifs ni à son amie lointaine, même pas à celle proche, la blondinette, pour l'amour de qui il est devenu ces derniers temps presque élégant. En vérité, l'habit ne lui sied pas mal et il ne porte pas comme d'habitude une cravate toute faite, mais l'a nouée avec soin... Qui se tient donc tout contre derrière moi, Georges poursuivait son monologue intérieur, au point que je perçois son souffle sur mes cheveux ?... Sissy peut-être ?... Si demain matin le monde devait s'anéantir, ce serait Sissy que je choisirais pour cette nuit. Oui, il n'y a pas de doute. Ah, voici Anna avec Mme Ehrenberg... Il semble que je sois le seul à la remarquer bien que je doive surveiller en même temps mon jeu et le chant d'Else. Je la salue des yeux... Oui, je te salue, mère de mon enfant... Comme la vie est étrange...

Le lied était terminé. On applaudit, on en réclama d'autres. Georges accompagna Else dans des œuvres de Schumann, de Brahms, et finalement, à la demande générale, dans deux de ses propres compositions que personnellement il ne pouvait plus souffrir depuis que quelqu'un avait affirmé qu'elles rappelaient Mendelssohn. Pendant qu'il accompagnait, il croyait perdre toute communion avec Else, et il s'efforçait de la reconquérir par son jeu. Son accompagnement, qui soulignait avec emphase le côté sentimental, était une véritable déclaration d'amour. Pour la première fois de sa vie il éprouvait pour elle une passion malheureuse. Ses lieder furent chaleureusement applaudis. « C'était votre meilleure époque », lui confia Else tandis qu'elle rangeait les partitions, « il y a deux ou trois ans. »

Les autres lui dirent des choses aimables sans distinguer d'époques dans sa création artistique.

Nurnberger déclara avoir été déçu par les lieder de Georges, mais de la façon la plus agréable. « Je ne vous cacherai pas, cher baron, remarqua-t-il, que, d'après les positions que je vous avais entendu parfois défendre, je m'attendais à les trouver beaucoup plus hermétiques.

— Vraiment charmant, dit Wilt, le tout si mélodieux, si simple, sans affectation, sans enflure. »

C'est lui, pensa Georges avec colère, qui m'a traité de dilettante.

Willy s'était approché. « Eh bien, redites donc, monsieur le conseiller, que vous pouvez les siffloter, et, si je m'y connais en physionomie, le baron vous enverra deux témoins demain matin.

— Oh non, dit Georges se reprenant et souriant, ces lieder datent d'une époque depuis longtemps révolue. Je ne suis donc sensible à aucune critique, ni à aucune louange. »

Un domestique apporta des glaces, les groupes se disloquèrent, et Anna se retrouva seule près du piano avec Georges. Il l'interrogea rapidement : « Qu'est-ce que tout cela signifie ?

— Je ne sais pas », répondit-elle et elle le regarda avec de grands yeux.

« Es-tu tout à fait bien maintenant ?

— Parfaitement.

— Et, est-ce la première fois que cela t'arrive ? » demanda Georges après une hésitation. Elle répondit : « Hier soir, à la maison, j'ai éprouvé quelque chose de semblable. Une sorte de vertige. Cela a duré plus longtemps. Nous étions encore à table au dîner, personne ne l'a remarqué.

— Pourquoi ne m'en as-tu pas parlé ? »

Elle haussa légèrement les épaules.

« Ecoute, Anna », dit-il vivement, en proie à un certain sentiment de culpabilité, « il faut absolument que je te parle. Fais-moi signe quand tu voudras partir. Je disparaîtrai quelques minutes avant toi, et je t'attendrai place Schwarzenberg où tu arriveras en voiture. Je monterai alors près de toi et nous nous promènerons encore un peu. Cela te va ? »

Elle fit oui de la tête.

Il dit : « Au revoir, mon trésor », et se rendit au fumoir. A une petite table recouverte d'un tapis vert le vieil Ehrenberg, Nurnberger et Wilt s'étaient installés pour un tarot. Dans deux énormes fauteuils de cuir vert, Eissler père et fils étaient assis l'un près de l'autre et mettaient à profit l'occasion de pouvoir enfin bavarder tout leur soûl. Georges prit un cigare dans un coffret et examina, sans intérêt particulier, les tableaux pendus aux murs. Sur une aquarelle au style satirique qui représentait une course de haies avec des cavaliers en tuniques rouges, il remarqua dans l'angle en lettres roses sur la prairie verte la signature de Willy. Machinalement, il se retourna vers le jeune homme et dit : « Celui-là, je ne le connaissais pas.

— Il est assez récent, déclara Willy négligemment.

— Un tableau enlevé, n'est-ce pas ? dit Eissler père.

— Ah, plus que cela, répliqua Georges.

— Bon, espérons que je pourrai bientôt présenter quelque chose de mieux, dit Willy.

— Il va en Afrique pour la chasse aux lions, expliqua Eissler, avec le prince Wangenheim.

— Tiens, dit Georges, Félicien doit être aussi de la partie. Mais il ne s'est pas encore décidé.

— Pourquoi donc ? demanda Willy.

— Il veut passer au printemps l'examen d'entrée dans la diplomatie.

— Il peut bien le remettre, dit Willy. Les lions sont en voie de disparition, on ne peut malheureusement pas en prétendre autant des professeurs.

— Je m'inscris pour un tableau, Willy, cria Ehrenberg de la table de jeu.

— Vous jouerez les mécènes plus tard, papa Ehrenberg, dit Wilt, j'ai annoncé une tierce.

— Une au-dessous, répliqua Ehrenberg et il continua : Si je dois m'en procurer un, Willy, peignez-moi une vue du désert avec le prince Wangenheim dévoré par un lion..., mais si possible d'après nature.

— Vous vous trompez de personne, monsieur Ehrenberg, dit Willy. Le célèbre antisémite à qui vous pensez est le cousin de Wangenheim.

— Quant à moi, repartit Ehrenberg, les lions peuvent aussi se tromper, chaque antisémite ne peut pas être célèbre.

— Vous allez perdre la partie, si vous ne faites pas attention. » Nurnberger le rappelait à l'ordre.

« Vous auriez dû pourtant acheter un bien en Palestine, dit le conseiller Wilt.

— Dieu m'en préserve ! fut l'exclamation d'Ehrenberg.

— Etant donné qu'il l'a fait jusqu'ici en toute chose, dit Nurnberger en abattant sa carte.

— Il me semble, Nurnberger, que vous me reprochez de ne pas faire le commerce de vieux habits.

— Alors vous auriez au moins le droit de vous plaindre de l'antisémitisme. Qui y est en butte en Autriche si ce ne sont les colporteurs..., malheureusement eux seulement, pourrait-on dire.

— Et aussi quelques hommes d'honneur, rétorqua Ehrenberg. Vingt-sept..., trente et un..., trente-huit..., eh bien, qui a gagné la partie ? »

Willy était retourné dans le salon, Georges qui fumait, assis sur le bras d'un fauteuil, perçut soudain le regard d'Eissler père fixé sur lui, un regard étrangement empreint de bienveillance qui lui rappelait quelque chose sans savoir quoi.

« Récemment, dit le vieux monsieur, j'ai parlé brièvement avec votre frère Félicien chez les Schönstein. Sa ressemblance avec votre défunt papa est frappante, surtout quand, comme moi, on a connu ce dernier jeune homme. »

Soudain, Georges découvrit à qui le regard d'Eissler lui faisait penser : c'est avec une expression paternelle semblable que, chez les Rosner, les yeux du vieux docteur Stauber s'étaient posés sur lui. Ces vieux Juifs ! pensa-t-il ironique, mais dans un coin reculé de son âme, il était un peu ému. Il se souvint que son père se promenait parfois le matin au Prater avec Eissler dont il estimait beaucoup le sens artistique.

Eissler continuait : « Vous, Georges, tenez plus de votre mère, il me semble.

— Certains le prétendent ; moi-même je puis difficilement en juger.

— On dit que votre mère avait une si belle voix.

— Oui, dans sa prime jeunesse. Quant à moi, je ne l'ai vraiment pas entendue chanter. Parfois, elle a bien essayé. Deux ou trois années avant sa mort, un médecin de Méran lui avait conseillé de cultiver sa voix, une sorte de gymnastique des poumons. Cela n'a pas eu malheureusement beaucoup de succès. »

Eissler hocha la tête, pensif. « Vous ne pouvez probablement pas vous souvenir que ma pauvre femme s'était trouvée à Méran en même temps que votre mère. »

Georges chercha dans sa mémoire, il l'avait oublié.

« Une fois, je suis revenu avec votre père dans le même compartiment. La nuit, tous les deux nous n'avons pas pu dormir, il m'a beaucoup parlé de vous deux. Je veux dire, de vous et de Félicien.

— Ah...

— Par exemple que, étant enfant, vous aviez joué à Rome une de vos compositions devant quelque virtuose italien, et qu'il vous avait prédit un grand avenir.

— Un grand avenir... Oh, mon Dieu ! Ce n'était pas un virtuose, monsieur Eissler, c'était un prêtre auprès de qui j'apprenais à jouer de l'orgue. »

Eissler poursuivait : « Et, le soir, alors que votre mère était déjà couchée, vous avez parfois, pendant des heures, improvisé dans la pièce voisine. »

Georges approuva de la tête, et soupira intérieurement. Il lui semblait avoir eu à cette époque beaucoup plus de talent que maintenant. Travailler, pensa-t-il avec ferveur, travailler... Il releva les yeux. « Oui, dit-il sur le ton de l'humour, c'est justement là le malheur, que les enfants prodiges tiennent rarement leurs promesses.

— J'ai entendu dire que vous souhaitiez devenir chef d'orchestre, baron ?

— Oui, répondit Georges, l'air résolu, l'automne prochain j'irai en Allemagne, peut-être d'abord en qualité de répétiteur de chant au théâtre d'une petite ville comme l'occasion se présentera.

— Vous n'auriez rien à objecter à un théâtre de cour ?

— Certainement pas. Mais pourquoi cette question, si je puis me permettre ?

— Je sais très bien, dit Eissler, laissant tomber son monocle, que vous n'avez pas besoin de ma protection ; mais, d'un autre côté, je peux penser que vous ne verriez pas d'inconvénient à vous passer des impresarios et des autres agréments de cette espèce... Je ne dis pas cela à cause du pourcentage. »

Georges resta réservé. « Quand on a décidé de s'engager dans la carrière théâtrale, on sait bien tout ce qu'il faudra accepter.

— Peut-être connaissez-vous le comte Malnitz ? » demanda Eissler, peu impressionné par l'expérience de la vie affichée par Georges.

« Malnitz ? S'agit-il du comte Eberhard Malnitz dont on a joué, il y a quelques années, une suite d'orchestre ?

— Oui, c'est celui-là.

— Personnellement, je ne le connais pas. Quant à la valeur de sa suite... »

D'un geste de la main, Eissler sacrifia le compositeur Malnitz. « Depuis le début de cette saison, il est intendant à Detmold. C'est pourquoi je vous ai demandé si vous le connaissiez. Un vieil et bon ami à moi. Il a vécu autrefois à Vienne. Depuis dix ans, nous nous rencontrons chaque année à Karlsbad ou à Ischl. A Pâques prochain, nous devons entreprendre une petite croisière en Méditerranée. Permettez-moi, mon cher baron, d'user de cette opportunité pour mentionner votre nom et lui dire un mot de vos projets de chef d'orchestre. »

Georges hésitait à répondre, il sourit poliment.

« Oh, ne vous méprenez pas sur ma proposition, je ne veux pas m'imposer. Si vous ne le voulez pas, je tiendrai ma langue.

— Vous interprétez mal mon silence, répliqua Georges, aimable mais un peu hautain, mais je ne sais vraiment pas...

— Un tel théâtre de cour me paraît pour vos débuts le lieu tout indiqué. Vous êtes noble, cela ne vous fera certainement pas du tort, même auprès de mon ami Malnitz, quoiqu'il pose volontiers au démocrate, voire parfois à l'anarchiste..., sans les bombes naturellement. Mais c'est un homme charmant et vraiment très compétent en musique..., quand il ne compose pas.

— Eh bien, dit Georges embarrassé, si vous avez la bonté de lui parler... Il faut aider la chance. En tout cas, je vous suis très reconnaissant.

— Cela n'en vaut pas la peine. Je ne vous garantis pas le succès. C'est une chance parmi d'autres. »

Mme Oberberger et Sissy entrèrent, accompagnées de Déméter Stanzidès. « Quelle conversation intéressante avons-nous interrompue ? demanda Mme Oberberger. Le platonicien expérimenté et le débauché inexpérimenté ! On aurait aimé y assister.

— Rassurez-vous, Katharina », et sa voix avait repris son vibrato grave, « nous parlons aussi parfois d'autre chose que de l'avenir du monde. »

Sissy prit une cigarette entre ses lèvres, se fit donner du feu par Georges et s'assit dans l'angle du divan de cuir vert. « Vous ne vous souciez pas du tout de moi aujourd'hui », commença-t-elle avec cet accent anglais qui, chez elle, plaisait tant à Georges. « Comme si l'on n'existait pas. C'est ainsi. Je suis de nature plus fidèle que vous. N'est-ce pas vrai ?

— Vous, fidèle, Sissy... ? » Il poussa un fauteuil près d'elle. Ils parlèrent de l'été passé et de celui qui arrivait.

« L'année dernière, dit Sissy, vous m'aviez promis de venir où je serais. Vous ne l'avez pas fait. Mais cette année, il faudra tenir parole.

— Retournez-vous à l'île de Wight ?

— Non, nous irons cette fois à la montagne, au Tyrol ou dans le Salzkammergut. Je vous le dirai. Viendrez-vous ?

— De toute façon, vous devriez avoir une suite nombreuse ?

— Je ne m'occuperai de personne d'autre que de vous.

— Même si Willy Eissler devait, par hasard, se trouver dans votre voisinage ?

— Oh », fit-elle avec un rire canaille en écrasant brusquement le bout enflammé de sa cigarette dans le cendrier de verre. Ils continuèrent leur bavardage. Une de ces conversations comme ils en avaient souvent tenu ces dernières années. Elles commençaient sur le ton léger de la plaisanterie pour s'embraser finalement de tendres mensonges qui, l'espace d'un instant, devenaient vérités. Georges, une fois de plus, était séduit par Sissy.

« Je préférerais faire un voyage avec vous », lui murmura-t-il à l'oreille. Elle inclina la tête. Son bras gauche reposait sur le large accoudoir du divan. « Si l'on pouvait faire à sa guise », dit-elle, avec un regard qui rêvait de multiples amants.

Il se pencha sur son bras frémissant, continua à parler, se grisant de ses propres paroles. « Quelque part où personne ne nous connaîtrait, où l'on ne se soucierait de personne, voilà où je voudrais être avec vous, Sissy. De nombreux jours, de nombreuses nuits. » Sissy frissonna. Le mot « nuits » faisait bouillir son sang. Anna apparut à la porte, fit signe des yeux à Georges et disparut aussitôt. Il se rebella intérieurement, et pourtant il trouvait bon de se séparer de Sissy juste en ce moment. A la porte, il rencontra Henri qui l'interpella : « Quand vous partirez, prévenez-moi, j'aimerais bavarder encore avec vous.

— Avec plaisir. Mais il me faut... C'est que j'ai promis à

Mlle Rosner de la raccompagner chez elle. Je retournerai ensuite au café. A bientôt donc. »

Quelques minutes plus tard, il se trouvait sur le pont Schwarzenberg. Le ciel était plein d'étoiles. Les rues s'étendaient argentées et silencieuses. Georges remonta son col bien que le froid eût cessé et fit les cent pas. Est-ce que l'histoire de Detmold aboutira ? pensa-t-il. Eh bien, si ce n'est pas de Detmold, ce sera une autre ville. En tout cas, cela devient sérieux. Et beaucoup, beaucoup de choses devront être réglées d'ici là. Il s'efforçait de réfléchir posément... Qu'allait-il arriver maintenant ? Nous sommes fin décembre. Il nous faudra, au plus tard, partir en mars... On nous prendra pour un couple marié. Je me promènerai bras dessus, bras dessous avec elle dans Rome, au Pausilippe, à Venise... Il y a des femmes que cet état rend très laides... Pas elle, non, pas elle... Il y a toujours eu chez elle quelque chose de maternel... A l'automne, elle s'installera dans un coin tranquille, où personne ne la connaîtra... Peut-être dans la forêt de Thuringe ou au bord du Rhin... Quelle étrange expression de sa part : la maison où l'enfant viendra au monde existe déjà. Oui, elle se trouve peut-être très loin ou, peut-être, tout près d'ici, et des gens y habitent que nous n'avons jamais vus. Comme c'est singulier !... Quand viendra-t-il au monde ? A la fin de l'été ?... A peu près début septembre. A cette époque, je devrai être déjà parti. Comment vais-je faire ?... Et, dans un an aujourd'hui, ce petit être aura déjà quatre mois. Il se développera, deviendra grand. Un beau jour, ce sera un jeune homme, mon fils. Ou une jeune fille, une belle jeune fille de dix-sept ans, ma fille... J'en aurai alors quarante-quatre... A quarante-six, je peux être grand-père... Peut-être aussi directeur d'Opéra et compositeur célèbre, en dépit des prophéties d'Else. Pour cela, je dois travailler, c'est évident. Plus que je ne l'ai fait jusqu'à présent. Else a raison, je me laisse trop aller. Il faut que ça change... Ça changera. Je sens en moi une force naître. Oui, en moi aussi il y a une naissance.

Une voiture arrivait par la rue aux Foins, quelqu'un se pencha à la vitre, Georges reconnut sous le châle blanc le visage d'Anna. Tout joyeux, il monta près d'elle et lui baisa la main. Ils bavardèrent gaiement, se moquèrent un peu des gens qu'ils venaient de rencontrer, et trouvèrent au fond ridicule de perdre ainsi une soirée. Il tenait ses mains dans les siennes, ému par sa présence. Devant la maison d'Anna, il descendit, sonna, revint à la portière ouverte, et ils convinrent d'un rendez-vous pour le jour suivant. « Je crois que nous avons à discuter de pas mal de choses », dit Anna. Il approuva de la tête. On ouvrit le portail, elle descendit de la voiture, jeta à Georges un regard tendre et disparut dans le corridor.

Ma chérie, pensa Georges, avec un sentiment de bonheur et de fierté. La vie se présentait à lui comme une aventure sérieuse, mystérieuse, pleine d'obligations et de merveilles

Lorsqu'il pénétra dans le café, il vit Henri assis dans l'encoignure d'une fenêtre ; à côté de lui se tenait un très jeune homme imberbe, au teint pâle, verdâtre, avec qui Georges, à l'occasion, avait déjà échangé quelques paroles ; il portait un smoking à col de velours, mais le plastron était d'une propreté douteuse. Comme Georges s'approchait, le jeune homme releva ses yeux ardents d'un petit cahier qu'il tenait dans ses mains nerveuses, pas très soignées.

« Oh, je vous dérange, dit Georges.

— Absolument pas, répliqua le jeune homme avec un sourire égaré, plus il y a de public, mieux ça vaut.

— Monsieur Winternitz, expliqua Henri en tendant la main à Georges, était en train de me lire un cycle de poèmes. Nous pourrons peut-être en rester là pour cette fois. »

Georges, un peu touché par le regard déçu du jeune homme, affirma que, si on le lui permettait, il serait heureux d'écouter.

« Je n'en ai plus pour longtemps, déclara Winternitz reconnaissant. Il est dommage que vous ayez manqué le début, je pourrais...

— Cela forme-t-il un tout ? demanda Henri avec étonnement.

— Comment, vous ne l'avez pas remarqué ? » s'exclama Winternitz. Il eut à nouveau son rire égaré.

« Ah bon, dit Henri, il s'agit toujours dans vos poèmes de la même dame ? Je croyais que c'était à chaque fois une femme différente.

— Naturellement, c'est la même. L'originalité réside dans le fait qu'elle donne toujours l'impression d'être une autre. »

M. Winternitz lisait d'une voix faible, mais pénétrante,

comme consumé par une flamme intérieure. Dans son cycle de poèmes, on apprenait qu'il avait été aimé comme jamais un homme au monde, mais aussi trompé au même degré, ce qu'on ne devait attribuer, en aucun cas, à des manques de sa personnalité, mais, dans une certaine mesure, à des causes métaphysiques. Dans le dernier poème, il apparaissait complètement libéré de sa passion, et se déclarait prêt à goûter toutes les joies que le monde pouvait lui offrir. Le poème se composait de quatre strophes, et le dernier vers de chacune commençait par un « Hardi ! », et l'œuvre se terminait par l'exclamation : « Hardi ! Tel l'ouragan, parcourons le monde. »

Georges dut reconnaître à part soi que la lecture lui avait produit une certaine impression, et quand Winternitz, les yeux écarquillés, reposa le cahier sur ses genoux et regarda à la ronde, Georges eut un hochement de tête approbateur et dit : « Très beau. » Winternitz observait Henri dans l'attente de son jugement. Celui-ci se tut pendant quelques secondes pour remarquer enfin : « Très intéressant dans l'ensemble..., mais pourquoi dites-vous : " Hardi ! ", si je puis me permettre la question ? Personne ne vous croira.

— Comment ? s'exclama Winternitz.

— Interrogez vous-même votre conscience, demandez-vous si ce " hardi ! " vient du fond du cœur. Je vous accorde volontiers tout le reste. C'est-à-dire que j'y crois dans un sens transcendant bien qu'aucun mot ne soit vrai. Je veux croire que vous avez séduit une fillette de quinze ans, que vous vous êtes comporté en don Juan insatiable, que vous avez corrompu la malheureuse le plus indignement du monde, qu'avec un... Qui était-ce déjà ?

— Un clown, naturellement. » Winternitz éclata d'un rire égaré.

« Qu'avec un clown elle vous a trompé, que par elle vous vous êtes engagé dans des aventures de plus en plus sinistres, que vous avez voulu tuer votre maîtresse et même vous suicider, que finalement toute cette histoire vous est devenue indifférente, que vous allez parcourir le monde, vous élancer tel l'ouragan et même, si ça vous chante, jusqu'en Australie ; oui, je crois tout cela, mais que vous soyez l'homme à crier " hardi ! ", cela, mon cher Winternitz, c'est tout simplement de l'abus de confiance. »

Winternitz se défendit, et jura que ce « hardi ! » venait du tréfonds de son être, ou, tout au moins, qu'il en était un élément. Devant d'autres objections de Henri, il céda progressivement du terrain pour déclarer finalement qu'il espérait parvenir un jour à cette liberté intérieure qui lui permettrait de crier « hardi ! ».

« Ce jour ne viendra jamais, affirma Henri. Vous pourrez peut-être atteindre ce " hardi ! " dans le domaine épique ou dramatique, mais dans le domaine lyrique, subjectif, cela restera refusé à des gens comme nous, mon cher Winternitz, et cela de toute éternité. » Winternitz promit de modifier le dernier poème, de s'efforcer d'atteindre, en général, à plus de maturité, d'œuvrer à sa purification intérieure. Il se leva en faisant craquer son plastron amidonné dont un bouton sauta, tendit à Henri, puis à Georges une main un peu moite, et se retira dans le fond de la salle à la table des hommes de plume. Georges exprima devant Henri une approbation nuancée sur les poèmes qu'il avait entendus.

« De tout le groupe, il m'est encore le plus cher, tout au moins personnellement, dit Henri. Il sait en tout cas garder intimement une certaine distance. Oui, vous n'avez pas besoin de me regarder comme si vous me preniez sur le fait en pleine crise de mégalomanie. Mais je puis vous assurer, Georges, que cette espèce d'individus », son regard passa rapidement en revue la table du fond, « qui ont toujours sur les lèvres un " Ah bon ! ", je ne peux plus les supporter.

— Quel mot ont-ils sur les lèvres ? »

Henri se mit à rire. « Vous connaissez bien l'histoire de ce Juif polonais qui est assis avec un inconnu dans un compartiment de chemin de fer et qui adopte une attitude très maniérée jusqu'au moment où, à la suite d'une réflexion de son compagnon, il comprend que l'autre aussi est un Juif. Alors, poussant un " Ah bon ! " de soulagement, il allonge ses jambes sur le siège d'en face.

— Elle est très bonne, dit Georges.

— Mieux que cela, compléta Henri sévèrement, elle est profonde, profonde comme tant d'histoires juives. Elle ouvre une vue sur la tragi-comédie du judaïsme actuel. Elle exprime cette vérité éternelle qu'un Juif n'éprouve jamais un respect authentique vis-à-vis d'un autre coreligionnaire. Aussi peu que des prisonniers en pays ennemi peuvent ressentir un respect authentique les uns envers les autres, surtout s'ils sont sans espoir de libération. L'envie, la haine, parfois même l'admiration, et pourquoi pas l'amour, peuvent exister entre eux, le respect jamais. Car tous les rapports sentimentaux se déroulent dans une atmosphère de promiscuité qui étouffe le respect.

— Savez-vous ce que je trouve ? remarqua Georges, que vous êtes un antisémite plus virulent que la plupart des chrétiens que je connais.

— Croyez-vous ? » Il rit. « Un authentique, certainement pas. Un antisémite authentique est seulement celui qui, au fond de soi enrage des bonnes qualités des Juifs, et met tout en œuvre pour développer les mauvaises. Cependant, dans un certain sens, vous avez raison. Je me permets bien en définitive d'être aussi antiaryen. Chaque race en tant que telle est par nature détestable. Seul l'individu isolé peut parfois par ses mérites personnels vous réconcilier avec les défauts odieux de sa race. Mais que je sois particulièrement sensible aux défauts des Juifs, je ne veux pas le nier. La cause en est probablement que moi comme nous tous, je veux dire nous les Juifs, avons été systématiquement éduqués pour développer cette sensibilité. Depuis notre enfance, on nous a incités sans trêve à ressentir justement les qualités juives comme particulièrement ridicules et odieuses, ce qui, vu le caractère également ridicule et odieux des autres, n'est justement pas le cas. Je ne veux pas dissimuler que, quand en ma présence un Juif se conduit de façon incorrecte ou ridicule, je suis saisi parfois d'un tel sentiment de gêne que je voudrais disparaître, m'enfoncer sous terre. C'est comme un mouvement de honte proche de celui d'un frère devant qui sa sœur se déshabille. Peut-être n'est-ce au fond que de l'égoïsme. Vous enragez d'être toujours tenu de partager la responsabilité des fautes des autres, de devoir payer pour chaque délit, pour chaque manque de tact, pour chaque imprudence dont se rend coupable n'importe quel Juif au monde. Dans ces conditions, on devient évidemment facilement injuste. Cependant, ce ne sont que des accès de nervosité, de sensibilité, rien de plus. On se reprend. On ne peut appeler cela de l'antisémitisme. Mais il existe des Juifs que je hais vraiment, que je hais en tant que Juifs. Ce sont ceux qui devant les autres, et parfois devant eux-mêmes, se comportent comme s'ils n'en faisaient pas partie. Ceux qui, de manière mesquine, servile, cherchent à se targuer de leur honnêteté auprès de leurs ennemis et de leur contempteurs, et qui croient, de cette façon, se racheter et se délivrer de la malédiction qui pèse sur eux ou ce qu'ils s'imaginent être une malédiction. Ce sont, au reste, presque toujours ces Juifs-là qui traînent derrière eux le sentiment de leur propre, tout à fait personnelle, médiocrité, et qui voudraient consciemment ou non en rendre leur race responsable. Bien entendu, cela ne leur sert à rien. Qu'est-ce qui a pu jamais servir aux Juifs ? Aux bons comme aux mauvais, je veux dire naturellement, ajouta-t-il en hâte, à ceux qui ont besoin d'un soutien extérieur ou intérieur. » D'un ton volontairement léger, il mit fin à son discours. « Oui, mon cher Georges, l'affaire est assez compliquée, et il est normal que la compréhension exacte de la situation fasse défaut à tous ceux qui ne sont pas directement concernés par cette question.

— Voyons, on n'a pas le droit... »

Henri l'interrompit immédiatement : « Si, mon cher Georges, on a le droit de le dire. Il en est ainsi. Vous ne nous comprenez pas. Certains peuvent peut-être avoir quelque intuition, mais nous comprendre ? Non. En tout cas, nous vous comprenons beaucoup mieux que vous ne le faites nous concernant. Vous pouvez toujours secouer la tête ! Nous n'y avons d'ailleurs aucun mérite. Ce fut plus nécessaire pour nous d'apprendre à vous connaître que l'inverse. Il a fallu qu'au cours des temps notre don de compréhension se développe..., selon la loi de la lutte pour la vie, si vous voulez. Car, voyez-vous, pour se tirer d'affaire parmi des étrangers ou, comme je l'ai déjà dit, en pays ennemi, pour être armé contre tous les dangers, toutes les perfidies qui vous guettent, il importe naturellement avant tout de connaître les ennemis aussi bien que possible, leurs vertus et leurs faiblesses.

— Ainsi donc, vous vivez parmi des ennemis, parmi des étrangers ? Devant Léo Golowski, vous ne vouliez pas l'admettre. Je ne suis d'ailleurs pas de son avis, pas du tout. Mais quelle est cette étrange contradiction que vous venez aujourd'hui... »

Le visage ravagé par l'émotion, Henri l'interrompit : « Je vous l'ai déjà dit, la chose est beaucoup trop complexe pour pouvoir en somme être résolue. Il est déjà presque impossible d'y parvenir par le sentiment intime. Alors, avec des mots ! Parfois, on serait tenté de croire que cela ne va pas si mal. Parfois, on se sent vraiment dans son pays, malgré tout, on est ici chez soi, et même plus enraciné que n'importe lequel des soi-disant autochtones. Il apparaît que la conscience de comprendre l'autre élimine en quelque sorte, dans un certain sens, la sensation d'être l'étranger. Elle est, pour ainsi dire, baignée de fierté, de condescendance, de tendresse, il lui arrive même de se diluer en sentimentalité, ce qui est de nouveau nuisible. » Il restait assis, le front labouré de rides profondes, les yeux dans le vague.

Me comprend-t-il vraiment mieux que moi je le comprends ? pensa Georges, ou est-ce à nouveau de la mégalomanie ?

Henri sursauta soudain comme au sortir d'un rêve. Il regarda sa montre. « Deux heures et demie ! Et demain matin mon train part à huit heures.

— Comment, vous partez en voyage ?

— Oui, c'est pourquoi je tenais à vous parler. Il me faut vous dire adieu pour un temps assez long. Je pars pour Prague. Je sors mon père de la clinique pour le ramener dans sa maison, dans son pays.

— Il va donc mieux ?

— Non, mais il a atteint le stade où il n'est plus dangereux pour son entourage... Tout cela a suivi un cours très rapide.

— Et quand pensez-vous approximativement être de retour ? »

Henri haussa les épaules. « Aujourd'hui, on ne peut le dire. Mais, quelle que soit l'évolution ultérieure, je ne peux en aucun cas laisser ma mère et ma sœur seules. »

Georges ressentit un regret réel à la pensée de devoir être privé de la compagnie de Henri dans un proche avenir. « Il se pourrait que vous ne me trouviez plus à Vienne à votre retour. Je vais, moi aussi, partir probablement au printemps. » Il avait presque envie de se confier à Henri.

« Vous irez dans le Midi, je suppose ? demanda Henri.

— Oui, je pense. Jouir encore une fois de ma liberté. Pendant quelques mois. A l'automne prochain, les choses sérieuses commenceront. Je cherche un poste en Allemagne dans un théâtre.

— Vraiment ? »

Le serveur s'approcha de leur table, ils payèrent et sortirent. A la porte, ils rencontrèrent Rapp et Gleissner. Ils échangèrent quelques mots de bienvenue.

« Que devenez-vous, monsieur Rapp ? » demanda Georges par politesse. Rapp essuya les verres de son pince-nez. « Toujours mon éternel et triste métier. Je suis occupé à démontrer l'insignifiance des productions insignifiantes.

— Tu pourrais bien t'accorder un peu de changement, Rapp, dit Henri. Tente ta chance et célèbre la splendeur des productions splendides.

— Pour quoi faire ? » dit Rapp, et il remit son pince-nez. « Celle-ci s'affirme d'elle-même au cours des années. La médiocrité, elle, acquiert le plus souvent gloire et célébrité, et quand le monde découvre enfin la supercherie, elle s'est réfugiée depuis longtemps dans la tombe... ou dans sa prétendue immortalité. »

Ils se retrouvaient dans la rue et remontèrent leurs cols, car la neige recommençait à tomber en flocons serrés. Gleissner, qui avait connu quelques semaines auparavant un premier grand succès à la scène, s'empressa de leur dire que pour la septième représentation d'aujourd'hui toutes les places étaient louées. Rapp en profita pour placer des remarques perfides sur la bêtise du public. A quoi Gleissner répliqua par des plaisanteries sur l'impuissance de la critique face au génie authentique, et ils continuèrent ainsi à marcher sous la neige, le col relevé, bien emmitouflés dans la chaude haine d'une vieille amitié.

« Rapp n'a pas de chance, dit Henri à Georges, tous les amis dont il avait prophétisé le succès ont effectivement réussi. Il ne pardonnera pas à Gleissner de ne l'avoir pas déçu.

— Le tenez-vous pour si envieux ?

— On ne peut pas dire cela. Les choses sont rarement si simples qu'on puisse les régler d'un mot. Mais envisagez quel peut être le destin d'un homme qui vit dans la croyance de posséder la connaissance du monde la plus profonde, à l'instar d'un Shakespeare, et qui a conscience de ne pas pouvoir en exprimer autant que, par exemple, un M. Gleissner, quoique peut-être il le vaille bien, ou même davantage. »

Ils marchèrent côte à côte un moment. Sur le Ring, les arbres avec leurs branches blanches de neige semblaient figés. Trois heures sonnèrent au beffroi de l'hôtel de ville. Ils traversèrent la rue déserte et s'engagèrent dans le parc silencieux. La neige qui tombait sans cesse répandait alentour une faible lueur vacillante.

« Je ne vous ai pas fait part de la dernière nouvelle. » Henri se décidait à parler d'un ton sec, le regard fixé droit devant lui.

« Quoi donc ?

— Que je reçois depuis quelque temps des lettres anonymes.

— Des lettres anonymes ? A quel sujet ?

— Vous pouvez bien le deviner.

— Ah, oui. » Georges comprenait qu'il ne pouvait s'agir que de l'actrice. D'une ville étrangère où Henri avait vu son amie jouer dans une pièce nouvelle le rôle d'une fille perdue avec un réalisme qui lui avait été insupportable il était rentré en proie à des tourments plus poignants que jamais. Depuis lors, Georges savait qu'ils échangeaient des lettres pleines de tendresse et de mépris, de rancune et de pardon, des lettres tour à tour bouleversées par l'angoisse ou apaisées par un calme péniblement conquis.

« Cela fait environ huit jours, raconta Henri, que ces agréables messages me parviennent régulièrement tous les matins. Pas très plaisant, je vous l'assure.

— Mon Dieu, pourquoi y attacher de l'importance ? Vous savez bien que des lettres anonymes ne renferment jamais la vérité.

— Au contraire, mon cher Georges, elle s'y trouve toujours.

— Allons donc !

— De telles lettres contiennent, pour ainsi dire, une vérité supérieure, l'ample vérité des possibilités. En règle générale, les gens n'ont pas assez d'imagination pour inventer à partir de rien.

— Voilà une jolie conception ! Où irait-on ? Vous facilitez par trop la tâche des calomniateurs de tout poil

— Pourquoi dites-vous des calomniateurs ? Je tiens pour très invraisemblable que les lettres anonymes que je reçois renferment des calomnies. Peut-être des exagérations, des enjolivements, des inexactitudes...

— Des mensonges...

— Non, ce ne doit pas être des mensonges. Certains

probablement, mais comment, dans un tel cas, discerner la vérité du mensonge ?

— Il existe pour cela un moyen des plus simples. Rendez-vous là-bas.

— Je dois m'y rendre ?

— Evidemment, vous le devez. En lieu et place, vous ne pourrez pas ne pas découvrir la vérité.

— Ce serait toutefois possible. »

Ils marchaient sous des arcades sur des dalles humides. Leurs voix et leurs pas résonnaient. Georges reprit : « Au lieu de continuer à subir des désagréments aussi déprimants, j'essaierais de me convaincre personnellement de la situation.

— Oui, ce serait probablement le mieux.

— Alors, pourquoi ne le faites-vous pas ? »

Henri s'arrêta, puis, les dents serrées, lança : « Dites-moi, mon cher Georges, est-ce que, par hasard, vous ne vous seriez pas encore rendu compte que je suis lâche ?

— On n'appelle pas cela de la lâcheté.

— Appelez-le comme vous voulez. Les mots ne conviennent jamais parfaitement, plus ils prétendent à la précision, moins ils l'atteignent. Je me connais. Pour rien au monde, je n'irai. Etre ridicule en plus ? Non, non et non.

— Alors, qu'allez-vous faire ? »

Henri haussa les épaules comme si l'affaire ne le concernait pas. Un peu agacé, Georges reprit : « Si vous me permettez une remarque... Qu'en dit la... principale intéressée ?

— La principale intéressée, comme vous l'appelez d'un mot plaisant inconsciemment diabolique, ignore provisoirement que je reçois des lettres anonymes.

— Avez-vous interrompu votre correspondance ?

— Qu'allez-vous penser ? Nous nous écrivons journellement comme par le passé ; elle m'envoie les lettres les plus tendres et les plus mensongères, et moi, les plus ignobles que vous pouvez imaginer, hypocrites, sournoises, torturantes jusqu'au sang.

— Dites, Henri, vous n'êtes vraiment pas doté d'un noble caractère. »

Henri éclata de rire. « Non, je n'ai pas un noble caractère, je ne suis visiblement pas venu au monde pour ça.

— Et quand on pense que ce ne sont finalement que des calomnies ! »

Georges, pour sa part, ne doutait naturellement pas que les lettres anonymes contenaient la vérité. Cependant, il souhaitait sincèrement que Henri se rendît sur place pour se convaincre des faits, puis entreprendre quelque chose, qu'il gifle ou abatte quelqu'un. Il se représentait Félicien dans une situation semblable, ou Stanzidès, ou Willy Eissler. Tous se seraient mieux comportés, ou du moins différemment, d'une manière qui lui eût été plus sympathique. Soudain, la question lui traversa l'esprit, que ferait-il si Anna le trahissait. Anna, lui ?... Etait-ce seulement possible ? Il pensa au regard ténébreux, scrutateur qu'elle avait jeté le soir même sur Stanzidès. Non, cela ne signifiait rien, c'était sûr. Et les vieilles histoires avec Léo et le professeur de chant, elles étaient innocentes, presque puériles. Mais un autre incident, peut-être plus lourd de sens, lui revint à l'esprit. Il se rappela une question curieuse qu'elle lui avait posée alors que, récemment, elle s'était attardée en sa compagnie et avait dû regagner en hâte la maison et imaginer quelque échappatoire. Ne craignait-il pas, lui avait-elle demandé, de devoir regretter un jour de l'avoir incitée à mentir ? Une phrase à la résonance équivoque, mi-reproche, mi-avertissement. Si elle se sentait si peu sûre d'elle-même, devait-il lui faire confiance sans réserve ? Ne l'aimait-il pas, et malgré cela il la trompait, ou était prêt à le faire à tout moment, ce qui, en fin de compte, revenait au même. Dans la voiture, une heure auparavant, quand il la tenait dans ses bras et l'embrassait, elle n'avait certainement pas soupçonné qu'il pensait à une autre, et pourtant, à un certain moment, ses lèvres sur les siennes, il avait songé à Sissy avec nostalgie. Pourquoi ne pourrait-il pas arriver qu'Anna le trompe ?... C'était peut-être déjà fait..., sans qu'il s'en doute... Mais toutes ces idées étaient pour ainsi dire inconsistantes. Elles flottaient dans sa tête comme des possibilités imaginaires presque amusantes.

Il se trouvait avec Henri devant le portail fermé de la rue Floriani, il lui tendit la main. « Eh bien, adieu donc, dit-il. Quand nous nous reverrons, j'espère que vous serez guéri de vos doutes.

— Est-ce que ce serait un gain appréciable ? demanda Henri. Des certitudes peuvent-elles procurer l'apaisement dans les affaires de cœur ? Tout au plus si elles sont mauvaises, car celles-là durent. Mais une certitude favorable n'est dans le meilleur des cas qu'une ivresse passagère... Eh bien, adieu, il faut espérer que nous nous reverrons en mai. A cette date, je reviendrai pour quelque temps quoi qu'il ait pu advenir ; et alors nous pourrons reparler de notre fameux opéra.

— Oui, si je suis de retour à Vienne en mai. Il est possible que je ne rentre qu'à l'automne.

— Puis un départ séance tenante pour votre nouvelle activité ?

— Ce ne serait pas impossible qu'il en soit ainsi. » Làdessus, il fixa Henri avec, dans les yeux, un sourire de bravade juvénile : je ne te le dirai pas.

Henri parut contrarié. « Ecoutez, Georges, nous nous trouvons peut-être pour la dernière fois ensemble devant ce portail. Je suis très éloigné de vouloir forcer votre confiance. Nous devons donc en rester à un rapport à sens unique. Allons, ça ne fait rien. »

Georges regardait au loin.

« Que le ciel vous protège, dit Henri lorsque le portail s'ouvrit. A l'occasion, donnez-moi de vos nouvelles.

— Certainement », dit Georges qui vit soudain les yeux de Henri fixés sur lui avec une expression émue, inattendue. « Certainement, et il vous faudra aussi m'écrire. En tout cas, tenez-moi au courant de votre situation familiale et de vos travaux. Et, avant tout, ajouta-t-il avec cordialité, nous devons rester en contact permanent. »

Le portier se tenait là, les cheveux ébouriffés, le regard endormi, malveillant, dans une robe de chambre d'un gris verdâtre, des mules à ses pieds nus.

Henri tendit une dernière fois la main à Georges. « Au revoir, mon cher ami », et d'une voix plus basse, avec un coup d'œil au portier : « Je ne peux pas le faire attendre plus longtemps. Le nom dont il me gratifie in petto, vous pouvez aisément le lire sur son visage noble, honnête, bien de chez nous. Adieu. »

Georges ne put s'empêcher de rire. Henri disparut, le portail fut refermé à toute volée.

Georges n'avait pas sommeil le moins du monde, et il décida de rentrer à pied en se promenant. Il se sentait stimulé et d'excellente humeur. La perspective des prochains jours provoquait en lui une excitation particulière. Il pensait à la rencontre matinale avec Anna, aux discussions en vue, à son départ, à la maison quelque part dans le monde qu'il se représentait maintenant à peu près comme sortie d'une boîte de jouets, claire, verte, avec un toit rouge vif et une cheminée noire. Et, comme l'image d'une lanterne magique sur un écran blanc, il découvrait sa propre silhouette : il se voyait assis sur un balcon, dans une solitude bienheureuse, devant une table couverte de partitions ; des branches se balançaient devant les grilles ; un ciel serein au-dessus de sa tête, et, tout en bas, à ses pieds, d'un bleu irréel, d'un bleu de rêve, la mer.

5

Georges ouvrit tout doucement la porte de la chambre d'Anna. Elle était encore couchée et dormait. Sa respiration était profonde et calme. Il sortit de la pièce plongée dans la pénombre, regagna sa chambre et ferma la porte. Il alla ensuite à la fenêtre ouverte et regarda au-dehors. Un brouillard qui tamisait les rayons du soleil flottait au-dessus de l'eau. De l'autre côté, les montagnes aux lignes nettement tracées étaient baignées de clarté, et, au-dessus des jardins et des maisons de Lugano, scintillait l'azur le plus clair. Par cette matinée de juin, Georges était encore une fois ravi d'aspirer à pleins poumons l'air qui lui apportait la fraîcheur humide du lac et le parfum des platanes, des magnolias et des roses du parc de l'hôtel ; ravi de contempler ce paysage dont le calme printanier depuis trois semaines l'accueillait chaque matin comme un nouveau bonheur. Il but rapidement son thé, et dévala l'escalier aussi vite et aussi plein d'espoir que, étant enfant, il se dépêchait d'aller jouer ; et dans la brume de l'aube aux ombres indécises, il prit le sentier familier le long de la rive. Ici il se rappelait ses promenades matinales solitaires du printemps précédent à Palerme et à Taormina, il les prolongeait souvent pendant des heures, tandis que Grace aimait rester au lit, les yeux ouverts, jusqu'à midi. Dans sa mémoire, cette période de sa vie lui paraissait presque sombre, car sur elle avait plané comme un nuage noir la perspective d'une séparation prochaine, même si celle-ci fut parfois souhaitée. Cette fois, tout sujet de douleur lui semblait relégué dans un lointain indéfini, et, de toute façon, il était en son pouvoir, si la fin n'en était pas déterminée par le destin lui-même, de la repousser aussi longtemps qu'il le voudrait.

Il avait quitté Vienne avec Anna au début mars, car on ne pouvait plus longtemps dissimuler son état. Déjà, en janvier, Georges s'était décidé à parler à la mère de son amie. Il s'y était dans une certaine mesure préparé, et fut capable ainsi de formuler sa révélation en termes mesurés et bien appropriés. La mère l'écouta en silence, elle ouvrit de grands yeux, bientôt humides de larmes. Anna était assise sur le divan avec un sourire emprunté, et observait Georges pendant qu'il parlait avec une sorte de curiosité. On ébaucha un plan pour les jours suivants. Jusqu'au début de l'été, Georges séjournerait avec Anna à l'étranger, puis on louerait une maison de campagne aux environs de Vienne, de manière qu'aux heures cruciales la mère ne soit pas loin et que l'enfant puisse être mis en nourrice à proximité de la capitale. Pour les curieux importuns on forgea une justification au départ et à l'absence d'Anna, on dirait que sa voix s'était nettement améliorée ces derniers temps — ce qui correspondait presque à la vérité — et qu'elle s'était rendue à Dresde chez un célèbre professeur de chant, une femme, pour y achever sa formation. Mme Rosner opinait par moments de la tête comme pour approuver toutes les propositions. Cependant, les traits de son visage devenaient de plus en plus tristes. Ce n'était pas tellement ce qu'elle venait d'apprendre qui la consternait que la pensée de devoir tout subir sans pouvoir réagir, d'être une mère malheureuse, une petite-bourgeoise sans défense en face du séducteur de haut rang. Georges, qui le constatait à regret, s'efforçait à un ton toujours plus dégagé, toujours plus aimable. Il approcha son siège de la bonne dame, prit sa main, la garda plusieurs secondes dans la sienne. Anna avait à peine participé d'un mot à la conversation. Cependant, quand Georges se prépara à partir, elle se leva et, pour la première fois devant sa mère, elle lui offrit ses lèvres comme pour marquer solennellement leurs fiançailles. Georges redescendit l'escalier, l'humeur sereine, comme si maintenant le plus dur était surmonté. Il passa dès lors plus fréquemment qu'autrefois des heures entières chez les Rosner, faisant de la musique avec Anna dont la voix à cette époque gagnait en amplitude et en puissance. L'attitude de la mère vis-à-vis de Georges devint plus amicale, donnant parfois l'impression qu'elle devait se défendre d'une sympathie croissante à son égard. Puis ce fut une soirée où Georges resta dîner au sein de la famille, après quoi, le cigare aux lèvres, il improvisa sur des motifs des *Maîtres Chanteurs* et de *Lohengrin,* ce qui lui valut, en particulier de Joseph, de vifs compliments. Sur le chemin du retour, il constata presque avec inquiétude qu'il s'était senti parfaitement à son aise comme dans un foyer nouvellement conquis.

Quelques jours plus tard, comme il buvait une tasse de café avec Félicien, le domestique lui apporta une carte dont la vue lui fit monter au visage une légère rougeur. Félicien fit comme s'il n'avait pas remarqué l'embarras de son frère, lui dit au revoir et quitta la pièce. A la porte, il rencontra le vieux M. Rosner, inclina légèrement la tête en réponse au salut de celui-ci et regarda ailleurs. Georges invita M. Rosner, qui était entré en manteau d'hiver avec chapeau et parapluie, à s'asseoir, et lui offrit un cigare. M. Rosner répondit qu'il venait de fumer, ce qui en quelque sorte réconforta Georges, puis le visiteur prit place tandis que Georges restait debout, appuyé à la table. Le vieil homme commença alors avec sa lenteur habituelle :

« Monsieur le baron peut se demander pourquoi je prends la liberté de le déranger ainsi. A vrai dire, je voulais déjà me présenter dans la matinée, mais je n'ai pu malheureusement quitter le bureau.

— Ce matin, vous ne m'auriez pas trouvé chez moi, monsieur Rosner, répondit Georges aimablement.

— Eh bien, une chance que je n'aie pas fait le chemin pour rien. C'est que ma femme ce matin... m'a mis au courant... de ce qui s'est passé. » Il fixait le sol.

« Bien, dit Georges qui mordait sa lèvres supérieure, j'avais moi-même l'intention... Mais ne voulez-vous pas poser votre manteau, il fait très chaud dans la pièce.

— Oh, merci, merci, je n'ai pas trop chaud du tout. Voilà je fus absolument épouvanté quand ma femme m'a fait cette révélation. Oui, monsieur le baron, je n'aurais jamais pensé cela d'Anna..., je ne l'aurais jamais cru possible... C'est terrible... » Il disait tout cela de sa façon monotone coutumière, mais en secouant la tête plus que d'habitude. Georges ne pouvait éviter d'abaisser son regard sur la tête presque chauve aux rares cheveux gris-jaune, et ne ressentait que le vide de l'ennui. « Terrible, monsieur Rosner, la chose ne l'est vraiment pas, dit-il enfin. Si vous saviez combien..., combien profonde est mon inclination pour Anna, vous seriez à cent lieues de trouver la chose terrible. Madame votre épouse vous a certainement fait part de nos intentions pour le proche avenir. Ou suis-je dans l'erreur ?

— Certainement pas, monsieur le baron, depuis ce matin je suis au courant de tout. Cependant, je ne vous cacherai pas que, depuis plusieurs semaines, j'avais remarqué que quelque chose allait de travers dans ma maison. J'avais surtout été frappé de voir ma femme très agitée, et souvent au bord des larmes.

— Au bord des larmes ? Il n'y a aucune raison pour cela, monsieur Rosner. Anna elle-même, qui est pourtant la première concernée, se porte bien, elle a sa gaieté habituelle...

— Oui, sans doute, Anna est d'heureuse humeur, et ceci, pour dire la vérité, m'apporte dans une certaine mesure une consolation. Mais, pour le reste, je ne sais comment vous décrire, cher baron, quel coup ce fut..., quelle, je voudrais dire..., quelle désillusion brutale... Jamais, jamais je ne l'aurais cru... » Il ne put continuer, sa voix tremblait.

« Je suis vraiment très chagriné, dit Georges, que vous preniez ainsi la chose après que madame votre épouse vous a tout expliqué, et que les mesures que nous avons prises pour l'avenir immédiat devraient rencontrer votre approbation. Quant à un temps plus éloigné, espérons pas trop éloigné, je ne veux pas encore vous en parler parce que les grandes phrases creuses m'ont toujours rebuté. Mais vous pouvez être sûr, monsieur Rosner, que je n'oublierai jamais vis-à-vis d'un être comme Anna... et vis-à-vis de moi-même en quoi consiste mon devoir. »

Aussi loin que remontaient ses souvenirs, il n'y avait pas eu dans sa vie un moment où il s'était jugé aussi antipathique. Et, comme il ne peut en être autrement dans des discussions totalement bloquées, chacun d'eux répéta plusieurs fois la même chose jusqu'au moment où, enfin

M. Rosner s'excusa d'avoir dérangé et prit congé de Georges qui le reconduisit jusqu'à l'escalier. Pendant plusieurs jours, cette visite laissa dans l'esprit de Georges un arrière-goût désagréable. Il ne manque plus maintenant que le frère, pensa-t-il agacé, et il se représenta d'instinct une discussion au cours de laquelle le jeune homme cherchait à se donner le beau rôle de vengeur de l'honneur familial, et où lui, Georges, le remettait à sa place avec des paroles bien senties. Cependant, une fois affrontée l'explication avec les parents d'Anna, Georges se sentit en quelque sorte libéré. Les heures qu'il passait avec son amie dans la pièce paisible en face de l'église s'écoulaient dans une ambiance particulière de bien-être et de sécurité. Par moments, il leur semblait à tous deux que le temps s'arrêtait. A ces rendez-vous Georges apportait bien des guides de voyages, *Le Cicérone* de Burckhardt, et même des horaires de train, et établissait en commun avec Anna toutes sortes d'itinéraires, mais, au fond, il ne croyait pas sérieusement que tout cela puisse, un jour, devenir réalité. Quant à la maison où l'enfant devait naître, ils étaient tous deux convaincus de la nécessité de la trouver et de la louer avant leur départ de Vienne. Un jour Anna vit dans le journal, que dans ce but elle lisait en détail, l'annonce d'une maison forestière en lisière de bois, non loin d'une gare qu'on pouvait atteindre de Vienne en une heure et demie. Un matin, ils se rendirent tous deux à l'endroit indiqué, et gardèrent le souvenir d'une construction en bois isolée, couverte de neige, avec des bois de cerfs à la porte, d'un vieux garde forestier éméché et d'une jeune servante blonde, d'une grisante promenade en traîneau sur une route d'hiver ensoleillée, d'un repas inexplicablement joyeux dans la salle immense d'une auberge, et, dans le train du retour, d'un compartiment mal éclairé et surchauffé. Ce fut l'unique fois où Georges partit avec Anna à la recherche d'une maison qui devait pourtant se trouver quelque part dans le monde dans l'attente de sa destination... Habituellement, il se rendait seul par le train ou le tramway prospecter dans les lieux de villégiature proches.

Par une journée printanière égarée au cœur de l'hiver, Georges se promenait un jour dans une de ces petites localités au voisinage de la ville qu'il affectionnait particulièrement, où s'alignent côte à côte des constructions paysannes, des maisons de campagne modestes et d'élégantes villas; comme cela lui arrivait parfois, il avait presque oublié le but de ce déplacement, et était en train de penser avec émotion que, il y a des années, Beethoven et Schubert étaient passés dans le même chemin, quand, à l'improviste, Nurnberger lui apparut. Ils se saluèrent, se félicitèrent de cette belle journée qui incitait à s'échapper dans la nature, et regrettèrent courtoisement de se rencontrer si rarement depuis que Bermann avait quitté Vienne.

« Il y a longtemps que vous n'avez pas eu de ses nouvelles ? demanda Georges.

— Depuis qu'il est parti, répondit Nurnberger, j'ai reçu seulement une carte de lui. On peut supposer qu'il entretient avec vous une correspondance plus abondante qu'avec moi.

— Pourquoi le supposer ? » demanda Georges, un peu irrité, comme cela lui arrivait parfois, par le ton de Nurnberger.

« Eh bien, vous avez au moins l'avantage sur moi de représenter pour lui une nouvelle connaissance, et d'offrir ainsi un problème plus excitant à ses spéculations psychologiques. »

Dans ces paroles prononcées avec l'ironie habituelle du personnage, Georges perçut comme une blessure d'amour-propre, qu'il comprit fort bien. En fait, Henri, ces derniers temps, s'était très peu soucié de Nurnberger avec qui il était très lié auparavant; conformément à sa coutume d'attirer les gens à lui, puis de les laisser tomber avec la plus grande désinvolture, selon que leur manière d'être correspondait ou non à son humeur.

« Je ne suis pas mieux loti que vous, dit Georges, moi non plus je n'ai pas reçu de ses nouvelles depuis plusieurs semaines. D'après les plus récentes, il semble que son père aille très mal.

— La fin de ce vieil homme, bien à plaindre, est probablement proche.

— Qui sait ? D'après ce que m'écrit Bermann, cela peut encore durer des mois. »

L'air grave, Nurnberger hocha la tête.

« Oui, dit Georges, sans trop réfléchir, dans de tels cas les médecins devraient être autorisés... à hâter le dénouement.

— En cela vous avez peut-être raison, répondit Nurnberger, mais qui sait si notre ami Henri, quel que soit le trouble qu'apporte dans ses travaux, et peut-être dans d'autres domaines, la vue du déclin irrémédiable de son père, qui sait s'il ne rejetterait pas la proposition de mettre fin à cette situation sans espoir par une piqûre de morphine. »

A nouveau, Georges fut choqué par le ton de raillerie amère. Pourtant, se souvenant de l'heure où il avait vu Henri plus fortement bouleversé par quelques mots ambigus dans la lettre de son amie que par la folie de son père, Georges ne put se défendre de l'impression que Nurnberger jugeait lucidement leur ami commun.

« Avez-vous connu le vieux Bermann ? demanda-t-il.

— Pas personnellement, mais je me souviens encore de l'époque où son nom était souvent cité dans les journaux, et des discours d'une haute tenue qu'il a prononcés au Parlement. Mais je vous retiens, cher baron, au revoir. Nous nous reverrons bien un de ces jours au café ou chez les Ehrenberg.

— Mais vous ne me retenez pas le moins du monde, répondit Georges avec une amabilité marquée. Je flâne, et je profite de l'occasion d'examiner les résidences d'été.

— Voulez-vous, cette année, habiter à la campagne aux environs de Vienne ?

— Pour quelque temps, vraisemblablement. En outre, une famille de mes relations m'a demandé, au cas où le hasard me ferait découvrir... » Il rougit légèrement, comme toujours quand il s'écartait tant soit peu de la vérité.

Nurnberger le remarqua et dit négligemment : « Je viens de passer devant plusieurs villas qui sont à louer. Voyez-vous, par exemple, cette maison blanche avec une vaste terrasse ?

— Elle a l'air très bien, nous pourrions y jeter un coup d'œil. Si cela ne vous ennuie pas trop de m'accompagner, puis nous rentrerons en ville ensemble. »

Ils pénétrèrent dans un jardin étroit, tout en longueur, qui montait jusqu'à la maison ; il en rappela à Nurnberger un autre dans lequel il avait joué étant enfant. « Peut-être est-ce le même, dit-il. Il faut que vous sachiez que nous avons habité plusieurs années à la campagne à Grinzing et à Heiligenstadt. »

Ce « nous » frappa Georges étrangement, il pouvait à

peine se représenter que Nurnberger avait été tout jeune, et avait vécu en fils avec un père et une mère, en frère avec des sœurs, et tout d'un coup, l'existence de cet homme lui fit l'impression d'être bizarre et compliquée.

En haut du jardin, une tonnelle offrait une vue magnifique sur la ville qu'ils admirèrent un moment. Puis ils descendirent lentement, accompagnés par la femme du gardien qui portait dans ses bras un petit enfant enveloppé dans un plaid gris. Ils visitèrent la maison, des pièces basses sentant le renfermé avec de mauvais tapis usés sur les planchers, des lits de bois étroits, des glaces cassées ou ternies. « Au printemps, tout sera rénové, expliqua la gardienne, l'aspect sera alors très agréable. » L'enfant tendit soudain ses petites mains à Georges comme s'il voulait être pris dans les bras. Georges fut un peu troublé et sourit embarrassé. Tandis que sur la plate-forme du tramway il roulait vers la ville en bavardant avec Nurnberger, Georges eut le sentiment que lors de toutes les occasions de rencontre précédentes, il n'avait jamais été aussi proche de lui que pendant cette heure ensoleillée d'hiver à la campagne. En se séparant, ils convinrent tout naturellement d'une nouvelle promenade pour un des jours suivants, et c'est ainsi que Georges pendant ses recherches ultérieures fut, à plusieurs reprises, accompagné par Nurnberger. Ce faisant, la fiction de la recherche d'une maison pour une famille amie fut conservée comme si Nurnberger y croyait, et comme si Georges croyait que Nurnberger y croyait.

Au cours de ces promenades, Nurnberger en vint parfois à parler de sa jeunesse, de ses parents qu'il avait perdus de bonne heure, de sa sœur morte jeune et de son frère aîné, le seul de ses parents encore en vie. C'était un vieux garçon comme Edmond lui-même, qui ne vivait pas à Vienne mais était professeur de lycée dans une petite ville de la Basse-Autriche où il avait déjà été affecté, il y a quinze ans, comme remplaçant. Plus tard, il aurait pu sans grand-peine obtenir sa mutation dans la capitale, mais après quelques années d'amertume et même de colère, il s'était si bien habitué aux conditions de vie modestes et paisibles de son lieu de résidence qu'un retour à Vienne aurait plutôt représenté pour lui un sacrifice. Sourd aux bruits du monde, solitaire, satisfait, sorte de philosophe provincial. Quand Nurnberger parlait de ce frère éloigné, Georges avait parfois l'impression qu'il s'agissait d'un mort, tellement la possibilité de retrouvailles durables paraissait totalement exclue. Par contre, il parlait de sa sœur, disparue depuis des années, avec une nostalgie toujours en éveil, comme d'un être susceptible de revenir un jour.

Par un après-midi brumeux de février, comme ils atten daient dans une gare le train pour Vienne, marchant de long en large sur le quai, Nurnberger raconta à Georges l'histoire de cette sœur possédée dès l'enfance par une passion effrénée pour le théâtre ; à seize ans, dans une crise de romantisme puéril, elle avait quitté la maison à l'improviste. Dix années durant, elle avait erré de ville en ville, de scène en scène, mais toujours dans de petits rôles, car ni son talent ni sa beauté ne semblaient suffisants pour une telle profession. Elle conservait cependant le même enthousiasme, la même confiance dans l'avenir en dépit des déceptions qu'elle éprouvait et de la misère qu'elle côtoyait. Pendant les vacances, elle faisait parfois des apparitions chez ses frères qui, à l'époque, habitaient encore ensemble, pour quelques semaines ou seulement quelques jours. Dans ses récits, les troupes minables dans lesquelles elle jouait devenaient de grands théâtres, leurs maigres succès, des triomphes, les piètres comédiens avec qui elle travaillait, de grands artistes, les petites intrigues dont elle avait été témoin, de sublimes tragédies de la passion. Si bien qu'au lieu de se rendre compte qu'elle végétait dans un monde lamentable dont elle était une des figures les plus pitoyables, elle s'enfermait dans les rêves les plus séduisants. Cela dura jusqu'au jour où elle revint chez elle malade, rongée par la fièvre ; elle resta alors des mois au lit, les joues brûlantes, parlant dans son délire de la gloire, de la félicité qu'elle n'avait jamais connues ; elle parut, encore une fois, recouvrer la santé, s'en alla de nouveau, pour rentrer au bout de quelques semaines totalement épuisée, le signe de la mort au front. Son frère l'emmena alors en voyage dans le Sud, à Arco, à Méran, au bord des lacs italiens. C'est là seulement, allongée sous des arbres en fleurs dans des jardins méditerranéens, arrachée à l'agitation qui, pendant des années, l'avait grisée et perturbée, qu'elle réalisa que sa vie, cette perpétuelle errance sous un ciel de toile peinte, entre des cloisons de papier, que tout le contenu de son existence n'avait été qu'illusion. Même les petites aventures de la journée dans des chambres meublées ou des hôtels sur les chemins des villes étrangères se présentaient à sa mémoire comme des scènes de théâtre qu'actrice elle aurait jouées sur les planches, et non comme des aventures vécues dans la réalité. Et tandis qu'elle glissait vers la tombe, s'éveillait en elle la nostalgie ardente de la vie authentique qu'elle avait manquée. Plus la certitude la gagnait de l'avoir perdue à jamais, plus son regard découvrait avec une acuité croissante la plénitude du monde. Le plus étrange fut que, dans les dernières semaines de sa vie, ce talent auquel elle avait tout sacrifié, sans vraiment le posséder, se révéla soudain comme une force mystérieuse, géniale. « Il me semble encore aujourd'hui, dit Nurnberger, que je n'ai jamais entendu, fût-ce par la plus grande comédienne, réciter des vers ou jouer des scènes entières, comme le fit ma sœur dans sa chambre d'hôtel de Cadenabbia avec la vue sur le lac de Côme, quelques jours avant sa mort. A vrai dire, ajouta-t-il, il se peut, il est même probable, que ma mémoire me trompe.

— Pourquoi donc ? » demanda Georges, à qui ce dénouement plaisait tant qu'il ne voulait pas qu'on le lui gâche. Et il s'efforça de convaincre Nurnberger, qui l'écoutait en souriant, qu'il ne pouvait s'être trompé, et que, avec l'étrange jeune fille qui reposait dans le cimetière de Cadenabbia, une grande artiste s'était éteinte.

Georges ne trouva pas la maison de campagne qu'il cherchait lors de ses sorties avec Nurnberger. D'une fois à l'autre, la découvrir semblait devenir plus ardu. Par moments, Nurnberger se moquait des exigences de Georges, difficiles à satisfaire, lui qui paraissait chercher une villa avec une façade sur une route bien entretenue tandis que, derrière, la porte du jardin s'ouvrirait sur la forêt vierge. A la fin, Georges lui-même ne croyait plus sérieusement qu'il réussirait maintenant à trouver le logis souhaité, et il repoussa au retour de leur voyage la contrainte de le dénicher. Il était sans doute plus urgent de prendre contact avec un médecin, mais cette démarche aussi Georges la remettait sans cesse. Cependant Anna lui confia un soir que, effrayée par un nouvel évanouissement, elle s'était rendue chez le docteur Stauber et lui avait confessé son état. Il avait été très cordial, n'avait manifesté aucune surprise, l'avait complètement rassurée à tous les points de vue ; il avait seulement souhaité voir Georges avant leur départ.

Peu après, Georges se rendit à l'invitation du médecin. Ses consultations venaient de se terminer. Stauber le reçut aussi aimablement que prévu, parut considérer la chose comme toute naturelle, employant toujours le terme « la jeune femme » pour parler d'Anna, ce qui fit à Georges une impression bizarre mais pas désagréable. Lorsque les questions matérielles furent réglées, le médecin s'enquit de la destination du voyage. Georges n'avait encore rien arrêté, la seule chose sûre étant que l'on passerait probablement le printemps dans le Sud, en Italie. Stauber en profita pour évoquer son dernier séjour à Rome qui remontait à dix ans A cette époque, comme une fois déjà auparavant, il entretenait des relations personnelles avec le directeur des fouilles ; il parla sur un ton proche de l'enthousiasme des nouvelles découvertes sur le Palatin, sujet qu'il avait étudié dans sa jeunesse, et dont il avait publié les résultats dans des cahiers d'archéologie. Puis il montra à Georges, non sans fierté, sa bibliothèque divisée en deux sections, l'une pour la médecine, l'autre pour l'histoire de l'art, et lui prêta quelques livres assez rares datant de 1834 sur les collections du Vatican et sur l'histoire de la Sicile. Georges fut excité au plus haut point par la révélation des journées riches d'enseignement qui l'attendaient. Une sorte de nostalgie de ces contrées familières dont il était privé depuis longtemps s'empara de lui, des images à demi oubliées surgirent devant ses yeux : la pyramide de Celsius dressait à l'horizon ses contours précis comme elle lui était apparue dans sa prime jeunesse, quand il regagnait le soir à cheval la ville, au côté du prince de Macédoine ; émergeant des brumes du souvenir, les portes de l'église s'ouvraient, et il revoyait son premier amour marcher à l'autel ; sous un ciel sombre, une barque aux voiles de couleur jaune soufre voguait le long de la côte...

Il prit la parole à son tour, évoqua les multiples villes et paysages du Sud qu'il avait vus dans son enfance et sa jeunesse, exprima la nostalgie de ces lieux qui le saisissait parfois comme un véritable mal du pays natal, parla de la joie de pouvoir embrasser d'un regard plus mûr tout ce qu'il avait désiré, conservé en mémoire ou oublié, et d'y ajouter de nouvelles découvertes ; et de le faire cette fois en compagnie d'un être capable de partager ses jugements et ses extases, un être qui lui était cher. Stauber, en train de remettre un livre dans le rayon, se retourna brusquement vers Georges, le regarda avec bienveillance et dit : « Voilà qui me plaît. » Comme Georges le fixait un peu perplexe, Stauber ajouta : « C'est la première parole chaleureuse sur vos rapports avec Annette que j'ai entendue de votre bouche. Je sais, je sais, il n'est pas dans votre nature de dévoiler vos sentiments devant quelqu'un qui pour vous est presque un étranger, mais justement parce que je n'avais aucun droit à y prétendre, cela m'a touché. Ces mots vous sont venus vraiment du fond du cœur. C'était visible. J'aurais eu beaucoup de peine si j'avais dû penser que vous ne chérissiez pas Annette — excusez-moi de l'appeler encore ainsi — comme elle le mérite.

— Je ne vois vraiment pas, répliqua sèchement Georges, ce qui vous incite à en douter, monsieur Stauber.

— Ai-je donc parlé de doutes ? répondit Stauber bonhomme. Mais le cas s'est déjà produit qu'un jeune homme ayant beaucoup vécu ne sache apprécier à sa juste valeur un tel sacrifice, car cela reste un sacrifice, cher baron. Nous avons beau être au-dessus de tous les préjugés, ce n'est toujours pas de nos jours une mince affaire quand une jeune fille de bonne famille prend une telle décision. Je ne vous cacherai pas — naturellement je ne l'ai pas laissé voir à Annette — que cela m'a donné un certain choc quand elle est venue me trouver dernièrement et m'a raconté la chose.

— Excusez-moi, monsieur Stauber, répliqua Georges irrité mais poli. Si cela vous a causé un choc, c'est la preuve que votre mépris des préjugés...

— Vous avez raison, dit Stauber en souriant, mais vous me pardonnerez peut-être ce point de vue rétrograde en considérant que je suis plus âgé que vous, un homme d'un autre temps. Et, échapper à l'influence de son époque, même un homme de caractère assez indépendant..., ce que je me flatte d'être..., ne peut y parvenir totalement. C'est vraiment une chose étrange. Mais, croyez-moi, il existe encore de nos jours parmi les jeunes gens nourris de Nietzsche et d'Ibsen autant de philistins qu'on en comptait il y a trente ans, mais ils ne se laissent pas reconnaître à moins d'être eux-mêmes pris à la gorge, par exemple quand on séduit leur sœur ou quand il prend à madame leur épouse la fantaisie de vivre sa vie... Certains restent conséquents avec eux-mêmes et continuent à jouer leur rôle..., mais c'est plus une question de maîtrise de soi que d'idéologie. Autrefois, de mon temps, lorsque les principes étaient fixés une fois pour toutes, et que chacun savait exactement à quoi s'en tenir, par exemple : il faut honorer ses parents, sinon on est un vaurien..., ou bien : un amour véritable n'existe qu'une fois dans la vie..., ou bien : on est heureux de mourir pour la patrie... A l'époque chaque honnête homme brandissait quelque drapeau ou, tout au moins, avait une devise sur sa bannière... Croyez-moi, en ce temps-là déjà, les idées prétendument modernes avaient plus de partisans qu'on ne le suppose. Avec cette différence que ces partisans doutaient parfois, qu'ils se méfiaient de leurs idées, qu'ils se prenaient pour ainsi dire pour des êtres en marge, voire des criminels. Vais-je vous confier un secret, cher baron ? Il n'y a absolument pas d'idées nouvelles. Des changements d'intensité de la pensée, cela oui. Croyez-vous sérieusement que Nietzsche ait inventé le surhomme, et Ibsen le mensonge vital, et Anzengruber la vérité que les parents qui exigent de leurs enfants respect et amour doivent se comporter de même ? Pas du tout. Toutes les idées morales ont toujours existé, et l'on serait bien surpris si l'on savait quels sots ont pensé les prétendues grandes vérités nouvelles, et peut-être même les ont exprimées, bien avant les génies à qui nous en sommes redevables, ou plutôt à qui nous devons le courage de tenir ces vérités pour exactes. Mais me voilà très loin de notre sujet, pardonnez-moi. J'ai simplement voulu vous dire..., et vous pouvez me croire..., je sais aussi bien que vous qu'il arrive que des jeunes filles restées vierges soient mille fois plus corrompues que ce qu'on nomme une fille perdue, et que maint jeune homme de bonne réputation a sur la conscience des choses plus graves que d'entretenir une liaison avec une jeune fille innocente. Et pourtant..., c'est justement la malédiction de mon époque..., ajouta-t-il en souriant, que je n'ai pu m'empêcher au premier moment, quand Annette m'a raconté toute l'histoire, d'entendre résonner dans ma vieille tête comme une ancienne rengaine certains mots désagréables qui, en leur temps, avaient un sens très précis, des termes stupides, dépassés, comme... un débauché..., séduire..., abandonner, etc. C'est de là, et je dois vous présenter une nouvelle fois mes excuses, c'est de là qu'est venu le choc qu'un homme moderne n'aurait dû ni sentir ni avouer. Mais, pour redevenir sérieux, examinez donc comment feu votre père aurait pris la chose, lui qui n'avait pas connu Annette. Il était sans aucun doute un des hommes les plus avisés, les plus dépourvus de préjugés que l'on puisse imaginer... Pourtant, ne doutez pas que chez lui aussi cela ne se serait pas passé tout à fait sans un choc. »

Spontanément, Georges tendit la main au médecin. L'aspect inattendu de cette référence au cher disparu suscita en lui une nostalgie si forte qu'il ne put la calmer qu'en se mettant à parler du mort. Le médecin pouvait encore évoquer maintes rencontres, fruits du hasard, le plus souvent brèves, dans la rue, aux séances de l'Académie des sciences, aux concerts. C'était à nouveau un de ces instants, où Georges se sentait étrangement coupable envers le disparu, et se jurait intérieurement d'être digne de sa mémoire.

« Saluez Annette de ma part, lui dit le médecin quand Georges prit congé, mais il vaut mieux ne pas lui parler du " choc ". C'est une créature très sensible, vous le savez, et il s'agit maintenant de lui épargner toute émotion désagréable. Gardez à l'esprit, cher baron, qu'une seule chose compte à l'heure actuelle, qu'un enfant bien portant vienne au monde, tout le reste... Redites-lui mon amitié, j'espère que nous nous retrouverons tous cet été en bonne forme. »

Georges s'éloigna, conscient au plus haut point de ses responsabilités envers l'être qui s'était donné à lui et envers cet autre qui dans quelques mois s'éveillerait à la vie. Il songea en premier lieu à rédiger un testament et à le déposer chez un notaire. Après plus ample réflexion, il lui parut plus indiqué de s'en ouvrir à son frère, de tous les êtres intimement le plus proche de lui. Mais, par suite de la réserve particulière qui régissait leurs rapports pourtant si étroits, il laissa passer jour après jour jusqu'au moment où le départ de Félicien pour des chasses en Afrique fut imminent. La nuit précédente, au retour du club, Georges fit part à son frère de son intention d'entreprendre dans peu de temps un long voyage.

« Tiens ? Et combien de temps seras-tu absent ? »

Georges sentit percer dans le ton une certaine inquiétude

qui l'incita à ajouter : « Ce sera probablement pour des années le dernier voyage assez important que je ferai. A l'automne j'espère avoir une situation fixe.

— Tu es donc entièrement décidé ?

— Oui, évidemment.

— Je suis très heureux, Georges, pour différentes raisons comme tu peux le penser, de te voir enfin prendre de sérieuses résolutions. Au reste, il ne serait pas bon que l'un de nous parte dans le monde tandis que l'autre resterait seul. Ce serait un peu triste. »

Georges n'ignorait pas que Félicien se verrait confier à l'automne suivant un poste diplomatique à l'étranger, mais il n'avait jamais réalisé aussi nettement que, dans quelques mois, ce serait la fin de leur longue communauté fraternelle, de la vie partagée dans la vieille maison face au parc, la fin irrémédiable de leur jeunesse. L'avenir se présentait à lui sévère, presque menaçant.

« As-tu déjà une idée, demanda-t-il, de l'endroit où ils t'enverront ?

— Il y a des chances que ce soit Athènes.

— Ça te plairait ?

— Pourquoi pas. La société, paraît-il, n'y manque pas d'intérêt. Bernburg, qui y est resté trois ans, en est parti à regret. Et pourtant, on l'a muté à Londres, ce qui n'est pas rien. »

Ils marchèrent ensemble un moment en silence, prirent comme d'habitude le chemin qui traversait le parc. L'air autour d'eux semblait un messager du printemps proche bien que sur les pelouses la neige étincelât en étroites taches blanches.

« Ainsi, tu pars pour l'Italie ? demanda Félicien.

— Oui.

— Aussi loin dans le Sud qu'au printemps dernier ?

— Je ne sais pas encore. »

De nouveau un bref silence.

Soudain, dans l'ombre, la voix de Félicien : « As-tu eu depuis des nouvelles de Grace ?

— De Grace », répéta Georges quelque peu surpris, car il y avait longtemps que Félicien n'avait plus prononcé ce nom. « Je n'ai plus entendu parler de Grace. D'ailleurs, c'était convenu entre nous. A Gênes, nous nous sommes séparés définitivement. Bientôt un an... »

Sur un banc, en pleine obscurité, un homme en manteau de fourrure avec un haut-de-forme et des gants blancs était assis. Ah, Labinski, pensa Georges un moment, puis il se rappela que celui-ci s'était suicidé... Ce n'était pas la première fois qu'il croyait le voir. Un jour, dans le jardin botanique de Palerme, en pleine lumière, il avait pris l'espace d'une seconde une personne assise sous un frêne du Japon pour Labinski. Et récemment, derrière les vitres fermées d'un fiacre, il avait cru reconnaître le visage de son père disparu.

Derrière les arbres dépouillés, on distinguait vaguement des maisons, dans l'une d'elles les deux frères habitaient.

Il serait temps, pensa Georges, que j'en vienne à parler de mon affaire. Pour trouver une transition rapide, il remarqua comme incidemment : « Au reste, cette année, je ne pars pas seul pour l'Italie.

— Tiens, tiens », dit Félicien sans le regarder.

Au même moment, Georges sentit qu'il n'avait pas trouvé le ton convenable. Il craignit que Félicien pût penser : le voilà encore lancé dans une aventure avec une personne douteuse. Aussi ajouta-t-il, l'air grave : « Sais-tu, Félicien, j'aurais quelque chose d'assez important à discuter avec toi.

— Quelque chose d'important ?

— Oui.

— Eh bien, Georges, dit Félicien affectueusement, le regardant de côté. Qu'y a-t-il donc enfin ? Tu ne vas pas te marier ?

— Oh non », s'exclama Georges, et il s'en voulut aussitôt d'avoir rejeté si délibérément cette possibilité. « Non, il ne s'agit pas de mariage, mais de quelque chose de beaucoup plus important. » Félicien s'arrêta un court instant. « Tu as un enfant ? demanda-t-il avec gravité.

— Non, pas encore. C'est pour cela que nous partons en voyage.

— Bien », dit Félicien.

Ils étaient sortis du parc. Tous deux levèrent spontanément les yeux vers la fenêtre de leur appartement d'où, il y a encore un an, leur père leur faisait signe. Tous deux se rendaient compte avec tristesse que, depuis la mort de leur père, ils s'éloignaient insensiblement l'un de l'autre, et envisageaient non sans crainte de se voir encore bien davantage séparés par la vie.

« Viens dans ma chambre, dit Georges quand ils furent remontés à l'appartement. C'est l'endroit le plus intime. »

Il s'assit à son bureau dans un fauteuil confortable. Félicien s'installa dans l'angle du petit divan de cuir vert rapproché du bureau et l'écouta calmement.

Georges lui nomma son amie, parla d'elle en termes favorables, chaleureux et pria Félicien de lui promettre de s'occuper de la mère et de l'enfant au cas où il lui arriverait malheur par la suite. Il léguait naturellement tout ce qu'il possédait à l'enfant, la mère en aurait l'usufruit jusqu'à la majorité de ce dernier. Quand Georges eut terminé, Félicien, après un court moment de silence, dit en souriant : « Tu peux à bon droit espérer revenir de ton voyage en aussi bonne santé que moi à mon retour d'Afrique, et cette conversation n'a qu'une valeur théorique.

— Je l'espère aussi, bien entendu. Mais cela me rassure que tu sois au courant, je peux ainsi être tranquille à tous les points de vue.

— Naturellement, tu le peux. » Il tendit la main à son frère. Puis il se leva et fit les cent pas dans la pièce. Finalement, il demanda :

« Ne penses-tu pas régulariser vos liens ?

— Pas pour le moment, on ne peut savoir ce que l'avenir nous apportera. »

Félicien s'arrêta. « Bien sûr...

— Serais-tu d'avis que je me marie ? s'exclama Georges assez étonné.

— Absolument pas.

— Je t'en prie, sois sincère.

— Vois-tu, dans des cas semblables, personne ne doit s'en mêler, pas même un frère.

— Mais si je t'en prie, Félicien. J'ai l'impression que quelque chose dans cette histoire ne te plaît pas.

— Oui, vois-tu, Georges..., n'interprète pas mal mes paroles... Je sais bien que tu ne songes pas à l'abandonner, je suis même au contraire persuadé que tu te comporteras plus noblement que n'importe quel autre à ta place. Mais la question est pourtant celle-ci : Te serais-tu engagé dans cette affaire si tu avais pesé toutes les conséquences possibles ?

— Il est difficile de répondre.

— Je veux dire tout simplement. As-tu eu l'intention... de ne pas en faire une compagne pour la vie, mais d'avoir un enfant d'elle ?

— Mon Dieu, qui pense à cela ? Si on avait voulu absolument éviter... » Félicien l'interrompit : « Sait-elle que tu n'as pas l'intention de l'épouser ?

— Tu ne penses pourtant pas que je lui ai promis le mariage ?

— Non, mais pas non plus de l'abandonner.

— Ç'aurait été un manque de sincérité, Félicien. C'est arrivé comme ces choses-là ont coutume d'arriver, tout s'est déroulé sans aucun plan, jusqu'à aujourd'hui.

— Oui, c'est très joli. Reste la question : N'est-on pas tenu dans les choses importantes de la vie d'établir, pour ainsi dire, un plan ?

— Possible... Mais ce ne fut jamais mon fort, malheureusement. »

Félicien s'arrêta devant Georges, avec sur son visage une expression affectueuse, il hocha la tête à plusieurs reprises. « C'est vrai, Georges, tu n'es pourtant pas méchant..., mais puisque nous venons à en parler..., je ne m'arroge pas le droit de me mêler de la conduite de ta vie...

— Parle donc, Félicien... Vraiment, cela me soulage... » Il passa doucement sa main sur celle de son frère appuyée sur le bras du divan.

« Eh bien, il n'y a presque rien à ajouter. Je veux dire simplement que tu te comportes ainsi en toutes choses..., un manque de plan. Vois-tu, pour parler d'un autre point important, je suis pour ma part convaincu de ton talent et beaucoup d'autres également. Cependant tu travailles diablement peu, n'est-ce pas ? Et la gloire ne vient pas toute seule, même si...

— Certainement pas. Mais je travaille beaucoup plus que tu le crois. Seulement, dans ma profession, le travail a ses lois particulières. L'inspiration vous vient parfois en se promenant, quelquefois même en dormant... et puis en automne...

— Espérons-le, bien que je craigne que dans tes débuts tu ne puisses vivre de tes rémunérations. Etant donné ton style de vie, combien de temps ton petit capital subviendra-t-il à tes besoins, voilà la question. Je te le dis sincèrement, quand tu m'as indiqué tout à l'heure la somme que tu pourrais laisser à ton enfant, j'ai été absolument effaré.

— Sois patient, Félicien. Dans trois ans, dans cinq ans, quand j'aurai terminé mon opéra... » Il dit cela d'un ton qui persiflait ses propres paroles.

« Composes-tu vraiment un opéra, Georges ?

— Je le commencerai ces prochains jours.

— Qui écrit le texte ?

— Henri Bermann. Naturellement tu prends ton air réprobateur.

— Mon cher Georges, en ce qui concerne tes relations je me suis toujours gardé d'intervenir. Il est tout à fait normal, étant donné ton domaine artistique, que tu fréquentes d'autres milieux que moi et que tu aies des contacts avec des gens qui ne trouvent peut-être pas grâce à mes yeux. Mais si le texte de M. Bermann est beau, mes vœux t'accompagnent... et évidemment M. Bermann aussi.

— Le texte n'est pas encore prêt, simplement un canevas. »

Félicien ne put s'empêcher de rire. « Tu en es là de ton opéra ? Pourvu que le théâtre où l'on t'engage comme chef d'orchestre soit déjà construit.

— Voyons, dit Georges un peu vexé.

— Excuse-moi. Je ne doute vraiment pas de ton avenir, je voudrais seulement que toi-même tu t'y emploies un peu plus. Je serais si..., vraiment Georges, je serais si fier si tu devenais quelqu'un. Et cela dépend uniquement de toi. Willy Eissler, un connaisseur en musique, m'a dit récemment qu'il fait plus cas de toi que de la plupart des jeunes compositeurs.

— Mais il ne connaît de moi que quelques lieder.

— Justement, il les trouve remarquables. Ce n'est pas une question de quantité.

— Tu es un chic type, Félicien. Mais tu n'as pas besoin de m'encourager. Je sais déjà ce que je vaux, il me faut simplement travailler davantage. Le voyage aura sur moi une influence bienfaisante. Sortir de son environnement habituel pour quelque temps fait beaucoup de bien. Il s'agit de tout autre chose que l'année passée. C'est la première fois, Félicien, que je suis en compagnie d'un être qui se trouve parfaitement à mon niveau, et qui de plus..., qui est pour moi véritablement une amie. Et savoir que j'aurai un enfant d'elle m'est, en dépit des circonstances annexes, plutôt agréable.

— Je peux l'imaginer », dit Félicien en observant Georges avec gravité et bonté.

La pendule sur le bureau sonna deux coups.

« Oh, déjà si tard ! s'exclama Félicien, et demain matin je dois boucler mes bagages. Demain au déjeuner nous pourrons encore aborder pas mal de questions. Au revoir, Georges.

— Bonne nuit, Félicien, je te remercie, ajouta Georges ému.

— De quoi me remercies-tu, tu es un drôle d'oiseau, Georges. » Ils se tendirent les mains, puis s'embrassèrent, ce qui ne leur était pas arrivé depuis longtemps. Georges décida si son enfant était un garçon de l'appeler Félicien, et il se réjouit de l'heureux présage de bonheur attaché à ce prénom.

Après le départ de son frère, Georges se sentit aussi abandonné que s'il n'avait jamais eu un autre ami. Le séjour dans le grand appartement désert, où semblait peser la même atmosphère que dans les premiers temps suivant le décès de son père, le rendait presque triste. Les jours qui le séparaient encore du départ lui semblait une période de transition dont on ne pouvait rien attendre. Les heures passées avec son amie dans la chambre en face de l'église s'écoulaient insipides et vides. On percevait maintenant chez Anna un changement d'humeur. Elle était parfois irritable, puis silencieuse, presque mélancolique, et souvent, Georges était saisi en sa présence d'un tel sentiment d'ennui qu'il apprehendait presque les prochains mois pendant lesquels ils seraient réduits à un tête-à-tête. Le voyage par lui-même promettait bien des dérivatifs, mais que serait-ce les derniers mois qu'on était forcé de passer au calme quelque part à proximité de Vienne ? Il lui fallait songer à procurer de la compagnie à Anna. Il hésitait encore à lui en parler lorsque Anna le précéda avec une nouvelle qui était propre à lever cette difficulté, ainsi qu'une autre, de la manière la plus simple. Ces derniers temps, en particulier depuis qu'Anna avait abandonné ses leçons, elle s'était rapprochée de Thérèse, s'était entièrement confiée à elle, si bien que la mère de Thérèse était aussi dans le secret. Celle-ci se montra plus charitable envers Anna que sa propre mère qui, humiliée, neurasthénique, après une courte flambée de compréhension, s'était détournée de sa fille coupable. Mme Golowski non seulement se déclara prête à habiter avec Anna à la campagne, mais promis de rechercher pendant l'absence du jeune couple la petite maison que Georges n'avait pu découvrir. Bien que cette serviabilité répondît au désir de tranquillité de Georges, il lui était cependant un peu pénible d'être l'obligé de cette vieille femme qu'il connaissait mal ; et que justement la mère de Léo et le père de Berthold fussent destinés à jouer un rôle important dans un événement capital de la vie d'Anna lui paraissait dans ses moments de mauvaise humeur presque ridicule.

Trois jours avant le départ, par un bel après-midi de mars, Georges rendit une visite d'adieu aux Ehrenberg. Depuis la fameuse soirée de Noël, il avait fait là-haut de rares apparitions, et ses entretiens avec Else étaient restés depuis cette date tout à fait innocents. Comme à un ami qui ne peut plus se méprendre sur la signification de telles remarques, elle lui confessa qu'elle se sentait de moins en moins à l'aise à la maison. En particulier, ce que Georges avait déjà observé à plusieurs reprises, l'atmosphère familiale était constamment troublée par les rapports déplorables entre le père et le fils. Quand Oscar se présentait à la porte de son allure nonchalante, d'une distinction étudiée, et commençait à discourir dans un viennois aristocratique, son père se détournait avec mépris, ou bien ne pouvait s'empêcher de faire allusion au fait qu'il ne tenait qu'à lui de mettre fin du jour au lendemain à cette distinction en supprimant ou en diminuant le prétendu traitement qui n'était en fait que de l'argent de poche. Par contre, si le père, comme il se plaisait à le faire, commençait en public, dans un dessein manifeste, à utiliser un jargon teinté de yiddish, Oscar se mordait les lèvres, et parfois même quittait la pièce. Cependant, il était plus rare ces derniers temps que père et fils se trouvent ensemble à Vienne ou à Neuhaus. Chacun ne supportait plus la proximité de l'autre.

Quand Georges entra chez les Ehrenberg, la pièce était presque plongée dans la pénombre. Derrière le piano se détachait luisante l'Isis de marbre, dans l'encorbellement où la mère et la fille étaient assises, l'une en face de l'autre, la lumière voilée d'une fin d'après-midi tombait. Pour la première fois l'apparition de ces deux femmes éveilla en Georges comme une étrange émotion. Il pressentit soudain que ce tableau s'offrait peut-être à ses yeux pour la dernière fois, et Else lui adressa l'éclair d'un sourire à la fois si tendre et si douloureux qu'il songea un moment : Finalement, le bonheur est peut-être ici...

Il était assis maintenant à côté de Mme Ehrenberg qui continuait tranquillement à tricoter en face d'Else, il fumait une cigarette, se sentait comme chez lui. Il raconta que, séduit par le temps printanier, il entreprendrait le voyage projeté plus tôt que prévu, et qu'il le prolongerait vraisemblablement jusque dans l'été.

« Nous voulons cette fois aller à Auhof dès la mi-mai, dit Mme Ehrenberg, et cette année, nous comptons bien vous y voir.

— Si vous n'êtes pas occupé d'un autre côté », dit Else impassible. Georges promit de venir en août au moins pour quelques jours. Puis l'on parla de Félicien et de Willy, partis avec leur groupe de Biskra pour chasser dans le désert, de Déméter Stanzidès qui devait sous peu quitter l'armée et se retirer dans une propriété en Hongrie, et enfin de Henri Bermann dont personne n'avait de nouvelles depuis des semaines.

« Qui sait s'il reviendra seulement à Vienne, dit Else.

— Pourquoi pas, qui vous le fait penser, mademoiselle Else ?

— Mon Dieu, peut-être épousera-t-il cette actrice et parcourra-t-il le monde à son côté. »

Georges haussa les épaules... Il prétendit ne connaître aucune actrice avec qui Henri serait lié, et il se permit d'exprimer ses doutes quant à un mariage de Henri, si ce n'est avec une princesse ou une écuyère de cirque.

« Ce serait dommage pour Bermann », dit Mme Ehrenberg, faisant fi de la discrétion de Georges. « Je trouve qu'en général les jeunes gens prennent ces choses trop à la légère ou trop au sérieux. » Else compléta : « Oui, c'est curieux. Vous êtes tous dans ce domaine beaucoup plus avisés ou beaucoup plus bêtes que dans tous les autres, bien que justement dans des questions aussi vitales on devrait, autant que possible, rester celui qu'on est habituellement.

— Chère Else, dit Georges, s'il arrive que des passions soient en jeu...

— Oui, *si* elles sont en jeu, souligna Mme Ehrenberg.

— Des passions ! s'exclama Else. Je crois qu'elles sont rares, comme tout ce qui est grand en ce monde.

— Qu'en sais-tu, mon enfant ? dit Mme Ehrenberg.

— Dans mon entourage, je n'ai encore constaté rien de semblable, répliqua Else.

— Qui sait si vous le découvririez, dit Georges, même si cela survenait près de vous. Vus de l'extérieur, un flirt et une tragédie de la passion offrent le même aspect.

— C'est certainement faux, dit Else. La passion est quelque chose qui doit immanquablement se trahir.

— D'où peux-tu le savoir, Else ? » Mme Ehrenberg intervenait. « Justement, des passions peuvent parfois se dissimuler plus profondément que quelque petite passade, ne serait-ce que parce que l'enjeu est toujours beaucoup plus élevé.

— Je crois, chère madame Ehrenberg, répliqua Georges, que c'est un problème individuel ; il y a, en fait, des gens sur le front desquels tout est inscrit, et d'autres qui sont impénétrables. Rester impénétrable est d'ailleurs, pour ainsi dire, un talent comme un autre.

— On peut aussi le former comme un autre », dit Else. Un ange passa, comme cela arrive facilement quand soudain derrière une remarque d'ordre général l'application personnelle apparaît trop voyante.

Mme Ehrenberg reprit : « Avez-vous, ces derniers temps, composé une belle œuvre, Georges ?

— De petites choses pour le piano. Mon quintette lui aussi sera bientôt terminé.

— Ce quintette commence à ressembler à un mythe, dit Else mécontente.

— Else, dit Mme Ehrenberg sur un ton de réprimande.

— Eh bien, il serait bon qu'il travaille davantage.

— Sur ce point vous avez raison, répliqua Georges.

— Je crois qu'autrefois les artistes travaillaient plus qu'à présent.

— Les grands, précisa Georges.

— Non, tous. » Else n'en démordait pas.

« C'est peut-être un bien que vous partiez en voyage, dit

Mme Ehrenberg pour élargir la discussion. Vous avez ici trop de sujets de distraction.

— Il en trouvera partout, dit Else sévère. Aussi bien à Iglau ou à quelque endroit où il se trouvera l'année prochaine.

— Je n'avais pas encore pensé que vous nous quittiez, dit Mme Ehrenberg en secouant la tête, et votre frère part l'année prochaine pour Sofia ou Athènes, et Stanzidès pour la Hongrie. Il est vraiment triste de voir les gens les plus sympathiques se disperser dans toutes les directions.

— Si j'étais un homme, dit Else, j'en ferais autant. »

Georges rit. « Vous rêvez d'un voyage autour du monde dans un yacht blanc, Madère, Ceylan, San Francisco.

— Oh non, je ne voudrais pas être sans profession, mais je serais devenue probablement officier de marine. »

Mme Ehrenberg se tourna vers Georges. « Seriez-vous assez aimable de nous jouer un peu de vos dernières compositions ?

— Très volontiers. » Il descendit de l'encorbellement dans la pénombre de la pièce. Else se leva et brancha la lampe du piano. Georges ouvrit l'instrument, s'assit et joua une ballade. Else avait pris place dans un fauteuil, la tête appuyée sur son bras reposant sur l'accoudoir, dans l'attitude d'une grande dame avec le visage soucieux d'un enfant trop précoce. Une fois encore, Georges fut étrangement troublé. Il n'était pas aujourd'hui très satisfait de sa ballade et se rendait compte qu'il s'efforçait par une exécution par trop sentimentale d'en renforcer l'effet.

Le conseiller Wilt entra sans bruit et fit signe qu'on ne se dérangeât pas pour lui. Il resta près de la porte, appuyé au mur, avec sa chevelure grise taillée en brosse, grande silhouette svelte à l'air supérieur et bienveillant, jusqu'à ce que Georges eût terminé par des accords plaqués trop énergiquement. On se salua. Wilt félicita Georges d'être un homme indépendant qui pouvait se permettre de voyager dans le Sud. « Je ne le peux malheureusement pas, ajouta-t-il, et en même temps il vous prend parfois le sombre pressentiment que l'Autriche ne connaîtra pas le plus petit changement, même si pendant une année on ne mettait pas les pieds au bureau. » Selon son habitude, il discourut avec ironie sur sa profession, sa patrie. Mme Ehrenberg lui rétorqua qu'il n'y avait personne pour aimer plus que lui sa patrie et prendre sa profession plus au sérieux. Il le lui accorda. Il assimilait l'Autriche à un instrument de musique délicat dont seul un maître pouvait jouer, et qui rendait souvent des sons si faux parce que chaque bousilleur s'y exerçait. « Ils taperont dessus, dit-il tristement, jusqu'à ce que toutes les cordes claquent et la caisse avec. »

Lorsque Georges se retira, Else l'accompagna dans l'antichambre. Elle avait encore quelques mots à lui dire au sujet de sa ballade. Le motif central lui avait particulièrement plu. Elle l'avait trouvé brûlant de passion contenue. Puis elle lui souhaita bon voyage. Il la remercia. « Eh bien, dit-elle soudain tandis qu'il tenait déjà son chapeau à la main, le moment semble venu de dire un adieu définitif à certains rêves.

— A quels rêves ? demanda-t-il, déconcerté.

— Aux miens, naturellement, qui ne devraient pas être restés ignorés de vous. »

Georges fut très surpris, elle n'avait jamais été aussi directe. Il sourit, gêné, cherchant une réponse. « Que sait-on de l'avenir », dit-il finalement d'une voix sourde.

Elle fronça les sourcils. « Pourquoi n'êtes-vous pas au moins honnête avec moi ? Je sais bien que vous ne partez pas là-bas seul... Je sais aussi qui vous accompagne... Je sais tout. Mon Dieu, que n'ai-je pas su depuis que nous nous connaissons ? » Georges entendait derrière ces paroles gronder la douleur et la colère. Et il savait : Si un jour il la prenait pour femme, elle lui ferait sentir qu'elle avait dû l'attendre trop longtemps. Il ne la regardait pas, se taisait avec un sentiment mêlé de culpabilité et de défi. Alors Else rassérénée sourit, lui tendit la main et répéta : « Bon voyage. »

Il pressa cette main comme s'il devait lui demander pardon. Elle la dégagea, se détourna et rentra dans la pièce. Il resta encore quelques secondes immobile à la porte, puis se précipita dans la rue.

Au soir de la même journée, Georges revit, pour la première fois après plusieurs semaines, Léo Golowski au café. Il avait appris par Anna que Léo pendant son volontariat avait subi récemment de sérieux désagréments et que, en particulier, cette « bête à figure humaine » le poursuivait de sa méchanceté, voire d'une véritable haine. Georges fut frappé de constater combien Léo avait changé pendant la courte période où il ne l'avait pas vu. Il paraissait avoir vieilli.

« Je suis heureux d'avoir l'occasion de vous rencontrer avant mon départ », dit Georges, et il s'assit à sa table en face de lui.

« *Vous,* vous êtes heureux de me rencontrer par hasard, alors que moi j'avais besoin de vous voir, c'est toute la différence. » Le son de sa voix était encore plus doux qu'à l'accoutumée. Il fixait Georges d'un regard bienveillant, presque paternel. A ce moment Georges ne douta plus que Léo fût au courant de tout, et il resta quelques minutes confus comme s'il avait à se justifier devant lui, puis il s'en voulut de sa confusion et fut reconnaissant à Léo de ne pas paraître la remarquer. Ce soir-là, ils parlèrent presque exclusivement de musique. Léo s'enquit de l'état d'avancement des travaux de Georges. Ce dernier en vint au cours de la conversation à proposer de lui jouer, l'après-midi du lendemain, un dimanche, des passages de ses nouvelles compositions. Quand ils se séparèrent, Georges eut soudain le sentiment désagréable d'avoir passé sans brio les épreuves théoriques d'un examen dont il devait, le jour suivant, subir la partie pratique. Que lui voulait au juste ce garçon qui affichait une maturité bien au-dessus de son âge ? Georges devait-il lui démontrer que son talent l'autorisait à être l'ami d'Anna ou à devenir le père de son enfant ? Il attendit avec appréhension la visite de Léo. Il songea même un moment à lui faire dire qu'il s'était absenté. Cependant, quand Léo se présenta si ingénu et si affectueux comme il aimait parfois se montrer, l'humeur de Georges s'adoucit bientôt. Ils burent du thé, fumèrent des cigarettes, Georges lui montra sa bibliothèque, les tableaux qui décoraient l'appartement, des pièces de collection, des armes ; et l'impression de passer un examen disparut. Georges se mit au piano, interpréta quelques morceaux de sa première période, ensuite des œuvres récentes, entre autres la ballade qu'il joua beaucoup mieux que chez les Ehrenberg, puis quelques lieder dont Léo d'une voix faible, mais avec un sens musical très sûr, souligna la mélodie. Pour finir, il commença à exposer la partie de piano du quintette, mais n'y parvint pas bien, et Léo alla à la fenêtre avec la partition et la lut attentivement. « On ne peut pas encore se faire une opinion, dit-il. Certains passages sont d'un dilettante au goût très sûr, d'autres d'un artiste manquant de rigueur. Dans les lieder on découvre en premier lieu... quoi?... du talent?... je ne sais pas..., on découvre en tout cas que vous êtes dans le domaine musical un esprit distingué.

— Ce ne serait pas grand-chose.

— En vérité, c'est assez peu. Mais comme vous avez si peu travaillé, cela ne prouve rien contre vous. Peu de travail et peu d'émotion intense.

— Vous croyez... » Georges se contraignit à sourire ironiquement. « Oh, vous avez certainement derrière vous de nombreuses expériences, mais dans le domaine affectif..., voyez-vous ce que je veux dire, Georges ?

— Je comprends parfaitement, mais vous vous trompez du tout au tout. Je trouverais même plutôt qu'il y a en moi une certaine tendance à la sentimentalité qu'il me faut combattre.

— C'est justement cela. La sentimentalité est directement opposée au sentiment, elle permet de se consoler d'une absence de sentiment, d'une froideur intérieure. La sentimentalité est, pour ainsi dire, du sentiment à bon marché. Je hais la sentimentalité.

— Hum ! Pourtant je crois que vous n'en êtes pas totalement dépourvu.

— Je suis juif, et c'est chez nous une maladie nationale. Les meilleurs d'entre nous s'efforcent de la transformer en ressentiment et en colère. Chez les Allemands, c'est une mauvaise habitude, un laisser-aller intérieur en quelque sorte.

— Donc on doit l'excuser chez vous, pas chez nous ?

— Les maladies non plus n'ont pas d'excuses quand, en pleine conscience de son état, on a négligé de s'en défendre. Voilà que nous commençons à parler par aphorismes, nous sommes donc sur la voie des demis ou des quarts de vérité. Revenons à votre quintette. Le motif de l'adagio est mon préféré. »

Georges approuva de la tête. « Je l'ai entendu à Palerme.

— Comment, demanda Léo, ce serait une mélodie sicilienne ?

— Non, il a surgi pour moi des vagues de la mer un matin où j'étais allé me promener seul sur la grève. La solitude est favorable à ma création. De même les contrées étrangères. En ce sens, je me promets beaucoup de mon voyage. » Il lui parla du projet d'opéra de Henri Bermann qui lui fournissait de nombreux motifs d'inspiration. Il pria Léo d'inciter Henri, à son retour, à s'attaquer sérieusement au texte.

« Ne savez-vous pas, dit Léo, que son père est mort ?

— Vraiment ? Quand donc ? D'où le tenez-vous ?

— C'était ce matin dans le journal. »

Ils parlèrent des rapports de Henri avec le disparu. Léo prétendit que le monde irait mieux si les parents tenaient compte plus souvent des expériences de leurs enfants, au lieu d'exiger que ceux-ci s'accommodent de leur sagesse vieillotte. Ils en vinrent à discuter des relations entre pères et fils, des manifestations sincères ou fausses de gratitude, de la mort des êtres aimés, de la distinction entre le deuil et la douleur, du danger des souvenirs et du devoir d'oublier. Georges sentait que Léo méditait sur les sujets les plus graves, qu'il était très seul, et s'entendait à être seul. Quand, tard dans la soirée, la porte se ferma derrière Léo, Georges ressentit presque de l'affection pour lui, et la pensée qu'il avait été l'objet du premier coup de cœur d'Anna lui fut agréable.

Encore plusieurs jours s'écoulèrent, plus vite qu'on ne l'aurait cru. Un soir, Georges et Anna partirent l'un après l'autre à la gare dans deux voitures, et s'amusèrent à se saluer dans le hall avec une grande politesse, comme des amis éloignés qui se rencontraient fortuitement. « Oh, mademoiselle, quel heureux hasard, peut-être vous rendez-vous aussi à Munich ? — Justement, monsieur le baron. — Ah ! quelle chance ! Peut-être voyagez-vous en wagon-lit ? — Justement, monsieur le baron, lit numéro cinq. — Non, comme c'est curieux, j'ai le numéro six. » Puis ils firent les cent pas sur le quai. Georges était d'excellente humeur, et il se réjouissait de voir qu'Anna, dans une tenue anglaise avec un chapeau de voyage à bords étroits et un châle bleu, avait l'allure d'une étrangère distinguée. Ils remontèrent tout le train jusqu'à la locomotive qui, en dehors de la verrière, envoyait dans le ciel sombre des jets rageurs de fumée gris clair. Au-dehors, sur la voie dans le jour déclinant, des lanternes vertes et rouges brillaient. Des sifflets inquiets retentirent quelque part dans le lointain, et, surgissant lentement de la pénombre, un convoi déroula ses anneaux dans la gare. Une lumière rouge se balançait comme par magie de-ci, de-là au-dessus du sol, semblait se trouver à des lieues de distance, et était soudain toute proche. Au-dehors, les rails luisants qui se perdaient dans un lointain invisible poursuivaient leur route vers des lieux proches ou éloignés, dans la nuit, dans le matin, dans le jour suivant, dans l'inconnu.

Anna monta dans le compartiment. Georges resta un moment encore à l'extérieur, s'amusant à observer les voyageurs, l'excitation fébrile des uns, le calme distingué des autres, et ceux qui feignaient d'être calmes, ainsi que les différentes catégories des accompagnateurs : les mélancoliques, les enjoués, les indifférents. Anna se pencha à la fenêtre. Georges bavarda avec elle comme s'il ne songeait pas du tout à partir, puis monta au dernier moment. Le convoi s'ébranla. Des gens se tenaient sur le quai, des gens incompréhensibles qui restaient à Vienne et qui, eux, ne comprenaient pas ceux qui partaient pour de bon. Quelques mouchoirs furent agités, le chef de gare faisait l'important et suivait d'un regard sévère le train qui défilait. Un porteur, vêtu d'une blouse bleue rayée, tenait en l'air une mallette jaune et scrutait désespérément chaque fenêtre. Incroyable, pensa Georges un instant, que des gens partent et laissent derrière eux leurs mallettes jaunes à Vienne. Tout disparut, les mouchoirs, la mallette, le chef de gare, les bâtiments de la station, la cabine d'aiguillage, la Gloriette, les lumières scintillantes de la ville, les petits jardins dénudés le long de la voie ferrée, et le train fonça dans la nuit. Georges s'écarta de la fenêtre. Anna était assise dans le coin du compartiment, son chapeau et son châle posés à côté d'elle, de petites larmes coulaient doucement sur ses joues. « Allons », dit Georges qui l'enlaça et l'embrassa sur les yeux, sur la bouche. « Allons Anna », répéta-t-il plus tendrement en l'embrassant de nouveau. « Pourquoi donc pleures-tu ? Ce sera un beau voyage.

— Pour toi c'est facile », dit-elle, tandis que les larmes continuaient à couler sur son visage souriant.

Ce fut un beau voyage. Ils séjournèrent d'abord à Munich, se promenèrent dans les hautes salles de la Pinacothèque, s'arrêtèrent éblouis devant de vieux tableaux sombres, parcoururent la Glyptothèque entre les statues de marbre des rois, des dieux, des héros; et quand Anna, soudain épuisée, se laissait tomber sur une banquette, elle sentait sur sa tête le regard tendre de Georges. Ils traversèrent en voiture le jardin anglais dans de larges allées sous des arbres encore dépouillés, serrés l'un contre l'autre, jeunes et heureux, pensant que les gens devaient les prendre pour de jeunes mariés en voyage de noces. Ils eurent leur places, l'un près de l'autre, à l'Opéra pour *Les Noces de Figaro, Les Maîtres Chanteurs, Tristan.* Il leur semblait que leurs musiques favorites tressaient autour d'eux un voile sonore qui les isolait des autres auditeurs. Ils s'asseyaient dans un anonymat total à des tables de restaurant dressées avec goût, mangeaient, buvaient, bavardaient, d'excellente humeur. Par des rues au charme merveilleux de l'inconnu, ils rentraient à l'hôtel où dans leur chambre commune la douce nuit les attendait, s'endormaient apaisés joue contre joue, et, à leur réveil, une journée accueillante leur souriait à la fenêtre, journée dont ils pouvaient disposer à leur guise. Réunis, ils goûtaient une quiétude inconnue jusqu'alors et s'appartenaient enfin corps et âme. Puis ils partirent plus loin à l'appel du printemps par de vastes vallées où la neige brillait et fondait, et, dernier songe blanc d'hiver, le passage du Brenner en direction de Bolzen où, à midi, sur la place du marché étincelante de lumière, ils se dorèrent au soleil. Sur les degrés usés par le temps du vaste amphithéâtre de Vérone, dans la fraîcheur d'un soir de Pâques, Georges se trouva enfin devant l'objet de sa nostalgie, un monde où il lui était accordé cette fois de guider une compagne bien-aimée. Emergeant de la lueur rougeâtre des lointains, unie à tous les souvenirs éternels communs aux autres hommes, sa propre enfance disparue le saluait, bien plus, un souffle des jours écoulés lorsque sa mère vivait encore vibrait déjà ici dans l'air à la fois étranger et familier. L'accueil de Venise fut aimable, mais exempt de magie, un lieu bien connu qu'il lui semblait avoir quitté hier. Sur la place Saint-Marc, ils furent salués par de vagues relations viennoises, et maint regard curieux s'attacha à la dame voilée en manteau blanc marchant à son côté. Une seule fois, tard le soir, lors d'une promenade en gondole dans les canaux étroits, les palais figés, qui dans la lumière quotidienne étaient réduits à l'état de coulisses, dressèrent pour lui dans leur lourde magnificence les ors ternis des siècles passés.

Puis ce furent quelques jours dans des villes qu'il connaissait à peine ou pas du tout, villes ignorées du jeune garçon qu'il était alors ou entrevues pendant un bref arrêt de quelques heures. A Padoue, fuyant la chaleur accablante de midi, ils pénétrèrent dans la pénombre d'une église, et, passant d'un autel à l'autre, ils contemplèrent les merveilleuses peintures naïves sur lesquelles des saints accomplissaient des miracles et subissaient le martyre. Par une journée triste, pluvieuse, une minable voiture cahotante les promena devant un château couleur rouge brique entouré d'un large fossé où stagnait une eau gris verdâtre, ensuite à travers une place du marché où, devant un café, des indigènes étaient assis en tenue négligée, enfin par des rues plus calmes, tristes, où l'herbe poussait entre des pavés inégaux, et il leur fallut croire que cette petite ville qui déclinait lamentablement portait le nom éclatant de Ferrare. Déjà à Bologne, où la ville en plein essor ne se contentait pas d'afficher la fierté des splendeurs d'antan, ils respirèrent. Mais ce ne fut que lorsqu'il aperçut les collines de Fiesole que Georges se sentit accueilli par une seconde patrie. C'était la ville où il avait cessé d'être un jeune garçon, où le fleuve de la vie avait commencé à couler dans ses veines. En maints endroits, des souvenirs surgissaient qu'il gardait pour lui ; et, dans la cathédrale où cette jeune Florentine lui avait adressé sous son voile de mariée un dernier regard, il ne parla à Anna que de l'heure où, par un soir d'automne dans l'église d'Altlerchenfeld, ils avaient, saisis tous deux d'un pressentiment, commencé à parler de ce voyage devenu incroyablement vite une réalité. Il montra à Anna la maison dans laquelle il avait habité il y avait neuf ans, elle abritait toujours au rez-de-chaussée les mêmes boutiques dans lesquelles on proposait à la clientèle des colliers de corail, des dentelles, des articles d'horlogerie. Comme le deuxième étage était à louer, Georges aurait pu sans difficulté revoir la chambre dans laquelle sa mère était morte, mais il hésita longtemps avant de pénétrer dans le logement. Il ne le fit que le jour de son départ, comme s'il ne pouvait y manquer, et seul, sans en avoir auparavant parlé à Anna. Il entra dans l'immeuble, retrouva l'escalier, l'appartement. Le portier, maintenant âgé, qui le lui fit visiter, ne le reconnut pas. Partout les meubles étaient restés les mêmes, la chambre à coucher de sa mère avait le même aspect que dix ans plus tôt, et dans le même angle le même lit de bois bruni avec sa couverture de velours vert foncé aux broderies d'argent. Mais, contrairement à l'attente de Georges, aucune émotion ne le saisit. Jamais souvenir péniblement évoqué, plus fade, plus terne n'avait touché son âme. Il demeura longtemps devant le lit avec la volonté pleinement consciente de susciter en lui les émotions que le devoir lui commandait. Il murmura le mot « maman », chercha à se la représenter couchée là dans ce lit, combien de jours, de nuits. Il se souvint des heures pendant lesquelles elle se sentait mieux, et alors il pouvait lui faire la lecture ou jouer pour elle du piano dans la pièce voisine ; il revit dans l'angle la petite table ronde près de laquelle son père et Félicien avaient parlé à voix très basse parce que la mère venait de s'endormir ; et enfin, comme sur une scène de théâtre, aussi proche, aussi nette, la vision surgit de ce soir épouvantable où, resté seul au chevet de sa mère, sa main dans la sienne... Il revoyait, réentendait tout, le malaise soudain après une journée des plus calmes, la fenêtre ouverte précipitamment, et, avec l'air tiède de mars, les rires et les bavardages des passants qui pénétraient dans la pièce, il la revoyait enfin gisant sur le lit les yeux ouverts, déjà éteints, la chevelure, dont les vagues quelques secondes plus tôt s'ordonnaient autour du front et des tempes, répandue en désordre sur l'oreiller, le bras gauche nu aux doigts écartés et raidis pendant hors du lit. Ce tableau apparut à ses yeux avec une netteté si prodigieuse qu'il revit en pensée son propre visage d'enfant et entendit ses propres sanglots depuis longtemps évanouis..., mais il ne ressentait aucune douleur. Trop de temps s'était écoulé. Presque dix années.

« *E bellissima la vista di questa finestra* », dit soudain le portier derrière lui en ouvrant la fenêtre, et brusquement, comme lors de cette soirée depuis longtemps passée, des voix montèrent jusqu'à eux. En même temps résonnait à son oreille la voix de sa mère telle qu'il l'avait entendue alors, suppliante, mourante... « Georges... Georges... » et du coin sombre à la place où autrefois était le lit, il vit luire une forme blême. Il alla à la fenêtre et approuva : « *Bellissima vista.* » Pourtant, un voile sombre masquait la belle vue. « Mère », murmura-t-il de nouveau, mais, à sa propre surprise, ce mot ne s'adressait plus à celle qui l'avait enfanté et qui était ensevelie depuis des années, mais à celle qui ne mériterait cé nom que dans quelques mois..., mère d'un enfant dont il était le père. Brusquement, ce mot prit une résonance jusqu'alors inconnue, incomprise, comme une volée de cloches tintant mystérieusement dans les brumes lointaines de l'avenir. Et Georges eut honte d'être monté ici seul, de s'y être glissé furtivement. Maintenant, il ne pouvait même plus en parler à Anna.

Le matin suivant, ils partirent pour Rome, et, tandis que Georges se sentait de jour en jour plus dans son élément, plus réceptif, plus dynamique, Anna commençait de plus en plus fréquemment à souffrir d'une grande fatigue. Souvent elle restait seule à l'hôtel pendant qu'il vagabondait par les rues, parcourait le Vatican, goûtait le charme des promenades au Forum et sur le Palatin. Elle ne le retenait jamais, mais il jugeait de son devoir de la consoler avant chaque départ et avait coutume de dire : « Tu te réserveras cela pour une autre fois, j'espère que nous reviendrons bientôt. » Alors elle souriait, mutine, comme si elle ne doutait pas qu'elle serait un jour sa femme, et lui-même devait s'avouer qu'il ne tenait plus cette conclusion pour impossible. Car l'idée qu'ils devraient se quitter à l'automne pour une séparation définitive lui était peu à peu devenue inconcevable. Cependant, à cette époque, ils n'évoquaient jamais en termes clairs un avenir plus lointain. Il l'appréhendait, et elle sentait qu'il était sage de sa part à elle de ne pas provoquer cette appréhension. C'est justement pendant ces journées romaines, alors qu'il se promenait souvent seul des heures entières dans la ville étrangère, qu'il se rendait compte combien par moments il s'éloignait d'Anna d'une façon qui ne lui était pas désagréable. Un soir, il avait erré jusqu'à la tombée de la nuit parmi les ruines des palais impériaux, et avait vu, transporté par le ravissement orgueilleux du solitaire, du haut du Palatin le soleil décliner sur la Campagna. Puis il s'était promené en voiture le long de la muraille antique sur le Monte Pincio, et quand, appuyé dans le coin du véhicule, il avait aperçu par-delà les toits la coupole de Saint-Pierre, il avait pensé avec une profonde émotion connaître l'heure la plus sublime de tout le voyage. Il ne rentra que tard à l'hôtel pour trouver Anna à la fenêtre, les yeux gonflés de larmes, avec des taches rouges sur son visage blême. Depuis deux heures elle était morte d'inquiétude, s'imaginant qu'il avait eu un accident, ou qu'il avait été attaqué et même tué. Il l'apaisa, mais ne trouva pas les mots venus du cœur qu'elle attendait, car il lui paraissait être dans une dépendance, une servitude indignes de lui. Elle perçut sa froideur et lui donna à entendre qu'il ne l'aimait pas assez ; il répondit d'un ton irrité, presque désespéré, elle le traita d'être insensible, égoïste. Il se mordit les lèvres, ne répliqua plus rien, allant et venant dans la chambre. Ils se rendirent dans la salle à manger sans s'être réconciliés, et se couchèrent sans se souhaiter « bonne nuit ». L'ombre de cette dispute obscurcit les jours suivants. Ce n'est qu'en route pour Naples, seuls dans le compartiment, tout à la joie de traverser d'un coup d'aile un paysage nouveau, qu'ils se retrouvèrent. A partir de ce moment, il ne la quitta plus pour ainsi dire un seul instant, elle lui semblait désemparée et un peu touchante. Comme elle ne pouvait l'accompagner, il renonça à la visite des musées. Ils firent ensemble une promenade en voiture sur le Pausilippe et dans la Villa Nationale. Lors de l'excursion à Pompéi il marcha à côté d'Anna, portée sur un siège, en époux attentif et patient, et, tandis que le guide donnait en mauvais français ses explications, Georges prit la main d'Anna, la baisa, et s'efforça par des paroles enthousiastes de lui faire partager le ravissement qu'il éprouvait lui-même cette fois encore devant cette cité mystérieuse aux toits absents qui, après un ensevelissement de deux mille ans, revenait progressivement rue par rue, maison par maison, à la lumière de ce ciel bleu immuable. Et quand ils firent halte en un lieu où justement quelques ouvriers étaient occupés à dégager de la cendre à coups de pelle prudents une colonne brisée, il attira sur celle-ci l'attention d'Anna avec un regard extasié, comme si ce spectacle représentait un cadeau qu'il lui destinait depuis longtemps, et que tout ce qui avait précédé n'avait eu pour but que de la conduire à cette minute, à cette place, pour lui faire admirer cette merveille.

Par une nuit de mai d'un bleu marine, ils étaient étendus dans deux chaises longues de toile sur le pont du bateau qui les conduisait à Gênes. Un Français âgé aux yeux clairs, leur vis-à-vis pendant le dîner, demeura un moment auprès d'eux, il leur fit observer les étoiles suspendues dans l'infini comme de lourdes gouttes d'argent. Il cita les noms de quelques-unes d'une manière courtoise, obligeante, comme s'il se croyait tenu de faire les présentations entre les étincelantes voyageuses du ciel et le jeune couple. Là-dessus il prit congé et descendit dans sa cabine. Georges, lui, pensait à son voyage solitaire sur la même route, sous le même ciel le printemps précédent, après avoir quitté Grace. Il avait parlé d'elle à Anna, pas tant par nécessité intime que par besoin d'évoquer une figure précise et de citer un nom précis, pour libérer son passé de son aspect mystérieux, énigmatique, dans lequel pour Anna il semblait parfois se perdre. Anna était au courant de la mort de Labinski, de la conversation avec Grace sur sa tombe, du séjour de Georges avec elle en Sicile, il lui avait même montré un portrait de Grace. Il s'avouait cependant, avec un léger frisson, combien Anna elle-même connaissait peu de cet épisode de son existence sur lequel il s'était pourtant expliqué avec elle presque sans réserve ; et il ressentait l'impossibilité de donner à un autre être une idée d'une époque qu'il n'avait pas vécue, du contenu de tant de jours et de nuits dont chaque minute avait été remplie de vie. Il s'apercevait que les petites inexactitudes dont il se rendait parfois coupable dans ses récits comptaient peu en regard du halo de mensonge indestructible que chaque souvenir sécrète de lui-même pendant le court trajet des lèvres de l'un à l'oreille de l'autre. Si un jour Anna, aussi honnêtement qu'elle le pouvait, voulait rendre compte à un ami, à un nouvel amant du temps passé avec Georges, qu'en saurait-il finalement ? Rien de plus qu'une histoire comme il en aurait lu des centaines : l'histoire d'une jeune personne qui avait aimé un homme jeune, avait voyagé avec lui, avait connu des moments délicieux et parfois des moments d'ennui, s'était sentie unie à lui et pourtant solitaire, et même si elle avait voulu reprendre dans le détail chaque minute..., il serait resté un élément du passé disparu à jamais, et, pour celui qui ne l'avait pas vécu, le passé ne pouvait jamais devenir vérité.

Les étoiles scintillaient au-dessus d'eux. Anna avait lentement laissé tomber sa tête sur la poitrine de Georges, et il la soutenait doucement de ses mains. Seul un léger bruissement dans les profondeurs indiquait que le navire était toujours en mouvement. Maintenant on allait vers le levant, vers le pays natal, vers l'avenir. Les rouages du temps restés pour eux si longtemps immobiles recommençaient à résonner, à tourner. Georges réalisa soudain que son destin lui échappait. Toutes les choses prenaient leurs cours. Il sentait maintenant par tout le corps, pour ainsi dire jusqu'à la racine des cheveux, que le bateau sous ses pieds poursuivait sa marche rapide irrésistiblement.

Ils ne restèrent qu'une journée à Gênes. Tous deux aspiraient au repos, et Georges désirait reprendre son travail. Ils ne voulaient plus séjourner que quelques semaines au bord d'un lac italien, et rentrer au logis à la mi-juin. D'ici-là, la maison dans laquelle Anna devait habiter serait certainement prête. Mme Golowski, qui en avait découvert une demi-douzaine de possibles, avait envoye des comptes rendus détaillés à Anna et attendait sa décision, mais à tout hasard continuait ses recherches. De Gênes, ils allèrent à Milan, mais ils ne supportaient plus la vie bruyante de la ville, et dès le lendemain partirent pour Lugano.

Ils n'y demeurèrent que quatre semaines. Chaque matin Georges prenait le chemin qui, ce jour-là aussi, longeant la rive riante, le conduisait au-delà de Paradiso à un coude de la route qui offrait une vue toujours recherchée. Seuls quelques jours le séparaient de la fin du séjour. Bien que depuis le début l'état de santé d'Anna se fût révélé excellent, il était temps de se rapprocher de Vienne pour pouvoir envisager calmement toutes les éventualités. Ces journées de Lugano parurent à Georges les meilleures qu'il eût connues depuis le départ de Vienne. Et, à des moments privilégiés, il se demandait s'il n'avait peut-être pas passé là la plus belle période de toute sa vie. Il ne s'était jamais senti aussi comblé, aussi apaisé quant au futur et au passé qu'ici, et il constatait avec joie qu'Anna, elle aussi, était parfaitement heureuse. Une expression d'attente sereine illuminait son front, ses regards étaient gais et sages comme au temps où Georges la courtisait. Sans inquiétude, sans impatience, dans le sentiment de sa maternité toujours plus épanouie, ayant laissé derrière elle le souvenir des préjugés familiaux et les soucis des complications futures, elle envisageait, heureuse, l'heure solennelle de donner l'existence à un être doué d'âme que son corps avait conçu dans un moment à peine conscient de félicité. Georges voyait avec bonheur mûrir en elle la compagne qu'il avait dès le début espéré trouver, mais qui parfois, au cours des jours, lui avait échappé. Dans des discussions sur ses travaux qu'elle avait étudiés soigneusement, sur la nature du chant, sur des questions musicales plus générales, elle lui découvrait plus de science et de sentiment qu'il n'en avait jamais soupçonné chez elle. Quant à lui, bien qu'il ne composât que peu de chose, il avait l'impression de progresser intérieurement. Des mélodies résonnaient dans sa tête, des harmonies s'annonçaient, il se rappela, en comprenant maintenant pleinement le sens, une remarque de Félicien qui, un jour, après avoir pendant des mois abandonné l'escrime, lui avait dit que pendant ce temps son bras avait eu d'heureuses inspirations. Pour cette raison, l'avenir ne lui suscitait aucun souci. Il savait que, dès son arrivée à Vienne, le travail sérieux commencerait et qu'alors la voie s'ouvrirait libre devant lui.

Georges s'arrêta longtemps à la courbe du chemin, but de ses pas ; une courte mais large langue de terre, recouverte d'une végétation épaisse de petits buissons, s'enfonçait de là dans le lac, et un étroit sentier en pente douce menait en quelques enjambées à un banc de bois, invisible de la route, sur lequel Georges avait l'habitude de s'asseoir avant de regagner l'hôtel.

Combien de fois encore ! pensa-t-il ce jour-là involontairement. Cinq, six fois peut-être, puis le retour à Vienne. Et il se demanda ce qui pourrait bien advenir s'ils ne revenaient pas, s'ils se fixaient quelque part en Italie ou en Suisse, et, avec leur enfant, se bâtissaient une nouvelle vie dans la double paix de la nature et de l'étranger. Qu'adviendrait-il ?... Rien. C'est à peine si quelqu'un s'étonnerait particulièrement. Les regretter, les regretter douloureusement comme des êtres irremplaçables, aussi bien lui qu'elle, personne ne le ferait. Cette réflexion le rendit plutôt enjoué que triste, cependant il était contrarié de ressentir parfois une sorte de mal du pays, voire la nostalgie de retrouver certaines personnes. Et même maintenant, alors qu'il respirait à pleins poumons l'air du lac et se laissait submerger de bleu par un ciel à la fois étranger et familier, alors qu'il savourait le plaisir de l'éloignement, de la solitude, le cœur lui battait quand il pensait aux forêts, aux collines ceinturant Vienne, au Ring, au club, à sa grande pièce avec la vue sur le parc municipal. Il aurait éprouvé un sentiment d'angoisse à la pensée que son enfant ne serait pas venu au monde à Vienne. Brusquement, il se rappela qu'il devait y avoir aujourd'hui des nouvelles de Mme Golowski, ainsi que d'autres messages de Vienne, aussi décida-t-il avant de rentrer à l'hôtel d'effectuer un détour par la poste. En effet, ici, comme pendant tout le voyage, il ne se faisait pas adresser son courrier à l'hôtel, se sentant ainsi plus libre face aux éventualités qui pouvaient survenir du dehors. On ne lui écrivait pas beaucoup de Vienne. Les lettres de Henri, en dépit de leur brièveté, étaient les plus denses, ce qui, Georges s'en rendait bien compte, correspondait moins à un besoin de s'épancher qu'à la circonstance qu'il devait à sa profession de communiquer à ses phrases un souffle de vie. Les lettres de Félicien étaient si froides qu'il semblait avoir oublié complètement cette dernière conversation si intime dans la chambre de Georges et le baiser fraternel échangé quand ils s'étaient quittés... Il devait supposer, pensa Georges, que ses lettres étaient également lues par Anna, et ne se sentait nulle inclination à permettre à cette dame étrangère d'être au courant de sa situation personnelle et de ses sentiments privés. Nurnberger avait répondu plusieurs fois en peu de mots aux cartes de Georges et, à propos d'une lettre de Rome dans laquelle ce dernier évoquait chaleureusement leurs promenades communes du printemps, Nurnberger avait exprimé avec des paroles d'excuse ironiques ses regrets d'avoir tant parlé de sa propre situation de famille, ce qui n'avait pu absolument pas intéresser Georges. A Naples était parvenue une lettre du vieux Eissler qui lui apprenait qu'il n'y avait pas à envisager pour l'année prochaine une vacance au théâtre princier de Detmold, mais que Georges était invité par le comte Malnitz à assister en hôte privilégié aux répétitions et aux représentations, et qu'à cette occasion des contacts plus étroits pourraient être noués pour l'avenir. Georges avait remercié courtoisement, mais se sentait peu disposé sur une perspective aussi vague à séjourner un certain temps dans la ville étrangère, et était décidé, dès son arrivée à Vienne, à chercher une situation sûre.

A part cela, aucune nouvelle du pays ne le touchait personnellement. Les aimables formules de politesse le concernant que Mme Rosner se sentait tenue d'ajouter dans les lettres à sa fille le laissaient de marbre, quoique, ces derniers temps, elles ne fussent plus adressées à « Monsieur le baron » mais à « Georges ». Il savait bien que les parents d'Anna se contentaient d'accepter ce qu'ils ne pouvaient changer, mais qu'au fond d'eux-mêmes ils étaient restés déprimés, fermés à la compréhension souhaitable.

Comme à l'accoutumée, Georges ne revint pas le long de la rive. Passant par des ruelles étroites entre des murs de jardins, puis sous des arcades, traversant enfin une grande place à la vue de nouveau dégagée sur le lac, il arriva devant le bureau de poste dont les murs peints en jaune clair reflétaient l'éblouissante lumière du soleil. Une jeune femme que Georges avait aperçue de loin et qui allait et venait sur le trottoir s'arrêta lorsqu'il approcha. Elle était vêtue de blanc, coiffée sous une ombrelle blanche d'un large chapeau de paille avec un ruban rouge. Quand Georges fut tout près, elle sourit, il découvrit soudain un visage connu derrière la voilette de tulle blanc mouchetée. « Est-ce possible, mademoiselle Thérèse ! » s'écria-t-il, et il prit la main qu'elle lui tendait.

« Bonjour, monsieur le baron », répondit-elle tranquillement, comme si cette rencontre était la chose la plus naturelle du monde. « Comment va Anna ?

— Merci, très bien. Vous lui rendrez visite, j'espère.

— Si je puis me le permettre.

— Maintenant, dites-moi donc, comment êtes-vous ici ? N'auriez-vous pas entrepris... », il hésita, « un voyage de propagande ?

— Ce n'est pas le cas de le dire », répliqua-t-elle en pointant en avant son menton, sans que ce mouvement, cette fois, enlaidît comme d'habitude son visage. « C'est plutôt une excursion de vacances. » Un rire intérieur illumina ses traits quand elle vit les yeux de Georges se diriger vers la porte d'où sortait à l'instant Déméter Stanzidès dans un costume de flanelle à rayures blanches et noires. Il salua en levant son chapeau mou gris et tendit la main à Georges. « Bonjour, monsieur le baron. Je suis heureux de vous revoir.

— Très heureux, moi également, monsieur Stanzidès.

— Pas de lettre pour moi ? » Thérèse se tournait vers Stanzidès.

« Non, Thérèse. Seulement quelques cartes pour moi. » Il les mit dans sa poche.

« Depuis combien de temps êtes-vous ici ? » demanda Georges, s'efforçant de se montrer aussi peu surpris que possible.

« Nous sommes arrivés hier soir, répondit Stanzidès.

— Tout droit de Vienne ? demanda Georges.

— Non, de Milan. Nous voyageons depuis huit jours.

— Nous avons d'abord été à Venise, comme il se doit », compléta Thérèse. Souriante, elle arrangea un peu sa voilette et se pendit au bras de Déméter.

« Vous êtes partis depuis beaucoup plus longtemps, dit Déméter. J'ai vu, il y a quelques semaines, chez les Ehrenberg, une carte que vous aviez envoyée de Pompéi. Maison des Vettii, Pompéi.

— Oui, j'ai derrière moi un superbe voyage.

— Nous allons maintenant nous promener un peu dans la localité, dit Thérèse, et d'ailleurs nous ne voulons pas retenir davantage monsieur le baron qui vient chercher du courrier.

— Oh, cela ne presse pas. Nous aurons bien l'occasion de nous revoir ?

— Voulez-vous nous faire le plaisir, baron, dit Déméter, de prendre avec nous un lunch à l'hôtel de l'Europe où nous sommes descendus.

— Merci beaucoup. Cela n'est malheureusement pas possible. Mais..., mais cela vous conviendrait peut-être de dîner avec..., avec nous à l'hôtel du Lac, n'est-ce pas ? A six heures et demie, si cela vous va. Je ferai dresser la table dans le jardin, sous un magnifique platane où nous prenons habituellement nos repas.

— Oui, dit Thérèse, nous acceptons avec reconnaissance. Je viendrai peut-être une heure plus tôt pour bavarder en paix avec Anna.

— Parfait, dit Georges, cela lui fera plaisir.

— Eh bien, au revoir, baron », dit Déméter, et tandis qu'il lui serrait chaleureusement la main, il ajouta : « Mes hommages chez vous. »

Thérèse adressa à Georges un clin d'œil joyeux, puis elle partit avec Déméter en direction de la rive.

Georges les suivit du regard. Si je ne l'avais connue, songea-t-il, Déméter aurait pu tout simplement me la présenter comme son épouse, née princesse X... Curieux, ces deux-là !... Il entra alors dans le bureau, se fit remettre au guichet son courrier, l'examina rapidement. Le premier pli qui lui tomba sous les yeux était une carte de Léo Golowski. Il n'y avait dessus que « Portez-vous bien, cher Georges. » Puis une autre carte écrite au Prater dans le café-jardin Waldstein : « Venons de vider nos verres à la santé de l'honorable lâcheur. Guido Schönstein, Ralph Skelton, le petit rat. »

Les lettres de Félicien, de Mme Rosner et de Henri, Georges ne voulait les lire que rentré à l'hôtel, en compagnie d'Anna. En outre, il était impatient de lui communiquer la nouvelle, l'arrivée de ce curieux couple. Il n'était pas tout à fait sans inquiétude, car les instincts bourgeois d'Anna se réveillaient parfois de façon absolument inattendue. Georges décida donc de lui apprendre l'invitation à Déméter et à Thérèse comme allant de soi, et était prêt au cas où elle se montrerait offusquée, irritée, ou même seulement mal à l'aise, à réfuter avec énergie une telle interprétation. Lui, personnellement, se réjouissait à la pensée de cette soirée qui l'attendait, après les nombreuses semaines passées exclusivement en compagnie d'Anna. Il enviait même un peu Déméter d'entreprendre un voyage d'agrément, exempt de soucis, semblable à celui qu'il avait fait l'année précédente avec Grace. De surcroît, Thérèse ne lui avait jamais aussi plu qu'à présent. Bien qu'il eût rencontré au cours des derniers mois de jolies femmes en grand nombre, il n'avait jamais encore, même si Anna perdait de plus en plus son charme, été soumis à une sérieuse tentation. Aujourd'hui, pour la première fois, il ressentait le désir de nouvelles étreintes.

Il aperçut bientôt à travers les barreaux luire le peignoir bleu clair d'Anna. Georges siffla, façon rituelle d'annoncer son arrivée, les premières mesures de la *Cinquième Symphonie* de Beethoven. Immédiatement le visage pâle et doux de son amante se pencha par-dessus la rampe, et ses grands yeux le saluèrent d'un sourire. Il leva en l'air le petit paquet de lettres, elle marqua d'un signe de tête son consentement ; il grimpa alors rapidement dans sa chambre et vint sur le balcon. Elle reposait dans un fauteuil de rotin devant la petite table recouverte d'un tapis verdâtre sur lequel était posé un travail de couture, comme c'était presque toujours le cas quand Georges rentrait de sa promenade du matin. Il l'embrassa sur le front et la bouche. « Qui crois-tu que j'ai rencontré ? demanda-t-il précipitamment.

— Else Ehrenberg, répondit Anna sans hésiter.

— Qu'est-ce qui te le fait penser ? Pourquoi débarquerait-elle ici ?

— Eh bien, dit Anna non sans malice, on aurait pu te suivre.

— On aurait pu, mais on ne l'a pas fait. Cherche encore, tu as droit à trois noms.

— Henri Bermann.

— Pas question. Voici d'ailleurs une lettre de lui. Un autre nom. »

Elle réfléchit. « Déméter Stanzidès, dit-elle alors.

— Ainsi, tu savais quelque chose ?

— Qu'est-ce que je peux savoir ? Il est vraiment là ?

— Sapristi, te voilà cramoisie, oh ! » Il n'ignorait pas que l'élégante et mélancolique beauté de Déméter ne la laissait pas insensible, il n'en éprouvait cependant nulle trace de jalousie.

« C'est donc Stanzidès ? demanda-t-elle.

— Sans aucun doute, c'est Stanzidès.

— Avec la meilleure bonne volonté je ne vois là rien d'extraordinaire.

— Cela n'a en effet rien d'extraordinaire, mais quand tu sauras avec qui il est...

— Avec Sissy Wyner.

— Mais...

— Je pensais, marié... Ces choses-là arrivent.

— Non, pas avec Sissy, et pas marié, mais avec ton amie Thérèse, et aussi célibataire que possible.

— Tu te moques de moi.

— Comme je te le dis, avec Thérèse. Ils sont en voyage depuis huit jours. Qu'est-ce que tu en penses ? Ils sont allés à Venise, à Milan. En avais-tu une idée ?

— Non.

— Vraiment pas ?

— Vraiment pas. Tu sais bien que Thérèse ne m'a écrit qu'une fois rapidement, et que tu as lu la lettre avec un intérêt marqué.

— Tu ne me parais pas assez surprise.

— Mon Dieu, j'ai toujours su qu'elle avait bon goût.

— Déméter aussi, s'exclama Georges d'un ton convaincu.

— Affinités électives », remarqua Anna en relevant les sourcils, et elle continua à faire du crochet.

« Voilà la mère de mon enfant », dit Georges en secouant la tête, amusé.

Elle le regarda en souriant. « Quand vient-elle me voir ?

— Cet après-midi vers six heures, je pense. Et... Stanzidès sera là aussi..., un peu plus tard. Ils dîneront avec nous. Tu n'as rien contre ?

— Rien contre ? Ça me fait grand plaisir », répondit simplement Anna. Georges fut agréablement surpris. Si Anna dans son état avait rencontré Stanzidès à Vienne !... pensa-t-il. Comme le fait d'échapper à son environnement habituel libère et purifie !

« Qu'ont-ils raconté de neuf ? demanda Anna.

— Nous sommes restés à peine trois minutes ensemble près de la poste. Il te présente ses hommages. »

Anna ne répondit rien, il sembla à Georges que les pensées de son amie parcouraient à nouveau des chemins très bourgeois.

« Es-tu levée depuis longtemps ? demanda-t-il rapidement.

— Oui, il y a un bon moment que je suis sur le balcon, j'ai même un peu somnolé. Aujourd'hui, l'air provoque une sorte de lassitude, et j'ai même rêvé.

— De quoi as-tu rêvé ?

— De l'enfant.

— Encore une fois ? »

Elle fit oui de la tête. « Exactement le même rêve que dernièrement. J'étais assise comme maintenant sur le balcon, et je le tenais dans mes bras contre ma poitrine.

— Etait-ce un garçon ou une fille ?

— Je ne sais pas, seulement un enfant. Si petit, si gentil. Quel délice... Non, je ne m'en séparerai pas », dit-elle doucement en fermant les yeux.

Il s'appuyait à la rampe, sentait passer dans ses cheveux le léger vent de midi. « Si tu ne veux pas t'en séparer, tu n'auras pas à le faire. » Une pensée lui traversa l'esprit : le plus simple, peut-être, ne serait-ce pas de l'épouser ? Mais quelque chose le retint de l'exprimer. Ils se turent tous les deux. Il avait déposé les lettres sur la table. Il les prit, en ouvrit une. « Voyons d'abord ce que ta mère écrit. »

La lettre de Mme Rosner les informait qu'à la maison tous allaient bien, que l'on se réjouissait du retour proche d'Anna, que Joseph avait été engagé par la rédaction du *Messager chrétien,* avec un salaire de cinquante florins par mois. A part cela, Mme Bittner s'était inquiétée de savoir quand Anna rentrerait de Dresde, si elle serait là à l'automne, faute de quoi on devrait chercher un autre professeur... Anna restait immobile, elle ne fit aucune remarque

Puis Georges lut à haute voix la lettre de Henri. Elle disait :

« Cher Georges, je suis heureux d'apprendre que vous serez bientôt de retour, et je préfère vous écrire aujourd'hui, car lorsque vous serez là, je ne vous dirai jamais combien grande est ma joie. Il y a quelques jours, au bord du Danube pendant un tour à bicyclette nocturne en solitaire, j'ai ardemment souhaité votre présence. Comme ces rives exhalent un parfum indélébile de solitude ! Je me rappelle l'avoir déjà éprouvé une fois, il y a cinq ou six ans, alors que je me trouvais, comme on dit, en joyeuse compagnie au couvent de Klosterneuburg, dans le grand jardin avec la vue sur les montagnes et les prairies. Comme issue des profondeurs de l'eau la solitude a surgi, une solitude manifestement d'un tout autre ordre que ce qu'on entend habituellement par ce mot. Pas du tout en opposition avec la vie en société. Oui, c'est peut-être même seulement parmi les hommes qu'on a le droit de se sentir seul. Prenez cela pour un petit aperçu aphoristique ridiculement inexact, ou mettez-le de côté comme tel. Pour en revenir à ma sortie au bord du Danube, c'est justement dans cette heure vespérale un peu étouffante que naissent pour moi toutes sortes d'inspirations heureuses, et j'espère pouvoir bientôt vous raconter des choses étranges sur Aegidius — c'est ainsi qu'est appelé définitivement ce sanguinaire et triste adolescent —, sur le prince à l'esprit profond et impénétrable, sur le ridicule duc Héliodore — j'ai l'honneur de vous présenter sous ce nom le fiancé de la princesse —, et tout particulièrement sur la princesse qui semble être une créature beaucoup plus remarquable que je l'ai de prime abord supposé. »

« Cela a rapport au livret d'opéra ? demanda Anna en reposant son travail.

— Evidemment », répondit Georges, et il poursuivit sa lecture :

« Il faut que vous sachiez tout de suite, cher Georges, que j'ai composé ces dernières semaines pour le premier acte quelques vers pour le moment pas particulièrement immortels qui, en attendant mieux, c'est-à-dire sans votre musique, sautillent par le monde comme des anges dépourvus d'ailes. Le sujet me passionne étonnamment, et je suis curieux de savoir jusqu'où je le conduirai. J'ai également commencé..., esquissé..., envisagé toutes sortes d'autres choses. Et, pour le dire brièvement et audacieusement, je crois que s'annonce une nouvelle période de ma création. Pourtant, l'audace est moins grande qu'il n'y paraît, car les ramoneurs, les marchands de saucisses, les adjudants ont aussi leurs époques. Seulement, des gens comme nous s'en aperçoivent immédiatement. Ce que je considère comme très vraisemblable est que, abandonnant l'élément fantastique dans lequel je me complais maintenant, je vais bientôt m'élever ou m'abîmer dans un domaine au plus haut point réaliste. Que diriez-vous, par exemple, si je me mettais à une comédie à arrière-plan politique ? Et déjà je sens que le terme réaliste n'est pas tout à fait exact. Car il me semble que la politique est l'élément le plus fantastique dans lequel les hommes peuvent se mouvoir, bien qu'ils ne le remarquent pas... Il faudrait partir de là. Cela m'est venu à l'esprit en assistant récemment à une réunion politique (faux, ces pensées je viens de les avoir), parfaitement, à une réunion d'ouvriers et d'ouvrières à Brigittenau à laquelle je m'étais rendu au côté de Mlle Thérèse Golowski, et où il me fallut subir sept discours sur le suffrage universel. Chacun des orateurs — Thérèse en faisait partie — s'exprimait à peu près comme s'il n'y avait rien de plus important pour lui personnellement que la solution de cette question, et je pense qu'aucun d'eux ne soupçonnait qu'au fond de lui-même toute la question lui était éperdument indifférente. Thérèse fut naturellement indignée quand je lui exposai mon point de vue, elle me déclara que j'étais contaminé par le scepticisme vénéneux de Nurnberger que je fréquente beaucoup trop. Elle ne veut plus entendre parler de lui depuis qu'il lui a demandé au café si, lors de son prochain procès pour haute trahison, elle porterait une coiffure en hauteur ou des nattes avec des épingles ? Au reste, est-ce exact que je sois si souvent avec Nurnberger ? Aux heures d'épreuves, il n'est personne pour vous témoigner plus de bonté. Si ce n'est qu'il se trouve maintes heures dont il ne soupçonne pas ou ne veut pas connaître l'aspect éprouvant. Il existe de nombreuses souffrances que, je le sens bien, il sous-estime, et dont j'ai cessé de l'entretenir. »

Anna l'interrompit : « Que veut-il dire par là ?

— Visiblement, son histoire avec l'actrice », répondit Georges, et il continua la lecture : « Par contre, il a tendance à surestimer d'autres souffrances, mais c'est probablement ma faute, pas la sienne. Je dois reconnaître qu'il a pris part à la perte que représentait pour moi la mort de mon père d'une façon qui m'a fait honte. Car, aussi terrible qu'ait été le choc, nous étions tellement devenus des étrangers l'un pour l'autre, bien avant qu'il ne perde la raison, que sa mort ne signifiait plus pour moi qu'un éloignement renforcé, plus sinistre, et non une épreuve nouvelle. »

« Eh bien ? demanda Anna comme Georges s'interrompait.

— Il me vient brusquement une idée.

— Quoi donc ?

— La sœur de Nurnberger repose dans le cimetière de Cadenabbia. Je t'ai déjà parlé d'elle. Il faut que j'y aille un de ces jours. » Anna approuva. « J'irai peut-être avec toi si je me sens bien. Après tout ce que j'ai entendu sur lui, je trouve Nurnberger beaucoup plus sympathique que ton ami Henri, cet affreux égoïste.

— Tu trouves ?

— Voyons, ce qu'il écrit de son père est presque insupportable.

— Mon Dieu, quand on s'est éloigné à ce point l'un de l'autre.

— Malgré cela. Moi aussi, je ne suis plus intimement très proche de mes parents. Et pourtant..., si je..., non, je préfère ne pas évoquer de tels sujets. Veux-tu continuer à lire. »

Georges lut : « Il y a des choses plus sérieuses que la mort, et certainement plus tristes parce qu'il leur manque ce caractère définitif qui, en un sens supérieur, abolit la tristesse devant la mort. On rencontre par exemple des fantômes vivants qui circulent dans les rues en plein jour, les yeux ouverts et pourtant depuis longtemps éteints, des fantômes qui s'assoient près de vous, qui vous parlent avec une voix humaine qui semble provenir de plus loin que la tombe. Et l'on pourrait dire que, dans les instants où l'on fait cette expérience, l'essence de la mort se révèle d'une façon beaucoup plus inquiétante que lorsqu'on assiste à la mise en terre d'un être..., fût-il le plus proche de vous. »

Georges laissa sans le vouloir tomber la lettre, et Anna dit, d'une voix décidée : « Tu peux bien te le garder, ton ami Henri.

— Oui, répondit Georges lentement, il y a certainement chez lui un peu d'affectation. Et pourtant... Oh, voici déjà la première sonnerie pour le lunch, terminons vite notre lecture : " Je dois encore vous raconter ce qui s'est passé ici hier, l'histoire la plus pénible et la plus ridicule dont j'aie eu connaissance depuis longtemps, et malheureusement les intéressés sont nos bons amis Ehrenberg père et fils. "

— Oh », s'exclama Anna involontairement.

Georges avait parcouru pour lui les lignes suivantes, il secoua la tête.

« Qu'y a-t-il donc ? demanda Anna.

— C'est quand même trop... Ecoute un peu. » Il reprit sa lecture : « Il ne vous a certainement pas échappé à quel point les rapports entre le vieil homme et Oscar s'étaient tendus. Comme vous en connaissez aussi les raisons intimes, je puis vous raconter simplement l'incident sans m'étendre sur les motifs. Imaginez donc. Hier, à l'heure de midi, Oscar passe devant l'église Saint-Michel et soulève son chapeau. Vous savez qu'il existe à peine de nos jours une qualité qui passe pour plus élégante que la piété. Aussi n'est-il pas besoin de chercher une autre explication, et supposer, par exemple, qu'un groupe de jeunes aristocrates ait pu sortir à ce moment de l'église devant qui Oscar désira se comporter en catholique. Dieu seul sait combien de fois auparavant il s'était rendu coupable impunément de cette attitude fallacieuse. Hier, le malheur voulut qu'au même moment le vieux Ehrenberg passât par là. Il voit Oscar se découvrir devant le porche de l'église... et, saisi d'une fureur incontrôlable, il lève le bras et administre à son rejeton une maîtresse gifle. Une gifle ! A Oscar, un lieutenant de réserve ! A midi, en plein centre de la ville ! Rien d'étonnant à ce que, le soir même, l'histoire en ait fait le tour. Aujourd'hui, on peut déjà la lire dans quelques journaux. Les feuilles juives la taisent, exception faite de quelques titres à scandales, la presse antisémite s'en donne à cœur joie. La palme revient au *Messager chrétien* qui réclame la comparution devant un tribunal des deux Ehrenberg pour atteinte à la religion, et même pour attitude blasphématoire. Oscar se serait éloigné de la ville, on ne sait où. »

« Jolie famille ! » dit Anna avec conviction.

Malgré lui, Georges ne put s'empêcher de rire. « Dis donc, de *cette histoire-là* Else est vraiment parfaitement innocente. »

La cloche tinta pour la deuxième fois. Ils se rendirent dans la salle à manger et prirent place à leur petite table près de la fenêtre, toujours dressée pour eux seuls. A la longue table, au milieu de la salle, à peine une douzaine d'hôtes étaient assis, pour la plupart des Anglais et des Français. Il y avait aussi un homme assez jeune, arrivé seulement depuis deux jours, que Georges prenait pour un officier autrichien en civil. D'ailleurs il se souciait aussi peu de lui que des autres clients. Georges avait glissé dans sa poche la lettre de Henri. Il se rappela tout d'un coup qu'il ne l'avait pas lue en entier. Au café il la sortit et parcourut la fin.

« Qu'écrit-il encore ? demanda Anna.

— Rien de spécial, répondit Georges. Il parle de gens qui ne devraient pas t'intéresser particulièrement. Il semble de nouveau être embrigadé dans le cercle des intellectuels du café, plus qu'il ne le souhaite, et plus qu'il ne l'avoue, c'est manifeste.

— Il y sera à sa place », dit Anna négligemment. Georges sourit avec indulgence. « C'est en tout cas une assemblée d'originaux.

— Qui sont donc ces gens-là ? » demanda Anna.

Georges avait posé la lettre près de sa tasse, il y jeta un coup d'œil. « Le petit Winternitz..., tu sais..., celui qui cet hiver m'a lu, ainsi qu'à Henri, ses poèmes... Il part pour Berlin comme dramaturge d'un théâtre nouvellement fondé. Puis Gleissner, qui nous a un jour dévisagés au musée...

— Ah oui, le bonhomme écœurant avec un monocle...

— Celui-là donc déclare qu'il abandonne définitivement l'écriture pour se consacrer exclusivement à un sport...

— A quel sport ?

— Un sport très particulier, jouer avec des âmes.

— Comment ?

— Ecoute ceci. » Il lut : « Ce polichinelle prétend maintenant être absorbé à la fois par la résolution des deux problèmes psychologiques suivants qui se complètent de la manière la plus ingénieuse. Selon ses propres termes, il s'agit de dépraver aussi épouvantablement que possible une jeune et pure créature, deuxièmement de faire d'une prostituée une sainte. Il promet de ne pas connaître le repos avant que la première finisse au bordel, et la seconde au couvent. »

« Une jolie compagnie, remarqua Anna, et elle se leva.

— Comme toutes les choses ici prennent un autre aspect », dit Georges qui la suivit dans le parc. Au-dessus des cimes des arbres, dans la chaleur lourde du soleil, un ciel bleu foncé s'étendait. Ils restèrent un moment accoudés à la petite balustrade qui séparait le jardin de la route, regardant par-delà le lac en direction des montagnes qui s'estompaient dans la lumière du soleil derrière des brumes ondoyantes d'un gris argenté. Ensuite, ils s'enfoncèrent dans le parc là où les ombres étaient plus fraîches, plus sombres, et, tandis qu'ils marchaient bras dessus, bras dessous, sur le gravier qui crissait légèrement sous leurs pas, le long d'un haut mur brun recouvert de lierre pardessus lequel les fenêtres étroites de vieilles maisons les fixaient, ils commentèrent les nouvelles qui venaient d'arriver. Pour la première fois, une vague inquiétude les gagna à la pensée de quitter l'aimable refuge de la terre étrangère pour rentrer au pays où même la vie quotidienne semblait renfermer des périls mystérieux. Ils s'assirent sous le platane à la table laquée blanc. On leur réservait toujours cette place. A part hier après-midi où le nouveau client autrichien s'y était installé, mais qui, chassé par le regard désapprobateur d'Anna, s'était éloigné après un salut courtois.

Georges grimpa rapidement dans la chambre chercher quelques livres pour Anna, et pour lui un volume des poésies de Goethe et le manuscrit de son quintette. Ils restaient assis là, lisaient, travaillaient, levaient parfois les yeux pour se sourire, échangeaient quelques mots, se replongaient dans leur livre, regardaient au loin par-delà la balustrade, sentaient la paix dans leurs cœurs et l'été dans l'air. Ils entendaient derrière le buisson le murmure du jet d'eau proche, le bruissement des gouttelettes retombant dans le bassin. Parfois les roues d'un véhicule grinçaient de l'autre côté du haut mur, par moments des appels de sirène brefs, lointains, provenaient du lac. Plus rarement encore des voix humaines résonnaient depuis le chemin de la rive jusque dans le jardin. Gorgé de soleil, l'azur pesait sur les cimes des arbres. Plus tard, avec le vent léger qui, chaque après-midi, soufflait du lac, les bruits et les voix se renforcèrent, se multiplièrent. On entendait les vagues battre contre la grève, les cris des pêcheurs montaient jusqu'à eux, de l'autre côté du mur des jeunes gens chantaient, le jet d'eau projetait de minuscules gouttelettes. L'haleine du soir proche réveillait les hommes, la terre, et l'eau.

Des pas résonnèrent sur le gravier, Thérèse, svelte, tout de blanc vêtue, remontait rapidement l'allée. Georges se leva, alla quelques pas au-devant d'elle et lui tendit la main. Anna, elle aussi, voulut se lever, Thérèse ne le permit pas, elle l'étreignit, lui donna un baiser sur la joue et s'assit près d'elle. « Comme c'est beau ici ! s'écria-t-elle. Mais ne suis-je pas venue trop tôt ?

— Quelle idée, je suis si contente », répondit Anna.

Souriante, Thérèse l'examina attentivement et saisit ses deux mains.

« Eh bien, ta mine est satisfaisante.

— C'est que je vais très bien, répliqua Anna, et toi apparemment au moins aussi bien », ajouta-t-elle, gentiment moqueuse.

Les yeux de Georges reposaient sur Thérèse, toujours en tenue blanche comme le matin, cette fois encore plus élégante dans une robe de lin à broderie anglaise, et qui portait sur un cou dégagé un collier de corail rose pâle. Tandis que les deux jeunes femmes commentaient le curieux hasard de cette rencontre, Georges se leva pour passer la commande du dîner. Quand il revint dans le jardin, les deux autres n'étaient plus là. Il aperçut Thérèse sur le balcon, le dos appuyé à la rampe, qui parlait avec Anna restée invisible dans le fond de la pièce. De bonne humeur, il arpenta les allées ; des mélodies chantaient dans sa tête, il sentait sa jeunesse et son bonheur, jetait parfois un regard sur le balcon ou par-dessus la balustrade en direction de la rue. Il vit enfin Déméter Stanzidès arriver. Il alla au-devant de lui. A la porte du jardin, il l'accueillit d'un « Soyez le bienvenu. Ces dames sont en haut dans la chambre, elles apparaîtront bientôt. Voulez-vous, en attendant, faire un tour dans le parc ?

— Volontiers. »

Ils marchèrent ensemble.

« Avez-vous l'intention de rester plus longtemps à Lugano ? demanda Georges.

— Non, nous partons demain pour Bellagio, puis de là pour le lac Majeur et Isola Bella. Cette période somptueuse ne durera pas longtemps. Dans deux semaines, nous devons être de retour.

— Des vacances si courtes ?

— Ah, cela ne dépend pas de moi, mais Thérèse doit rentrer. Je suis un homme tout à fait libre, j'ai déjà mon congé définitif dans ma poche.

— Vous voulez donc sérieusement vous retirer dans votre domaine ?

— Mon domaine ?

— Oui, j'en ai entendu parler chez les Ehrenberg.

— Mais je ne possède pas encore de domaine, je n'en suis à vrai dire qu'aux pourparlers.

— Et où allez-vous vous installer, si je puis me permettre ?

— Dans un trou perdu. C'est tout au moins l'impression qu'il vous fera. A la frontière de la Hongrie et de la Croatie. Un coin désert, isolé, mais très original. J'éprouve une certaine attirance pour cette contrée. Des souvenirs de jeunesse. Trois années comme lieutenant. Visiblement, je m'imagine que j'y retrouverai ma jeunesse. Ah ! qui sait.

— Une belle propriété ?

— Pas mal. Je l'ai visitée il y a deux mois. Il faut dire que je la connaissais déjà auparavant, elle appartenait alors au comte Jaczewicz. Il a perdu sa femme. Maintenant, il se sent là-bas isolé et veut s'en débarrasser.

— Je ne sais pas, dit Georges, mais je me représente cette contrée comme un tantinet mélancolique.

— Mélancolique ? Non, il me semble qu'à une certaine époque de la vie toute contrée prend un aspect mélancolique. » Il regarda autour de lui comme pour trouver une preuve de la vérité de ses paroles.

« A quelle époque ?

— Eh bien, quand on commence à vieillir. »

Georges sourit. Déméter lui semblait si beau et, en dépit de ses cheveux gris aux tempes, encore jeune. « Quel âge avez-vous donc, monsieur Stanzidès, si je puis me permettre ?

— Trente-sept ans. Je n'ai pas dit : être vieux, mais commencer à l'être. Habituellement, les gens parlent seulement de l'approche de la vieillesse quand ils y sont déjà depuis longtemps. »

A l'extrémité du jardin, à l'endroit où il butait contre le mur, ils s'assirent sur un banc. De là ils avaient sous les yeux l'hôtel et la grande terrasse-jardin. Les étages supérieurs et les balcons leur étaient cachés par la cime des arbres. Georges offrit à Déméter une cigarette et en prit une. Tous deux restèrent silencieux un moment.

« Vous quittez aussi Vienne, à ce que j'ai entendu dire ? demanda Déméter.

— Oui, c'est très probable. Si j'obtiens une place sur quelque scène d'Opéra. Et puis, si ce n'est pas cette année, ce sera pour la prochaine. »

Déméter s'était assis les jambes croisées, en tenant de la main l'une à la cheville. Il approuva. « Oui, oui », dit-il en laissant échapper lentement une mince fumée de ses lèvres, « avoir un talent est déjà une bonne chose. Il doit aussi évoluer avec les époques de la vie. C'est vraiment la seule richesse que je pourrais envier à autrui.

— Vous n'en avez pourtant aucune raison. En général, les gens doués de talent ne sont absolument pas à envier. Tout au plus les génies. Et ceux-ci, je les envie probablement encore plus que vous. Je trouve que des talents comme le vôtre représentent, pour ainsi dire, quelque chose de beaucoup plus absolu, de beaucoup plus sûr. Un jour on n'est pas en forme ? Bon..., mais si l'on est réellement doué, on accomplit encore quelque chose de très valable, mais quand l'un de nous n'est pas en forme, il devient aussitôt bon pour l'hospice. »

Déméter rit : « Oui, mais un talent artistique, cela dure plus longtemps, et il se développe avec les années. Par exemple, Beethoven, la *Neuvième Symphonie* est bien la plus belle, n'est-ce pas ? Et la deuxième partie du *Faust !...* Tandis que nous, nous régressons immanquablement avec les années, il n'y a pas de remède. Même nos Beethoven ! Et cela commence de bonne heure. A part de très rares exceptions. Moi, par exemple, j'étais au mieux de ma forme à vingt-cinq ans. Je n'ai plus jamais atteint ce qu'il y avait eu en moi à vingt-cinq ans. Oui, cher baron, ça c'était une époque !

— Oui, je me rappelle vous avoir vu gagner, il y a deux ans, une course contre Buzzo qui était alors le favori... J'avais même parié sur lui... »

Stanzidès l'interrompit. « Cher baron, croyez-moi, je sais pourquoi j'ai renoncé. On ne peut sentir cela que soi-même. C'est pourquoi personne ne se rend aussi bien compte qu'un sportif du début du vieillissement. Continuer l'entraînement ne sert à rien. Ce n'est qu'artifice. Et si quelqu'un vient vous dire qu'il en est autrement, c'est tout simplement un... Mais voici venir ces dames. »

Ils se levèrent tous les deux. Bras dessus, bras dessous, Thérèse et Anna s'approchaient, l'une tout en blanc, l'autre dans une robe noire qui tombait jusqu'à terre en larges plis dissimulant complètement ses formes. Les deux couples se rencontrèrent près du jet d'eau. Deméter baisa la main d'Anna.

« C'est vraiment un endroit délicieux où j'ai le bonheur de vous saluer, chère madame.

— C'est pour moi aussi une surprise agréable, répondit Anna.

— Sais-tu, dit Georges à Anna, que ce monsieur et cette dame partiront déjà demain ?

— Oui, Thérèse me l'a annoncé.

— Nous voulons voir le plus de choses possible, expliqua Deméter, et d'après mes souvenirs les autres lacs de la haute Italie sont encore plus grandioses que celui-ci.

— Je ne sais rien des autres, dit Anna, nous n'avons pas bougé d'ici.

— Eh bien, peut-être profiterez-vous de l'occasion et vous joindrez-vous à nous pour une petite excursion : Bellagio, Pallanza, Isola Bella. »

Anna secoua la tête. « C'est certainement très beau, mais malheureusement je me déplace difficilement. Oui, je suis incroyablement paresseuse. Il est des jours où je ne quitte pas le parc. Mais si Georges a envie de se libérer de moi pour un ou deux jours, je n'ai rien contre.

— Je n'ai pas du tout l'intention de me libérer de toi », dit Georges. Il jeta un regard rapide sur Thérèse dont les yeux brillaient, riaient. Ils flânaient tous quatre dans le jardin tandis que l'obscurité tombait progressivement, échangeant des propos sur les lieux qu'ils avaient vus récemment. Lorsqu'ils revinrent à la table sous le platane, celle-ci était dressée, et dans les corolles de verre les lumières du jardin brillaient. Le maître d'hôtel apportait justement l'asti dans le seau à glace, Anna s'assit sur le banc adossé au tronc du platane, Thérèse prit place en face d'elle avec à ses côtés Georges et Déméter.

On servit les plats, on versa le vin. Georges demanda des nouvelles de ses relations viennoises. Déméter raconta que Willy Eissler avait rapporté de son voyage quelques caricatures remarquables aussi bien de chasseurs que d'animaux. Le vieux Ehrenberg les avait achetées.

« Connaissez-vous l'histoire avec Oscar ? dit Georges.

— Quelle histoire ?

— Eh bien, l'affaire avec son père devant l'église Saint-Michel. » Il se souvint qu'il avait déjà voulu, avant l'apparition des dames, raconter l'histoire à Déméter, mais qu'il avait trouvé plus indiqué de la taire. Maintenant, c'était probablement le vin qui, malgré lui, déliait sa langue. Il rapporta brièvement ce que Henri lui avait écrit.

« Voilà une histoire particulièrement triste », dit Déméter très contrarié, si bien que tous les autres se sentirent soudain devenir plus graves.

« Pourquoi triste ? demanda Thérèse. Je la trouve à mourir de rire.

— Chère Thérèse, tu n'envisages pas les suites qu'elle peut avoir pour un jeune homme.

— Mon Dieu, je sais très bien qu'il lui sera impossible de fréquenter un certain milieu, ce qui, tout au plus, le conduira à juger sainement sa conduite et à comprendre quel imbécile il fut jusqu'à présent.

— Voire, dit Georges. Oscar fait-il partie des gens capables de juger sainement... Je ne le crois pas.

— Outre le fait, chère Thérèse, ajouta Déméter, que ce que toi tu appelles un jugement sain n'est pas forcément le plus juste Tous les groupes humains ont leurs préjugés, vous n'en êtes pas exempts.

— Quels sont donc nos préjugés, je voudrais bien le savoir », s'exclama Thérèse, et, en colère, elle vida son verre de vin d'un trait. « Nous voulons simplement faire table rase de certains préjugés, en particulier de celui selon lequel il existe des castes privilégiées avec leur code d'honneur particulier...

— Je t'en prie, ma chère Thérèse, tu n'es pas ici dans une réunion politique. Il est à craindre que les applaudissements à la fin du discours soient plus faibles que d'habitude. »

Thérèse se tourna vers Anna : « Regarde donc, voilà la façon pour un officier de cavalerie de mener une discussion.

— Excusez-moi, dit Georges, mais cette histoire a peu de chose à voir avec les préjugés. Une gifle en pleine rue de la main de son propre père... Je crois qu'on n'a pas besoin d'être officier de réserve ou étudiant...

— Cette gifle, déclara Thérèse, représente pour moi une sorte de délivrance. Elle met un point final à une existence ridicule et superflue.

— Un point final, espérons que non, dit Déméter.

— On m'écrit, remarqua Georges, que Oscar a quitté la ville pour une destination inconnue.

— Si je plains quelqu'un dans cette histoire, dit Thérèse, c'est en tout cas le vieil homme qui, dans sa bonté, regrette probablement aujourd'hui les ennuis qu'il a causés à son snob de fils.

— Sa bonté ! s'exclama Déméter. Un millionnaire ! Un patron d'usine !... Voyons, Thérèse...

— Oui, ça arrive. C'est par hasard un de ceux qui au fond d'eux-mêmes sont d'accord avec nous. Le soir, Déméter, où tu as eu le plaisir de me voir pour la première fois, sais-tu pourquoi je suis allée chez les Ehrenberg ?... Et sais-tu dans quel but il m'a donné mille couronnes sans discuter ?... Dans le... » Elle se mordit les lèvres. « Je n'ai pas l'autorisation de le dire, c'était la condition. »

Subitement, Déméter se leva et s'inclina devant un passant. C'était l'Autrichien arrivé la veille. Ce dernier salua et disparut dans l'obscurité du jardin.

« Vous connaissez cet homme ? demanda Georges au

bout de quelques secondes. J'avais, moi aussi, l'impression de le connaître, qui est-ce donc ?

— Le prince de Guastalla, dit Déméter.

— Comment ? » s'écria Thérèse surprise, et ses yeux cherchèrent à percer l'obscurité.

« Que crois-tu voir ? dit Déméter. Un homme comme un autre.

— On dit qu'il a été banni de la cour, n'est-ce pas ? dit Georges.

— Je n'en sais rien, répliqua Déméter, mais en tout cas, il n'y est pas bien vu. Il a publié récemment une brochure sur certaines circonstances dans notre armée, en particulier sur la vie des officiers dans les provinces, qui fut très mal reçue, quoique, à la vérité, elle ne renfermât rien de mal.

— A ce sujet, il aurait dû s'adresser à moi, dit Thérèse, j'aurais pu aussi lui communiquer certaines choses.

— Chère enfant, protesta Déméter, tu penses à ce qui est probablement un cas exceptionnel. On ne doit pas généraliser à partir de là.

— Je ne généralise pas, mais un cas semblable suffit pour démontrer que tout le système...

— Pas de *discours,* Thérèse. »

Elle se tourna vers Georges : « Je parle de Léo, ce qu'il subit cette année est véritablement monstrueux. »

Georges se souvint subitement que Thérèse était la sœur de Léo. Celui-ci savait-il qu'elle était ici, et avec qui ?

Déméter passait un peu nerveusement ses doigts sur ses lèvres.

« Il y a là un lieutenant antisémite, dit Thérèse, qui le brime d'une manière particulièrement odieuse, parce qu'il sent que Léo le méprise. »

Georges hocha la tête. Il était déjà au courant.

« Chère enfant, dit Déméter, comme je l'ai déjà mentionné plusieurs fois, il y a dans cette affaire quelque chose qui ne me paraît pas clair. Je connais, par hasard, le lieutenant Sefranek, et je puis t'assurer qu'on peut s'en accommoder. Il n'est pas spécialement intelligent, et qu'il n'ait pas de sympathie pour les Juifs peut être exact, mais il faut bien dire qu'il est des injures prétendument antisémites qui ne tirent pas à conséquence et qui, à ma connaissance, sont autant employées par les Juifs que par les chrétiens. Monsieur ton frère souffre sûrement d'une sensibilité maladive.

— Une sensibilité n'est jamais maladive, rétorqua Thérèse, seule l'insensibilité est une maladie, et vraiment la plus répugnante que je connaisse. Vous êtes le mieux placé, Georges, pour savoir que je partage aussi peu que possible les conceptions politiques de mon frère ; les banquiers juifs me sont aussi odieux que les grands féodaux de nos campagnes, et les rabbins orthodoxes autant que les curés. Mais si quelqu'un pensait m'être supérieur par son appartenance à une autre confession ou à une autre race que la mienne, et si même, conscient de sa force plus considérable, il me faisait sentir cette supériorité, face à un tel homme..., je ne sais pas ce que je lui ferais. En tout cas, je comprendrais Léo si, à la première occasion, il sautait à la figure de ce M. Sefranek.

— Ma chère enfant, dit Déméter, si tu as la moindre influence sur ton frère, il te faut empêcher à tout prix ce " saut à la figure ". A mon avis le mieux, le plus raisonnable dans un tel cas, est de passer par la voie réglementaire. Il n'est absolument pas vrai qu'on n'obtienne rien par là. Les cadres supérieurs sont le plus souvent des personnes calmes et, de toute façon, intègres, et...

— Mais Léo a fait cela depuis longtemps..., déjà en février. Il s'est rendu chez son colonel, celui-ci fut même très aimable et, à en juger par certains indices, a certainement fait la leçon au lieutenant. Cela n'a malheureusement pas servi le moins du monde, bien au contraire. A la première occasion, le lieutenant a recommencé de plus belle ses brimades et il les continue avec un esprit de suite raffiné. Je vous assure, baron, que je crains de jour en jour qu'il advienne quelque malheur. »

Déméter secoua la tête. « Nous vivons dans un monde insensé. Je vous assure, il s'adressa à Georges, que le lieutenant Sefranek est aussi peu antisémite que vous et moi. Il fréquente des familles juives, je sais même qu'il a été pendant des années l'ami intime d'un médecin militaire juif. Vraiment, il semble que les gens deviennent fous.

— Sur ce point, tu pourrais avoir raison, estima Thérèse.

— Mais Léo est si raisonnable, dit Georges, si sage en dépit de son tempérament fougueux, que je suis persuadé qu'il ne se laissera pas entraîner à commettre une bêtise.

Finalement, il sait bien que, dans quelques mois, tout sera terminé, il suffit de tenir jusque-là.

— A propos, baron », dit Thérèse, tandis qu'à l'exemple des hommes elle prenait une cigarette d'un paquet apporté par le serveur, « savez-vous que Léo est enthousiasmé par vos compositions ?

— Vraiment, enthousiasmé, dit Georges en lui donnant du feu, je n'en avais rien remarqué. »

Thérèse atténua la formule. « Disons que certains morceaux lui ont plu, mais c'est presque autant que l'enthousiasme chez d'autres.

— Avez-vous également composé pendant le voyage ? demanda Déméter courtoisement.

— Seulement quelques lieder.

— Nous aurons certainement l'occasion de les entendre cet automne, déclara Déméter.

— Mon Dieu, ne parlons pas de l'automne, dit Thérèse, d'ici là nous pouvons être morts ou emprisonnés.

— Cette dernière possibilité peut être évitée avec un rien de bonne volonté », s'écria Déméter.

Thérèse haussa les épaules. Georges était assis près d'elle, et croyait sentir la chaleur de son corps. Aux fenêtres de l'hôtel des lumières brillaient, et un long rayon rougeâtre tomba sur la table que les deux couples occupaient.

« Je propose, dit Georges, de profiter de cette belle soirée pour aller se promener sur la rive.

— Ou faire un tour en barque », s'exclama Thérèse.

Tous furent d'accord. Georges monta rapidement dans la chambre pour chercher des vêtements chauds. Lorsqu'il redescendit, il trouva les autres à la porte du parc, prêts au départ. Il aida Anna à passer son manteau gris clair, jeta sur les épaules de Thérèse son propre pardessus, et garda un plaid vert foncé sur le bras. Ils allèrent lentement jusqu'à l'endroit où étaient ancrées les barques. A coups de rames rapides deux bateliers les conduisirent hors de l'obscurité de la rive vers des eaux aux reflets noirâtres. Les montagnes montaient jusqu'au ciel comme des colosses fantastiques. Les étoiles n'étaient pas très nombreuses. De minuscules nuages gris bleuté flottaient dans l'air. Au milieu de la barque, sur deux bancs étroits, face à face, étaient assis les deux couples : Georges et Anna, Déméter et Thérèse. Au début, personne ne parla. Ce n'est qu'après quelques minutes que Georges rompit le silence. Il cita les noms des montagnes qui fermaient le lac au sud, attira l'attention sur un village accoté à une pente rocheuse, situé à une distance paraissant infinie, et qu'on pouvait pourtant atteindre en un quart d'heure, il désigna une maison blanche étincelante dominant Lugano comme l'hôtel où Déméter et Thérèse habitaient, raconta une promenade qu'il avait faite récemment loin dans les terres entre des vignobles ensoleillés. Pendant qu'il parlait, Anna tenait sa main sous le plaid. Déméter et Thérèse étaient assis côte à côte, sérieux, corrects, pas du tout comme des amants de fraîche date. Georges sentit renaître alors peu à peu son inclination pour Thérèse qui avait presque disparu pendant ses reparties bruyantes, véhémentes.

Combien de temps durera cette histoire avec Déméter ? pensait-il. Sera-t-elle terminée à l'automne ou se prolongera-t-elle autant ou plus que la mienne avec Anna ? Cette promenade en bateau sur le lac obscur sera-t-elle un jour le souvenir d'un passé totalement évanoui comme celle sur le Veldeser See avec cette petite paysanne dont je me souviens soudain maintenant pour la première fois après des années..., comme le voyage en mer avec Grace. Anna tient ma main, je la serre, et qui sait si, à cet instant, elle n'éprouve pas à l'égard de Déméter à peu près ce que je ressens pour Thérèse. Non, certainement pas... Elle porte en son sein un enfant qui bouge déjà... Pour cette raison..., mon Dieu..., c'est aussi mon enfant... Voilà que notre enfant se promène en barque sur le lac de Lugano... Lui raconterai-je un jour qu'avant sa naissance il a navigué sur le lac de Lugano ? Qu'adviendra-t-il de tout cela ? Dans quelques jours, nous retrouverons Vienne. Au fond, est-ce que cette ville existe ? Elle se reconstruit lentement pendant que nous rentrons... Oui, c'est ainsi..., une fois au logis il s'agira de travailler sérieusement. Je resterai tranquillement à mon domicile viennois, et me contenterai de rendre visite à Anna, pas question d'habiter avec elle à la campagne..., à la rigueur les tout derniers jours... Et en automne..., serai-je à Detmold ? Où sera Anna ? Et l'enfant ? Chez des étrangers quelque part à la campagne ?... Comme tout ceci semble invraisemblable... Mais il était également le même jour, il y a un an, aussi invraisemblable que je me promène en barque avec Mlle Anna Rosner, et Stanzidès avec Mlle

Thérèse Golowski sur le lac du Lugano..., et c'est maintenant la chose la plus évidente du monde. Tout d'un coup il entendit résonner comme au sortir d'un rêve la voix de Déméter. « A quelle heure part demain notre bateau ?

— A neuf heures, répondit Thérèse.

— Elle tient le rôle de maréchal des logis, dit Déméter. Je n'ai à m'occuper de rien. »

Soudain, au-dessus du lac, la lune apparut.

Elle semblait avoir attendu derrière les montagnes et s'élever maintenant pour saluer leur départ. Le village au bord de la pente rocheuse, tout à l'heure infiniment loin, dressait tout proche sa masse blanche. La barque accosta. Thérèse se leva et, dans l'environnement nocturne, parut d'une taille surprenante. Georges sauta hors de la barque et l'aida à descendre. Il sentit ses doigts frais qui ne tremblaient pas mais qui, intentionnellement, remuaient légèrement dans sa main, et il perçut, tout proche, le souffle de ses lèvres. Après elle Déméter descendit, puis Anna, lourde et fatiguée. Les bateliers remercièrent pour le généreux pourboire, et les deux couples rentrèrent à pied. Sur un banc de l'allée longeant la rive, le prince était assis dans un long manteau sombre, il fumait une cigarette, son regard semblait se perdre au loin sur le lac nocturne, il détourna la tête, visiblement pour ne pas être salué.

« Un tel homme pourrait raconter bien des choses », dit Thérèse à Georges avec qui elle restait toujours plus en arrière tandis que Déméter et Anna marchaient devant.

« Vous rentrez déjà à Vienne ? demanda Georges.

— Dans deux semaines, trouvez-vous ça si tôt ? De toute façon, vous serez là-bas avant nous, n'est-ce pas ?

— Oui, nous partons dans quelques jours. On ne peut différer davantage. Mais nous devons aussi faire plusieurs haltes, Anna supporte mal le voyage.

— Savez-vous déjà que j'ai découvert juste avant mon départ la villa idéale pour Anna ?

— Vraiment ? Vous ? Vous la cherchiez aussi ?

— Oui, j'ai accompagné plusieurs fois ma mère à la campagne. C'est une petite maison assez vieille à Salmansdorf avec un beau jardin qui donne directement sur la prairie et la forêt. Devant, il est entièrement enfoui sous la végétation... Anna vous donnera plus de détails. Je crois que c'est la dernière maison du village, après elle il n'y a plus qu'une auberge mais assez loin.

— Est-ce que je n'aurais pas remarqué cette maison lors de mes recherches au printemps ?

— Visiblement, sinon vous l'auriez louée. Sur le gazon, près de la clôture du jardin, il y a une figurine de terre cuite.

— Je ne me rappelle pas. Savez-vous, Thérèse, que c'est très aimable de votre part de vous êtes occupée de nous, plus qu'aimable. » Etant donné votre activité harassante, voulut-il ajouter, mais il se retint.

« Pourquoi vous étonner ? J'aime beaucoup Anna.

— Savez-vous ce que j'ai entendu un jour dire de vous ? remarqua Georges après une courte pause.

— Eh bien quoi !

— Que vous finiriez ou bien sur l'échafaud, ou bien princesse.

— C'est une formule du docteur Berthold Stauber, il me l'a dite lui-même un jour. Il en est très fier, mais c'est une absurdité.

— Maintenant, les chances sont sans doute plus du côté de la princesse.

— Qui vous dit cela ? Le rêve de la princesse se termine bientôt.

— Le rêve ?

— Oui, je commence même déjà à me réveiller. Un peu l'impression de sentir l'air matinal pénétrer dans votre chambre.

— Et alors, à l'autre rêve de commencer ?

— Comment, quel autre rêve ?

— Voilà comment je me le représente pour vous. Quand vous vous retrouvez dans la vie publique, quand vous faites des discours, quand vous vous sacrifiez pour quelque cause, à un moment quelconque vous croyez vivre un rêve, n'est-ce pas ? Et vous pensez que la vie authentique se trouve ailleurs.

— Ce n'est pas si bête, ce que vous dites là. »

A cet instant Déméter et Anna, parvenus à la porte du jardin, se retournèrent vers eux et prirent aussitôt la large allée conduisant à l'hôtel. Georges et Thérèse continuèrent à marcher de l'autre côté de la grille, là où l'ombre portée des arbres était la plus épaisse. Soudain Georges saisit la main de sa compagne. Celle-ci se tourna vers lui, surprise, et tous deux se retrouvèrent face à face, plus près l'un de l'autre qu'ils ne s'y attendaient. Ils ne surent comment..., ils le voulaient à peine, leurs lèvres se joignirent un court instant, plus remplis de l'ivresse douloureuse du mensonge que de toute autre joie. Ils repartirent ensuite en silence, insatisfaits, brûlants de désir, ils franchirent la porte du jardin.

Les deux autres, arrêtés devant l'hôtel, se retournèrent alors et vinrent à leur rencontre. Thérèse dit rapidement à Georges : « Bien entendu, vous ne venez pas avec nous. » Georges acquiesça d'un léger signe de tête. Ils se tenaient tous maintenant dans la vive clarté tranquille des lampadaires.

« Ce fut une merveilleuse soirée », dit Déméter. Il baisa la main d'Anna.

« Eh bien, au revoir à Vienne », dit Thérèse en étreignant Anna.

Déméter se tourna vers Georges. « J'espère que nous vous verrons demain matin sur le bateau.

— C'est possible, mais je ne peux rien promettre. »

« Adieu », dit Thérèse en tendant la main à Georges. Elle se tourna vers Déméter, ils partirent.

« Voyageras-tu avec eux ? » demanda Anna comme ils pénétraient dans le hall où des clients de l'hôtel, assis aux tables, fumaient, buvaient, bavardaient.

« Quelle idée ! répliqua Georges. Je n'y pense pas. »

« Monsieur le baron. » Derrière lui, quelqu'un l'appelait. C'était le portier qui tenait un télégramme.

« Qu'est-ce que c'est ? » demanda Georges. Un peu inquiet, il l'ouvrit rapidement. « Oh ! » s'écria-t-il, « c'est épouvantable.

— Quoi donc ? » fit Anna.

Il le lui lut tandis qu'elle y jetait un coup d'œil. « Oscar Ehrenberg a tenté de se suicider ce matin en forêt près de Neuhaus. Une balle dans la tempe. Peu d'espoir de le sauver. Henri. »

Anna secoua la tête. Silencieux, ils montèrent l'escalier, gagnèrent la chambre d'Anna. La porte sur le balcon était ouverte. Georges sortit. De l'obscurité un lourd parfum de magnolias et de roses montait. On ne pouvait distinguer le lac. Les montagnes se dressaient comme surgies de l'abîme. Anna s'approcha de Georges. Il lui mit le bras autour du cou, il la chérissait profondément. Il semblait que le drame qu'il venait d'apprendre avait jaugé ses propres expériences à leur vraie valeur. Il savait une nouvelle fois qu'il n'y avait rien pour lui de plus important au monde que le bonheur de cette femme aimée avec qui il se tenait sur ce balcon, et qui devait lui donner un enfant.

6

Lorsque Georges sortit de la salle fraîche du restaurant dans lequel, depuis quelques semaines, il avait pris l'habitude de déjeuner à midi, et mit le pied sur le pavé brûlant pour se rendre au domicile de Henri, sa décision était prise d'entreprendre dès les prochains jours un voyage en montagne. Anna y était préparée, et l'avait elle-même encouragé à partir quelques jours, depuis qu'elle sentait que le mode de vie monotone des derniers temps commençait à provoquer chez lui ennui et inquiétude intérieure. Ils étaient revenus à Vienne depuis six semaines, par un soir doux et pluvieux. Georges avait conduit Anna directement du train à la villa où, dans une grande pièce assez vide au papier jaunâtre en mauvais état, à la lueur blafarde d'une suspension, la mère d'Anna et Mme Golowski les attendaient depuis deux heures, car ils avaient pris du retard.

La porte sur la véranda du jardin était ouverte, dehors la pluie tintait sur le sol, et l'odeur tiède de feuilles et d'herbe mouillées pénétrait dans la pièce. A la lueur d'une bougie avec laquelle Mme Golowski l'éclairait, Georges examina la disposition des lieux tandis qu'Anna s'asseyait, épuisée, dans le coin d'un grand sofa recouvert d'une cotonnade à fleurs, et ne parvenait à répondre que péniblement aux questions de sa mère. Bientôt Georges avait pris congé d'Anna, ému et soulagé, et était monté avec Mme Rosner dans la voiture qui attendait dehors. Tandis qu'elle roulait vers la ville par des rues détrempées, il avait, avec un empressement factice, raconté à sa compagne intimidée les événements insignifiants des derniers jours du voyage. A une heure du matin, de retour chez lui, il renonça à réveiller Félicien et s'allongea dans son propre lit dont il avait été privé si longtemps, avec une félicité insoupçonnée pour, après tant de nuits, son premier sommeil au bercail.

Depuis ce jour, il s'était rendu presque quotidiennement auprès d'Anna. Quand il n'était pas tenté de faire quelque détour par les lieux de vacances des environs, il pouvait facilement à bicyclette y aller en une heure. Mais, assez souvent, il prenait le tramway à chevaux et allait alors se promener à travers les petites localités jusqu'à la clôture de bois derrière laquelle, dans le jardin étroit en pente douce, se dressait la modeste maison de campagne au pignon en bois triangulaire. Fréquemment il choisissait un chemin qui courait au-dessus du village à travers jardins et prés, il grimpait avec plaisir la pente verdoyante jusqu'à un banc à la lisière de la forêt offrant une vue dégagée sur le petit bourg situé tout au long de l'étroite vallée. De là il apercevait le toit sous lequel Anna habitait, et il s'appliquait à se laisser gagner de plus en plus vivement par un tendre désir de la femme aimée si proche, jusqu'au moment où il dévalait la pente, ouvrait le petit portail et descendait vers la maison, marchant par-delà le gravier au beau milieu du jardin. Souvent, aux heures chaudes de l'après-midi, quand Anna dormait encore, ils s'installait dans la véranda de bois couverte derrière la maison, s'asseyait dans un fauteuil confortable tapissé de cotonnade à fleurs, tirait de sa poche un livre qu'il avait emporté et lisait. Puis Mme Golowski sortait de la pénombre intérieure de la maison, portant une robe sombre, simple mais nette, et, d'une voix douce un peu mélancolique, un trait de bonté maternelle au coin des lèvres, lui donnait des nouvelles de l'état de santé d'Anna, en particulier si elle avait mangé avec appétit, si elle s'était promenée dans le jardin. Tandis que Georges continuait sa lecture, une chienne saint-bernard, grosse, qui appartenait à des gens du voisinage venait saluer Georges de ses yeux graves, humides, laissait caresser sa fourrure à poil court et s'allongeait, reconnaissante, à ses pieds. Plus tard, à l'appel d'un coup de sifflet autoritaire, elle se levait péniblement, semblait d'un regard mélancolique s'excuser de ne pouvoir rester plus longtemps et s'éloignait. Dans le jardin voisin, des enfants riaient, faisaient du tapage, de temps à autre une balle en caoutchouc rebondissait près de Georges, et une jeune bonne d'enfant, pâle, lui demandait timidement de bien vouloir la relancer. Enfin, quand la fraîcheur tombait, le visage d'Anna apparaissait à la fenêtre donnant sur la véranda, elle saluait Georges de ses yeux bleus tranquilles et sortait, vêtue d'une légère robe de chambre claire. Ils arpentaient alors le jardin le long des buissons de lilas fanés et des groseilliers en pleine croissance, le plus souvent du côté gauche qui jouxtait la prairie, et se reposaient sur le banc peint en blanc au bout du jardin, sous le poirier. Ce n'est qu'à l'heure du dîner que Mme Golowski réapparaissait, et, si on la questionnait, donnait des nouvelles des siens ; de Thérèse qui était maintenant entrée à la rédaction d'une feuille socialiste ; de Léo qui, moins pris par ses affaires qu'auparavant, s'adonnait avec zèle à des études de mathématiques ; de son époux qui, assis dans le coin d'une salle de café enfumée, suivait avec passion les parties d'échecs livrées par d'infatigables combattants et se berçait d'espoirs toujours nouveaux de gains réguliers, espoirs vite évanouis. Mme Rosner ne faisait que de rares apparitions et s'éloignait la plupart du temps peu après l'arrivée de Georges. Une fois, un dimanche après-midi, le père était venu, avait parlé avec Georges du temps, du paysage, comme lors d'une rencontre fortuite au chevet d'une amie malade. C'était uniquement pour l'amour de ses parents qu'Anna vivait en recluse dans la villa. Quant à elle, ayant acquis une tranquillité d'esprit complète, elle se considérait comme l'épouse légitime de Georges ; et quand ce dernier, las des soirées monotones, lui avait demandé l'autorisation d'amener à l'occasion Henri avec lui, elle s'était déclarée sans réticence d'accord, à l'agréable surprise de Georges.

Henri était le seul parmi les plus proches relations de Georges qui séjournait encore en ville par ces journées de juillet étouffante. Félicien qui, au retour de son frère, s'était rapproché de lui, renouant avec la chaleureuse amitié de leur jeunesse, se trouvait, après avoir passé l'examen d'entrée dans la diplomatie, avec Ralph Skelton au bord de la mer du Nord. Else Ehrenberg avec qui Georges, peu après son retour, avait conversé près du lit de son frère à l'hôpital, était retournée depuis longtemps avec sa mère à Auhof au bord du lac. Même Oscar, à qui sa malheureuse tentative de suicide avait coûté l'œil droit, mais, à ce qu'on disait, lui avait sauvé son brevet de lieutenant, avait quitté Vienne, un bandeau noir sur son œil aveugle. Déméter

Stanzidès, Willy Eissler, Guido Schönstein, Breitner, tous étaient partis, et même Nurnberger, qui avait déclaré si solennellement ne pas vouloir cette année s'absenter de la ville, avait soudain disparu.

A son retour, Georges lui avait rendu visite avant tous les autres pour lui apporter des fleurs cueillies sur la tombe de sa sœur à Cadenabbia. Au cours du voyage, il avait lu enfin le roman de Nurnberger qui se passait à une époque maintenant à demi révolue, la même à ce qui lui sembla dont le vieux docteur Stauber l'avait entretenu un jour. Il s'agissait de ce monde lourd de mensonges dans lequel les gens sortis de l'adolescence passaient pour des hommes mûrs, les gens âgés pour des hommes d'expérience, et les gens qui n'avaient violé aucune loi écrite pour d'honnêtes citoyens ; un monde où l'amour de la liberté, l'humanité, le patriotisme étaient tenus tout bonnement pour des vertus même s'ils étaient provoqués par l'absence de jugement et la lâcheté ; sur ce monde Nurnberger avait jeté un éclairage féroce. Il avait choisi pour héros de son livre un homme actif, consciencieux, porté par la phraséologie creuse de l'époque et qui, parvenu au sommet d'où il pouvait tout embrasser et juger, saisi d'épouvante devant cette ascension vertigineuse, s'abîmait dans le gouffre d'où il était sorti. Qu'un homme qui avait créé cette œuvre forte, au large retentissement, ne se fît plus entendre ultérieurement que par des remarques négligemment jetées d'un ton railleur sur la marche du temps, cela surprenait beaucoup Georges, et, seul une phrase de Henri, « que la colère pouvait bien être féconde mais pas le dégoût », lui permit de comprendre pourquoi l'œuvre de Nurnberger était achevée à jamais.

Cette heure passée par une fin d'après-midi sous un ciel bleu sombre dans la solitude du cimetière de Cadenabbia avait curieusement produit sur Georges une impression profonde comme s'il avait connu, estimé, la personne devant le tombeau de laquelle il se trouvait. Il avait été ému de voir ternies les lettres dorées sur la pierre grise et les parterres de fleurs dans le gazon envahis par les mauvaises herbes ; et, après avoir cueilli quelques pensées violettes pour son ami, il était parti, le cœur agité. Le portail franchi, il avait jeté un regard par la fenêtre ouverte de la morgue, et vu dans l'ombre entre de hauts cierges allumés le corps d'une femme recouverte d'un drap noir jusqu'aux lèvres ; sur son visage mince, d'une pâleur de cire, les lumières des cierges et du jour se confondaient.

Nurnberger n'était pas resté insensible à la part prise par Georges à son deuil, et ce jour-là ils conversèrent plus intimement que jamais auparavant.

La maison où Nurnberger vivait était située dans une petite rue étroite et sombre qui, par degrés, conduisait du centre ville au Danube ; elle était très ancienne, peu large mais haute. L'appartement de Nurnberger se trouvait au cinquième étage, le dernier, on y accédait par un escalier en colimaçon. Traversant une antichambre sombre, Georges pénétra dans une pièce basse mais spacieuse aux meubles anciens restés en bon état ; dans le fond une alcôve fermée par un rideau vert pâle laissait échapper une odeur de camphre et de lavande. Des portraits de jeunesse des parents de Nurnberger étaient accrochés au mur, ainsi que des gravures dans les tons bruns représentant des paysages à la manière des maîtres hollandais. Sur la commode, dans des cadres de bois sculpté, il y avait toutes sortes de vieilles photographies, et d'un tiroir, sous des lettres jaunies, Nurnberger sortit un portrait de sa sœur disparue où, jeune fille de dix-huit ans, elle portait un vêtement un peu folklorique et s'adossait, un ballon à la main, à une clôture derrière laquelle s'étageait un paysage rocheux. Tous ces inconnus, ces figures éloignées, disparues, Nurnberger les présenta à son ami, parlant d'eux sur un ton qui semblait élargir, approfondir l'espace entre le passé et le présent.

Georges laissait parfois errer son regard par-delà la petite rue sur les murs gris de maisons très anciennes. Il apercevait derrière des vitres étroites, poussiéreuses, toutes sortes d'ustensiles ménagers. Sur l'appui d'une fenêtre, se trouvaient des pots de fleurs avec des plantes étiques ; dans une rigole entre deux maisons gisaient des tessons de bouteille, des débris de récipients en terre, des lambeaux de papier, des plantes pourries. Un tuyau usagé courait parmi ce capharnaüm et se perdait derrière une cheminée. D'autres cheminées se dressaient à droite, à gauche, la partie arrière d'un pignon de pierre jaunâtre apparaissait, des tours s'élevaient jusqu'au ciel bleu pâle, et, à l'improviste, toute proche dans une lumière grise, la coupole de pierre ajourée de l'une d'elles, bien connue de Georges, surgit. Machinalement, son regard chercha la direction où il supposait se trouver la maison à l'entrée de laquelle les deux géants de pierre portaient de leurs bras puissants le blason d'une race éteinte, et dans laquelle son enfant qui devait venir au monde dans quelques semaines avait été conçu.

Georges parla de son voyage, et dans l'ambiance de l'heure il lui aurait semblé mesquin de se contenter de demi-vérités. Mais Nurnberger savait tout depuis longtemps, et comme Georges s'en montrait un peu surpris, il sourit ironiquement. « Ne vous souvenez-vous donc plus, demanda-t-il, de cette matinée où nous avons visité ensemble une maison d'été à Grinzing ?

— Certainement.

— Et vous souvenez-vous aussi que c'était une femme avec un petit enfant dans les bras qui nous avait conduit dans le jardin et la maison ?

— Oui.

— Avant votre départ, l'enfant a tendu les bras vers vous, et vous l'avez contemplé d'un regard un peu attendri.

— Et vous en avez déduit que je...

— Allons, vous n'êtes pas homme à vous attendrir à la vue d'un petit enfant, et de surcroît pas très propre, si vous n'y attachiez pas des associations d'idées de nature intime.

— Il faut se méfier de vous », dit Georges en plaisantant, non sans quelque gêne.

La légère irritation qu'il ressentait toujours devant la supériorité de Nurnberger ne l'empêcha pas de poursuivre avec lui ses relations. Parfois, il allait le chercher à son domicile pour des promenades dans les rues et les jardins, et il éprouvait comme une satisfaction, et même comme une victoire personnelle quand il réussissait à lui faire délaisser les régions où l'on respirait l'air raréfié de la sagesse pour les plus douces contrées vouées à la conversation cordiale. Ces promenades étaient devenues pour Georges une si agréable habitude qu'il ressentit comme un appauvrissement de ses journées lorsque, un matin, il trouva l'appartement de Nurnberger fermé. Le lendemain, une carte d'adieu et d'excuse arriva de Salzbourg ; elle portait également les signatures d'un couple, un industriel et sa femme, des gens aimables et gais que Nurnberger lui avait présentés un jour brièvement sur le Graben. D'après la description maligne de Henri, leur ami commun avait été traîné en bas des marches malgré sa résistance désespérée, embarqué dans une voiture et transporté jusqu'à la gare comme un prisonnier. A ce que prétendait Henri, Nurnberger avait quelques relations de cette espèce, gens sans malice qui éprouvaient le besoin de faire verser par ce contempteur célèbre quelques gouttes de méchanceté dans la liqueur savoureuse de leur existence, de même que Nurnberger de son côté aimait à se reposer dans leur aimable compagnie de ses relations fatigantes avec les cénacles des littéraires et des psychologues.

Retrouver Henri avait été pour Georges une déception. Le poète, après les premières paroles de bienvenue, n'avait, selon son habitude, parlé que de lui, et, à vrai dire, sur le ton de la plus dénigrante autocritique. Il avait finalement découvert qu'il ne possédait aucun talent, seulement de l'intelligence, celle-ci, sans doute, à haute dose. Ce qu'il condamnait chez lui le plus violemment étaient les antagonismes de son être qui, il le savait bien, le faisaient non seulement souffrir lui-même, mais aussi tous ses proches. A la fois sans cœur et sentimental, doté d'un esprit léger et d'un caractère lourd, susceptible et brutal, insupportable en société et ne pouvant se passer de la compagnie d'autrui..., tout au moins par moments. Un sujet avec de telles dispositions ne pouvait prouver son droit à l'existence que par une création exceptionnelle, et si le chef-d'œuvre qui lui était ainsi imposé ne voyait pas bientôt, très bientôt le jour, son devoir en tant qu'homme d'honneur était de se tirer une balle dans la tête..., voilà le problème. Georges pensait : Naturellement tu ne vas pas te tuer, ne serait-ce que parce que tu es trop lâche. Il n'exprima évidemment pas cette idée, fut au contraire des plus aimables, discourut sur les variations d'humeur auxquelles fatalement tout artiste était sujet, et s'enquit des circonstances extérieures de la vie de Henri. Il apparut alors bientôt que celui-ci n'était pas si mal loti. Il menait même, à ce qu'il sembla à Georges, une vie plus exempte de soucis qu'auparavant. Un petit héritage avait assuré l'existence de sa mère et de sa sœur pour plusieurs années ; en dépit de toutes les manifestations d'hostilité envers sa personne sa notoriété grandissait de jour en jour ; la lamentable histoire avec l'artiste semblait définitivement réglée, et des rapports tout nouveaux, tempérés à souhait, avec une jeune personne apportaient même quelque gaieté dans sa vie. Son travail aussi marchait bien. Le premier acte du livret d'opéra était pratiquement terminé, pour la comédie sur la politique il avait réuni de nombreuses notes. Il avait l'intention d'assister l'année prochaine aux séances du Parlement, de participer à des réunions, et caressait l'idée puérile et irréelle, il en convenait lui-même, de jouer au social-démocrate, de chercher à prendre contact avec les dirigeants du mouvement et, si possible, de se faire admettre comme membre actif dans une organisation quelconque, dans le simple but de s'initier parfaitement au fonctionnement d'un parti. Il lui suffisait de parler quelques minutes avec quelqu'un pour le percer à jour. Un simple mot, dont un autre n'aurait pas remarqué l'importance, arrachait pour lui comme un ouragan les voiles masquant les âmes. Son rêve était de se montrer maître du fantastique dans le livret d'opéra, et du réalisme dans la comédie, et de prouver au monde qu'il était pour ainsi dire aussi à l'aise dans le ciel que sur la terre. Au cours d'une rencontre ultérieure, Georges se fit lire les parties achevées du premier acte, il trouva les vers particulièrement adaptés au chant et demanda à Henri la permission d'apporter le manuscrit à Anna. Celle-ci ne goûta guère ce que Georges lui présenta ; lui par contre, sans être bien convaincu, affirma que, sensible à la vocation de ces vers d'être mis en musique, elle devait forcément éprouver une frustration en l'absence de celle-ci.

Quand Georges pénétra ce jour-là dans la chambre de Henri, ce dernier était assis au milieu de la pièce à une grande table couverte de feuillets et de lettres. Sur le piano droit et sur le divan se trouvaient également des écrits de toutes sortes. Henri tenait encore à la main une page jaunie lorsqu'il se leva et salua Georges avec ces mots : « Comment ça va à la campagne ? » C'était sa façon de s'enquérir de la santé d'Anna que Georges, une fois encore, trouva trop familière. « Merci, très bien », répondit-il. Je venais justement vous demander si vous vouliez aujourd'hui sortir avec moi.

— Oh, très volontiers. La difficulté est que je suis en ce moment en train de classer divers papiers. Je ne pourrai pas venir avant ce soir, vers sept heures, cela vous convient-il ?

— Certainement, dit Georges, mais je vous dérange à ce

que je vois, ajouta-t-il en désignant la table jonchée de feuillets.

— Absolument pas, répliqua Henri. Je classe seulement, comme je viens de vous le dire. Ce sont les écrits posthumes de mon père. Là, voici des lettres qu'on lui avait adressées. Ici, des notes en forme de journal, datant pour la plupart de son temps au Parlement. Emouvant, je vous le dis. Comme cet homme a aimé sa patrie ! Et comme il en a été remercié ! Vous n'avez pas idée de quelle manière raffinée on l'a évincé de son parti. Un mélange déconcertant de ruse, d'étroitesse d'esprit, de brutalité..., en un mot, typiquement allemand. »

Georges bondit intérieurement. Et il ose, pensa-t-il, critiquer l'antisémitisme ? Est-il meilleur ? Plus juste ? Oublie-t-il que, moi aussi, je suis un Allemand ?...

Henri continuait : « Je vais élever un monument à cet homme... Lui, personne d'autre ne sera le héros de mon drame politique. C'est la figure centrale vraiment tragi-comique qui m'a manqué jusqu'à présent. » Georges sentait croître son opposition. Il avait grande envie de prendre contre son fils la défense du vieux Bermann.

« Une figure tragi-comique ? reprit-il d'un ton agressif.

— Oui, répliqua Henri avec force. Un Juif qui aime sa patrie... Je veux dire comme mon père l'a fait, avec un sentiment de totale solidarité, un enthousiasme dynastique, est forcément une figure tragi-comique. C'est-à-dire... Il le fut dans la période libérale des années soixante-dix, quatre-vingt, quand des gens intelligents n'ont pu résister, eux aussi, à la phraséologie étourdissante du temps. De nos jours, une telle personne serait sans doute exclusivement comique. Oui, même si, à la fin, elle allait se pendre au premier clou venu, je ne pourrais concevoir autrement son destin.

— C'est une obsession chez vous, répliqua Georges. On a vraiment parfois l'impression que vous n'êtes pas en mesure de voir autre chose dans le monde que toujours et partout la question juive. Si j'étais aussi discourtois qu'il vous arrive parfois de l'être, je dirais que vous avez..., pardonnez-moi, la maladie de la persécution.

— La maladie de la persécution, répéta Henri d'une voix sourde en fixant le mur. Donc, la maladie de la persécution, c'est ainsi que vous appelez cela... Eh bien ! » Et soudain, les dents serrées, il poursuivit avec violence : « Je vais vous poser une question, Georges, je m'adresse à votre conscience.

— J'écoute. »

Il se planta devant Georges, dardant ses yeux dans les siens.

« Croyez-vous qu'il existe un chrétien sur terre, serait-ce le plus noble, le plus juste, le plus loyal, un seul chrétien qui dans quelque moment de rancœur, de mauvaise humeur, de colère, même envers son meilleur ami, son amante, sa femme, s'ils étaient juifs ou d'origine juive, n'a pas, au moins intérieurement, mis en cause leur judaïsme ? » Et, sans attendre la réponse de Georges : « Il n'y en a aucun, je vous l'assure. Vous pouvez aussi faire une autre expérience. Lisez, par exemple, les lettres de quelques hommes célèbres, d'ordinaire de très intelligentes, d'excellentes personnes, et observez les endroits où ils s'expriment en termes hostiles et ironiques sur leurs contemporains. Quatre-vingt-dix-neuf fois sur cent l'individu est cité sans tenir compte de son ascendance ou de sa confession, dans le centième cas, si le bonhomme maltraité a le malheur d'être juif, l'auteur n'oubliera certainement pas de mentionner ce fait. C'est ainsi, je n'y peux rien. Ce qu'il vous plaît d'appeler maladie de la persécution, mon cher Georges, n'est en vérité rien d'autre que la conscience aiguë, toujours en éveil, d'un état dans lequel nous nous trouvons, nous autres Juifs, et, plutôt que de maladie de la persécution on pourrait parler de l'illusion maladive de se croire à l'abri, laissé en paix, d'une illusion maladive de sécurité qui représente une forme d'affection peut-être moins impressionnante mais beaucoup plus dangereuse pour celui qui en est atteint. Mon père en a souffert comme beaucoup d'autres de sa génération. Il en a sans doute été guéri, et si radicalement qu'il en est devenu fou. »

Des rides profondes apparurent sur le front de Henri, il fixa à nouveau le mur, ignorant Georges qui avait pris place sur l'inconfortable divan de cuir noir.

« Si c'est votre conception, répliqua Georges, alors vous devez logiquement vous joindre à Léo Golowski...

— Et émigrer avec lui en Palestine, n'est-ce pas ? Le faire d'une manière symbolique en politicien, ou même dans la réalité, comment ? » Il rit. « Ai-je affirmé vouloir partir d'ici ? Que je préférerais vivre partout ailleurs plutôt qu'ici ? En particulier que je souhaiterais passer mon existence uniquement parmi des Juifs ? Ce serait là, pour moi tout au moins, une solution tout à fait extérieure d'une affaire au plus haut point intérieure.

— Je le pense aussi. C'est pourquoi, en vérité, je comprends d'autant moins ce que vous voulez, Henri. L'automne dernier, sur la Sophienalpe, quand vous vous êtes querellé avec Golowski, j'avais pourtant l'impression que vous envisagiez la chose avec beaucoup plus d'espoir.

— Avec plus d'espoir ? répéta Henri, vexé.

— Oui, on était alors amené à penser que vous croyiez à la possibilité d'une assimilation. »

Henri plissa, méprisant, les coins de sa bouche. « Assimilation..., un mot... Oui, elle viendra bien un jour..., dans un temps très, très lointain. Mais elle ne viendra pas comme beaucoup la souhaitent..., ni comme certains la redoutent..., ce ne sera pas exactement l'assimilation..., mais peut-être quelque chose qui bat au cœur de ce mot. Savez-vous ce qui se révélera finalement ? Que nous, nous les Juifs, veux-je dire, aurons été en quelque sorte un ferment de l'humanité. Oui, cela apparaîtra peut-être dans mille, deux mille ans. Une consolation, vous pensez ! » Il rit de nouveau.

« Qui sait, dit Georges avec bienveillance, si vous n'aurez pas raison, dans mille ans. Mais d'ici là ?

— Oui, mon cher Georges, il n'y aura probablement pas de solution avant. Pour notre époque, il n'y en a pas, c'est sûr. Tout au moins, pas de solution générale. Il y aura plutôt cent mille solutions différentes. Car il s'agit justement d'une affaire que, jusqu'à nouvel ordre, chacun doit régler avec soi-même, comme il peut. Chacun doit voir lui-même comment sortir de sa colère, ou de son désespoir, ou de son dégoût, pour gagner n'importe quel lieu où il puisse respirer librement. Peut-être y a-t-il des gens qui, pour cela, devront aller jusqu'à Jérusalem... Je crains seulement que beaucoup d'entre eux, une fois ce prétendu but atteint, ne se retrouvent alors complètement désemparés. Je ne crois pas en principe que de telles marches vers la liberté puissent s'entreprendre en groupe..., car les routes qui y conduisent ne courent pas dehors, dans la campagne, mais au-dedans de nous. Pour cela, il est naturellement indispensable de voir le plus clair possible en soi-même, d'éclairer les recoins les plus cachés de son être ! Avoir le courage de sa propre nature. Ne pas se laisser égarer. Oui, voilà ce qui devrait être la prière journalière de chaque honnête homme : Que je reste fidèle à moi-même. »

Georges pensait : Où en est-il maintenant ? Il est à sa façon aussi malade que le fut son père. On ne peut pourtant pas dire qu'il soit passé personnellement par de tristes expériences. Il a prétendu un jour qu'il ne se sentait solidaire de personne ! Ce n'est pas vrai. Il se sent solidaire de tous les Juifs, et avec le dernier d'entre eux plus étroitement qu'avec moi. Tandis que ces pensées lui traversaient l'esprit, son regard tomba sur une grande enveloppe posée sur la table, et il y lut en grands caractères romains les mots : « Ne pas oublier, ne jamais oublier. »

Henri remarqua le regard de Georges, il prit l'enveloppe au dos de laquelle trois énormes cachets gris apparaissaient, la rejeta sur la table, laissa pendre dédaigneusement sa lèvre inférieure et dit : « J'ai mis cette chose en ordre aujourd'hui même. Il y a des jours de grande lessive. D'autres auraient brûlé le contenu. A quoi bon ? Je le relirai peut-être un jour avec plaisir. Sachez que l'enveloppe contient les lettres anonymes dont je vous ai parlé une fois. »

Georges se tut. Jusqu'à présent, Henri avait gardé le silence sur les circonstances qui avaient mis fin à ses relations avec l'actrice. Il y avait fait seulement allusion dans un passage d'une lettre envoyée à Lugano, disant qu'il n'avait pu revoir celle qu'il avait aimée autrefois sans frémir intérieurement.

« Connaissez-vous l'histoire de la sœur de Nurnberger qui est enterrée à Cadenabbia ? » Les mots vinrent aux lèvres de Georges presque contre sa volonté.

Henri répondit affirmativement. « Pourquoi venez-vous à en parler ?

— J'ai visité sa tombe quelques jours avant mon départ. » Il hésitait. Henri le regarda fixement d'un œil inquisiteur qui contraignit Georges à poursuivre. « Et, figurez-vous, depuis ce moment deux êtres se confondent toujours dans ma mémoire, l'un que je n'ai jamais vu, l'autre que je n'ai, comme vous savez, qu'entr'aperçu au théâtre, à savoir : la sœur de Nurnberger et... cette actrice. »

Henri blêmit jusqu'aux lèvres. « Etes-vous superstitieux ? » demanda-t-il d'un ton railleur, mais la question paraissait adressée à lui-même.

« Absolument pas. Mais quel rapport avec la superstition ?

— Je veux simplement vous dire que toutes les choses qui relèvent plus ou moins de la mystique me rebutent profondément. Discourir sur des choses dont on ne peut rien savoir, dont l'essence même est le fait que jamais, au grand jamais, on ne pourra acquérir la moindre connaissance sur elle, cela me semble, de tous les bavardages qui passent sur terre pour de la science, le plus insupportable. »

Serait-elle morte cette actrice, pensa Georges.

Soudain, Henri reprit l'enveloppe, et dit du ton sec qu'il avait justement coutume de prendre quand il était profondément bouleversé : « D'avoir écrit ces mots est de ma part un jeu puéril, ou de l'affectation, si vous préférez. J'aurais bien pu aussi, comme Daudet en tête de *Sapho*, écrire les mots : Pour mes fils quand ils auront vingt ans... Au reste, c'est trop bête. Comme si un homme pouvait tirer la moindre chose des expériences d'autrui. Les expériences de l'un peuvent être pour l'autre parfois amusantes, plus souvent, troublantes, mais jamais instructives... Et savez-vous pourquoi ces deux personnes se confondent dans votre tête ? Je vais vous le dire. Pour la simple raison que, dans une de mes lettres, j'ai employé pour désigner mon ancienne amie le terme de fantôme. Ainsi s'explique cette mystérieuse confusion.

— Ce ne serait pas impossible », répondit Georges.

On entendait vaguement quelque part un pianiste peu doué s'exercer. Sur le mur jaune d'en face le soleil brillait. De nombreuses fenêtres étaient ouvertes. A l'une d'elles un jeune garçon était assis, les bras posés sur le rebord il lisait. A une autre deux fillettes regardaient en bas dans la cour. On percevait des bruits de vaisselle. Georges ressentit le désir ardent de respirer le grand air, de retrouver son banc à l'orée de la forêt. Mais comme il s'apprêtait à partir, une idée lui revint. « Je voulais vous dire encore, Henri, que vos vers ont beaucoup plu à Anna. En avez-vous écrit d'autres ?

— Très peu.

— Ce serait bien si vous m'apportiez toute la partie terminée du texte que nous lirions ensemble. » Il se tenait près du piano et plaqua quelques accords.

« Qu'est-ce que c'est ? demanda Henri.

— Un motif qui m'est venu pour le second acte. Il accompagne le moment où l'inconnu mystérieux apparaît sur le bateau. »

Henri ferma la fenêtre, Georges s'assit au piano et commença à jouer la suite. A cet instant on frappa à la porte, machinalement Henri cria : « Entrez ! »

Une jeune dame entra, elle portait une jupe de drap claire, un corsage de soie rouge, et, autour du cou, un ruban de velours blanc avec une petite croix en or. Une capeline de paille garnie de roses ombrageait de ses larges bords un petit visage pâle d'où se détachaient deux grands yeux noirs.

« Bonjour », dit la dame inconnue d'une voix sourde où perçaient à la fois le défi et l'embarras. « Excusez-moi, monsieur Bermann, je ne savais pas que vous aviez une visite. » Elle regarda avec curiosité Georges qui l'avait tout de suite reconnue.

Henri était blême, son front se plissa. « Je ne pouvais vraiment pas prévoir... », commença-t-il, puis il fit les présentations et dit à la dame : « Voulez-vous prendre place ?

— Merci », répondit-elle, l'air renfrogné, et elle resta debout. « Je reviendrai peut-être plus tard. »

Georges intervint : « Je vous en prie, j'étais sur le point de partir. » Il vit l'actrice parcourir des yeux la pièce et éprouva pour elle une étrange compassion, celle qu'on ressent en rêve pour des disparus qui ne savent pas qu'ils sont morts. Il vit encore le regard de Henri posé sur ce petit visage avec une dureté incroyable et sortit. Il se souvenait d'elle maintenant très nettement, telle qu'elle lui était apparue sur scène avec sa chevelure d'un blond vénitien et ses yeux papillotants. Les êtres destinés à appartenir à une seule personne n'ont pas cet aspect-là, pensa-t-il. Et Henri ne l'aurait pas senti, lui qui se vantait de sa connaissance du cœur humain ? Qu'attendait-il au juste d'elle ? C'était la vanité qui brûlait dans son âme, rien que la vanité.

Dans la rue, Georges crut traverser une fournaise. Les murs des maisons rejetaient dans l'air la chaleur de l'été absorbée. Georges s'en alla par le tramway à chevaux en direction des collines et des forêts ; arrivé dans la campagne, il respira plus librement. Il marcha lentement entre les jardins et les villas, passa le long du cimetière, prit une route toute blanche qui montait progressivement. Elle portait un nom qui lui sourit : chemin de la Lande d'été, et, par cette fin d'après-midi ensoleillée, était à peine fréquentée. La hauteur boisée sur la gauche ne donnait pas encore de l'ombre, seulement un léger souffle d'air qui avait dormi dans les feuillages. A sa droite, la pente verdoyante descendait vers la vallée étendue toute en longueur où entre les branches et les cimes des toits étincelaient. De l'autre côté, derrière des clôtures, des vignobles et des champs s'étageaient, montant vers des prairies et des carrières audessus desquelles fourrés et broussailles laissaient filtrer le soleil. Souvent perdue dans la campagne, une mince ligne marquait le chemin que Georges avait l'habitude de prendre certains jours, et son regard cherchait la place à l'orée du bois où son banc favori devait se trouver. Plaines et hauteurs boisées fermaient l'horizon à l'extrémité de la vallée, et, dans le miroir de l'air, on devinait au couchant des lointains riches de nouvelles vallées, de nouvelles collines.

Georges se sentait en merveilleuse harmonie avec ce paysage, et la pensée que sa profession et sa volonté l'appelaient à l'étranger tissait souvent déjà pendant ces journées autour de ses promenades solitaires un voile d'impressions liées au départ, à vrai dire plus lourdes de nostalgie que de tristesse. Mais, en même temps, s'éveillait en lui le pressentiment d'une vie plus intense. Il lui semblait qu'une gestation s'annonçait qu'il ne devait pas troubler par une réflexion pessimiste, et, dans le tréfonds de son âme où il ne lui était pas encore donné de les entendre, les mélodies des jours futurs bruissaient. Aussi n'était-il pas resté inactif et avait-il tracé les contours extérieurs de son avenir. Il avait envoyé à Detmold une lettre de remerciement courtoise, dans laquelle, avec quelque réserve, il se mettait à la disposition de l'intendant pour l'automne prochain ; il avait également rendu visite au vieux professeur Viebiger, lui avait révélé ses plans et l'avait prié, si l'occasion se présentait, de se souvenir de son ancien élève. Même si, contre toute attente, il ne se trouvait à l'automne nulle part une place pour lui, il était décidé à quitter Vienne et à se retirer provisoirement dans une petite ville ou à la campagne pour y poursuivre son travail dans le calme. Comment s'organiseraient dans ces conditions ses relations avec Anna, il ne s'en rendait pas clairement compte ; il savait seulement qu'elles ne devaient jamais finir. Il envisageait confusément la possibilité pour Anna et lui de se rendre mutuellement visite, et d'entreprendre, en temps approprié, des voyages en commun ; plus tard, elle viendrait probablement s'installer là où il exercerait une activité quelconque. Pourtant, il lui semblait inutile d'approfondir minutieusement toute la question avant que l'heure eût sonné qui déciderait de son propre destin au moins pour la durée des prochaines années.

Le chemin de la Lande d'été s'enfonçait dans le bois, Georges prit la large voie bordée de villas qui, traversant à cet endroit la vallée, s'engageait dans la descente. En peu de minutes il se trouva sur la route au bout de laquelle, près de la forêt, à côté de modestes maisons de plain-pied peintes en jaune, ne les dominant que par la mansarde et son balcon, la petite villa où habitait Anna dressait son pignon triangulaire. Il traversa le jardin en façade où, au milieu du gazon parmi les parterres de fleurs, le petit ange bleu sur son socle carré le salua, passa par l'étroit couloir près de la cuisine, traversa la pièce principale nue — sur son plancher le soleil qui filtrait par les jalousies vertes en mauvais état dessinait des lignes — et il entra dans la véranda. Tournant sur sa gauche, il jeta un coup d'œil par la fenêtre dans la chambre d'Anna qu'il trouva vide. Il remonta alors le jardin le long des lilas et des groseilliers, et aperçut de loin Anna assise sous le poirier sur le banc peint en blanc dans son ample robe bleue. Elle paraissait entièrement plongée dans ses pensées, elle ne le voyait pas venir. Il s'approcha lentement. Elle ne levait toujours pas les yeux. Il l'aimait beaucoup en de tels moments quand elle ne se croyait pas observée et que, sur son front serein, la bonté et la paix se manifestaient sans mélange. De petites taches de soleil tremblaient à ses pieds sur le gravier. En face d'elle, sur la pelouse, la chienne était allongée et dormait. L'animal, le premier, en s'éveillant, remarqua l'arrivée de Georges, il se leva et, lourdement, trottina à sa rencontre. A ce moment Anna leva les yeux, un sourire heureux passa sur son visage. Pourquoi suis-je si rarement là, pensa subitement Georges. Pourquoi ne pas habiter hors de la ville et travailler en haut sur le balcon où l'on jouit de la jolie vue sur le chemin de la Lande d'été ? Son front était devenu moite. En cette fin d'après-midi, le soleil était encore brûlant.

Il embrassa Anna sur les yeux et sur la bouche, et s'assit à côté d'elle. La chienne, qui l'avait suivi sans bruit, s'allongea à ses pieds.

« Comment vas-tu, ma chérie ? » demanda-t-il en passant le bras autour de sa nuque.

Elle allait très bien, comme d'habitude, et la journée d'aujourd'hui avait été particulièrement belle. Depuis le matin elle s'appartenait entièrement, car Mme Golowski avait dû, une fois encore, partir en ville pour s'occuper des siens. Ce n'était vraiment pas un mal de pouvoir parfois rester complètement seule avec soi-même. On pouvait alors se plonger dans ses rêves sans être dérangé. Ceux-ci étaient, à vrai dire, toujours les mêmes, mais ils étaient si doux qu'on ne s'en lassait pas. Elle s'appliquait à rêver de son enfant. Comme elle l'aimait déjà avant qu'il fût né ! Jamais elle n'aurait cru cela possible, Georges pouvait-il comprendre ?... Et, comme il opinait, songeur, elle secoua la tête. Non, non..., un homme ne pouvait pas comprendre, fût-il le meilleur, le plus affectueux. Elle sentait déjà le petit être remuer, discernait les battements de son cœur fragile, percevait en son sein la respiration d'une nouvelle âme mystérieuse, de même que l'éveil, l'épanouissement en elle d'un jeune corps nouveau. Et Georges demeurait le regard fixe, honteux de constater qu'elle accueillait l'événement proche d'un esprit beaucoup plus pur que le sien. Qu'ici, engendré par lui, naissait un être à son image, destiné à son tour à donner la vie ; que, dans le corps béni de cette femme, corps qu'il ne désirait plus depuis déjà longtemps, selon des lois éternelles une vie se développait ; que, ce qu'il y a un an encore n'était ni soupçonné ni voulu, perdu dans l'infini, surgissait maintenant à la lumière comme déterminé depuis la nuit des temps ; que lui-même était maintenant intégré, sans évasion possible, comme saisi aux deux mains, dans la chaîne ininterrompue des ancêtres lointains aux arrière-petits-enfants..., par ce miracle il ne se sentait pas aussi concerné qu'il aurait dû l'être.

Ce jour-là, ils examinèrent plus sérieusement que de coutume ce qu'il y avait lieu de faire après la naissance de l'enfant. Dans les premières semaines, Anna naturellement le garderait avec elle, puis il faudrait bien le confier à des étrangers, en tout cas dans le voisinage, de sorte qu'Anna puisse sans difficulté le voir à tout moment.

« Et toi, dit-elle soudain d'un ton léger, viendras-tu parfois nous rendre visite ? »

Il fixa son visage qui souriait avec malice, prit ses deux mains et les embrassa. « Chérie, que dois-je faire ? Dis-le toi-même. Tu peux bien penser combien ce me sera pénible. Mais me reste-t-il une autre solution ? Il faut nous décider. T'ai-je dit déjà, ajouta-t-il rapidement pour se couper toute retraite, que j'ai donné congé de l'appartement. Félicien partira vraisemblablement pour Athènes. Bien sûr, si je pouvais tout de suite t'emmener avec moi, ce serait vraiment beau ! Ce n'est malheureusement pas possible. Il nous faut avant tout quelque certitude, je veux dire, tout au moins la certitude que je resterai assez longtemps en un lieu... »

Elle l'avait écouté sérieusement, tranquillement. Puis elle se mit à parler avec circonspection et gravité de sa dernière idée. Il ne devait pas croire qu'elle songeait à l'accabler de tous les soucis. Elle était décidée, dès que la chose serait possible, à fonder une école de musique. A Vienne, s'il la laissait encore longtemps seule ici ; et, s'il venait bientôt la chercher, là où ils habiteraient ensemble. Et quand elle vivrait par ses propres moyens, elle reprendrait son enfant avec elle, mariée ou non. Elle serait bien loin d'avoir honte, il le savait. Elle serait plutôt fière... oui, fière d'être devenue mère !

Il avait pris ses mains entre les siennes et les caressait. « Tout ira bien », dit-il un peu oppressé. Il se vit soudain dans un foyer très bourgeois sous la maigre lumière d'une suspension, assis pour le repas du soir entre femme et enfant. Et de cette scène de famille imaginée émanait un souffle d'ennui pesant. Ah, c'était encore trop tôt, il était encore trop jeune. Qu'adviendrait-il ? Etait-ce possible qu'elle restât la dernière femme qu'il aurait prise dans ses bras ? Elle pourrait le devenir peut-être dans des années, des mois seulement..., mais pas encore aujourd'hui. Apporter dans un foyer bien ordonné tromperie, mensonge, l'idée le faisait reculer avec dégoût. Cependant, la pensée de voler vers une autre qu'il désirerait, avec l'assurance de retrouver Anna à la maison comme il l'avait quittée, était à la fois séduisante et apaisante.

Le coup de sifflet familier retentit. La chienne se leva, laissa encore une fois caresser par Georges son dos tacheté de jaune, et s'éloigna tristement.

« Mon Dieu, dit Georges, pour un peu, j'allais l'oublier Henri peut être là d'un moment à l'autre. » Il raconta à Anna sa visite sans lui cacher qu'il avait fait sur le pas de la porte la connaissance de l'actrice infidèle.

« A-t-elle donc gagné ? » s'écria Anna qui ressentait peu de sympathie pour les dames aux yeux papillotants.

« Je ne crois pas, répondit Georges, qu'elle ait gagné quelque chose. Henri paraissait plutôt désagréablement surpris par son apparition.

— Eh bien, peut-être l'amènera-t-il, dit Anna ironique, et tu pourras de nouveau faire le joli cœur comme à Lugano avec la régicide.

— Grand Dieu », fit Georges en toute innocence, et il ajouta en passant : « Au fait, que devient Thérèse ? Pourquoi ne vient-elle plus te voir ? Déméter n'est plus à Vienne. Elle ne manque pas de loisirs.

— Elle est venue ici pour la première fois il y a quelques jours. Je te l'ai dit, ne fais pas l'ignorant.

— Je l'avais vraiment oublié, répondit-il, sincère. Que t'a-t-elle raconté ?

— Des tas de choses. L'histoire avec Déméter est terminée. Son cœur bat de nouveau exclusivement pour les pauvres et les déshérités, jusqu'à preuve du contraire. » Et, sous le sceau du secret le plus absolu, elle lui confia les projets de Thérèse pour l'hiver. Déguisée en pauvresse, elle voulait s'introduire dans les foyers, les soupes populaires, les asiles pour les sans-abri, les maisons de correction, pour jeter une lumière crue sur les recoins les plus cachés des prétendus cœurs d'or viennois. Visiblement elle s'attendait à découvrir des monstruosités, et peut-être même l'espérait un peu.

Georges restait rêveur. Il se souvenait de la dame élégante en robe blanche, debout dans l'éclat du soleil devant la poste de Lugano, à cent lieues de toute la misère du monde. Etrange créature, pensa-t-il. « Elle veut naturellement en faire un livre, dit Anna, mais ne va pas raconter cela à quiconque, même pas à ton ami Bermann.

— Je n'en ai pas l'intention. Mais, dis-moi, Anna, ne dois-tu pas préparer quelque chose pour ce soir ? »

Elle fit oui de la tête. « Viens, descends avec moi, je vais voir ce que nous avons, et, en outre, consulter la Marie..., dans la mesure où c'est possible. »

Ils se levèrent. Les ombres s'allongeaient. Dans le jardin voisin, les enfants menaient grand bruit. Anna prit le bras de son ami et descendit lentement avec lui. Elle lui raconta les nouveaux exemples de l'incroyable bêtise de la servante. Voilà, je suis le mari, pensa Georges. Il écoutait patiemment. Arrivé à la maison, il exprima le désir d'aller au-devant de Henri, il quitta Anna et se rendit sur la route. Un cabriolet arrivait en cahotant. Henri sauta à terre et renvoya le cocher. « Bonjour, dit-il à Georges. M'attendiez-vous déjà ? Il n'est pas encore si tard.

— Certainement pas, vous êtes juste à l'heure. Si cela vous convient, nous ferons encore une petite promenade.

— Volontiers. »

Ils partirent, passèrent devant l'auberge aux murs jaunes avec des parasols rouges sur la terrasse, et pénétrèrent en forêt.

« C'est vraiment merveilleux ici, dit Henri. Votre villa aussi est très gentille. Pourquoi n'habitez-vous pas à la campagne ?

— Oui, c'est ridicule », admit Georges, sans autre explication. Ils se turent tous deux un moment.

Henri était en complet d'été gris clair, il portait sur son bras son manteau qu'il laissait un peu traîner. « L'avez-vous reconnue ? demanda-t-il à brûle-pourpoint sans lever les yeux.

— Oui.

— Elle n'est venue que pour une journée à la fin de son engagement d'été. Elle repart cette nuit. Un coup de main, pour ainsi dire, mais qui a échoué. » Il rit.

« Pourquoi êtes-vous si dur ? » demanda Georges, et il pensait à la grande enveloppe aux scèaux gris et à l'inscription stupide. « Vous n'avez pas besoin de l'être. Ce n'est qu'un hasard si elle n'a pas reçu, elle aussi, des lettres anonymes, exactement comme vous, Henri. Et qui peut dire, si vous ne l'aviez pas laissée seule, pour Dieu sait quelles raisons... »

Henri secoua la tête, et considéra Georges presque avec commisération. « Pensez-vous peut-être que j'aie l'intention de punir ou de me venger ? Ou croyez-vous que je fasse partie des imbéciles qui désespèrent du monde parce qu'il leur est arrivé une chose dont ils savent bien qu'elle est arrivée à des milliers d'autres avant eux, et arrivera à des milliers après eux ? Pensez-vous que je méprise l' " infidélité " ou que je la hais ? Cela ne me vient pas à l'idée. Ce qui ne veut pas dire que je ne me comporte pas parfois en homme haineux ou méprisant pour produire sur elle plus d'effet. En vérité, je ne comprends que trop bien tout ce qui est arrivé pour que je... » Il haussa les épaules. « Eh bien, si vous le comprenez...

— Mon cher ami, comprendre n'est d'aucun secours. La compréhension est un sport comme un autre. Un sport très distingué et très coûteux. On peut y gaspiller toute son âme et rester planté là comme un pauvre diable. Mais la compréhension n'a absolument rien à voir avec nos sentiments, presque aussi peu qu'avec nos actions. Elle ne nous protège pas de la douleur ni du dégoût. Elle ne conduit nulle part. C'est en quelque sorte une impasse. Une compréhension signifie toujours une fin. »

Marchant en silence sur un chemin latéral en pente, chacun plongé dans ses propres pensées, ils atteignirent au déboucher du bois une vaste étendue de prairies d'où l'on découvrait la vallée. Ils aperçurent la ville et, plus au loin, la plaine baignée de brume que traversait le fleuve étincelant, et jusqu'aux lignes des hauteurs lointaines devant lesquelles une mince fumée s'étendait. Ils continuèrent ensuite leur promenade dans la paix du soleil du soir jusqu'au banc favori de Georges à l'orée du bois. Le soleil disparut. Georges voyait de l'autre côté de la vallée courir le long de la colline boisée le chemin de la Lande d'été, ruban sans éclat et comme refroidi. Puis il abaissa ses regards, il savait qu'à ses pieds, dans le jardin, un poirier se dressait sous lequel, quelques heures auparavant, il avait été assis avec une femme très aimée qui portait dans son sein son propre enfant, et il fut ému. Pour les femmes qui peut-être l'attendaient quelque part, il éprouvait un léger mépris, mais le désir qu'elles lui inspiraient n'en était pas pour autant éteint. En bas, sur le sentier entre jardins et prairies, des estivants se promenaient. Une jeune fille leva les yeux vers eux et murmura quelques mots à une autre. « Vous êtes vraiment une personnalité du cru, remarqua Henri en plissant, railleur, les coins de sa bouche.

— Pas que je sache.

— Ces belles jeunes filles vous ont regardé avec beaucoup d'intérêt. Le célibat chez les autres procure aux gens une source inépuisable d'émois. Ces estivants, là en bas, vous considèrent comme une sorte de don Juan et... et votre amie comme une fille enlevée et séduite. Ne croyez-vous pas ?

— Je ne sais pas, dit Georges, refusant de poursuivre sur ce sujet.

— Et qu'ai-je pu, continua Henri, imperturbable, représenter, moi, pour le public du théâtre d'une petite ville ? Evidemment l'amoureux trompé, donc une figure essentiellement comique. Et elle ? Eh bien, on peut l'imaginer. Les choses paraissent toujours d'une simplicité aveuglante à ceux qu'elles ne concernent pas. Vue de près, chaque histoire a une autre allure. Est-ce de loin qu'elle a son vrai visage ? Est-ce qu'on ne s'illusionne pas sur de nombreux points quand on doit jouer soi-même un rôle dans la comédie ? » Il aurait aussi bien pu rester chez lui, pensa Georges. Mais comme il ne pouvait pas l'y renvoyer, et pour trouver avec lui au moins un autre thème de conversation, il demanda rapidement : « Avez-vous des nouvelles des Ehrenberg ?

— Il y a quelques jours, répondit Henri, j'ai reçu de Mlle Else une lettre un peu mélancolique.

— Vous êtes en correspondance avec elle ?

— Non, je ne suis pas en correspondance avec elle ; tout au moins, je ne lui ai pas encore répondu.

— Elle a pris l'affaire avec Oscar beaucoup plus à cœur qu'elle ne veut l'avouer, dit Georges. Je lui ai parlé une fois à l'hôpital. Nous sommes restés un bon moment dans le couloir devant la porte laquée blanc derrière laquelle le malheureux Oscar reposait. A cette époque, on craignait encore pour l'autre œil. Vraiment, une histoire tragique.

— Tragi-comique, corrigea Henri sans pitié.

— Vous voyez partout des éléments comiques. Je vais vous dire pourquoi. Parce que vous êtes dans une certaine mesure un individu sans cœur. Dans le cas présent, l'aspect comique s'efface complètement.

— Vous vous trompez, répliqua Henri. La gifle du vieux Ehrenberg était une brutalité, le suicide d'Oscar une stupidité, s'être manqué de façon si lamentable une inhabileté. De tous ces éléments, rien de tragique ne peut résulter. C'est une affaire quelque peu sordide, et c'est tout. »

Mécontent, Georges secoua la tête. Depuis le malheureux événement, il avait ressenti une réelle sympathie pour Oscar. Et le vieux Ehrenberg, qui depuis lors habitait au-dehors à Neuhaus et ne vivait plus que pour son travail, ne voulant voir personne, lui faisait également de la peine. Ils avaient tous deux expié, et plus durement qu'ils ne l'avaient mérité. Henri était-il incapable de comprendre cela et de sentir comme lui ? Ils vous rendaient en vérité parfois nerveux ces Juifs super-intelligents, ces psychologues impitoyables, les Bermann, les Nurnberger. Ne se laisser décontenancer par rien était pour eux la chose principale. Il leur manquait la bonté. Ce n'était qu'avec l'âge qu'ils acquéraient une certaine bienveillance. Georges pensait au vieux docteur Stauber, à Mme Golowski, au vieux Eissler. Mais tant qu'ils étaient jeunes..., ils se tenaient toujours sur le *qui-vive*[1]. Surtout ne pas se faire rouler. Une compagnie difficile. Il songea avec regret à Félicien, à Skelton qui étaient pourtant passablement intelligents eux aussi, et même à Guido Schönstein.

« Malgré sa mélancolie, dit Henri après une pause, Mlle Else semble se distraire très convenablement. Il y a de nouveau des visites à Auhof. Dernièrement les Wyner y étaient, Sissy et James. James a été nommé docteur à Cambridge. La grande classe, n'est-ce pas ? »

Au nom de Sissy, Georges eut un coup au cœur, rapide comme l'éclair d'un poignard. Il réalisa soudain qu'il serait près d'elle dans peu de jours. L'intensité de son désir fut telle qu'il put à peine se l'expliquer.

Le soir tombait. Georges et Henri se levèrent, descendirent la prairie, entrèrent dans le jardin. Ils virent alors Anna remonter l'allée centrale en compagnie d'un visiteur.

« Le vieux docteur Stauber, dit Georges. Vous devez le connaître ? »

1. En français dans le texte. *(N.d.T.)*

On se salua. « Cela me fait très grand plaisir de vous voir enfin chez nous », dit Anna à Henri.

Chez nous, se répéta intérieurement Georges, désagréablement surpris, une impression qu'il surmonta rapidement. Il marcha devant avec le docteur Stauber. Henri et Anna suivaient lentement.

« Etes-vous satisfait de l'état d'Anna ? demanda Georges au docteur.

— Ça ne peut aller mieux, répondit Stauber. Elle doit seulement continuer régulièrement et consciencieusement à prendre de l'exercice. »

Georges se rappela qu'il n'avait pas rendu au docteur qu'il revoyait pour la première fois depuis son retour les livres qu'il lui avait prêtés, et il lui présenta ses excuses.

« Ça ne presse pas, répondit Stauber, s'ils ont pu vous rendre service. » Il lui demanda quelles impressions il avait rapportées de Rome.

Georges raconta ses promenades parmi les vieux palais impériaux, ses tours en voiture dans la Campagna par des soirées splendides, l'heure passée dans le jardin d'Hadrien dans une atmosphère lourde d'orage. Le docteur le pria d'interrompre son récit, sinon il pourrait bien arriver qu'il abandonnât ses malades pour s'enfuir, séance tenante, dans la ville bien-aimée. Puis Georges demanda par politesse des nouvelles du docteur Berthold, s'enquérant s'il était exact qu'il reprendrait déjà l'hiver prochain son activité politique.

Le docteur haussa les épaules. « Il reviendra en septembre. Pour le moment, c'est la seule certitude. Il a bien travaillé à l'Institut Pasteur, et il veut continuer ici à l'institut de pathologie une grande étude sur les sérums commencée à Paris. S'il m'écoutait, il s'en tiendrait là. Ses recherches actuelles sont, à mon humble avis, plus importantes pour l'humanité que la plus belle révolution. Il est vrai que les talents sont différents, et je n'ai rien à objecter à d'éventuels bouleversements. Mais, entre nous, le talent de mon fils réside plutôt dans le domaine scientifique. C'est son tempérament qui le pousse dans l'autre direction..., peut-être uniquement sa bile. Bon, nous verrons bien. Mais quels sont vos projets pour l'automne ? », ajouta-t-il brusquement en regardant Georges d'un air paternel, bienveillant. « Brandirez-vous la baguette ?

— Si seulement je le savais », répondit Georges. Et tandis qu'il parlait, d'un ton important, de ses démarches, de ses espoirs, au médecin qui marchait à côté de lui, les paupières à demi closes, le cigare à la bouche, il croyait deviner que le docteur Stauber interprétait ses paroles comme une tentative pour justifier le report de son mariage avec Anna. Une faible irritation naissait en lui à l'égard de celle-ci qui marchait derrière eux et qui se réjouissait peut-être intérieurement de le voir, pour ainsi dire, sermonné par le vieux docteur. Il prit à dessein un ton de plus en plus dégagé, comme si ses projets d'avenir n'avaient aucun rapport avec Anna, et conclut, l'air joyeux : « Oui, qui sait où je serai l'année prochaine à cette époque ? Pourquoi pas en Amérique.

— Ce ne serait pas le pire, répliqua Stauber d'une voix tranquille. J'ai un cousin qui est violoniste à Boston, un certain Schwarz, qui gagne là-bas au moins six fois ce qu'il aurait ici à l'Opéra. » Georges n'aimait pas être comparé à des violonistes du nom de Schwarz, il affirma donc avec une détermination qu'il jugea lui-même exagérée que, pour ses débuts, l'argent n'entrait pas pour lui en ligne de compte. Soudain, il ne sut d'où venait cette idée surgie d'un trait dans son esprit : Si Anna mourait !... Si l'enfant causait sa mort ! Il en fut épouvanté, comme s'il se chargeait par cette pensée de quelque culpabilité. En imagination, il vit Anna gisant, le suaire remonté jusqu'au-dessus du menton, il vit la lumière du jour et celle des cierges couler sur son visage couleur de cire. Dans son effroi, il se serait presque retourné pour s'assurer qu'elle était là, bien vivante. Dans l'obscurité, les traits du visage d'Anna lui devinrent flous, ce qui le fit frémir. Il s'arrêta avec le docteur jusqu'à ce qu'Anna et Henri les eussent rejoints. Il fut heureux de la voir tout près.

« Maintenant, tu dois être fatiguée, lui dit-il du ton le plus tendre.

— Pour aujourd'hui j'ai exécuté honnêtement mon pensum, sans aucun doute, répondit-elle. D'ailleurs, elle désigna la véranda où la table était dressée, surmontée de la lampe à l'abat-jour de papier vert, le dîner sera tout de suite prêt. Ce serait aimable à vous, docteur, de rester avec nous, voulez-vous ?

— Malheureusement, ma chère enfant, ce n'est pas possible. Je devrais être depuis déjà longtemps en ville. Saluez de ma part Mme Golowski. Au revoir. Adieu, monsieur Bermann. Eh bien, ajouta-t-il, aurons-nous bientôt l'occasion d'entendre ou de lire une belle œuvre de vous ? »

Henri haussa les épaules, eut un sourire de complaisance et se tut. Pourquoi, pensa-t-il, les gens les mieux élevés manquent-ils le plus souvent de tact dans le commerce avec nous autres ? Est-ce que je le questionne sur ses affaires privées ?

En quelques mots, le docteur exprima à Henri la part qu'il avait prise au décès de son père. Il se souvenait d'un discours célèbre du disparu contre l'introduction dans les tribunaux de la langue tchèque dans certains districts de Bohême. Il s'en était fallu alors d'un cheveu que l'avocat juif provincial ne devienne ministre de la Justice. Oui, les temps avaient changé.

Henri écoutait attentivement. On pouvait peut-être utiliser cela dans la comédie politique.

Le docteur prit congé, Georges l'accompagna jusqu'à la voiture qui l'attendait dehors, et profita de l'occasion pour lui poser quelques questions concernant la médecine. Celui-ci put le rassurer à tous points de vue. « Il est seulement dommage, conclut-il, que les circonstances ne permettent pas à Anna d'allaiter elle-même son enfant. »

Georges restait songeur. Cela ne pouvait pourtant pas lui nuire ? Tout au plus à l'enfant. Ou aussi à elle ?... Il interrogea le médecin.

« Pourquoi en parler si cela n'est pas possible, cher baron. Ne vous faites pas de soucis, ajouta-t-il, déjà sur le marchepied de la voiture ; s'agissant d'un enfant de vous deux toute crainte est superflue. »

Georges le regarda droit dans les yeux et dit : « Je veillerai dans tous les cas à ce qu'il passe ses premières années au bon air.

— C'est très bien, dit Stauber doucement, mais un air meilleur pour les enfants que celui du foyer familial, on n'en trouve généralement nulle part au monde. » Il tendit la main à Georges, et la voiture s'ébranla.

Pendant un instant Georges resta immobile, il éprouvait envers le docteur un vif ressentiment, et il se fit à lui-même la promesse de ne plus s'engager avec lui dans des conversations qui lui donnaient, jusqu'à un certain point, le droit de formuler des conseils malvenus, voire des reproches voilés. Que savait le vieil homme ? Qu'entendait-il au fond à l'affaire ? Georges sentait son opposition grandir. Je l'épouserai quand il me plaira, se dit-il en lui-même. Et d'ailleurs, pourquoi ne pourrait-elle pas garder l'enfant avec elle ? N'avait-elle pas dit elle-même qu'elle serait fière d'avoir un enfant ? Je ne veux pas le renier. Je ferai tout ce qui est en mon pouvoir. Et plus tard, plus tard, un jour... Mais je commettrais un tort envers moi, envers elle, envers l'enfant si je me décidais dès aujourd'hui à un acte pour lequel il est encore trop tôt.

Marchant lentement sur le petit côté de la maison, il avait gagné le jardin. Dans la véranda, il vit Anna et Henri assis à table. La Marie sortait à ce moment de la maison, le visage cramoisi, et posait devant eux un plat fumant. Comme Anna a l'air paisible ! pensa Georges, resté dans l'ombre. Comme elle est de bonne humeur, libre de tout souci, comme si elle pouvait me faire totalement confiance ! Comme si la mort, la pauvreté, l'infidélité n'existaient pas ! Comme si je l'aimais autant qu'elle le mérite ! Et de nouveau il s'épouvanta. Est-ce que je l'aime moins ? Ne peut-elle donc se fier à moi ? Quand je suis assis sur le banc là-haut à l'orée du bois, je sens sourdre en moi une telle tendresse que je voudrais mourir. Comment se fait-il que j'en éprouve si peu maintenant ? Il n'était éloigné que de quelques pas, la regardait servir, puis fixer l'obscurité d'où il devait surgir, et vit comme ses yeux commencèrent à briller lorsqu'il apparut soudain à la lumière. Mon unique amour ! pensa-t-il. Quand il se fut joint aux autres, Anna lui dit : « Tu as eu une longue conférence avec le docteur.

— Pas une conférence, nous avons bavardé. Il m'a parlé aussi de son fils qui doit revenir sous peu. »

Henri s'enquit de Berthold. Le jeune homme l'intéressait, et il espérait vivement faire sa connaissance l'hiver prochain. Le discours prononcé l'année précédente sur le cas de Thérèse Golowski et la lettre ouverte à ses électeurs dans laquelle il exposait les raisons de sa démission étaient d'une haute tenue.. et même plus que cela, des documents sur notre temps.

Un léger sourire presque de fierté passa sur le visage d'Anna. Elle baissa les yeux dans son assiette, puis les releva rapidement vers Georges. Lui aussi souriait. Il ne ressentait pas la moindre trace de jalousie. Berthold se doutait-il ?... Certainement. Souffrait-il ?... Probablement. Pouvait-il pardonner à Anna ? Comme s'il fallait d'abord pardonner ! Quelle bêtise.

On apporta un plat de champignons, à leur vue Henri ne put se retenir de demander s'ils n'étaient pas vénéneux. Georges rit.

« Vous n'avez pas besoin de vous moquer, dit Henri, Si je voulais en finir, je ne choisirais ni des champignons vénéneux ni de la saucisse avariée, mais un poison plus noble et plus expéditif. On est parfois las de vivre, mais jamais d'être en bonne santé, même pour le dernier quart d'heure de son existence. Au demeurant, l'anxiété est une fille tout à fait légitime, bien que le plus souvent calomniée, de la raison. Car, qu'est-ce que l'anxiété ? Le fait de considérer toutes les possibilités qui peuvent découler d'une action, les mauvaises aussi bien que les bonnes. Et qu'est-ce que le courage ? Je veux dire naturellement le courage véritable, qui se manifeste beaucoup plus rarement qu'on ne le pense. Car le courage affecté ou de commande ne compte pas. Le courage authentique n'est certainement souvent rien d'autre que l'expression, pour ainsi dire, de la conviction métaphysique de sa propre superfluité. »

Voilà bien le Juif, pensa Georges, sans animosité, et après réflexion : Il n'a peut-être pas tout à fait tort.

La bière, dont Anna ne buvait pas, était si bonne qu'on envoya la Marie à l'auberge en chercher un deuxième pichet. Une ambiance chaleureuse s'établit. Georges parla à nouveau de son voyage, des journées torrides de Lugano, du passage du Brenner sous la neige, des promenades dans la ville aux maisons sans toit qui, après une nuit de deux mille ans, retrouvait la lumière ; il évoqua encore une fois l'instant où, lui et Anna présents, des ouvriers dégagèrent de la cendre une colonne à coups de pelle prudents et laborieux. Henri n'avait pas encore vu l'Italie. Il voulait y aller au printemps suivant. Il déclara qu'il était parfois dévoré par la nostalgie, non précisément de l'Italie, mais de l'étranger, des lointains, du monde. Parfois, quand il entendait parler de voyages, il lui venait des battements de cœur comme un enfant la veille de son anniversaire. Il doutait que ce fût son destin de terminer sa vie dans son pays. Ou peut-être qu'il reviendrait après des années de pérégrinations, et trouverait une petite maison à la campagne pour y passer en paix ses années plus tardives d'homme mûr. Qui sait, il y avait de si étranges hasards, s'il ne lui était pas donné de terminer son existence dans cette maison dont, à cette heure-ci, il était l'hôte, une maison où il se sentait si bien comme jamais depuis longtemps. Anna remercia comme si elle n'était pas seulement ici dans la villa maîtresse de maison, mais aussi à l'intérieur de ce monde vespéral paisible. Une douce lumière commençait à percer l'obscurité du jardin. Un parfum chaud, humide, émanait des herbes et des fleurs. L'étroite prairie, qui s'étendait jusqu'à la grille, s'élevait dans le clair de lune et, sous le poirier, le banc de couleur blanche luisait comme un objet très lointain. Anna tint à Henri des propos aimables sur les vers de son livret que Georges lui avait lu récemment.

« Exact », remarqua Georges qui, jambes croisées, le cigare à la bouche, avait pris ses aises. « Nous avez-vous apporté quelque chose de neuf ? »

Henri secoua la tête. « Non, rien.

— Comme c'est dommage », dit Anna qui proposa que Henri raconte le déroulement de l'action dans l'ordre et en détail. Elle le souhaitait depuis longtemps. A partir du compte rendu de Georges elle n'avait pas pu s'en faire une idée très claire.

Ils se regardaient. Devant eux surgissait l'heure exquise où, dans la pénombre d'une chambre dont les fenêtres laissaient distinguer derrière un rideau mouvant de neige les contours estompés d'une église grise, et pénétrer les sons étouffés de l'orgue, ils se tenaient étroitement enlacés. Oui, ils le savaient maintenant où se trouvait la maison dans laquelle l'enfant devait naître. Il en existe peut-être une autre aussi quelque part, pensa Georges, où cet enfant à naître terminera sa vie, homme ou vieillard, ou..., ah ! au diable ces pensées.

Henri se déclara prêt à exaucer le souhait d'Anna, il se leva. « Cela me rendra peut-être service à moi-même, dit-il comme pour s'excuser. Je pourrai sur pas mal de points préciser ma pensée.

— Mais faites attention à ne pas retomber soudain dans votre tragi-comédie politique », remarqua Georges, puis, tourné vers Anna : « Il faut te dire qu'il écrit une pièce avec pour héros un étudiant de la corporation nationale-allemande qui, désespéré de l'émancipation des Juifs, s'empoisonne avec des champignons. »

Henri hocha la tête. « Un verre de bière de moins et vous n'auriez pas fait cette plaisanterie.

— Envieux », répliqua Georges. Il se sentait particulièrement de bonne humeur, spécialement parce qu'il était maintenant fermement résolu à partir le surlendemain. Il était assis tout contre Anna, tenait sa main dans la sienne, et écoutait les mélodies des jours futurs bruire au tréfonds de son âme.

Henri se dressa soudain dehors dans le jardin devant la véranda, il saisit par-dessus la balustrade son manteau posé sur un siège, s'en drapa d'un geste romantique. « Je commence, dit-il, premier acte. »

Georges l'interrompit : « Tout d'abord, l'ouverture en *ré* mineur. » Il siffla une mélodie d'un style noble, seulement quelques notes, et termina par un « et cetera ».

« Le rideau se lève, dit Henri. Une fête dans le jardin du roi. Le lendemain, la princesse doit épouser le duc Héliodore. Je l'appelle provisoirement Héliodore, il portera probablement un autre nom. Le roi adore sa fille et ne peut souffrir Héliodore, une sorte de fat mégalomane. A cette fête que le roi donne dans le but principal d'irriter Héliodore, sont invités non seulement les nobles du pays, mais aussi la jeunesse de toutes conditions si la beauté lui en confère le droit. Et la princesse peut ce soir-là danser avec qui bon lui semble. Il y a là, en particulier, un certain Aegidius par qui elle semble captivée. Personne ne s'en réjouit plus que le roi. Jalousie d'Héliodore. Satisfaction toujours plus grande du roi. Dispute entre Héliodore et le roi, sarcasmes, menaces. C'est alors qu'un événement tout à fait inattendu se produit. Aegidius brandit un poignard contre le roi, il veut l'assassiner. Cette tentative devrait naturellement être soigneusement motivée, si vous n'aviez pas la bonté, mon cher Georges, de composer la musique. Ainsi il suffira de suggérer que le jeune homme, ennemi juré des tyrans, membre d'une association secrète, est peut-être un fou ou, de sa propre initiative, un héros. Je ne le sais pas encore. La tentative de meurtre échoue. Aegidius est arrêté. Le roi désire rester seul avec lui. Duo. Le jeune homme est fier, résigné, digne, le roi est supérieur, cruel, insondable. Je me le représente à peu près ainsi : Il en a déjà envoyé beaucoup à la mort, en a vu mourir beaucoup. A lui, le veilleur à la vigilance extrême, tous les autres hommes paraissent végéter dans un état semi-conscient, si bien que leur disparition ne représente pour ainsi dire rien d'autre qu'un pas de la pénombre à l'obscurité. Une telle fin lui semble dans ce cas trop douce ou trop banale. Après une journée telle qu'aucun mortel n'en aura connu de semblable, il veut le précipiter dans la nuit la plus effroyable. Oui, voilà ce qu'il médite. Qu'en dévoile-t-il dans ses paroles ou son chant, je ne le sais naturellement pas encore. Aegidius, de l'avis général, un homme destiné à une mort immédiate, est emmené, et justement sur le navire même sur lequel, le lendemain soir, Héliodore et la princesse devaient s'embarquer. Le rideau tombe. Le deuxième acte se joue sur le pont du bateau. Le vaisseau est en pleine course. Un chœur. Quelques personnages apparaissent. On comprendra plus tard leur signification. L'aube. Aegidius est tiré du fond de la cale. Pour marcher à la mort comme il doit le penser. Il en est autrement. On délie ses liens, tous s'inclinent devant lui. On l'accueille comme un prince. Le soleil se lève. Aegidius peut alors découvrir qu'il se trouve parmi la meilleure société. De belles dames, de nobles seigneurs. Un sage, un jongleur, un fou sont destinés à des rôles assez importants. Du chœur des femmes nulle autre se détache que la princesse elle-même qui appartient à Aegidius comme tout ce qui est sur le bateau.

— Voilà un père et un roi fort généreux, dit Georges.

— Pour une idée ingénieuse, rien ne lui semble trop cher, expliqua Henri, c'est sa nature. Suit un magnifique duo entre Aegidius et la princesse, puis l'on passe à table. Après le repas, danse. Chaude ambiance. Aegidius doit naturellement se croire sauvé. Il ne s'en étonne pas outre mesure, car une vive admiration était sous-jacente à sa haine contre le roi. Soudain, un inconnu apparaît au côté d'Aegidius. Peut-être se tenait-il là depuis longtemps. Un parmi d'autres, ignoré, muet. Il a un mot à dire à Aegidius. Pendant ce temps, la fête et la danse continuent. Aegidius et l'inconnu. Tout cela vous appartient, dit l'inconnu, vous pouvez en user à votre guise, vous pouvez vous en emparer, pouvez tuer selon votre bon vouloir. Mais demain... ou dans deux, dans sept jours, ou dans un an ou dans dix, ou plus tard encore, ce navire s'approchera d'une île, là au bord de la rive sur un rocher se dresse un portique de marbre. La mort vous y attend. La mort. Votre meurtrier est avec vous sur le bateau. Mais seul celui qui est destiné à être votre bourreau le sait. Personne à bord ne le connaît. Bien plus, personne ne soupçonne que vous êtes voué à la mort. Ceci gardez-le soigneusement pour vous, car si vous laissez paraître d'une façon quelconque que vous connaissez votre sort, vous serez mis à mort sur l'heure. »

Henri prononça ces paroles avec une emphase affectée comme pour cacher son embarras. Il continua plus simplement. « L'inconnu disparaît. Peut-être le ferai-je débarquer à terre par deux personnages silencieux qui l'ont accompagné. Aegidius reste à bord, au milieu de centaines d'hommes et de femmes parmi lesquels l'un ou l'une sera son meurtrier. Qui ? Le sage ? Le fou ? L'astrologue là-bas ? L'un de ceux qui restent tapis dans l'ombre ? Ou ceux-là qui se glissent le long de la rambarde ? Une des danseuses ? La princesse elle-même ? Elle revient vers lui très tendre, voire brûlante de passion. Une hypocrite ? Une meurtrière ? Une amante ? Une sibylle ? En tout cas son bien. Tout ce qui l'entoure l'est encore aujourd'hui. Nuit en mer. Frissons. Délices. Le navire poursuit lentement sa course vers cette rive mystérieuse qui gît dans le brouillard à des heures ou des années de distance. La princesse repose à ses pieds. Aegidius fixe la nuit et attend. » Henri s'arrêta comme saisi lui-même par l'émotion. En Georges, des harmonies chantaient. Il entendait la musique accompagnant la scène où l'inconnu disparaît suivi des deux personnages silencieux, puis à nouveau celle de la fête s'amplifiant progressivement au premier plan. Il ne percevait pas une simple mélodie, mais déjà toute la plénitude des instruments, n'entendait-on pas la flûte, le hautbois, la clarinette ? le chant des violoncelles et des violons ? le grondement discret de la batterie dans le coin de l'orchestre ? Involontairement, il leva le bras droit comme s'il tenait sa baguette à la main.

« Et le troisième acte ? demanda Anna, comme Henri continuait à se taire.

— Le troisième acte, répéta Henri d'une voix tourmentée. Le troisième acte se déroulera probablement dans le portique sur le rocher, ne croyez-vous pas ? Je pense qu'il devrait commencer par un dialogue entre le roi et l'inconnu. Ou par un chœur. Non, il n'y a pas de chœur sur une île déserte. Le roi, en tout cas, y est, et le navire est en vue. D'ailleurs, pourquoi l'île serait-elle déserte ? » Il s'arrêta.

« Eh bien ? » demanda Georges impatient.

Henri posa ses deux bras sur la balustrade de la véranda « Dois-je le confesser ? Ce n'est pas du tout un opéra...

— Que voulez-vous dire ?

— Il y a de bonnes raisons si je n'ai pu progresser convenablement au-delà de ce point du récit. Visiblement, c'est une tragédie. Et je n'ai pas le courage de l'écrire. Savez-vous ce qu'il faudrait représenter ? L'évolution spirituelle d'Aegidius. C'est certainement la partie la plus difficile et la plus belle du sujet, en d'autres termes, celle que je n'ose aborder. L'idée d'un opéra n'est qu'un faux-fuyant, et je ne sais pas si j'ai le droit de m'y tenir. »

Il se tut.

« En tout cas, dit Anna, il faut nous raconter la fin comme vous l'envisagiez pour l'opéra. Je ne vous cacherai pas que ce récit me passionne. »

Henri haussa les épaules et répondit d'un ton las : « Donc le bateau accoste. Aegidius se rend à terre, il sera jeté à la mer.

— Par qui ? demanda Anna.

— Mais je ne sais pas, répondit Henri d'un ton accablé. A partir de là, je ne sais absolument rien.

— J'avais pensé que ce serait la princesse qui... », dit Anna, et sa main décrivit dans l'air un mouvement funeste.

Henri souriait doucement. « J'y ai naturellement pensé, mais... » Il s'interrompit et fixa soudain avec attention le ciel nocturne. « Dans la première version, remarqua Georges, de mauvaise humeur, cela se terminait par une sorte de pardon. Mais c'était tout juste assez bon pour un opéra. Maintenant, héros de tragédie, votre Aegidius doit évidemment être jeté à la mer. »

D'un geste mystérieux, Henri leva l'index, et ses traits s'animèrent de nouveau : « Je crois que j'entrevois quelque chose. Mais, n'en parlons pas pour le moment, si vous le voulez bien. Ce fut peut-être utile de raconter le début.

— Si vous vous imaginez que je vais vous composer un intermède, vous vous trompez », dit Georges, sans trop insister.

Henri esquissa un sourire, en coupable qui se désintéresse de la suite, et la bonne ambiance s'évanouit. Anna, contrariée, se rendait compte que toute l'affaire s'en allait en fumée. Georges ne savait pas s'il devait s'irriter de la perte de ses espoirs, ou se réjouir d'être débarrassé d'une sorte d'obligation. Henri avait l'impression que ses propres créations se débattaient dans une confusion fantasmagorique et l'abandonnaient, méprisantes, sans adieu, sans promesse de retour. Il se retrouvait seul, délaissé, dans un triste jardin, en compagnie d'un ami aimable et d'une jeune dame qui ne lui était rien. Il dut subitement penser à une personne qui, à cette même heure, les yeux rougis par les pleurs, roulait dans un compartiment de chemin de fer mal éclairé vers de sombres montagnes, se demandant avec inquiétude si elle arriverait à temps le lendemain matin pour la répétition. Il était de nouveau conscient qu'avec la fin de cette aventure son déclin commençait. Il n'avait plus rien ni personne. La souffrance de cette misérable créature, douloureusement haïe, était son unique bien. Et qui sait si, demain déjà, avec ses yeux rougis de pleurs, elle ne sourirait pas à un autre, l'âme encore douloureuse et nostalgique, mais le sang bouillant d'une nouvelle joie de vivre.

Mme Golowski était apparue dans la véranda, un peu en retard, elle se dépêchait et portait encore son chapeau et son parapluie. Elle rapportait de la ville le bonjour de Thérèse, qui voulait dans les jours suivants rendre une autre visite à Anna. Georges, appuyé à un des piliers de bois de la véranda, se tourna vers Mme Golowski avec la politesse marquée qu'il lui témoignait toujours. « Ne voulez-vous pas demander à Mlle Thérèse si elle n'aimerait pas passer quelques jours à la campagne ? La chambre sous le toit est entièrement à sa disposition. Je vais sous peu m'en aller pour un court séjour à la montagne, ajouta-t-il, comme s'il habitait régulièrement dans la petite pièce du haut. »

Mme Golowski remercia. Elle ferait la commission. Georges regarda l'heure et jugea qu'il était temps de s'en retourner. Henri et lui prirent congé. Anna les accompagna tous deux jusqu'à la porte du jardin, y resta un instant en les suivant des yeux jusqu'à ce qu'ils eussent atteint la hauteur où commençait le chemin de la Lande d'été.

La petite localité au fond de la vallée s'étendait dans le

clair de lune. Les pâles collines ressemblaient à de minces parois. L'obscurité montait de la forêt. Dans le lointain, mille lumières perçaient la brume de la nuit d'été qui recouvrait la ville. Henri et Georges marchaient côte à côte sans parler, ils se sentaient devenir étrangers l'un à l'autre. Georges se souvenait de cette promenade à travers le Prater l'automne précédent, lorsqu'une première conversation presque intime les avait rapprochés. Combien d'autres l'avaient suivie ? N'avaient-elles pas été emportées par le vent ? Aujourd'hui encore, Georges ne pouvait se promener avec Henri en silence comme jadis parfois avec Guido, avec Labinski également, sans perdre intérieurement le contact avec lui. Ce mutisme lui devenait pesant. Il commença, ce fut le premier sujet qui lui vint à l'esprit, par parler de Stauber père, il loua sa droiture, ses vastes connaissances. Henri était prévenu contre lui, il le trouvait un peu grisé de sa propre bonté, de sa sagesse, de ses capacités. Voilà également une catégorie de Juifs qu'il ne pouvait souffrir, ceux qui vivaient en accord avec eux-mêmes. Ils en vinrent à parler de Stauber fils dont l'attitude indécise entre la politique et la science semblait avoir pour Henri un aspect très séduisant. Partant de là, ils entreprirent une discussion sur la composition du Parlement, sur les querelles entre Allemands et Tchèques, sur les attaques des cléricaux contre le ministre de l'Education. Ils discouraient avec une application laborieuse, comme on a seulement coutume de le faire sur des sujets qui vous sont au fond parfaitement indifférents. Ils finirent par débattre du retrait ou du maintien du ministre après le rôle ambigu qu'il avait joué dans la question du mariage civil, et ne savaient plus très bien en dernière analyse lequel des deux s'était prononcé pour la démission, et lequel contre. Ils allaient le long du cimetière. Des croix et des monuments funéraires dépassaient du mur, formes vagues dans le clair de lune. Le chemin descendait pour rejoindre la rue. Ils se hâtèrent pour attraper le dernier omnibus à chevaux, et, debout sur la plate-forme, ils roulèrent vers la ville dans l'air nocturne lourd et brumeux. Georges expliqua qu'il avait l'intention de faire à bicyclette la première partie de son voyage. Suivant une inspiration subite, il demanda à Henri s'il ne voulait pas être de la partie. Henri fut d'accord et se montra en quelques minutes enthousiasmé par cette idée. Ils descendirent à la Schottentor, cherchèrent un café dans le voisinage, et étudièrent dans le détail, à l'aide des cartes qu'ils trouvèrent dans le dictionnaire encyclopédique, tous les itinéraires possibles. Quand ils se séparèrent, leur plan n'était pas encore complètement arrêté, mais ils savaient déjà qu'ils quitteraient ensemble Vienne le lendemain matin et monteraient à Lambach sur leurs machines.

Georges resta encore un long moment à la fenêtre ouverte, il n'avait pas du tout sommeil. Il pensait à Anna qu'il devait abandonner pour quelques jours, et se la représentait endormie là-bas à la campagne à cette heure blafarde entre l'approche de l'aube et l'effacement de la lune. Cependant avec le sentiment confus qu'il n'existait aucun lien entre cette apparition et son destin, mais plutôt avec celui d'un inconnu qui l'ignorait encore. Et que dans cet être endormi, un autre dormait encore plus profondément, plus mystérieusement, et que cet autre devait être son enfant, il n'arrivait pas à le croire. Maintenant que la lucidité froide de l'aube pénétrait ses sens presque douloureusement, toute cette aventure lui paraissait plus que jamais lointaine et invraisemblable. Une clarté toujours plus vive se montrait au-dessus des toits et des tours, mais la ville était encore loin d'être réveillée. L'air était parfaitement immobile. Aucun souffle ne venait des arbres du parc, aucun parfum des parterres défleuris. Et Georges restait à sa fenêtre, insensible, privé d'entendement.

7

Venant du fond de la cale, Georges gravissait un escalier étroit, recouvert d'un tapis, entre de hauts miroirs posés de biais, il portait un long plaid vert foncé qui traînait sur ses talons ; sous le ciel étoilé, il arpenta le pont désert du navire. Immobile comme toujours, Labinski se tenait au gouvernail, il tournait la roue, les yeux fixés sur le large. Quelle carrière, pensa Georges, d'abord mort, puis ministre, puis petit garçon avec un manchon, et aujourd'hui déjà pilote. S'il savait que je suis sur ce bateau, il me ferait certainement appeler. « Faites attention », dirent, dans le dos de Georges, les deux fillettes en bleu dont il avait fait la connaissance au bord du lac, mais déjà il perdait l'équilibre, s'empêtrait dans son plaid, et entendait au-dessus de sa tête les battements d'ailes des mouettes. Immédiatement après, il se trouvait assis à la table du salon, une table si longue que les gens à l'autre bout paraissaient minuscules. Près de lui, un monsieur qui ressemblait à Grillparzer remarqua, furieux : « Ce bateau a toujours du retard, il y a longtemps que nous devrions être à Boston. » Une profonde angoisse étreignit Georges, car s'il ne pouvait présenter au débarquement les trois partitions dans leur reliure verte, il serait immanquablement arrêté sous l'inculpation de haute trahison. C'est pourquoi le prince qui, toute la journée, roulait à bicyclette sur le pont à vive allure, le regardait parfois de côté si bizarrement. Et, pour augmenter les soupçons, il devait être à table en manches de chemise tandis que les autres hommes, comme toujours à bord des paquebots, portaient des uniformes de général, et les femmes des toilettes de velours rouge. « Nous allons arriver en Amérique », dit un steward enroué qui distribuait des asperges, « plus qu'une station ». Les autres peuvent rester tranquillement assis, pensa Georges, ils n'ont rien à faire, mais moi, je dois tout de suite nager jusqu'au théâtre. Dans le grand miroir en face de lui, la côte apparut : rien que des maisons sans toit qui s'élevaient de plus en plus haut en terrassés ; et au sommet, sous un kiosque blanc surmonté d'une coupole de pierre ajourée, l'orchestre attendait, impatient. Sur le pont la cloche sonna, Georges avec son plaid vert et ses deux valises escalada à grand-peine l'escalier du jardin. Mais il y avait eu erreur sur la personne ; on se trouvait dans le parc municipal, Félicien y était assis sur un banc avec, à côté de lui, une vieille dame coiffée d'une mantille ; elle porta les doigts à ses lèvres et siffla très fort, et Félicien, d'une voix extraordinairement grave, dit : « Saperlipopette. » Non, pensa Georges, Félicien n'emploie jamais un tel mot... Il se frotta les yeux et se réveilla.

Le train se remettait en marche. Devant la fenêtre fermee du compartiment, deux lanternes rouges brillaient. Puis ce fut la nuit, calme et noire. Georges s'emmitoufla dans son plaid et fixa la lampe à abat-jour vert du plafond. Quel bonheur, pensa-t-il, d'être seul dans le compartiment ; j'ai dormi profondément pendant au moins quatre à cinq heures. Quel rêve confus et étrange ! Les mouettes blanches lui revinrent d'abord à l'esprit. Avaient-elles une signification quelconque ? Puis il pensa à la vieille femme avec la mantille qui ne pouvait être personne d'autre que Mme Oberberger. Mais avait-elle vraiment l'aspect d'une vieille dame lorsqu'il l'avait aperçue, quelques jours auparavant, au côté de son brillant époux dans la loge du petit théâtre au décor blanc et rouge ? Labinski aussi était apparu dans son rêve, de façon étonnante, en pilote. De même les fillettes en robes bleues qui, du jardin de l'hôtel, l'observaient par la fenêtre dès qu'elles l'entendaient jouer du piano dans le petit salon. Mais qu'y avait-il de fantomatique dans ce rêve ?

Ce n'étaient pas les fillettes en bleu, pas Labinski, pas le prince de Guastalla et ses courses sur le pont à bicyclette. Non, c'était sa propre silhouette qui se glissait à sa hauteur des deux côtés, cent fois reflétée dans les hauts miroirs penchés, c'était elle qui lui était apparue fantomatique.

Il se mit à frissonner. Par l'aération du haut le souffle frais de la nuit pénétrait dans le compartiment. Au-dehors, l'obscurité d'un noir d'encre passa progressivement au gris soutenu, et, tout à coup, des paroles qu'il avait entendues, peu d'heures auparavant, prononcées par une voix sourde de femme, résonnèrent aux oreilles de Georges, des paroles chuchotées, douloureuses : Comme tu m'auras bientôt oubliée...

Il ne voulait pas entendre ces mots. Il voulait qu'ils se fussent déjà révélés exacts, et il se replongeait désespérément dans le souvenir de son rêve. Il n'y avait pour lui aucun doute, le vapeur sur lequel il avait entrepris sa tournée de concerts en Amérique avait représenté le navire qui emportait Aegidius vers son sinistre destin, le kiosque avec l'orchestre, le portique où la mort l'attendait. Un ciel étoilé splendide recouvrait toute la mer. Un ciel si bleu, des étoiles si argentées, il n'en avait encore jamais vu dans ses nuits de veille, même pas pendant celle du voyage avec Grace de Palerme à Naples. Soudain, dans l'obscurité, la voix de la femme aimée se fit de nouveau entendre, paroles chuchotées, douloureuses : Comme tu m'auras bientôt oubliée... Alors il la revit comme elle lui était apparue, il y avait à peine quelques heures, pâle et nue, la chevelure brune répandue sur l'oreiller. Il ne voulut plus y penser, évoqua du fond de sa mémoire d'autres images, les fit défiler devant lui par un effort de volonté... Il se vit avec Grace déambuler dans un cimetière sous la neige de février ; se vit avec Marianne rouler sur une route blanche vers la forêt hivernale ; se vit se promener avec son père sur le Ring tard dans la soirée ; et finalement un manège tourbillonna devant lui, et Sissy avec ses lèvres et ses yeux rieurs se balançait sur un cheval noir, Else, avec l'aisance gracieuse d'une grande dame, était assise dans une petite voiture tapissée de velours rouge, et Anna chevauchait un pur-sang arabe, tenant les rênes d'une main négligente. Comme elle était jeune et radieuse ! Etait-ce vraiment la même qu'il devait revoir dans quelques heures ? Et n'avait-il vraiment passé que dix jours loin d'elle ? Et devait-il maintenant revoir tout ce qu'il avait quitté dix jours auparavant : entre les parterres de fleurs le petit ange bleu, en terre cuite, le balcon avec le pignon de bois, le jardin paisible avec ses groseilliers et ses lilas ? Cela lui semblait absolument inconcevable. Elle m'attendra sur le banc sous le poirier, pensa-t-il. Je lui baiserai les mains comme si rien ne s'était passé. « Comment vas-tu Georges ? me demandera-t-elle, m'es-tu resté fidèle ? » Non, ce n'est pas son genre de poser de telles questions. Mais sans m'interroger et sans que je réponde, elle sentira que je ne reviens pas le même qu'à mon départ. Si elle pouvait le sentir ! S'il m'était épargné de mentir ! Mais ne l'ai-je pas déjà fait ? Et il pensait aux lettres qu'il lui avait écrites du bord du lac, protestations de tendresse et de nostalgie. Il pensait à l'attente la nuit, le cœur battant, l'oreille collée à la porte, jusqu'à ce que le silence complet se fît dans l'hôtel ; il se glissait alors dans le couloir pour rejoindre cette autre qui l'attendait pâle et nue, ses yeux noirs grands ouverts, baignée dans le parfum et le reflet bleuâtre de sa chevelure. Il pensait à cette nuit où, à demi ivres de volupté et d'audace, ils étaient sortis sur le balcon au pied duquel, ensorceleuse, l'eau bruissait. Si quelqu'un, dans l'obscurité profonde de cette heure, s'était trouvé dehors sur le lac, il aurait vu briller dans la nuit les formes blanches de leurs corps. Georges tremblait à ce souvenir. Nous étions fous. Comme il s'en était fallu d'un rien que je repose aujourd'hui à six pieds sous terre avec une balle en plein cœur. Cela peut encore arriver. Ils le savent tous. Else l'a su la première bien qu'elle n'ait presque jamais quitté Auhof pour descendre dans la localité. James Wyner le lui aura raconté, lui qui m'a vu le soir sur le ponton avec l'étrangère. Est-ce qu'Else l'épousera ? Qu'il lui plaise, je le comprends. Il est beau. Un jeune Anglais. Qui sait si, à Vienne, il ne serait pas devenu une sorte d'Oscar Ehrenberg ? Georges se rappela ce qu'Else lui avait dit de son frère. Sur son lit d'hôpital il avait paru à Georges si posé, presque mûri. Et, maintenant, il mènerait à Ostende une vie dissolue, s'adonnerait au jeu, fréquenterait la pire société, comme s'il voulait à tout prix se détruire. Est-ce que Henri trouverait toujours la chose aussi tragi-comique ? Mme Ehrenberg était devenue toute blanche de chagrin, et, un matin dans le parc, Else avait, devant Georges, donné libre cours à ses larmes. Pleurait-elle seulement à cause d'Oscar ?

Derrière la fenêtre du compartiment, la zone grise s'éclairait lentement. Georges voyait au-dehors les fils télégraphiques onduler, défiler en vagues pressées, et il songeait que, hier après-midi, sur un de ces fils, ses paroles mensongères avaient été portées jusqu'à Anna : Demain matin je serai près de toi. Brûlant d'impatience. Ton Georges... A peine quitté le bureau de poste, il s'était hâté de rejoindre l'autre pour une heure ardente, désespérée, avant la séparation. Et il pouvait à peine concevoir qu'à cette même heure, alors que déjà une éternité les séparait, elle devait reposer encore dans la même chambre aux volets hermétiquement clos, et dormir et rêver. Ce soir, elle serait dans son foyer, près de son mari et de ses enfants, dans son foyer, comme lui. Il savait qu'il en était ainsi et ne pouvait le comprendre. Pour la première fois de sa vie, il avait été sur le point de commettre ce que les gens auraient peut-être appelé une folie. Un seul mot de cette femme et il serait parti avec elle par le monde, laissant tout derrière lui, ses amis, son amante, son enfant à naître. N'y était-il pas encore prêt ? Ne viendrait-il pas si elle l'appelait ? Et s'il le faisait, n'en avait-il pas le droit ? N'était-il pas plutôt créé pour de telles aventures que pour la vie calme, exemplaire, qu'il avait choisie ? N'était-il pas destiné à parcourir le monde, en individu audacieux et résolu, plutôt que de se fixer quelque part avec femme et enfant, et le souci du pain quotidien, de la carrière, et de gagner tout au plus un peu de célébrité ?

Pendant ces jours d'où il sortait maintenant, il s'était senti vivre peut-être pour la première fois. Chaque instant avait été si riche, si rempli, et pas seulement ceux passés dans ses bras. Subitement, il était redevenu jeune. La campagne était plus épanouie, le ciel plus vaste, l'air qu'il respirait, plus épicé, plus fort, et, en lui, des mélodies avaient chanté comme jamais auparavant. Avait-il composé un plus beau lied que cette sereine mélodie sans paroles au rythme berceur, « pour chanter sur l'eau » ? Chose étrange, l'œuvre avait jailli d'une profondeur insoupçonnée de son être, sur la rive du lac, une heure après qu'il eut aperçu pour la première fois cette femme merveilleuse. Maintenant, le conseiller Wilt ne le tiendrait plus longtemps pour un dilettante. Pourquoi pensait-il justement à celui-là ? Les autres savaient-ils mieux qui il était ? Ne lui semblait-il pas parfois que Henri lui-même, qui avait pourtant voulu lui écrire un livret d'opéra, ne le jugeait pas plus équitablement ? Il réentendait les paroles que lui avait adressées le poète pendant le voyage de Lambach à Gmunden alors qu'ils traversaient la forêt humide : « Vous n'avez pas besoin de créer pour être ce que vous êtes ! Ce qui vous est nécessaire n'est pas le travail, c'est seulement l'atmosphère de votre art... » Immédiatement après, il se souvint de la soirée dans la maison forestière à l'Almsee. Un chasseur de trente-sept ans y avait chanté des airs joyeux, et Henri s'était étonné que quelqu'un puisse être aussi gai à un âge où l'on devrait se sentir déjà si proche de la mort. Puis ils s'étaient mis au lit dans une salle immense où les paroles résonnaient, avaient encore longuement philosophé sur la vie et la mort, pour sombrer soudain dans le sommeil. Le lendemain, sous les frais rayons d'un soleil de montagne, ils s'étaient séparés.

Georges demeurait allongé, immobile, enveloppé dans son plaid, il se demandait s'il devait mentionner à Henri sa rencontre avec l'actrice. Comme elle avait blêmi en l'apercevant à l'improviste ! Les yeux toujours papillotants, elle avait écouté le récit de l'excursion à bicyclette, puis, sans la moindre transition, elle avait commencé à parler de sa mère, de son petit frère qui savait si bien dessiner. Par l'entrée de la scène les collègues ne cessaient de les observer, surtout l'un avec un chapeau en loden orné d'un plumet en poil de chamois. Le même soir, Georges l'avait vue jouer dans un vaudeville français, et s'était demandé si la charmante personne qui s'agitait sans retenue sur la scène du petit théâtre d'été pouvait être réellement aussi désespérée que Henri se l'imaginait. Non seulement elle lui avait plu, mais aussi à James et à Sissy. Quelle joyeuse soirée ils avaient passée ! Et le souper après le théâtre avec James, Sissy, maman Wyner et Willy Eissler ! Et le lendemain matin, la promenade dans l'attelage à quatre du vieux baron Löwenstein qui conduisait en personne ! Ils avaient atteint le lac en moins d'une heure. Un canot voguait le long de la rive. La femme aimée y était assise, le châle de soie verte sur ses épaules. Comment se fit-il que Sissy ait soupçonné immédiatement le rapport entre lui et elle ? Et le dîner plein d'entrain, en haut à Auhof chez les Ehrenberg ! Georges avait pris place entre Else et Sissy, et Willy racontait une histoire drôle après l'autre. Puis, l'après-midi, tandis que tous leurs compagnons se reposaient sous les ombrages vert foncé du parc inondé de chaleur, Georges et Sissy, sans en être convenus, s'étaient retrouvés pour une heure merveilleuse qui, sans serments de fidélité, sans le frisson de l'accomplissement, s'était écoulée comme un rêve. Comme je voudrais l'évoquer, la goûter, instant par instant, cette journée radieuse. Je nous vois tous deux, Sissy et moi, main dans la main, gagner le tennis en traversant la prairie. Je crois que je n'ai jamais aussi bien joué. Et je revois Sissy, allongée dans un fauteuil d'osier, la cigarette aux lèvres, le vieux baron Löwenstein à son côté, et les regards brûlants qu'elle lançait à Willy. Qu'étais-je déjà redevenu pour elle en ce moment ? Et le soir ! James, Willy et moi, nous avons nagé dans la pénombre, loin dans le lac, quelle caresse délicieuse que celle de cette eau tiède ! Quelle jouissance cela aussi ! Ensuite la nuit..., la nuit...

De nouveau, le train s'arrêta. Au-dehors, il faisait déjà tout à fait jour. Georges restait étendu, immobile, comme auparavant. Il entendait crier le nom de la station, les voix des serveurs, des contrôleurs, des voyageurs, les pas sur le quai, les multiples signaux, et il savait que dans une heure il serait à Vienne. Si Anna avait appris des choses sur lui, comme, l'année dernière, Henri sur son amie ! Il ne pouvait s'imaginer qu'Anna fût bouleversée par une telle nouvelle, même si elle la tenait pour vraie. Peut-être pleurerait-elle, mais discrètement, en cachette. Il résolut de ne rien laisser voir. N'était-ce pas justement son devoir? De quoi s'agissait-il? D'une seule chose, qu'Anna passe les dernières semaines calmement, sans motif d'agitation, et qu'un enfant sain vienne au monde. Uniquement de cela. Depuis combien de temps déjà avait-il entendu ces paroles du docteur Stauber? L'enfant!... Comme l'heure était proche! L'enfant..., songea-t-il de nouveau, mais sa pensée ne pouvait aller plus loin que le mot. Il s'efforça pour finir de se représenter un petit être vivant. Mais, de façon bouffonne, son imagination ne lui offrait que des bambins échappés d'un livre d'images, figures burlesques aux couleurs criardes. Où passera-t-il ses premières années? Chez des paysans à la campagne, dans une maison avec un petit jardin. Mais un jour nous irons le chercher pour l'installer chez nous. Il pourrait en être autrement... On reçoit une lettre : Monsieur, j'ai l'honneur de vous communiquer que l'enfant est tombé gravement malade... Ou même... Pourquoi penser à de telles choses? Même si nous le gardions auprès de nous, il pourrait tomber malade et mourir. En tout cas, il faut le confier à des gens sérieux. Je m'en occuperai moi-même. Il lui semblait avoir à faire face à de nouvelles charges qu'il n'avait jamais bien envisagées, sans sentir en lui-même les capacités nécessaires. Pour lui, toute l'histoire repartait pour ainsi dire du début. Il revenait d'un monde dans lequel tous ces problèmes ne l'avaient pas préoccupé, un monde où d'autres lois avaient cours que celles auxquelles il devait se plier de nouveau maintenant. N'avait-on pas eu l'impression que les autres se rendaient compte qu'il ne faisait pas partie de leur groupe et restaient comme pénétrés d'une certaine déférence, comme saisis de respect devant la puissance et la sainteté d'une grande passion qu'ils voyaient se déchaîner près d'eux? Il se souvenait d'une soirée pendant laquelle les clients de l'hôtel avaient disparu les uns après les autres du salon de musique, conscients de leur devoir de le laisser seul avec elle. Il s'était assis au piano et avait commencé à improviser. Elle était restée dans son coin dans la pénombre, blottie dans un grand fauteuil. Au début, il avait encore vu son sourire, puis seulement l'éclat sombre de ses yeux, puis simplement sa silhouette, et puis plus rien, mais sachant toujours qu'elle était là. Là-bas, sur l'autre rive, des lumières étaient apparues. Les deux fillettes en robes bleues avaient jeté un coup d'œil par la fenêtre, pour disparaître aussitôt. Enfin il s'était arrêté de jouer. Telle une ombre, elle était alors sortie de son coin et avait posé ses mains sur sa tête. Quel instant indiciblement beau ! Et tout lui revint en mémoire. Le repos dans le canot au milieu du lac, rames relevées, sa tête reposant sur les genoux de sa compagne ; la promenade sur la rive opposée jusqu'au banc sous le chêne. C'est là qu'il lui avait tout raconté. Tout comme à une amie. Et elle l'avait compris comme aucune autre ne l'avait fait. N'était-ce pas elle qu'il avait cherchée depuis toujours, à la fois amante et compagne, au regard sûr pour toutes les choses de ce monde, et cependant créée pour toutes les folies, pour tous les délices ? Et hier, la séparation... Le sombre éclat de ses yeux, le parfum de son corps nu et pâle... Etait-ce possible que cela soit fini pour toujours, que tout cela ne doive jamais, jamais revenir ?...

Devant son impuissance, Georges froissa le plaid entre ses doigts et ferma les yeux. Il ne vit plus les molles ondulations des collines qui défilaient au-dehors dans la lumière matinale, et pour en savourer le bonheur une dernière fois, il se plongea en rêve dans les sombres délices de l'heure de la séparation. Mais après une nuit passée à subir les cahots du train, la fatigue l'emporta, et, au lieu des images souhaitées, il fut emporté dans des rêves incohérents qu'il ne pouvait contrôler. Il marchait sur le chemin de la Lande d'été dans une pénombre étrange qui l'emplissait d'une profonde tristesse. Etait-ce le matin ? Etait-ce le soir ? Etait-ce un ciel couvert ? Ou bien était-ce l'éclat mystérieux de quelque astre qui n'avait encore brillé que pour lui ? Subitement, il se retrouva sur une grande prairie dégagée, Henri Bermann y courait de-ci, de-là, qui lui demanda : Cherchez-vous aussi le château de la dame ? Je l'attends depuis déjà longtemps. Ils montèrent un escalier en colimaçon. Henri le précédait, si bien que Georges ne voyait qu'un pan de son manteau traînant sur ses talons. En haut, sur une terrasse gigantesque d'où on apercevait la ville et le lac, toute la société était rassemblée. Léo avait commencé son exposé sur les accords en mineur ; il s'arrêta à l'apparition de Georges, descendit de la chaire et le conduisit jusqu'à une chaise libre du premier rang près d'Anna. Celle-ci sourit, radieuse, à la vue de Georges. Elle était jeune, éblouissante, dans une magnifique toilette du soir, décolletée. Juste derrière elle, était assis un garçonnet aux boucles blondes en costume marin avec un grand col blanc, et Anna dit : « C'est lui. » Georges lui fit signe de se taire, cela devait rester secret. Pendant ce temps, là-haut, Léo, pour illustrer sa théorie, jouait le nocturne en *do* mineur de Chopin, et, derrière lui appuyé contre le mur, grand, maigre, bienveillant, se tenait le vieux Bösendorfer [1] en pardessus jaune. Tous quittèrent en grand désordre la salle de concert. Georges mit sur les épaules d'Anna son manteau, et regarda sévèrement autour de lui. Puis il se trouva avec elle en voiture, il l'embrassa et pensa avec ravissement : S'il pouvait toujours en être ainsi ! Soudain ils s'arrêtèrent devant la maison de Mariahilf. En haut, à la fenêtre, de nombreux élèves attendaient déjà et leur faisaient signe. Anna descendit, prit congé de Georges avec un visage malicieux et disparut sous le portail qui se referma à grand bruit derrière elle.

« S'il vous plaît, dans dix minutes », dit quelqu'un. Georges se redressa. Le contrôleur était à la porte, il répéta : « Dans dix minutes, nous arrivons à Vienne.

— Merci », dit Georges, et il se leva, l'esprit assez confus. Il ouvrit la fenêtre et fut heureux de constater qu'il faisait beau temps. L'air frais du matin le revigora complètement. Des murs jaunes, des guérites de gardes-barrières, des jardinets, des poteaux télégraphiques se succédaient rapidement. Enfin le train s'arrêta sous la verrière de la gare. Quelques minutes plus tard, dans un fiacre décapoté, Georges gagnait son domicile. Il voyait des ouvriers, des demoiselles de magasin, des employés de bureau se rendre à leur travail quotidien, il entendait grincer les volets roulants qu'on relevait ; et, au milieu de toute cette agitation qui l'attendait, au sein de sa nostalgie qui l'emportait vers d'autres lieux, il éprouvait la satisfaction profonde de se retrouver chez soi. Lorsqu'il pénétra dans sa chambre, il se sentit douillettement à l'abri. Son vieux bureau recouvert d'un tapis vert, le presse-papiers en malachite, la lampe d'opaline élancée avec le vaste abat-jour vert, les portraits de son père et de sa mère dans les minces cadres d'acajou, dans l'angle la petite table ronde en marbre avec la cassette argentée pour les cigares, là, au mur, le prince

1. Facteur de piano autrichien. *(N.d.T.)*

du Palatinat d'après Van Dyck, la haute bibliothèque aux rideaux vert olive, tout l'accueillait chaleureusement. Et la vue elle-même, la brave vue familière par-delà les cimes des arbres du parc sur les tours et les toits, quelle félicité ! De tout ce qu'il retrouvait ici, émanait pour lui comme un bien-être à peine soupçonné, et il fut profondément affligé à l'idée de devoir quitter tout cela dans quelques semaines. Pour avoir un foyer, un véritable foyer, combien de temps faudrait-il ? Il serait volontiers demeuré quelques heures dans cette pièce tant aimée, mais il n'en avait pas le temps. Ne devait-il pas être à la campagne avant midi ?

Il s'était débarrassé de ses vêtements, s'était plongé voluptueusement dans l'eau chaude de son étincelante baignoire. Pour ne pas s'endormir pendant son bain, il eut recours à un moyen qui s'était déjà assez souvent révélé efficace : Se remémorer une fugue de Bach note pour note. Il pensa aussi à son piano, il lui fallait s'exercer assidûment, déchiffrer des partitions. Le plus sage ne serait-il pas de consacrer encore une année à l'étude ? Ne pas commencer à prospecter, ou, bien plus, à accepter un poste que l'on ne serait pas capable d'assumer. Plutôt rester ici et travailler. Rester ici ? Où donc ? On avait donné congé de l'appartement. Un instant, il eut l'idée de louer quelque chose dans la vieille maison face à l'ancienne église où il avait passé avec Anna de si belles heures. Il lui semblait se rappeler une histoire depuis longtemps révolue, une aventure de jeunesse, joyeuse, un peu mystérieuse, terminée depuis bien des années.

Revigoré, ayant passé un vêtement tout neuf, le premier complet clair qu'il portait depuis la mort de son père, il retourna dans sa chambre. Une lettre était sur le bureau que le courrier du matin venait d'apporter. Une lettre d'Anna. Il lut. Elle ne contenait que peu de mots. « Te voici de retour, mon bien-aimé. Sois le bienvenu. Vers toi volent toutes mes pensées. Ne me fais pas attendre trop longtemps. Ton Anna. »

Georges releva les yeux. Il ne savait pas lui-même ce qui le touchait si singulièrement dans cette courte missive. D'habitude les lettres d'Anna conservaient toujours, en dépit de leur tendresse, une certaine allure mesurée, presque conventionnelle, et, parfois, par plaisanterie, il les nommait des « décrets » ; celle-ci, par contre, était d'une tonalité qui lui rappelait la jeune fille passionnée d'autrefois, son amante qu'il avait presque oubliée ; et une inquiétude inattendue étreignit bizarrement son cœur. Il descendit l'escalier en courant, sauta dans le premier fiacre venu et se fit conduire à la campagne. Bientôt, il se sentit agréablement distrait par l'aspect des gens dans la rue qui ne le concernaient en rien ; plus tard, au voisinage des forêts, l'agrément de cette journée d'été sous un ciel bleu l'apaisa. Tout d'un coup, plus tôt que Georges ne s'y attendait, la voiture s'arrêta devant la maison de campagne. Machinalement, Georges leva d'abord les yeux vers le balcon sous le pignon. Une petite table s'y trouvait recouverte d'un tissu blanc, sur laquelle une corbeille à ouvrage était posée. C'est vrai, Thérèse y avait habité pendant quelques jours. La mémoire lui revint. Thérèse !... Il descendit de voiture, la renvoya, entra dans le jardin en façade avec sur son socle modeste l'ange bleu parmi les parterres flétris. Il entra dans la maison. Dans la grande pièce centrale, la Marie était en train de mettre la table.

« Madame est en haut dans le jardin », dit-elle.

La porte de la véranda était ouverte. Les lattes du plancher craquèrent sous les pas de Georges. Le parfum et la touffeur du jardin l'accueillirent. Il n'avait pas changé. Pendant tous les jours de son absence il s'étendait là paisible comme en cet instant, dans la lumière de l'aube, dans l'éclat du soleil, dans l'ombre du soir, dans l'obscurité de la nuit. Toujours le même... Montant droit vers le haut, le sentier de gravier divisait la prairie. De l'autre côté des buissons couverts de baies rouges, des voix d'enfants se faisaient entendre. Et là-bas sur le banc, le bras appuyé sur le dossier, très pâle, dans un ample peignoir bleu, c'était Anna. Oui, c'était bien elle. Elle l'aperçut, voulut se lever. Il vit son mouvement, et vit en même temps que cela lui était pénible. Pourquoi donc ? Etait-elle paralysée par l'émotion ? Ou l'heure grave était-elle si proche ? Il lui fit signe de la main de rester assise. Elle se rassit et tendit doucement les bras à sa rencontre, les yeux étincelants de bonheur. Georges se hâta, son feutre gris à la main, il parvint près d'elle.

« Enfin », dit-elle d'une voix qui semblait provenir d'aussi loin que les mots de la lettre du matin. Il prit ses mains, les secoua maladroitement, sentit quelque chose se nouer dans sa gorge, il ne put prononcer un seul mot, il ne fit qu'incliner la tête et sourire. Et, brusquement, il s'agenouilla devant elle sur le gravier, ses mains dans les siennes, sa tête sur ses genoux, il la sentit retirer délicatement ses mains qu'elle posa sur sa tête, et puis il s'entendit pleurer doucement. Comme dans un rêve confus, délicieux, il se crut enfant aux pieds de sa mère, et cet instant se transmua en souvenir, un souvenir lointain, douloureux, au moment même où il le vécut.

8

Mme Golowski sortit de la maison. De l'extrémité supérieure du jardin, Georges la vit pénétrer dans la véranda. Pris d'inquiétude il courut au-devant d'elle, mais, de loin, dès qu'elle l'aperçut, elle fit non de la tête.

« Pas encore ? demanda Georges.

— Le professeur pense, répondit Mme Golowski, avant la tombée du jour.

— Avant la tombée du jour, répéta Georges, et il regarda l'heure. Et il n'est que trois heures. »

Compatissante, elle lui tendit la main, et Georges vit ses bons yeux, un peu fatigués par les veilles. A ce moment, les rideaux blancs de la fenêtre d'Anna furent légèrement tirés, le vieux docteur Stauber apparut dans l'ouverture et lança à Georges un regard amical, apaisant, puis il disparut et les rideaux retombèrent. Mme Rosner était assise à la table ronde de la pièce centrale. De la véranda Georges n'apercevait que les contours de sa silhouette, son visage disparaissait entièrement dans l'ombre. De nouveau, un gémissement suivi d'une plainte aiguë parvint de la chambre où reposait Anna. Georges regarda fixement la fenêtre, attendit un moment, puis il se détourna et, pour la centième fois de la journée, il remonta jusqu'en haut du jardin. Apparemment elle était déjà trop faible pour crier, pensa-t-il, et il ressentit un pincement au cœur. Depuis deux nuits et deux jours entiers, elle était dans les douleurs ; le troisième touchait à sa fin, et cela devait encore durer jusqu'au soir ! Dès la fin du premier jour, le docteur Stauber avait appelé un professeur en consultation qui était revenu deux fois hier, et était là aujourd'hui depuis midi. Quand Anna s'était assoupie pour quelques minutes, veillée par la garde, il avait marché avec Georges de long en large dans le jardin, et avait essayé de lui expliquer toute la singularité du cas. Provisoirement il n'y avait aucune raison de s'inquiéter, on entendait toujours très distinctement les battements du cœur de l'enfant. Le professeur était un homme encore assez jeune avec une longue barbe blonde, et ses paroles tombaient douces et affables comme les gouttes d'un remède calmant. Il parlait à la malade comme à une enfant, effleurait son front, ses cheveux, lui caressait les mains. Georges avait appris par la garde qu'il témoignait le même dévouement, la même patience à chaque malade. Quelle profession, pensa Georges qui s'était échappé à Vienne pour quelques heures pendant ces trois journées terribles, et qui avait même pu cette nuit, tandis qu'Anna se tordait de douleur, dormir six heures pleines là-haut dans la mansarde, d'un sommeil profond, sans rêves.

Il marchait le long des lilas flétris, arrachait des feuilles, les triturait dans sa main et les jetait à terre. De l'autre côté des buissons bas, dans le jardin voisin, une dame passa dans un peignoir à rayures noires et blanches, elle regarda Georges d'un air grave, compatissant. C'est vrai, pensa Georges, elle a naturellement entendu crier Anna avant-hier, hier et aujourd'hui. Le village entier était au courant, également les jeunes filles de l'affreuse villa gothique qui l'avaient considéré un jour comme un séducteur digne d'intérêt ; c'était même trop drôle de se voir, hier au village, salué par un inconnu à la barbiche rousse qui habitait deux maisons plus loin, un salut plein de compréhension et de respect. Curieux, pensa Georges, comme on peut devenir populaire. Seule, Mme Rosner laissait voir que, même si elle n'attribuait pas à Georges la responsabilité principale de ce cas difficile, elle le tenait de toute façon pour assez dénué de sentiment. Il n'en voulait pas à cette brave femme, accablée de chagrin, qui ne pouvait évidemment pas se douter à quel point il aimait Anna. Il n'y avait pas si longtemps qu'il le savait lui-même.

Ce fameux matin du retour, comme Georges, après de longs sanglots étouffés, avait relevé la tête des genoux d'Anna, elle ne lui avait adressé aucune question, mais il avait lu dans son regard douloureusement surpris qu'elle soupçonnait la vérité. Et, si elle ne l'interrogeait pas, il croyait en comprendre la raison. Elle devait sentir qu'elle l'avait tout à elle, qu'il lui appartenait maintenant plus complètement que jamais auparavant. Quand, dans les heures et les jours suivants, il lui parla de la période qu'il avait passée loin d'elle, et que, parmi toutes les femmes qu'il citait, il mentionna rapidement mais inévitablement ce nom mystérieux, nouveau pour elle, Anna sourit avec une expression légèrement ironique, mais à peine différente de celle qu'elle avait quand il parlait d'Else ou de Sissy, ou des fillettes en bleu qui l'observaient quand il jouait dans le salon de musique.

Depuis deux semaines qu'il habitait la villa, il se sentait en bonne forme et d'humeur propre à un travail solide et sérieux. Sur la petite table où, il y a peu encore, était posé le nécessaire de couture de Thérèse, il étalait chaque matin des partitions, des ouvrages de théorie musicale, du papier à musique, et s'appliquait à résoudre des problèmes d'harmonie et de contrepoint. Souvent, étendu sur la prairie à la lisière du bois, il lisait un de ses livres préférés, écoutait bruire en lui des mélodies, s'abandonnait à la rêverie, ravi du murmure des arbres et de l'éclat du soleil. Les après-midi, quand Anna se reposait, il lui faisait la lecture ou bavardait avec elle. Ils parlaient souvent aussi du petit être qui devait bientôt venir au monde, en parents tendres et prévoyants ; mais jamais de leur propre avenir lointain ou proche. Cependant, assis à son chevet ou se promenant bras dessus, bras dessous avec elle de long en large dans le jardin, ou côte à côte sur le banc sous le poirier dans le calme lumineux des journées de fin d'été, Georges savait bien qu'ils étaient unis à jamais, et que même la séparation temporaire imminente ne pourrait avoir aucune emprise sur le sentiment assuré de leur union. Ce n'était que depuis le début des douleurs qu'il avait l'impression qu'elle lui échappait dans une sphère où il ne pouvait la suivre. Hier encore il était resté des heures près de son lit, lui avait tenu les mains. Elle s'était montrée patiente comme toujours, avait demandé avec sollicitude s'il était bien installé dans la maison, l'avait prié de travailler et de se promener comme d'habitude, l'avait assuré qu'elle l'aimait encore plus depuis qu'elle souffrait. Cependant, Georges le sentait, pendant ces journées elle n'était plus la même. Particulièrement quand elle poussait des cris, comme ce matin au milieu des pires souffrances, son âme était si loin de lui qu'il s'en effrayait.

Il était revenu près de la villa. Aucun bruit ne parvenait de la chambre d'Anna dont les rideaux s'agitaient faiblement. Le vieux docteur Stauber se trouvait dans la véranda. La gorge sèche, Georges courut vers lui. « Que se passe-t-il ? » demanda-t-il fiévreusement. Le docteur posa sa main sur son épaule. « Cela va très bien. » Un gémissement se fit entendre, s'amplifia jusqu'à devenir un cri sauvage, forcené. Georges passa la main sur son front en sueur, et dit avec un sourire amer : « Vous appelez cela aller très bien ? » Stauber haussa les épaules. « Il est écrit, tu enfanteras dans la douleur... »

En Georges quelque chose se révolta. Il n'avait jamais cru au dieu des croyants naïfs qui exauce les vœux des pauvres humains, qui venge, et qui pardonne les misérables péchés des hommes. Pour l'être innommé dont il pressentait la présence dans l'infini, inaccessible à ses sens et à sa raison, prières et blasphèmes n'étaient que de pauvres mots dans des bouches humaines. Ni à la mort de sa mère dans des douleurs atroces, insensées, ni à la disparition de son père, survenue, autant qu'il avait pu en juger, sans souffrance, il n'avait eu l'audace de penser que, dans le cours du monde, son malheur signifiait plus que la chute d'une feuille. Une lâche humilité ne l'avait pas fait s'incliner, respectueux d'une décision supérieure insondable, ni gronder stupidement contre un sort inclément qui l'aurait frappé. Aujourd'hui, pour la première fois, il lui sembla que, quelque part dans les nuages, sa personne était l'objet d'un jeu incompréhensible. Le cri avait cessé, on n'entendait plus qu'un gémissement.

« Et les battements de cœur ? demanda Georges.

— Il y a dix minutes ils étaient encore nettement perceptibles », répondit Stauber en évitant son regard.

Georges se défendait d'une pensée terrible qui montait des profondeurs de son être. Il était sain, elle était saine, deux individus jeunes, vigoureux..., est-ce qu'il était possible ?... Le docteur lui remit la main sur l'épaule. « Promenez-vous donc, nous vous appellerons le moment venu. » Et il se détourna.

Georges demeura encore un moment dans la véranda. Dans la pièce principale qui commençait à sombrer dans la pénombre, il aperçut Mme Rosner prostrée sur le divan. Il s'éloigna, fit le tour de la maison, et grimpa par l'escalier de bois dans sa mansarde. Il se jeta sur le lit, ferma les yeux ; au bout de quelques minutes, il se releva et marcha de long en large dans la pièce, puis y renonça car le parquet craquait. Il sortit sur le balcon. Sur la table, la partition du *Tristan* était ouverte, il jeta un coup d'œil sur les notes. C'était le prélude du troisième acte. Les sons résonnaient à son oreille. Les vagues de la mer s'abattaient avec un bruit sourd sur la rive rocheuse, et du lointain sinistre retentissait la mélodie douloureuse du cor anglais. Par-delà le feuillage, il contemplait la splendeur argentée du jour. Le soleil reposait partout, sur les toits, les chemins, les jardins, les collines, les bois. Le ciel déployait sa voûte bleu sombre, et l'odeur des récoltes montait des profondeurs. Où en étais-je, il y a un an aujourd'hui ? pensa Georges. J'étais à Vienne, tout seul. Je ne me doutais de rien. Je lui avais envoyé un lied... « Etre le reflet de ton regard... » Pourtant, je songeais à peine à elle... Et maintenant, elle est ici en bas et meurt... Il fut épouvanté. Il avait voulu penser..., elle est dans les douleurs, et, pour ainsi dire, les mots s'étaient glissés sur ses lèvres : elle meurt. Mais pourquoi s'effrayer, c'était puéril. Comme si de tels pressentiments existaient ! Et si le danger était réel, et si les médecins avaient à prendre une décision, ils devaient naturellement sauver d'abord la mère. Le docteur Stauber le lui avait appris depuis peu. Qu'est-ce qu'un enfant qui n'a pas encore vécu ? Rien. A un moment quelconque il l'avait engendré sans le désirer, sans avoir seulement envisagé la possibilité de devenir père. Et savait-il même s'il ne l'était pas devenu, il y a quelques semaines, dans cette heure sombre d'ivresse derrière des volets clos..., devenu père cette fois-là aussi sans l'avoir voulu, sans l'avoir envisagé et, peut-être, si tel était le cas, sans jamais l'apprendre ?

Il entendit des voix, regarda en bas. Le cocher du professeur avait saisi par le bras une bonne qui ne se défendait pas trop. Peut-être qu'ici aussi les fondements d'une nouvelle vie humaine étaient posés. Il se détourna écœuré et rentra dans la pièce. Un coffret de cigarettes était posé sur la table, il remplit minutieusement son étui, et, tout d'un coup, son inquiétude lui parut injustifiée, voire puérile. Une idée subite lui vint : Avant que je vienne au monde, ma mère s'est trouvée dans la même situation qu'Anna aujourd'hui ; est-ce que mon père tournait ainsi en rond, en proie à une panique semblable ? Et s'il vivait encore et était ici, lui aurais-je dit ? Tout cela serait-il arrivé s'il vivait encore ? Il pensait à de belles journées d'été, libres de tout souci, passées au bord du Veldeser See. Il évoqua la chambre confortable dans la villa paternelle, et, comme dans le flou d'un rêve, la mansarde nue et son parquet craquant où il se trouvait maintenant devint l'image de toute son existence présente comparée à celle insouciante d'alors, exempte de responsabilités. Il se rappela un entretien sérieux concernant l'avenir qu'il avait eu avec Félicien quelques jours auparavant. Immédiatement après, il pensa à sa conversation avec une femme de la campagne qui s'était proposée pour garder l'enfant. Son mari et elle possédaient un petit bien près de la voie ferrée à seulement une heure de Vienne ; elle avait perdu l'année passée sa propre fille. L'enfant serait bien chez eux, promettait-elle, aussi bien que dans une famille qui ne lui serait pas étrangère. Et, comme il y pensait, il eut l'impression que son cœur s'arrêtait de battre. Avant la tombée du jour, il sera là..., l'enfant. Son enfant qu'une personne étrangère attendait déjà pour s'en emparer. Les émotions des derniers jours l'avaient si fatigué que ses genoux étaient douloureux. Il se souvint de sensations physiques semblables éprouvées précédemment, le soir après l'examen du baccalauréat, l'heure où il avait appris le suicide de Labinski. Il y a trois jours, lors des premières douleurs, son moral était tout autre, joyeux, optimiste ! Maintenant il ne ressentait plus qu'un abattement sans pareil. Dans la mansarde, l'odeur de moisi lui était de plus en plus désagréable. Il alluma une cigarette, sortit de nouveau sur le balcon. L'air chaud, immobile, le réconforta. Sur le chemin de la Lande d'été le soleil brillait encore, et, dépassant le mur du cimetière, une croix dorée étincelait.

Il entendit du bruit en bas. Des pas ? Oui, des pas et aussi des voix. Il quitta le balcon, la pièce, dévala l'escalier de bois grinçant. Une porte s'ouvrit, des pas pressés dans le couloir. Au moment où il atteignait la dernière marche, il se trouva face à face avec Mme Golowski. Son cœur s'arrêta de battre. Il ouvrit la bouche sans émettre un son. « Oui, dit-elle, un garçon. »

Il saisit ses deux mains, sentit son visage s'illuminer, une onde de bonheur d'une puissance, d'une chaleur inattendues le parcourut. Soudain, il remarqua que les yeux de Mme Golowski ne brillaient pas comme ils auraient dû. L'onde de bonheur reflua. Quelque chose lui serra la gorge. « Eh bien ? demanda-t-il, et, d'un ton presque menaçant, vit-il ? — Il a respiré une fois... Le professeur espère... » Georges écarta la femme, gagna en trois pas la pièce centrale et s'arrêta, frappé de stupeur. Le professeur, vêtu d'une longue blouse blanche, portait dans ses bras un petit être, le secouait énergiquement. Georges restait pétrifié. Le professeur le salua de la tête sans se laisser distraire de son occupation. D'un regard attentif il observait le petit corps. Il le déposa sur la table recouverte d'un linge blanc, fit exécuter aux membres de l'enfant des mouvements violents, lui frictionna la poitrine et le visage, puis l'éleva en l'air à plusieurs reprises, et, à chaque fois, Georges remarquait que la tête retombait lourdement sur la poitrine. Le médecin reposa alors l'enfant sur le linge, et il appliqua une oreille contre sa poitrine, puis il se redressa, une main reposant sur le petit corps, de l'autre il fit doucement signe à Georges de s'approcher. Retenant involontairement son souffle, Georges vint tout près. Il regarda d'abord le docteur, puis le petit être étendu sur le drap blanc. L'enfant avait les yeux ouverts, des yeux bleus particulièrement grands comme ceux d'Anna. Son visage, contrairement à ce qu'attendait Georges, n'était pas fripé, laid comme celui d'un vieux nain. C'était vraiment un visage humain, un calme et beau visage d'enfant, et Georges savait que ses traits reproduisaient fidèlement les siens.

Le professeur dit à voix basse : « Cela fait une heure que je n'entendais plus les battements du cœur. »

Georges hocha la tête. D'une voix étranglée, il demanda : « Comment va-t-elle, *elle ?*

— Très bien, mais il ne faut pas entrer maintenant, monsieur le baron.

— Non », répondit Georges en secouant la tête. Il fixait le petit corps immobile au reflet bleuâtre, et savait qu'il se tenait devant le cadavre de son enfant. Cependant, il regarda à nouveau le médecin et interrogea : « Il n'y a plus rien à faire ? »

Celui-ci haussa les épaules.

Georges respira profondément, puis il désigna la porte fermée de la chambre. « Sait-elle déjà ?

— Pas encore. Pour le moment, contentons-nous d'être soulagés que cette épreuve soit terminée. La pauvre a beaucoup souffert. Je regrette seulement que cela ait été finalement en vain.

— Vous vous y attendiez, monsieur le professeur ?

— Je le craignais depuis ce matin.

— Et comment..., comment ? »

Doucement, à voix basse, le professeur répondit : « Un cas très rare, comme je vous l'ai déjà dit.

— Vous m'avez dit ?

— Oui, j'ai essayé de vous faire comprendre que cette possibilité... Il a été étranglé par le cordon ombilical. Cet accident survient à peine dans un ou deux pour cent des naissances. » Il se tut. Georges fixait l'enfant. C'était vrai, le professeur l'avait déjà préparé, mais il n'avait pas pris la remarque au sérieux. Mme Rosner se tenait près de lui, désemparée. Georges lui tendit la main, et ils se regardèrent, deux êtres durement éprouvés, unis par le malheur. Puis Mme Rosner se laissa tomber sur un siège accoté au mur.

Le professeur dit à Georges : « Je vais aller encore une fois voir la mère.

— La mère », répéta Georges en le fixant.

Le médecin évita son regard.

« Vous allez le lui dire ? demanda Georges.

— Non, pas tout de suite. Elle doit d'ailleurs s'y attendre. Au cours de la journée, elle a demandé à plusieurs reprises s'il vivait encore. Le choc ne sera pas aussi terrible que vous le craignez, monsieur le baron..., justement pas dans les premières heures, les premiers jours. Il ne faut pas oublier ce qu'elle a subi. »

Il serra la main que Georges laissait pendre, inerte, et partit. Georges restait immobile et continuait à contempler le petit être qui lui semblait d'une beauté inattendue. Il toucha les joues, les épaules, les bras, les mains, les doigts. Quel mystère dans cette perfection ! Et il gisait maintenant, là, mort sans avoir vécu, destiné à passer d'une nuit à une autre à travers un néant absurde. Là reposait ce petit corps charmant, prêt pour l'existence et qui ne pouvait pas bouger. Là étincelaient deux grands yeux bleus, aspirant avidement à absorber la lumière céleste, et rendus aveugles avant d'avoir perçu un seul rayon. Là s'ouvrait une petite bouche assoiffée qui ne boirait jamais au sein de sa mère. Là reposait raidi un visage blême d'enfant aux traits humains achevés qui ne recevrait jamais le baiser d'une mère, d'un père. Comme il l'aimait cet enfant, comme il l'aimait maintenant qu'il était trop tard ! La montée du désespoir serrait sa gorge comme un lacet. Il ne pouvait pas pleurer. Il regarda autour de lui. Il n'y avait personne ici, et dans la pièce voisine tout était silencieux. Il ne désirait pas s'y rendre, et pourtant ne le craignait pas, il sentait seulement que quelque chose de fou s'était produit. Son regard revint sur l'enfant mort, et, soudain, une question angoissante lui traversa l'esprit : Est-ce que tout cela était bien réel ? Ne pouvaient-ils pas tous se tromper ? Aussi bien l'homme de l'art que le profane ? Il présenta la paume de ses mains aux lèvres ouvertes de l'enfant, et eut l'impression d'un souffle frais. Puis il tint ses deux mains au-dessus de sa poitrine, et il lui sembla qu'une légère bouffée d'air soulevait le corps. Mais il sentait que ce n'était pas le souffle de la vie. Alors il se pencha, et ses lèvres touchèrent le front froid de l'enfant. Une sensation étrange, jamais encore éprouvée, le parcourut des pieds à la tête. Il en était sûr maintenant : Là-haut, la partie était perdue pour lui son enfant était mort. Il releva lentement la tête et s'éloigna. La lumière du jardin l'attira au-dehors. Il pénétra dans la véranda, vit sur le banc adossé au mur le docteur Stauber et Mme Golowski. Tous deux étaient silencieux. Ils le regardèrent. Il tourna la tête comme s'il ne les connaissait pas, et alla dans le jardin. L'ombre de la maison se projetait en oblique sur le gazon, le soleil était toujours là-haut, mais son éclat affaibli ne pouvait pas traverser l'atmosphère. Que voulait lui rappeler cette lumière, le soleil était là et pourtant ne brillait pas, là-haut cette voûte bleue était celle du ciel, et elle ne répandait pas sur lui sa grâce ? D'où provenait le mutisme de ce jardin familier qui aurait dû l'accueillir en ami secourable, et qui aujourd'hui lui opposait un visage étranger, inhospitalier ? Peu à peu il réalisa que, quelque temps auparavant, en rêve, une pénombre semblable, pesante, jamais soupçonnée, l'avait enveloppé et avait rempli son âme d'une tristesse inconcevable. Que faire ? se dit-il, sans chercher la réponse, tout en sachant que quelque chose d'imprévisible, d'inéluctable s'était produit qui devait pour sa vie entière modifier l'image du monde. Il pensa au jour de la mort de son père. Il avait éprouvé alors une douleur farouche, et pourtant il avait pu pleurer, et la terre n'en était pas devenue soudain sombre et vide. Car son père avait vécu, avait été jeune, avait travaillé, aimé, eu des enfants, connu des joies et des peines. Et sa mère qui l'avait mis au monde n'avait pas souffert en vain. Et si *lui-même* avait dû mourir aujourd'hui, aussi prématurée qu'eût été sa mort, il aurait eu pourtant une existence derrière lui, remplie de lumière et de sons, de bonheur et de souffrance, d'espoir et d'angoisse, une vie imprégnée de tout le contenu du monde. Et si Anna s'était éteinte aujourd'hui à l'heure où elle donnait la vie à un nouvel être, elle aurait en quelque sorte accompli sa destinée, et sa fin aurait eu un sens atroce mais profond. Mais ce qui était arrivé à son enfant était insensé, odieux, un acte de dérision venu d'on ne sait où, d'une sphère où question et réponse étaient vaines. Et pourquoi, pourquoi tout cela ? Que signifiaient ces mois écoulés avec tous leurs rêves, leurs soucis, leurs espoirs ? Car il comprenait soudain que l'attente de l'heure merveilleuse qui verrait naître son enfant, continuellement, jour après jour, même dans les plus ternes, les plus vides, les plus insignifiants, était restée présente au fond de son être, et il se sentait humilié, appauvri, désespéré.

Il se tenait près de la grille en haut du jardin, regardait vers la lisière du bois en direction du banc où il s'était si souvent reposé, et il lui semblait qu'il devait maintenant abandonner, comme beaucoup d'autres choses, le bois, la prairie, le banc, autrefois sa propriété. Dans un angle du jardin se dressait un petit pavillon à l'abandon, couleur gris sombre, avec trois petites ouvertures et une porte étroite. Il n'avait jamais pu le souffrir et y avait pénétré une seule fois pour quelques instants. Aujourd'hui ce pavillon l'attirait. Il s'assit sur le banc vermoulu, et se sentit soudain à l'abri et comme apaisé, comme si tout ce qui était survenu était devenu moins réel, et pouvait de quelque manière inimaginable être effacé. Cependant, cette illusion s'évanouit bientôt, il abandonna le local inhospitalier et sortit à l'air libre. Fatigué, il pensa : Je devrais maintenant rentrer dans la maison, sans bien réaliser que, dans la pièce sombre qu'il voyait d'ici derrière la véranda, comme plongée dans une obscurité insondable, le cadavre de son enfant reposait. Il descendit lentement le jardin. Dans la véranda, la mère d'Anna se trouvait avec un visiteur. Georges reconnut le vieux M. Rosner. Il était debout, encore en pardessus, il avait posé son chapeau devant lui sur la table, il passait un mouchoir sur son front, ses yeux aux bords rougis clignotaient. Il marcha au-devant de Georges et lui serra la main.

« Il en est advenu tout autrement que nous l'attendions et l'espérions tous », dit-il.

Georges hocha la tête. Puis il se rappela que le vieux monsieur avait souffert de troubles cardiaques, et il s'enquit de sa santé.

« Je vous remercie de votre intérêt, monsieur le baron, je vais un peu mieux. Il n'y a que la montée des escaliers qui me cause quelque difficulté. »

Georges remarqua que la porte vitrée de la pièce centrale était fermée. « Excusez-moi », dit-il à M. Rosner. Il alla droit à la porte, l'ouvrit et la referma rapidement derrière lui. Mme Golowski et le docteur Stauber étaient en conversation. Comme il s'approchait d'eux, ils se turent tout à coup.

« Eh bien ? » demanda-t-il.

Le docteur dit : « Nous avons parlé des... des formalités. Mme Golowski a la bonté de s'occuper de tout.

— Je vous remercie », dit Georges en tendant la main à celle-ci.

De tout, pensa-t-il. Le cercueil, l'enterrement, la déclaration à l'état civil : naissance d'un fils d'Anna Rosner, célibataire, décès le jour même. Pas un mot du père, évidemment. Son rôle était terminé. A partir d'aujourd'hui seulement ? Ne le fut-il pas dans la seconde où le hasard fit de lui un père ?

Il regarda la table. Un linge recouvrait le petit cadavre. Comme cela va vite, pensa-t-il avec amertume. N'aurais-je jamais le droit de le revoir ? Une dernière fois au moins doit m'être accordée. Il tira un peu le linge et le souleva. Il retrouva le visage blême, déjà familier, de l'enfant, si ce n'est que dans l'intervalle quelqu'un lui avait fermé les yeux. Dans l'angle de la pièce, le carillon d'une horloge retentit : six heures. Une heure ne s'était pas écoulée depuis que son enfant était né et mort, et c'était déjà un fait absolument indiscutable comme s'il n'avait pu en être autrement.

Quelqu'un toucha légèrement son épaule.

« Elle a reçu la nouvelle avec calme », dit derrière lui le docteur Stauber.

Georges laissa retomber le linge sur le visage de l'enfant et se retourna. « Elle sait déjà ?... »

Le docteur fit « oui » de la tête, Mme Golowski détourna les yeux.

« Qui le lui a dit ? demanda Georges.

— On n'a pas eu besoin de le lui dire », répondit le docteur, et, se tournant vers Mme Golowski. « N'est-ce pas ? »

Celle-ci expliqua : « Quand je suis allée auprès d'elle, elle m'a simplement regardée, et j'ai vu tout de suite qu'elle savait déjà.

— Et qu'a-t-elle dit ?

— Rien. Absolument rien. Elle a tourné ses yeux vers la fenêtre et est restée silencieuse, ensuite elle m'a demandé où vous étiez allé et ce que vous faisiez. »

Georges respira profondément. La porte de la chambre d'Anna s'ouvrit. Le professeur, en redingote noire, sortit. « Elle est très calme, dit-il à Georges, vous pouvez aller la voir.

— En a-t-elle parlé avec vous ? » demanda Georges.

Le professeur secoua la tête. Puis il dit : « Je dois malheureusement me rendre en ville. Vous m'excuserez, n'est-ce pas ? J'espère que tout ira bien. Je reviendrai de toute façon demain matin. Au revoir, cher monsieur le baron. » Sa poignée de main témoigna de sa sympathie. « Vous rentrez avec moi, docteur Stauber, n'est-ce pas ?

— Oui, dit le docteur, je veux seulement dire encore au revoir à Anna. » Il sortit.

Georges se tourna vers le professeur. « Puis-je vous poser une question ?

— Je vous en prie.

— Je voudrais bien savoir une chose. Est-ce le fruit de mon imagination, mais j'ai l'impression », il leva une fois encore le linge couvrant le corps, « que cet enfant ne ressemble pas à un nouveau-né. Il est pour ainsi dire plus beau. Je pense que les visages des nouveau-nés doivent être plus fripés, comme de petits vieux. Je ne sais plus si j'en ai vu moi-même ou si je l'ai lu.

— Vous n'avez pas tort, dit le professeur. Précisément dans des cas de ce genre, mais aussi lors d'une issue plus heureuse, les traits des enfants ne sont pas altérés, et même parfois franchement beaux. » Il observa le petit visage avec une attention toute professionnelle, hocha plusieurs fois la tête : « Dommage..., dommage », et il laissa retomber le linge ; Georges sut alors qu'il avait pour la dernière fois contemplé le visage de son enfant. Comment aurait-il dû s'appeler ? Félicien... Adieu, petit Félicien.

Stauber sortit de la chambre voisine, ferma doucement la porte. « Anna vous attend », dit-il à Georges. Ce dernier lui serra la main, la tendit une nouvelle fois au professeur, salua d'un signe de tête Mme Golowski et pénétra dans la chambre.

La garde assise au chevet d'Anna se leva et quitta la pièce. En face de la porte, dans une glace, Georges aperçut un jeune homme élégant qui était pâle et qui souriait. Anna reposait dans un lit placé au centre de la chambre, elle accueillit Georges de ses grands yeux clairs. Quelle pénible situation, pensa-t-il. Un peu cérémonieusement, il approcha le siège tout contre le lit, s'assit, saisit sa main, la porta à son front et, longuement, avec une sorte de ferveur, il baisa ses doigts.

Anna parla la première : « Tu étais dans le jardin ?

— Oui, j'étais dans le jardin.

— Je t'ai vu descendre, il y a un moment.

— Tu ferais mieux de ne pas parler, Anna. Est-ce que cela ne te fatigue pas ?

— Pour quelques mots, oh non. Mais tu peux me raconter... »

Il gardait sa main dans la sienne et observait ses doigts. « Au fait, sais-tu qu'il y a là-haut à l'extrémité du jardin un petit pavillon ? Bien sûr, tu le sais... Je veux dire que nous ne l'avons jamais beaucoup remarqué.

— Dans les premiers jours, j'y suis allée quelques fois. Il n'est pas beau.

— Non, certainement pas.

— As-tu travaillé ce matin?

— Comment peux-tu penser cela ? »

Elle secoua doucement la tête. « Et dire que ces derniers temps ton travail avançait si bien.

— Oui, vraiment Anna, tu as fait preuve d'un manque total d'égards. » Il sourit, elle restait sérieuse.

« Tu étais hier en ville ?

— Tu le sais bien.

— As-tu trouvé du courrier ? des choses importantes ?

— Tu ne dois pas tant parler, Anna. Je te raconterai tout. Donc : je n'ai pas trouvé de lettres intéressantes. Rien non plus de Detmold. D'ailleurs, je retournerai ces jours-ci voir le professeur Viebiger. Mais ne pourrions-nous pas parler de ces choses une autre fois, ne crois-tu pas ? En ce qui concerne mon travail..., j'ai ce matin encore étudié un peu le *Tristan*. Je le connais maintenant sur le bout du doigt. Je me sentirais capable de le diriger aujourd'hui s'il le fallait. »

Elle se taisait et le regardait.

Il se souvint de la soirée passée avec elle à l'Opéra de Munich, tous deux comme enveloppés dans le voile léger des sons adorés. Mais il n'en dit rien.

Le soir tombait. Il commençait à distinguer mal les traits d'Anna.

« Retournes-tu aujourd'hui en ville ? » demanda-t-elle.

Il n'y avait pas du tout pensé. Mais maintenant il y vit le signe d'une délivrance. Oui, il irait. Que pouvait-il faire encore ici ? Cependant, il ne répondit pas tout de suite.

Anna reprit : « Je pense que tu voudras peut-être parler à ton frère.

— Oui, je le souhaite vivement. Toi, tu vas certainement t'endormir bientôt.

— Je l'espère.

— Comme tu dois être fatiguée, dit-il en caressant sa main.

— Non, c'est autre chose. Je suis si éveillée..., je ne peux te dire à quel point. Il me semble que je n'ai jamais été aussi éveillée de ma vie. Et je sais en même temps que je vais dormir si profondément comme jamais encore..., dès que j'aurai fermé les yeux.

— Certainement, tu le feras. Mais puis-je rester encore un moment près de toi ? J'aimerais demeurer ici jusqu'à ce que tu sois endormie.

— Non, Georges, aussi longtemps que tu seras là, je ne pourrai m'endormir. Mais reste encore un petit moment, ce sera bien. »

Il tenait toujours sa main, et regardait au-dehors le jardin qui était maintenant complètement dans l'ombre.

« Cette année, tu n'as pas été souvent à Auhof ? » demanda-t-elle d'une voix indifférente, comme s'il s'agissait d'alimenter la conversation.

« Oh si, presque tous les jours. Ne te l'ai-je donc pas dit ? Je crois qu'Else va épouser James Wyner, et partir avec lui pour l'Angleterre. » Il savait qu'elle ne pensait pas à Else mais à une tout autre personne. Et il se demanda : Croit-elle peut-être que c'est là la cause ?

Un souffle tiède vint du dehors. Des voix d'enfants retentirent jusqu'à eux. Georges regardait dans le jardin. Il voyait le banc tout blanc briller sous le poirier, et il pensait qu'Anna l'avait attendu là-haut dans sa robe aux plis ondulants, les branches lourdes de fruits au-dessus d'elle, auréolée du doux miracle de sa maternité. Il s'interrogea : Etait-ce déjà écrit en ce temps-là que cela devait finir ainsi ? Ou peut-être dans le moment même de notre première étreinte ? La remarque du professeur que seules un ou deux pour cent des naissances se terminaient ainsi lui revint à l'esprit. Ainsi, depuis que des êtres humains naissaient, il fallait que parmi cent d'entre eux un ou deux périssent d'une manière si absurde au moment même où ils étaient amenés à la lumière ! Et combien, combien devaient mourir dans les premières années, et dans la fleur de leur jeunesse, et combien à l'âge mûr, et penser qu'un certain nombre d'entre eux mettent fin à leurs jours comme Labinski, et que beaucoup le tentent sans y parvenir comme Oscar Ehrenberg. A quoi bon chercher des raisons ? Une loi se manifeste, incompréhensible, inexorable, à laquelle les hommes ne peuvent rien. Qui a le droit de se plaindre, de dire pourquoi moi ? S'il n'est pas frappé, un autre le sera..., innocent ou coupable comme lui. Un ou deux pour cent sont atteints, voilà la justice céleste. Les enfants qui riaient de l'autre côté du jardin avait eu le droit de vivre, le droit ? Le devoir, de même que le sien avait dû mourir dès son premier souffle, destiné à passer d'une nuit dans une autre à travers un néant absurde.

C'était l'heure crépusculaire, et dans la chambre il faisait déjà presque nuit. Anna reposait, calme, immobile. Sa main que tenait Georges ne remuait pas. Mais quand il se leva, il vit que ses yeux étaient ouverts. Il se pencha, hésita un instant, puis il passa le bras autour de son cou et l'embrassa sur ses lèvres qui étaient brûlantes et sèches, et qui ne répondirent pas à son contact. Alors, il sortit. Dans la pièce voisine, la suspension était allumée au-dessus de la table sur laquelle auparavant gisait l'enfant mort. Elle était maintenant recouverte d'un tapis vert, comme si rien ne s'était passé. La porte de la chambre qu'occupait Mme Golowski était ouverte. On apercevait la lueur d'un cierge, et Georges comprit que son enfant dormait de son premier et dernier sommeil.

Mme Golowski et Mme Rosner étaient assises côte à côte sur le sofa, muettes, recroquevillées. Georges s'avança vers elles.

« Monsieur votre époux est-il déjà parti ? dit-il, s'adressant à Mme Rosner.

— Oui, il est rentré en ville avec les médecins », répondit-elle, et elle le fixa d'un air interrogatif.

« Elle est calme, dit Georges en réponse à son regard. Je pense qu'elle va dormir profondément.

— Ne voulez-vous pas prendre quelque chose ? demanda Mme Golowski. Depuis une heure, vous n'avez...

— Non, merci. Je pars maintenant en ville. Je voudrais parler à mon frère. J'attends aussi des lettres importantes. Je reviendrai demain matin. » Il prit congé, monta à la mansarde, alla chercher sur le balcon la partition du *Tristan*, prit son manteau et sa canne, alluma une cigarette et quitta la maison. Une fois dans la rue, il se sentit plus libre. Il était au terme d'une émotion intense, la fin avait été malheureuse, mais c'était fini. Quant à Anna, tout devait bien se passer. Pour sûr, il y avait là aussi un certain pourcentage fatal, mais qui justement, selon la loi du calcul des probabilités, devait être beaucoup plus faible que si l'enfant était resté en vie.

A pas rapides il traversa la localité, bâtie toute en longueur, s'interdit de réfléchir, et examina avec une attention volontaire chaque maison devant laquelle il passait. Elles étaient toutes basses, la plupart très sombres et très pauvres. Derrière elles, dans la brume du soir, s'étageaient de petits jardins montant jusqu'aux vignobles, aux champs et aux prairies. Dans le jardin presque désert d'une auberge, quelques musiciens étaient assis à une longue table, violons, guitares, accordéons jouaient une pitoyable valse. Plus tard, il passa près de villas cossues et aperçut, dans des pièces convenablement éclairées, des tables dressées. Finalement, il prit place dans le jardin accueillant d'un restaurant, aussi éloigné que possible des autres clients, d'ailleurs peu nombreux, dîna, et sentit bientôt une fatigue bienfaisante l'envahir. Dans l'omnibus, il s'endormit presque dans son coin. Il ne reprit ses esprits que lorsque la voiture parcourut des rues plus animées, et il se remémora les événements passés avec une netteté torturante, mais sans attendrissement. Il descendit, gagna son domicile en traversant le parc municipal à l'atmosphère lourde et humide. Sur son bureau, il trouva un télégramme. Il venait de Detmold. Sa teneur était : « Nous vous prions de nous informer s'il vous serait possible de vous présenter ici dans les trois jours à venir. Cette invitation doit être considérée comme ne comportant pour le moment aucune obligation pour chacune des deux parties en vue de décisions ultérieures. Les frais de voyage seront remboursés dans tous les cas. Salutations distinguées. L'intendant du théâtre de la cour. » A côté, il y avait un papier de couleur rougeâtre, le formulaire pour la réponse.

Georges s'énerva. Que devait-il répondre ? Le télégramme indiquait visiblement qu'un poste de chef d'orchestre était vacant. Devait-il demander un délai ? Dans huit jours, il pourrait faire un aller et retour pour discuter la proposition. Il s'efforça de se concentrer. L'affaire pouvait au moins attendre jusqu'à demain matin. Et même si c'était déjà trop tard, rien au fond n'était changé. En qualité d'invité il serait toujours le bienvenu, il le savait déjà. Il valait peut-être mieux ne pas se lier..., s'installer quelque part sans obligation, sans responsabilité, et être ainsi parfaitement armé, prêt pour l'année prochaine. Mais que toutes ces considérations pesaient peu au regard de l'événement monstrueux survenu aujourd'hui dans sa vie ! Il prit le presse-papiers en malachite et le posa sur le télégramme. Que faire maintenant ?... se demanda-t-il. Aller au club et rencontrer Félicien ? Ce n'était vraiment pas l'endroit pour le mettre au courant. Rester à la maison et l'attendre était préférable. Il était même un peu tentant de se déshabiller et de s'allonger. Mais il n'aurait pas pu dormir. Il eut alors l'idée de mettre enfin un peu d'ordre dans ses papiers. Il ouvrit un tiroir, examina des factures, des lettres, prit quelques notes dans son carnet. Entrant par la fenêtre ouverte, les bruits de la rue semblaient venir de loin. Il se rappela que, l'été dernier, après la mort de son père, il avait lu à cette même place des lettres de ses parents décédés et qu'alors, comme aujourd'hui, les mêmes bruits de la ville, la même senteur du parc étaient montés jusqu'à lui. Dans son esprit fatigué, l'année écoulée s'allongeait à l'infini, puis se ramenait à un court espace de temps, et dans son âme une voix murmurait : A quoi bon..., à quoi bon. Son enfant était mort. Là-bas on l'inhumera dans le cimetière, au bord du chemin de la Lande d'été, là, en terre consacrée, il se reposera du dur chemin qui lui était destiné, d'une nuit dans une autre à travers un néant absurde. Il sera couché sous une petite croix comme s'il avait vécu et souffert un sort humain. Comme s'il avait vécu ? Il avait vraiment vécu depuis l'instant où son cœur avait commencé à battre dans le corps de sa mère. Non, plus tôt encore..., dès l'instant où le corps de sa mère l'avait conçu, il avait appartenu au royaume des vivants. Et il se demanda combien d'enfants étaient encore destinés à périr plus tôt que le sien, combien, désirés ou non, mouraient dans les premiers jours de leur vie, sans que leurs propres mères s'en doutent. Tandis qu'il rêvassait ainsi à son bureau, les yeux fermés, mi-endormi, mi-éveillé, il voyait une foule de croix étincelantes se dresser sur de minuscules collines, comme un cimetière de poupées qu'un petit soleil aux rayons jaunes et rougeâtres éclairait. Soudain, cette vision représenta le cimetière de Cadenabbia. Georges, garçonnet, était assis sur le mur de pierre d'enceinte ; il se tourna brusquement vers la mer. Là, dans une barque très longue et très étroite aux voiles d'un jaune soufre, une femme avec un châle vert sur les épaules se tenait immobile sur le banc des rameurs, une femme dont il s'efforçait en vain, presque douloureusement, de reconnaître le visage.

La sonnette tinta. Georges sursauta. Qu'est-ce que c'était ? Ah, c'est vrai, il n'y avait personne pour ouvrir. Le domestique avait été congédié le premier du mois, et la femme du portier chargée d'assurer le service des deux frères était absente à cette heure. Georges alla dans l'antichambre et ouvrit. Henri Bermann était sur le palier. « J'ai aperçu d'en bas de la lumière dans votre chambre, dit-il. J'avais eu l'heureuse inspiration de passer d'abord devant votre immeuble. A vrai dire, je voulais me rendre à votre maison de campagne. »

Sa voix est-elle réellement si agitée, pensa Georges, ou bien est-ce simplement une impression de ma part ? Il le pria d'entrer et de prendre place.

« Merci, merci, j'aime mieux faire quelques pas. Non, n'allumez pas le lustre, la lampe de bureau suffit. Au reste... Quelles nouvelles de là-bas ?

— L'enfant est venu au monde cet après-midi, répondit Georges calmement ; malheureusement il était mort.

— Mort-né ?

— Je ne sais si l'on peut appeler cela ainsi, répliqua Georges avec un sourire amer, car, selon le médecin, il aurait respiré une fois. Les douleurs ont duré trois jours. C'était épouvantable. Maintenant, c'est fini.

— Mort. Je regrette beaucoup, croyez-moi. » Il tendit la main à Georges.

« C'était un garçon, et, chose étrange, très beau, tout autre que sont habituellement les nouveau-nés. » Il raconta aussi comment il s'était arrêté un moment dans un jardin d'auberge peu engageant où il n'avait jamais mis les pieds auparavant, et comment la luminosité dans la campagne s'était transformée tout d'un coup. « C'était une lumière comme celle qui baigne parfois les contrées dans les rêves, tout à fait floue..., crépusculaire..., mais plutôt triste. » Tandis qu'il parlait, il savait qu'il raconterait tout cela autrement à Félicien.

Henri était assis dans un angle du divan et le laissait parler. Puis il commença : « C'est étrange. Tout ceci me touche naturellement beaucoup, et pourtant... cela me rassérène en même temps.

— Vous rassérène ?

— Comme si certaines choses que je dois malheureusement craindre étaient devenues subitement moins probables.

— Quelles choses ? »

Sans l'écouter, Henri poursuivait, les dents serrées : « Est-ce seulement le fait de me trouver devant la douleur d'un autre ? Ou bien est-ce parce que je suis quelque part ailleurs, dans une demeure étrangère ? Ce serait possible. N'avez-vous pas remarqué que même votre propre mort vous paraît quelque chose de particulièrement improbable quand on est en voyage, parfois déjà en promenade ? L'homme est sujet à des illusions semblables, incompréhensibles. » Il s'était levé, était allé à la fenêtre, avait détourné son visage. Georges, appuyé au bureau, attendit la suite qu'il pressentait déjà. Après quelques secondes, comme s'il s'était repris, Henri se retourna, mais resta planté devant la fenêtre, les deux mains appuyées dans son dos à la balustrade ; brièvement, durement, il déclara : « La possibilité existe que la jeune dame dont vous avez fait la connaissance chez moi se soit suicidée. S'il vous plaît, ne prenez pas cet air épouvanté. Vous savez qu'on pouvait déchiffrer dans certaines de ses lettres son désir de le faire.

— Eh bien », dit Georges.

Henri leva la main en signe de dénégation. « Au reste, je n'avais jamais pris cela au sérieux. Mais ce matin une lettre est arrivée qui, comment dois-je dire ? avait un accent inquiétant de vérité. Elle ne contenait à vrai dire rien d'autre que ce qu'elle m'avait écrit dix ou vingt fois, mais le ton..., le ton..., en un mot, je suis virtuellement persuadé que, cette fois, c'est arrivé. Que peut-être dans cet instant même... » Il s'interrompit, le regard fixe.

« Non, Henri », Georges alla à lui, et lui posa la main sur l'épaule.

« Non, ajouta-t-il avec plus de force, je n'y crois absolument pas. Je lui ai parlé, il y a quelques semaines, vous le savez bien, et je n'ai pas eu du tout l'impression... Je l'ai vue aussi jouer la comédie... Si vous l'aviez vue jouer dans ce vaudeville osé, vous n'y croiriez pas, Henri ! Elle veut simplement se venger de vous, de votre cruauté. Peut-être inconsciemment. Il se peut qu'elle soit parfois elle-même convaincue qu'elle ne puisse continuer à vivre, mais puisqu'elle a tenu bon jusqu'à aujourd'hui... Evidemment, si elle l'avait fait tout de suite... »

Henri secoua la tête avec impatience. « Ecoutez, Georges, j'ai télégraphié au théâtre, j'ai demandé si elle était encore là comme s'il s'agissait d'un rôle pour elle, d'une répétition d'une pièce nouvelle, ou quelque chose de semblable. J'ai attendu chez moi jusqu'à maintenant... Je n'ai reçu aucune réponse. Si aucune ne vient ou une insuffisante, alors je me rendrai là-bas.

— Mais pourquoi n'avoir pas simplement demandé si... ?

— Si elle s'est suicidée ? On ne tient pas à se rendre ridicule, Georges ! J'aurais pu poser la question à peu près tous les trois jours... Ça n'aurait pas manqué d'un certain humour noir.

— Vous voyez bien, vous n'y croyez pas vous-même.

— Je rentre chez moi, voir s'il n'y a pas un télégramme. Au revoir, Georges. Excusez-moi, je ne pouvais plus tenir à la maison... Je regrette vraiment énormément de vous avoir importuné dans une telle heure avec mes problèmes personnels. Encore une fois, pardonnez-moi.

— Mais vous ne saviez pas..., et même si vous aviez su... Pour moi c'est, pour ainsi dire, une histoire terminée. Dans mon cas, il n'y a absolument plus rien à faire. » Il regarda fixement par la fenêtre au-delà des cimes des arbres, jusqu'aux sombres tours et toits qui surgissaient dans la lueur rougeâtre du couchant épandue sur la ville. Ensuite il dit : « Je vous accompagne, Henri. Je ne puis rien entreprendre à la maison. C'est-à-dire, si ma compagnie ne vous est pas désagréable...

— Désagréable ?... Georges !... » Il lui serra la main.

Ils partirent. Ils marchèrent d'abord en silence le long du parc. Georges se souvint de sa promenade avec Henri dans l'allée du Prater, l'automne précédent, et, immédiatement après, le soir de mai lui revint en mémoire où Anna Rosner était apparue dans le jardin Waldstein, plus tard que les autres, et où Mme Ehrenberg lui avait confié à l'oreille : « Celle-ci, je l'ai invitée pour vous. » Oui, pour lui ! Sans cette soirée, Anna ne serait jamais devenue sa maîtresse, et rien de tout ce qu'il subissait aujourd'hui ne serait arrivé. Ou bien était-ce ici aussi l'action de quelque loi ? Certainement ! Chaque année, tant et tant d'enfants doivent venir au monde, et parmi eux un certain nombre hors mariage. Et la brave Mme Ehrenberg s'était imaginé qu'il dépendait d'elle d'inviter Mlle Anna Rosner pour M. le baron Wergenthin !

« Anna se trouve bien hors de danger ? demanda Henri.

— Je l'espère », répondit Georges. Puis il évoqua les souffrances qu'elle avait supportées, sa patience, sa bonté. Il éprouvait le besoin de la dépeindre comme une créature angélique, comme s'il pouvait expier par là tout ce dont il était responsable envers elle. Henri hocha la tête. « Elle semble vraiment faire partie des femmes peu nombreuses destinées à être mères. Car il n'est pas vrai qu'il y en ait beaucoup de cette espèce. Avoir des enfants, elles sont là pour ça, mais être des mères ! Et il faut que ça arrive à elle ! Il ne m'est jamais venu à l'esprit que cela puisse se produire. »

Georges haussa les épaules. Il dit ensuite : « J'avais espéré vous voir encore à la campagne. Je crois que vous m'aviez promis quelque chose de ce genre lorsque nous avons dîné ensemble avec Thérèse, il y a huit jours.

— Ah oui, la fois où nous nous sommes si furieusement disputés, Thérèse et moi. Sur le chemin du retour, ce fut encore pire. De quoi rire. Nous sommes rentrés à pied en ville, les gens qui nous rencontraient ont dû nous prendre pour un couple d'amoureux tant nous nous querellions.

— Et qui a eu le dernier mot ?

— Le dernier mot ? Est-ce que ça arrive que quelqu'un ait le dernier mot ? On discute seulement pour soi-même, jamais pour convaincre autrui. Pouvez-vous croire que Thérèse eût admis finalement qu'un homme raisonnable ne puisse jamais, au grand jamais, adhérer à un parti ! ou que j'aie dû lui accorder que ma neutralité en politique provenait de ce qu'il me manque une conception du monde ? Que dites-vous de tout le verbiage autour de cette expression ? Comme si elle signifiait autre chose que la capacité et la volonté de voir le monde dans sa réalité, c'est-à-dire de le contempler sans être troublé par une opinion préconçue, sans le besoin de tirer d'une expérience personnelle une nouvelle loi ou de l'insérer dans un texte existant. Mais pour les gens une conception du monde n'est rien d'autre qu'une espèce supérieure d'activité du caractère, pour ainsi dire, une activité du caractère dans le cadre de l'infini. Ou bien ils parlent d'une conception du monde plus sombre ou plus riante selon leur tempérament et les hasards de leur propre expérience. Des hommes aux sens subtils possèdent une conception du monde, pas les esprits bornés. Voilà ce qu'il en est. On n'a vraiment pas besoin d'être un philosophe pour avoir une conception du monde..., peut-être même faut-il ne pas l'être. En tout cas, la philosophie n'a absolument rien à voir avec une conception du monde. Chaque philosophe a certainement su en son for intérieur qu'il n'était rien d'autre qu'une sorte de poète. Kant a cru à la chose en soi, et Schopenhauer au monde comme volonté et représentation, comme Shakespeare a cru en Hamlet, et Beethoven en la neuvième symphonie. Ils ont su qu'il y avait maintenant une œuvre d'art de plus au monde, mais ils ne se sont sûrement pas imaginé qu'ils avaient découvert une " vérité " définitive. Chaque système philosophique, s'il est doué de rythme et de profondeur, signifie un bien de plus sur cette terre. Mais en quoi peut-il modifier le rapport d'un homme avec le monde si ce dernier est doué de sens subtils ? » Il continuait à pérorer avec une animation croissante qui, comme il apparut à Georges, se perdait dans des propos fébriles et confus. Georges se rappela que Henri avait inventé un jour un manège qui s'élevait, tournant en spirale, pour se terminer en sommet d'une tour.

Ils passaient par des rues du faubourg peu animées et médiocrement éclairées. Georges avait l'impression d'errer dans une ville inconnue. Soudain une maison lui sembla étrangement familière, et c'est alors seulement qu'il remarqua qu'ils longeaient la demeure des Rosner. La salle à manger était éclairée. Probablement le vieux monsieur s'y tenait seul, ou en compagnie de son fils. Est-ce possible, pensa Georges, que, dans quelques semaines, Anna se retrouve ici, assise à la même table que son père, sa mère, son frère, comme si rien ne s'était passé ? qu'elle dorme de nouveau, nuit après nuit, derrière cette fenêtre aux jalousies aujourd'hui closes ? qu'elle quitte, jour après jour, cette maison pour aller donner ses pauvres leçons ? qu'elle reprenne cette vie lamentable, comme si rien, absolument rien, n'était changé ? Non ! Elle ne devait pas retourner chez les siens, ce serait de la folie. Il fallait qu'elle vienne chez lui, vivre avec lui auquel elle appartenait. Le télégramme de Detmold ! Pour un peu il l'aurait oublié. Il devait en discuter avec elle. Là était l'espoir, l'avenir ! Dans une petite ville semblable, la vie était bon marché. De plus, les ressources personnelles de Georges étaient loin d'être épuisées. On pouvait tenter l'expérience. Au reste, ce poste ne représentait qu'un commencement. Bientôt peut-être il s'en découvrirait un meilleur dans une autre ville, une ville plus importante. D'un jour à l'autre, de façon inespérée, comme de telles choses ont coutume de se produire, le succès serait là, on se ferait un nom, non seulement en tant que chef d'orchestre, mais aussi en tant que compositeur, et à peine deux ou trois années écoulées, ils pourraient reprendre l'enfant avec eux... L'enfant!... Comme les pensées se bousculaient dans sa tête... Pouvait-on aussi l'oublier un moment ?

Henri parlait toujours ; il était visible qu'il cherchait à s'étourdir. Il continuait à pourfendre les philosophes. Il était sur le point de les ravaler du rang de poète à celui d'illusionniste. Tout système — qu'il fût philosophique ou moraliste — n'était que jeux de mots. Une fuite hors de la plénitude changeante des apparitions pour trouver refuge dans des catégories, rigides comme des marionnettes. Mais voilà justement ce que réclamaient les hommes. Voilà la source de toute philosophie, de toute religion, de toute éthique ! Ils fuyaient toujours de cette façon. A peu d'individus, à très peu, il était donné la disponibilité intérieure formidable permettant de ressentir chaque expérience comme nouvelle et unique leur conférant la force de supporter la conscience de se retrouver, pour ainsi dire, à chaque instant dans un monde nouveau. Et pourtant, à celui-là seul qui surmonte la lâche tendance à enfermer chaque événement dans des mots, à celui-là seul la vie, la vie multiple, la vie merveilleuse, révèle son vrai visage.

Georges avait le sentiment que tous les discours de Henri ne visaient qu'à une chose : dégager sa responsabilité vis-à-vis d'une loi supérieure, en n'en reconnaissant aucune. Dans une opposition croissante au comportement singulièrement verbeux de Henri, il sentit que, dans sa propre âme, se reconstruisait peu à peu l'image d'un monde qui, quelques heures auparavant, menaçait de voler en éclats. Alors qu'il venait de se révolter contre l'absurdité du destin qui le frappait aujourd'hui, il commençait déjà à soupçonner vaguement que ce qui lui avait paru un hasard sinistre n'était pas dans sa tête une idée surgie du vide, mais qu'elle était au contraire venue à lui par une voie obscure mais prédéterminée, comme ce qui l'approchait sur une route dégagée, et qu'il avait coutume d'appeler nécessité.

Ils étaient arrivés devant le domicile de Henri. Le portier qui se tenait sur le seuil annonça à ce dernier qu'il avait, peu auparavant, déposé une dépêche dans son appartement.

« Ah bon ? » dit Henri d'un air indifférent, et il monta

lentement l'escalier. Georges suivait. Dans l'antichambre, Henri alluma une bougie. La dépêche se trouvait sur une petite table. Henri l'ouvrit, l'approcha de la lueur vacillante, lut en silence, puis se tourna vers Georges. « On l'a attendue ce matin pour la répétition, elle n'est pas apparue. » Il prit le bougeoir à la main et pénétra, suivi de Georges, dans la pièce suivante, posa la lumière sur le bureau et marcha de long en large. Par la fenêtre ouverte qui donnait sur une cour sombre, les sons d'un mauvais piano parvenaient jusqu'à Georges. « A part cela, la dépêche ne contient rien d'autre ? demanda-t-il.

— Non. Visiblement elle n'est pas allée à la répétition, et on ne l'a pas trouvée chez elle. Sinon on aurait télégraphié qu'elle était malade, ou donné un mot d'explication. Oui, mon cher Georges », il respira profondément, « cette fois, c'est arrivé.

— Pourquoi ? Il n'existe aucune preuve en ce sens, à peine une présomption. »

D'un geste bref de la main, Henri lui coupa la parole. Puis il regarda l'heure et dit : « Aujourd'hui, je n'ai plus de train... Oui... Que doit-on... que doit-on entreprendre ? » Il s'arrêta et dit soudain : « Je vais aller chez sa mère. C'est le mieux... Peut-être, peut-être... »

Ils quittèrent la maison. Au coin de rue le plus proche, ils prirent une voiture.

« La mère était-elle tant soit peu au courant ? demanda Georges.

— Mon Dieu, dit Henri, comme les mères ont coutume de l'être. Il est incroyable de voir combien les gens réfléchissent peu sur ce qui se passe dans leur voisinage immédiat, si une occasion extérieure ne les y force pas. Et la plupart des hommes ne se doutent même pas de ce qu'ils savent, de ce qu'ils savent au fond d'eux-mêmes, sans vouloir se l'avouer. La brave femme sera certainement un peu étonnée de me voir surgir devant elle... Il y a longtemps que je ne l'aie vue.

— Que lui direz-vous ?

— Oui, que vais-je lui dire ? répéta Henri en mordillant son cigare. Ecoutez, j'ai une idée splendide. Vous viendrez avec moi, Georges. Je vous présenterai comme le directeur n'est-ce pas ? Vous êtes ici de passage, et devez partir aujourd'hui même pour Pétersbourg à onze heures par train spécial. Vous avez appris que la demoiselle se trouve a Vienne, et moi, en tant que vieil ami de la maison, j'ai eu l'amabilité de vous présenter.

— Avez-vous le cœur à jouer une telle comédie ? demanda Georges.

— Ah, excusez-moi, Georges. Tout cela n'est évidemment pas nécessaire. Je vais simplement demander à la vieille dame si elle a des nouvelles... Qu'en dites-vous ?... Que cette nuit est étouffante ? »

Leur voiture traversa le Ring, passa en résonnant par le Burghof, parcourut des rues. Georges était curieusement tendu. Et si l'actrice était en vérité tranquillement à la maison près de sa mère, pensa-t-il. Il sentit que cela lui causerait une sorte de déception. Puis il eut honte de ce mouvement. Toute cette histoire n'est-elle pour moi qu'un sujet de distraction, songea-t-il. Ce qu'il advient aux autres... n'est souvent rien de plus pour nous, déclarerait Nurnberger... Curieuse façon de se distraire pour oublier la mort de son enfant... Mais que faire ?... Je n'y puis rien changer. Dans quelques jours je partirai en voyage. Dieu soit loué !

La voiture s'arrêta devant une maison près du Praterstern. Sur le viaduc d'en face, un train roulait dans un grondement, au-dessous, les allées du Prater s'enfonçaient dans l'ombre. Henri renvoya la voiture. « Je vous remercie beaucoup, dit-il à Georges. Au revoir.

— Je vous attends.

— Vraiment ? Eh bien, je vous en suis très reconnaissant. »

Il disparut sous le portail. Georges fit les cent pas. En dépit de l'heure tardive, les rues environnantes étaient encore assez animées. Les accents d'une musique militaire provenaient du Prater. Un homme et une femme passèrent près de lui. L'homme portait un enfant endormi qui avait noué ses bras autour de son cou. Georges pensa au jardin de Grinzing, au petit bonhomme malpropre qui, dans les bras de sa mère, avait tendu vers lui ses menottes. Avait-il vraiment été ému, cette fois-là, comme Nurnberger l'avait prétendu ? Non, ce n'était certainement pas de l'émotion. Peut-être quelque chose d'autre. La conscience obscure d'appartenir à la chaîne ininterrompue qui va des aïeux aux arrière-petits-enfants, d'être saisi par les deux mains pour participer au sort commun du genre humain. Et maintenant, tout d'un coup, il se trouvait détaché, seul..., comme rejeté, indigne d'un miracle dont il n'avait pas écouté l'appel avec recueillement. Au clocher d'une église proche, dix coups retentirent. Seulement cinq heures d'écoulées, pensa Georges, et comme tout cela est déjà loin ! Maintenant, il pouvait se permettre d'aller libre par le monde, comme autrefois... En avait-il vraiment le droit ?

Henri sortit. Derrière lui le portail se referma. « Rien, dit-il, la mère ne se doute de rien. J'ai demandé son adresse, prétextant une importante communication. J'ai dit que je sortais du Prater quand soudain je m'étais rappelé... Bref, une histoire de ce genre. Une bonne et brave femme. Le frère est assis à la table devant une planche à dessin, il reproduit, d'après un journal illustré, un château moyenâgeux aux multiples tours.

— Allons, soyez pour une fois sincère. Si vous pouviez la sauver de cette façon, ne lui pardonneriez-vous pas maintenant ?

— Eh bien, Georges, ne remarquez-vous donc toujours pas qu'il ne s'agit pas ici de pardonner ou non ? Imaginez que j'aie simplement cessé de l'aimer, ce qui peut éventuellement se produire, sans parler de " trahison ". Représentez-vous une femme qui vous aime, qui vous poursuivrait, une femme dont le contact pour une raison quelconque vous ferait horreur, et qui vous jurerait de se tuer si vous la dédaigniez. Seriez-vous tenu de céder ? Pourriez-vous vous faire le plus léger reproche si elle se donnait réellement la mort à cause de ce prétendu amour dédaigné ? Auriez-vous le sentiment d'être un meurtrier ? Ce serait purement stupide, n'est-ce pas ? Mais si vous croyez que je suis maintenant tourmenté par ce qu'on appelle la conscience, vous vous trompez. C'est simplement du destin d'un être qui un jour me fut proche, et qui l'est aujourd'hui encore, dans une certaine mesure. L'incertitude... » Soudain, son regard se figea dans une direction.

« Qu'est-ce qui vous arrive ? demanda Georges.

— Ne voyez-vous pas ? Un télégraphiste. Il se dirige vers le portail. »

Avant que l'homme ait eu le temps de sonner, Henri était près de lui, et lui dit quelques mots que Georges ne put comprendre. Le messager semblait faire des difficultés, et

Georges qui s'était rapproché l'entendit : « Je vous ai attendu à la porte parce que le médecin m'en avait instamment prié. Le télégramme contient... peut-être... une triste nouvelle..., il pourrait causer la mort de ma mère..., mais si vous ne me croyez pas, vous pouvez sonner, j'entrerai avec vous. » Mais il avait déjà la dépêche en main, il l'ouvrit en hâte et lut à la lumière d'un lampadaire. Son visage était parfaitement immobile. Il replia la dépêche, la rendit au télégraphiste, lui glissa quelques pièces d'argent dans la main et lui dit : « Il faut que vous la remettiez vous-même. »

Le messager resta stupéfait, mais le pourboire l'apaisa. Henri sonna, puis se détourna. « Venez », dit-il à Georges. Ils marchèrent en silence. Au bout de quelques minutes, Henri dit : « C'est arrivé. » Georges sursauta plus violemment que prévu. « Est-ce possible ? s'exclama-t-il.

— Oui, dit Henri. Elle s'est noyée dans le lac. Dans le lac au bord duquel elle avait passé quelques jours cet été », ajouta-t-il d'un ton qui semblait attribuer à Georges une part de responsabilité dans ce drame.

« Que dit le télégramme ?

— Il est du directeur. Il vient d'apprendre qu'elle a été victime d'un accident mortel en canotant sur le lac. Il demande des instructions à la mère. » Il parlait d'une voix froide, sèche, comme s'il lisait une annonce dans le journal.

« La malheureuse femme ! Ne devriez-vous pas, Henri... ?

— Quoi ? Aller chez elle ? Que pourrais-je y faire ?

— Qui d'autre que vous peut maintenant..., doit maintenant l'assister ?

— Qui d'autre que moi ? » Il s'arrêta. « Vous voulez dire que j'en suis en un certain sens responsable ? Je vous déclare solennellement que je me sens totalement innocent. Le canot d'où elle s'est laissée glisser, les vagues qui l'ont reçue, ne peuvent se sentir moins coupables que moi. Que ce soit bien net. Mais que je doive me rendre chez sa mère..., oui, sur ce point, vous avez parfaitement raison. » Il repartit en direction de la maison. « Si vous le voulez, dit Georges, je resterai près de vous. — Quelle idée, Georges ! Rentrez tranquillement chez vous. Que vais-je encore exiger de vous ? Saluez Anna de ma part, et dites-lui combien je regrette..., vous le savez... Nous voici arrivés. Permettez que j'attende encore quelques secondes avant de... » Il s'arrêta et se tut. Puis il reprit la parole et ses traits se contractèrent : « Je vais vous dire quelque chose, Georges. A savoir : C'est une grande chance de ne pas réaliser en certains moments ce qui vous est arrivé. Si on ressentait immédiatement avec trop de violence le caractère monstrueux de tels instants, comme on les ressentira plus tard dans le souvenir, ou comme on les a ressentis dans leur attente, on deviendrait fou. Vous aussi, Georges, vous aussi. Et certains en perdent vraiment la raison. Probablement des gens à qui le don fut accordé de ressentir immédiatement l'événement en toute lucidité. Mon amie s'est noyée, entendez-vous ? Il n'y a rien d'autre à dire. Est-ce que vraiment un événement semblable est déjà arrivé à d'autres ? Oh non. Vous croyez être sûr d'avoir lu ou entendu une histoire semblable. Ce n'est pas vrai. Aujourd'hui, pour la première fois..., pour la première fois depuis que le monde existe, c'est arrivé. »

La porte s'ouvrit et se referma. Georges restait seul dans la rue, la tête troublée, le cœur oppressé. Il fit quelques pas et prit une voiture pour rentrer chez lui. Il voyait devant lui la morte telle qu'elle se tenait par cette claire journée d'été devant l'entrée de la scène, dans sa blouse rouge et sa courte jupe blanche, ses yeux papillotant sous sa chevelure rousse. Il aurait alors juré qu'elle avait une liaison avec le comédien qui ressemblait à Guido. Il en était peut-être ainsi. Cela pouvait avoir été *une* des formes de l'amour, et celle qu'elle éprouvait pour Henri en était une autre. Il y avait vraiment trop peu de mots. Pour l'un, on se tue ; avec l'autre, on couche, peut-être dans la nuit même où l'on se suicidera pour le premier. Et, finalement, que signifie un suicide ? Peut-être seulement qu'à un certain moment on n'a pas bien compris la mort. Peu nombreux sont ceux qui recommencent après s'être manqués. Il repensa à sa conversation avec Grace sur la tombe de Labinski, par une journée de février ensoleillée où la neige fondait, une conversation qui mêlait passion et insensibilité. Dans cette heure, elle lui avait avoué n'avoir ressenti aucune épouvante lorsqu'elle avait trouvé Labinski mort devant sa porte, une balle dans la tête. Et quand, il y avait de nombreuses années, sa petite sœur était morte, elle l'avait veillée toute une nuit sans ressentir la moindre trace de ce qu'on appelle l'épouvante. Mais, ainsi qu'elle le raconta à

Georges, elle avait connu une sensation proche de ce sentiment dans l'étreinte amoureuse. Tout d'abord, cela lui avait paru inexplicable, plus tard, elle crut le comprendre. Elle était, au dire des médecins, condamnée à la stérilité, d'où il pouvait résulter que le moment de la jouissance la plus intense, privé, pour ainsi dire, par cette malédiction de finalité, s'abîmait pour elle dans un frisson d'horreur. A cette époque, ces propos avaient paru à Georges pleins d'affectation, aujourd'hui, pour la première fois, il y percevait une ombre de vérité. C'était une créature étrange. Rencontrerait-il une autre fois un être de cette nature ? Pourquoi pas ? Possible bientôt. Une nouvelle époque de sa vie ne commençait-elle pas ? Et quelque part la prochaine aventure l'attendait peut-être déjà. Des aventures ?... Avait-il le droit d'y penser encore ? N'avait-il pas, à partir d'aujourd'hui, des obligations plus sérieuses que jamais ? N'aimait-il plus Anna comme jamais auparavant ? L'enfant était mort... Mais le prochain vivrait !... Henri avait raison : Anna était destinée à être mère. Mère... Mais, pensa-t-il en frissonnant, est-elle aussi destinée à être mère de *mes* enfants ?... La voiture s'arrêta. Georges descendit, monta les deux étages jusqu'à son appartement. Félicien n'était pas encore rentré. Qui sait quand il viendra, pensa Georges. Je ne peux pas l'attendre, je suis trop fatigué. Il se déshabilla rapidement, s'écroula dans son lit, et fut bientôt plongé dans un profond sommeil.

A son réveil, selon son habitude depuis des jours, il chercha des yeux par la fenêtre une ligne blanche entre bois et prairie, le chemin de la Lande d'été. Mais il ne vit qu'un ciel vide, bleuâtre, dans lequel s'enfonçait la flèche d'une tour ; immédiatement, il comprit qu'il était de retour dans sa demeure, et tout ce qu'il avait vécu hier lui revint en mémoire. Cependant, il se sentait en forme, corps et âme, et il eut l'impression qu'en dehors du triste événement il devait se souvenir de quelque circonstance favorable. Ah oui, le télégramme de Detmold..., était-ce quelque chose de si favorable ? Hier soir, il n'en avait pas eu le sentiment.

On frappa à la porte. Félicien entra dans la pièce, le chapeau et la canne à la main. « J'ignorais que tu couchais aujourd'hui à la maison, dit-il. Bonjour, quoi de neuf là-bas ? »

Georges avait le bras appuyé sur l'oreiller, il leva les yeux vers son frère. « C'est terminé, dit-il, un garçon, mais mort. » Et il regarda dans le vague.

« Par exemple ! » dit Félicien ému. Il alla à son frère, et, d'un geste instinctif, lui posa la main sur la tête. Puis il se débarrassa de sa canne et de son chapeau, et s'assit auprès du lit ; et Georges se remémora les matins de ses années d'enfance où, à son réveil, il trouvait parfois son père assis ainsi au bord du lit. Il raconta à Félicien tout ce qui était arrivé, souligna la patience et la douceur d'Anna, tout en constatant avec un certain malaise qu'il devait un peu se forcer pour conserver à ses déclarations le ton de sérieux et d'affliction qui s'imposait. Félicien l'écouta avec intérêt, puis il se redressa et arpenta la chambre. Pendant ce temps, Georges se leva et commença sa toilette, il relata à son frère l'étrange déroulement de la fin de la soirée, parla des allées et venues de Henri Bermann, et de quelle singulière façon ils avaient finalement appris le suicide de l'actrice.

« Ah, c'est donc elle, dit Félicien. C'est déjà dans le journal.

— Comment est-ce arrivé ? demanda Georges intrigué.

— Elle est partie sur le lac et s'est laissée glisser du canot dans l'eau... Tu liras bien toi-même... Tu retournes probablement tout de suite à la campagne ? ajouta-t-il.

— Naturellement, repliqua Georges, mais j'ai encore quelque chose à te dire, Félicien, qui devrait t'intéresser. » Il lui communiqua le télégramme de Detmold.

Félicien sembla surpris. « Cela devient sérieux, s'exclama-t-il.

— Oui, cela devient serieux.

— Tu n'as pas encore répondu ?

— Non, comment aurais-je pu ?

— Qu'as-tu l'intention de faire ?

— Honnêtement, je ne sais pas très bien. Tu comprends que je ne puisse partir sur-le-champ, étant donné les circonstances. »

Félicien parut songeur. « Un petit délai ne doit pas tout compromettre.

— Je le pense aussi. Avant tout, je dois savoir comment vont les choses là-bas, et j'aimerais naturellement m'en entretenir avec Anna.

— Où as-tu mis le télégramme, peut-on le lire ?

— Il est dans mon secrétaire », dit Georges, en train de lacer ses chaussures.

Félicien se rendit dans la pièce voisine, prit la dépêche et la lut. « C'est beaucoup plus urgent que je le pensais, remarqua-t-il.

— Il me semble, Félicien, que tu ne peux te faire à l'idée que je doive avoir bientôt une véritable profession. »

Félicien était revenu près de son frère, il lui passa la main sur les cheveux et dit : « C'est peut-être une heureuse conjoncture que la dépêche soit arrivée justement hier.

— Heureuse ? Dans quelle mesure ?

— Je veux dire qu'après un événement aussi triste, la perspective d'une occupation active devrait être doublement bénéfique... Mais il me faut malheureusement te quitter, j'ai encore une foule de choses à faire, entre autres des visites d'adieu.

— Quand pars-tu donc, Félicien ?

— Aujourd'hui en huit. Dis, Georges, tu reviendras probablement aujourd'hui de ta campagne ?

— Si là-bas tout est en ordre, certainement.

— Nous pourrions peut-être nous rencontrer encore ce soir ?

— Avec grand plaisir, Félicien.

— Eh bien, si tu es d'accord, je serai à partir de sept heures à la maison. Nous pourrons peut-être souper ensemble, mais seuls, pas au club.

— Volontiers.

— Je voudrais te demander quelque chose, reprit Félicien après un court silence. Transmets là-bas mes salutations très cordiales... et dis-lui que je compatis très profondément.

— Je te remercie, Félicien, je n'y manquerai pas.

— Vraiment, Georges, je ne puis te dire à quel point cela m'a touché, poursuivit Félicien avec chaleur. J'espère qu'elle surmontera cela bientôt... Et toi aussi. »

Georges remercia d'un signe de tête. « Sais-tu, dit-il doucement, comment il aurait dû s'appeler ? Félicien ! »

Félicien regarda son frère droit dans les yeux, très gravement, puis il lui serra la main. « A bientôt », dit-il avec un bon sourire. Il lui prit encore une fois la main, et partit. Georges le suivit du regard, en proie à des sentiments ambigus. Que cela se soit terminé ainsi ne doit pas lui être tout à fait désagréable, pensa-t-il. Il se prépara rapidement et décida de gagner aujourd'hui de nouveau sa campagne à bicyclette.

Ce ne fut qu'après avoir quitté des routes assez fréquentées qu'il se retrouva lui-même. Le ciel s'était un peu assombri, et un vent frais qui soufflait des collines semblait lui apporter le salut de l'automne. Il ne voulait rencontrer aucun habitant de la petite localité où l'événement d'hier devait être déjà connu, il prit le chemin du haut entre prairies et jardins pour entrer par-derrière la maison. Plus le moment approchait où il devait revoir Anna, plus son cœur était lourd. A la grille il descendit de bicyclette, hésita un instant. Le jardin était vide, la maison se dressait en contrebas, plongée dans le silence. Georges respira profondément, douloureusement. Comme les choses auraient pu être différentes ! pensa-t-il. Il descendit l'allée, entendit le gravier crisser sous ses pas. Il alla à la véranda, appuya sa machine contre la balustrade, regarda dans la chambre par la fenêtre ouverte. Anna était couchée, les yeux ouverts.

« Bonjour », dit-il du ton le plus enjoué possible.

Mme Golowski, qui était assise au chevet du lit, se leva et déclara aussitôt : « Nous avons bien dormi, bien et profondément. — Voilà une bonne nouvelle », dit Georges qui sauta par-dessus la balustrade dans la pièce.

« Tu es plein d'allant aujourd'hui », dit Anna avec ce sourire malicieux qui rappelait à Georges des temps très éloignés. Mme Golowski lui apprit que le professeur était venu de bon matin et s'était montré entièrement satisfait, et qu'il avait emmené Mme Rosner à la ville dans sa voiture. Là-dessus, elle s'éloigna en leur jetant un regard bienveillant.

Georges se pencha et embrassa Anna longuement sur les yeux et sur la bouche, il rapprocha la chaise, s'assit et dit : « Mon frère te transmet ses amitiés. »

Elle eut un frémissement imperceptible des lèvres. « Merci, répondit-elle doucement ; elle remarqua ensuite : Tu es venu à bicyclette ?

— Oui, et il faut faire attention en cours de route, ce qui a parfois son bon côté. » Il lui raconta alors la fin de la journée d'hier sous la forme d'une histoire passionnante, et ce n'est qu'à son terme, comme il se doit, qu'Anna put apprendre comment l'amie de Henri avait péri. Il s'attendait à la voir émue, mais elle garda au coin des lèvres un pli étrangement dur.

« C'est pourtant terrible, dit Georges, ne trouves-tu pas ?

— Oui », répondit Anna brièvement, et Georges se rendit compte qu'ici sa bonté faisait totalement défaut. Il perçut la répulsion qui émanait d'elle, non comme une onde faible d'un être vis-à-vis d'un autre, mais violente, profonde comme un torrent de haine entre deux mondes. Il abandonna le sujet et reprit : « Et maintenant, une chose importante, mon petit. » Il souriait, mais son cœur battait quelque peu.

« Eh bien », demanda-t-elle, intriguée.

Il tira de sa poche le télégramme de Detmold et le lui lut. « Qu'en dis-tu ? demanda-t-il, sur un ton de fierté ironique.

— Et qu'as-tu répondu ?

— Naturellement, je... refuse. Je répondrai par télégramme que..., dans les jours prochains, il m'est impossible de venir. » Et il lui expliqua sérieusement que demander un délai ne compromettait rien, qu'il serait toujours le bienvenu comme invité, et qu'il ne devait qu'à un hasard cette offre urgente, un hasard sur lequel on n'avait pas le droit de compter.

Elle le laissa parler un moment, puis elle dit : « Une nouvelle fois, tu te comportes bien légèrement. Avant tout, j'estime que tu aurais dû répondre. Et...

— Et quoi ?... Peut-être y partir dès ce matin, au lieu de venir te voir. C'est ça ? » dit-il en plaisantant.

Elle ne se dérida pas. « Pourquoi pas ? » Et devant son sursaut d'étonnement : « Je vais, Dieu soit loué, très bien, Georges, et même si cela allait un peu plus mal, tu ne pourrais rien faire pour moi, donc... »

Il l'interrompit. « Oui, mon petit, il me semble que tu ne comprends pas bien de quoi il s'agit. Aller là-bas est naturellement chose assez simple, mais... y rester ! Y rester jusqu'à Pâques ! C'est la durée de la saison.

— Eh bien, que tu ne sois pas parti sans venir auparavant me dire au revoir, je trouve cela naturellement tout à fait dans l'ordre. Mais, vois-tu, de toute façon tu dois partir, n'est-ce pas ? Même si nous n'en avons pas parlé ces derniers temps, nous le savions tous deux. Que tu partes dans quatre semaines ou après-demain, ou aujourd'hui... »

Georges commença alors à protester énergiquement. Il

n'était pas pareil que ce fût dans quatre semaines ou aujourd'hui. En l'espace de quatre semaines on pouvait se familiariser avec certaines idées, et en outre tout discuter dans le détail, en vue de l'avenir.

« Qu'y a-t-il là à discuter ? Dans quatre semaines, tu ne m'emmèneras..., tu ne pourras pas plus m'emmener qu'aujourd'hui. Je crois même que toute discussion sérieuse entre nous n'aura de sens qu'à ton retour. D'ici là, maintes choses se seront clarifiées... Tout au moins en ce qui concerne les perspectives d'avenir. »

Elle regarda par la fenêtre en direction du jardin. Georges manifesta une légère indignation devant sa froide objectivité qui ne l'abandonnait pas, même dans une pareille heure. « Oui, vraiment ! dit-il, quand on réfléchit à ce que cela signifie que toi, tu restes ici, et que moi... »

Elle le considéra : « Je sais ce que cela signifie. »

Involontairement, il évita son regard, prit ses mains, les embrassa, il était intimement bouleversé. Lorsqu'il releva les yeux, il vit les yeux d'Anna reposer sur lui avec une expression maternelle. Et elle lui tint le langage d'une mère. Elle lui expliqua que, *précisément* en vue de l'avenir — elle mettait dans ce mot à peine un soupçon d'espoir personnel —, il ne devait pas manquer une telle occasion. Il pourrait bien dans deux ou trois semaines revenir de Detmold à Vienne pour quelques jours. Les gens là-bas comprendraient certainement qu'il devait ici mettre de l'ordre dans ses affaires. Mais avant tout, il était nécessaire de leur donner une preuve de sa volonté bien arrêtée. Et s'il faisait quelque cas de *son* conseil, il n'avait qu'une chose à faire : partir ce soir. Il n'avait pas besoin de se tourmenter à son sujet, elle sentait qu'elle était hors de danger, elle le sentait avec certitude. Naturellement, il recevrait quotidiennement des nouvelles, deux fois par jour s'il le voulait, matin et soir. Il ne céda pas tout de suite, revint à plusieurs reprises sur l'idée que le caractère inopiné de cette séparation le déprimerait sûrement. Elle répliqua qu'elle préférait un tel départ rapide à la perspective de passer quatre autres semaines dans la crainte, l'émotion, l'angoisse du départ. Et le fait essentiel demeurait qu'il ne s'agissait guère plus que de six mois. Après cela, on en aurait six autres pour soi, et, si tout allait bien, de telles périodes de séparation n'adviendraient peut-être plus guère à l'avenir.

Il reprit alors : « Et que feras-tu pendant les six mois où je serai absent ? C'est pourtant... »

Elle l'interrompit. « Provisoirement, cela continuera comme cela a été justement le cas pendant des années. Mais j'ai ce matin réfléchi à beaucoup de choses.

— L'école de chant ?

— A cela aussi. Quoique ce ne soit naturellement pas si facile, ni si simple. En outre, ajouta-t-elle avec son sourire malicieux, ce serait vraiment dommage si on devait la fermer trop tôt. Mais, de tout cela, nous reparlerons plus tard. Pour le moment, va télégraphier.

— Mais quoi ? » s'écria-t-il avec une expression si désespérée qu'elle ne put s'empêcher de rire. Elle dit alors : « C'est très simple. Aurai l'honneur de me trouver demain midi à votre bureau, votre très respectueux, ou votre très dévoué..., ou votre très orgueilleux... »

Il la regarda. Puis il lui baisa la main et dit : « Tu es certainement la plus raisonnable de nous deux. » Son ton signifiait aussi : et la plus froide, mais le regard qu'elle lui adressa, doux, tendre et un peu ironique, réfutait cette adjonction.

« Bon, je reviens dans dix minutes. » Il la quitta, le front serein, entra dans la pièce voisine et ferma la porte. En face de lui, derrière une autre porte — le souvenir fondit sur lui —, gisait dans un cercueil un enfant mort..., car « le nécessaire », selon l'expression employée la veille par le docteur Stauber, avait certainement déjà été fait. De regret, son cœur se serra douloureusement. Mme Golowski sortit de l'antichambre, elle vint à lui, parla avec admiration de la résignation, de l'empire sur soi d'Anna. Georges l'écoutait un peu distraitement. Ses yeux revenaient toujours sur cette porte, et à la fin, il dit doucement : « Je voudrais le voir encore une fois. » Elle le regarda tout d'abord effrayée, puis compatissante.

« Déjà refermé ? demanda-t-il, angoissé.

— Déjà emporté, répondit Mme Golowski lentement.

— Emporté ?! » Son visage se tordit tout d'un coup si douloureusement que la vieille femme, dans un geste d'apaisement, posa les mains sur son bras. « J'ai été faire à la première heure la déclaration de décès, dit-elle, et le reste a suivi très vite. Il y a une heure, on l'a emporté à la morgue.

— A la morgue... » Georges frémit. Il resta longtemps muet comme s'il venait d'apprendre une nouvelle inattendue, épouvantable. Quand il eut repris ses esprits, il sentit encore la pression amicale de Mme Golowski sur son bras, et vit ses bons yeux battus par le manque de sommeil fixés sur son visage.

« C'est donc terminé », dit-il, jetant au ciel un regard courroucé, comme si, à cette heure, son dernier espoir venait de lui être perfidement ravi. Il tendit ensuite la main à Mme Golowski. « Et vous avez pris tout cela sur vous, très chère madame Golowski... Je ne sais vraiment pas... comment je pourrai jamais... »

D'un geste, la vieille dame refusa tout autre remerciement.

Georges quitta la maison, jeta au petit ange bleu qui, comme apeuré, baissait les yeux sur les massifs flétris, un regard dédaigneux, et gagna la rue. Sur le chemin de la poste, il pesa minutieusement les termes du télégramme qui devait annoncer son arrivée au lieu de sa nouvelle activité et d'une nouvelle promesse d'avenir.

9

Le vieux docteur Stauber et son fils buvaient leur café noir. Le père tenait en main un journal et semblait y chercher quelque chose. « La date du procès, dit-il, n'est pas encore fixée.

— Tiens, répondit Berthold, Léo Golowski croit qu'il aura lieu à la mi-novembre, donc dans trois semaines environ. Je le tiens de Thérèse qui lui a rendu visite en prison, il y a quelques jours. Il serait parfaitement calme, et même de bonne humeur.

— Qui sait. Peut-être sera-t-il acquitté, dit le père.

— C'est très invraisemblable, papa. Il peut déjà s'estimer heureux de ne pas être accusé de meurtre pur et simple. La tentative en a bien était faite à tout hasard.

— Tu ne peux pas appeler cela une tentative sérieuse, Berthold. Tu vois que les magistrats n'ont accordé aucune importance à la calomnie à laquelle tu fais allusion.

— S'ils l'avaient tenue pour une calomnie, répondit durement Berthold, il aurait été de leur devoir de poursuivre le calomniateur. Nous vivons d'ailleurs, comme chacun sait, dans un Etat où tout Juif n'est jamais assuré de ne pas être condamné à mort pour meurtre rituel. Pourquoi donc les autorités ne devraient-elles pas oser admettre officieusement que des Juifs, lors de duels au pistolet contre des chrétiens, peut-être pour des motifs religieux, savent s'assurer un avantage criminel ? La meilleure preuve que, cette fois encore, les autorités ont fait preuve de complaisance pour rendre un service au parti dominant n'est-elle pas le fait que la détention préventive n'ait pas été levée en dépit de l'offre d'une caution importante ?

— Je ne crois pas à cette histoire de caution, dit le vieux docteur. Où Léo Golowski prendrait-il cinquante mille florins ?

— Ce n'étaient pas cinquante mille, mais cent mille, et, jusqu'à aujourd'hui, Léo n'en sait absolument rien. Je peux te dire en confidence, papa, que Salomon Ehrenberg a mis cette somme à la disposition de la défense.

— Tiens ? Eh bien je vais aussi te confier quelque chose, Berthold.

— Quoi donc ?

— Il est possible qu'on n'en vienne pas au procès. L'avocat de Golowski a déposé une requête en non-lieu. »

Berthold éclata de rire. « A cause de cela ! Et tu crois qu'il pourrait y avoir la moindre chance d'un règlement favorable ? Bien sûr, si Léo était tombé, et si le lieutenant était resté en vie..., alors peut-être. »

Le vieil homme secoua la tête avec impatience. « Il te faut à tout prix discourir en contestataire.

— Excuse-moi, père, dit Berthold en fronçant les sourcils, chacun de nous n'a pas le don enviable de pouvoir détourner les yeux de certains phénomènes de la vie publique quand on n'est pas personnellement atteint.

— Est-ce peut-être mon habitude ? » rétorqua brutalement le vieux docteur, et, sous son front haut, l'irritation lui fit écarquiller ses petits yeux. « C'est toi, Berthold, bien plutôt que moi, qui te bouches la vue quand tu ne veux pas voir. Je trouve que tu commences à être muré dans ton entêtement. Ça devient maladif chez toi. J'avais espéré que le séjour dans une autre ville, dans un autre pays te guérirait de certaines conceptions bornées, mesquines. Cela a empiré, je le remarque bien. Que quelqu'un explose comme Golowski l'a fait, je peux le comprendre, sans le moins du monde l'approuver. Mais rester là, les poings fermés dans ses poches, ça sert à quoi ? Reprends-toi donc ! La personnalité et les œuvres finissent toujours par s'imposer. Que peut-il t'arriver de grave ? Obtenir une chaire de professeur quelques années plus tard qu'un autre, je ne trouve pas le malheur si grand. On ne pourra pas faire le silence sur tes travaux s'ils sont de valeur...

— Il ne s'agit pas uniquement de moi, objecta Berthold.

— Mais cela ne concerne la plupart du temps que des intérêts de second ordre. Et pour revenir à notre premier sujet, à savoir si, au cas où le lieutenant aurait abattu Golowski, il se serait trouvé un Ehrenberg ou quelque autre homme d'honneur[1] et cent mille florins, voilà la vraie question. Libre à toi de me tenir pour un antisémite si ça t'amuse, bien que je me rende maintenant dans la Rembrandtstrasse pour voir le vieux Golowski. Au revoir, et sois enfin raisonnable. » Il tendit la main à son fils, celui-ci la prit sans sourciller. A la porte, le père se retourna : « Nous nous verrons probablement ce soir à la réunion des médecins ? » Berthold secoua la tête. « Non, père, je passe ma soirée dans un cercle moins cultivé, à *La Vigne d'argent,* où a lieu une réunion de la Ligue sociale.

— A laquelle tu ne peux pas manquer ?

— Impossible.

— Allons, dis-moi plutôt la vérité, tu es candidat à la députation ?

— Je... ferai acte de candidature.

— Ainsi, tu te crois donc maintenant capable de pouvoir affronter les... désagréments devant lesquels tu as pris la fuite, l'an passé ? » Berthold regarda par la fenêtre tomber la pluie d'automne. « Tu sais, père, répondit-il, les sourcils froncés, que je n'étais pas alors dans la disposition nécessaire. Maintenant, je me sens fort et armé..., en dépit de tes remarques précédentes qui ne sont pas toutes pertinentes. Et, avant tout, je sais exactement ce que je veux. » Le vieux docteur haussa les épaules. « Je ne comprends pas

1. Jeu de mots intraduisible sur le nom propre Ehrenberg, *die Ehre* signifiant l'honneur. *(N.d.T.)*

comment on puisse abandonner un travail positif... Parfaitement, tu seras forcé de l'abandonner... On ne peut servir deux maîtres... Comment on peut tout rejeter pour... pour faire des discours devant des gens dont c'est, pour ainsi dire, le métier d'avoir des opinions préconçues, tout rejeter pour combattre des convictions auxquelles, la plupart du temps, celui même qui les représente ne croit pas. »

Berthold secoua la tête. « Cette fois, père, je te l'assure, ce n'est pas l'ambition de briller comme orateur ou dialecticien qui m'attire. Cette fois, je me suis fixé un domaine où il me sera possible, je l'espère, d'accomplir un travail aussi positif que dans un laboratoire. J'ai l'intention, si cela marche, de ne m'occuper de rien d'autre que des questions de la santé publique. Pour cette sorte d'activité politique, je pense pouvoir compter, père, sur ta bénédiction.

— Sur la mienne..., oui. Mais sur la tienne... ?

— Que veux-tu dire ?

— Sur la bénédiction que l'on pourrait appeler vocation intime.

— Tu en doutes ? » répondit Berthold, interdit.

Le domestique entra et remit au vieux médecin une carte de visite. Il la lut. « Je suis tout de suite à sa disposition. » Le serviteur s'éloigna.

Berthold, assez ému, reprit : « Je peux bien dire que ma formation, mes connaissances... »

Jouant avec la carte de visite, son père l'interrompit :

« Je ne doute pas de tes connaissances, de ton énergie, de ton zèle. Mais il me semble que pour œuvrer utilement dans le domaine de la santé publique, il faut, en dehors de ces excellentes qualités, une autre encore que, à mon avis, tu possèdes très peu : la bonté, cher Berthold, et l'amour des hommes. »

Berthold secoua violemment la tête. « L'amour des hommes auquel tu penses, père, je le tiens pour totalement superflu, et bien plutôt pour nuisible. La compassion — et l'amour pour des gens que l'on ne connaît pas personnellement peut-il être finalement autre chose — conduit fatalement à la sentimentalité et à la faiblesse. Et, justement, lorsqu'on veut venir en aide à des groupes humains entiers, il faut pouvoir, à l'occasion, être dur vis-à-vis de l'individu isolé, être en mesure de le sacrifier si l'intérêt général l'exige. Tu n'as qu'à considérer, père, que l'hygiène sociale la plus honnête et la plus logique doit aboutir en droite ligne à supprimer les êtres malades, ou, tout au moins, à les exclure de toutes les jouissances de la vie. Je ne nie pas que j'ai sur ce point pas mal d'idées qui pourraient, de prime abord, paraître cruelles. Mais des idées auxquelles l'avenir appartient. Tu n'as pas à craindre, père, que je commence immédiatement à prêcher le meurtre des éléments nuisibles ou superflus. Mais, d'un point de vue philosophique, c'est à peu près à cela que tend mon programme. D'ailleurs, sais-tu avec qui j'ai eu récemment sur ce thème une conversation très intéressante ?

— De quel thème veux-tu parler ?

— Pour être précis : une conversation sur le droit de tuer. Avec Henri Bermann, l'écrivain, le fils du député décédé.

— Où as-tu eu l'occasion de le voir ?

— Dernièrement, dans une réunion. Thérèse Golowski l'avait amené avec elle. Tu le connais, n'est-ce pas, père ?

— Oui, depuis longtemps, répondit celui-ci, et il ajouta : Je lui ai parlé de nouveau cet été chez Anna Rosner. »

Une fois encore, Berthold fronça rageusement les sourcils. Il dit alors d'un ton moqueur : « Je me doutais de quelque chose de ce genre. Bermann avait mentionné t'avoir rencontré, il y a quelque temps, mais prétendait ne plus se rappeler où. J'en ai conclu qu'il devait s'agir... d'une circonstance discrète. Exactement. Ainsi il a plu à M. le baron d'introduire ses amis auprès d'elle.

— Ton intonation, mon cher Berthold, laisse supposer que, contrairement à ce que tu suggérais tout à l'heure, tu n'as pas complètement surmonté certains obstacles. »

Berthold haussa les épaules. « Je n'ai jamais nié que le baron Wergenthin m'était antipathique. C'est pourquoi toute cette affaire me fut d'emblée si pénible.

— Pour cette raison ?

— Oui.

— Je crois cependant, Berthold, que tu considérerais la chose autrement si tu retrouvais, un jour, Anna devenue veuve, même au cas où l'époux disparu te serait encore plus antipathique que le baron.

— C'est possible. On pourrait alors admettre qu'elle a été aimée — ou tout au moins respectée — et non prise et rejetée dès que le divertissement fut terminé. Je considère cela..., bon, je ne veux pas m'exprimer davantage. »

Le vieux docteur regarda son fils en hochant la tête. « Il semble vraiment que toutes les idées avancées de vous autres, les jeunes, deviennent caduques dès que votre passion ou votre vanité entre en jeu.

— A l'égard de certaines questions de pureté ou de propreté, père, je ne me sens tenu par aucune des prétendues idées avancées, et je crois que tu ne serais pas ravi si l'envie me prenait de devenir le successeur d'un baron Wergenthin plus ou moins disparu.

— Certainement pas, Berthold, et particulièrement *à cause d'elle,* car tu la torturerais à mort.

— Ne te fais pas de souci. Anna ne court aucun danger de mon côté. C'est fini.

— Voilà une bonne raison. Mais, heureusement, il y en a encore une meilleure. Le baron Wergenthin n'est ni mort ni en fuite.

— Peu importe le terme.

— Il a, comme tu ne l'ignores pas, une situation en Allemagne comme chef d'orchestre...

— Cela tombait à point. Il a joué de bonheur dans toute l'affaire. Et même pas un enfant sur les bras !

— Tu as deux défauts, Berthold. Premièrement, tu manques vraiment de cœur, et deuxièmement, tu ne laisses personne parler jusqu'au bout. Je voulais dire qu'entre le baron et Anna, rien ne semble définitivement terminé. Avant hier, elle m'a transmis les amitiés du baron. »

Berthold haussa les épaules comme si cela ne le concernait plus.

« Comment va le vieux Rosner ? demanda-t-il.

— Il s'en sortira probablement cette fois encore. Au reste, j'espère que tu as conservé l'objectivité nécessaire pour savoir que ce n'est pas le chagrin causé par “ une fille perdue ”, mais une artériosclérose, malheureusement assez avancée, qui est responsable de ses crises.

— Anna donne-t-elle à nouveau des leçons ? demanda Berthold après quelque hésitation.

— Oui, mais peut-être plus pour longtemps. » Il montra à son fils la carte de visite qu'il tenait toujours à la main.

Berthold pinça les lèvres. « Penses-tu, père, demanda-t-il, ironique, qu'il vient pour célébrer la noce ?

— Je vais l'apprendre immédiatement. De toute façon, je me réjouis de le revoir, car je t'assure que c'est un des jeunes gens les plus sympathiques qu'il m'a été donné de connaître.

— Etonnant, dit Berthold. Un bourreau des cœurs sans égal. Thérèse aussi est folle de lui. Et, récemment, Henri Bermann également, c'en est presque comique... D'accord, un beau et svelte jeune homme blond, de race germanique, baron, chrétien, quel Juif pourrait résister à ce charme... Au revoir, père !

— Berthold !

— Quoi donc ? » Il se mordit les lèvres.

« Reprends-toi. Rappelle-toi qui tu es.

— Moi... Je le sais.

— Non, tu ne le sais pas. Sinon, tu n'oublierais pas aussi souvent qui sont les autres. »

Berthold releva la tête d'un air interrogatif.

« Tu devrais rendre une visite aux Rosner. Il n'est pas digne de toi de marquer à Anna ta désapprobation d'une manière... si puérile. Au revoir... Amuse-toi bien à *La Vigne d'argent.* » Il tendit la main à son fils, puis se rendit dans son cabinet de consultation. Il ouvrit la porte du salon d'attente et, s'inclinant courtoisement, invita Georges, qui feuilletait un magazine, à entrer.

« Avant tout, docteur, dit Georges, après avoir pris place, je dois vous présenter mes excuses. Mon départ si soudain... Je n'ai plus eu, hélas, l'occasion de prendre congé de vous, et de vous remercier personnellement pour votre grande... »

D'un geste, le docteur l'interrompit. « Je suis très heureux de vous revoir. Vous êtes sans doute en congé ici à Vienne.

— Naturellement. Un congé de trois jours seulement. Ils ne peuvent pas se passer de moi là-bas », ajouta-t-il avec un sourire modeste. Le docteur, assis en face de lui dans son fauteuil de bureau, le contemplait d'un regard amical. « Vous êtes très satisfait de votre nouveau poste, à ce que m'a dit Anna.

— Oh oui. Des difficultés, il y en a évidemment partout quand on est soudain plongé dans une situation nouvelle. Mais, dans l'ensemble, tout s'est passé beaucoup plus facilement que je m'y attendais.

— C'est ce que j'entends. Il paraît même que vous avez déjà réussi votre entrée à la cour. »

Georges sourit. « Anna accorde visiblement à cet événement beaucoup plus de signification qu'il n'en a. J'ai joué une fois chez le prince héritier, et une chanteuse du théâtre y a présenté deux de mes lieder. Beaucoup plus important est le fait que j'ai la perspective d'être nommé chef d'orchestre cette saison même.

— Je pensais que vous l'étiez déjà.

— Non, docteur, pas encore officiellement. J'ai, en vérité, déjà dirigé plusieurs fois en remplacement le *Freischütz* et *Ondine,* mais je ne suis provisoirement que répétiteur de chant. »

En réponse à des questions du médecin, il fournit encore quelques détails sur son activité à l'Opéra de Detmold, puis il se leva et prit congé.

« Peut-être puis-je vous conduire un bout de chemin dans ma voiture, dit Stauber. Je vais à la Rembrandtstrasse chez les Golowski.

— Merci beaucoup, docteur, ce n'est pas dans ma direction. J'ai d'ailleurs l'intention de rendre visite demain à Mme Golowski. Elle n'est pas malade ?

— Non. A vrai dire, les émotions des dernières semaines n'ont pas été sans laisser de traces. »

Georges mentionna qu'il lui avait, immédiatement après le duel, écrit quelques mots, ainsi qu'à Léo. « Quand on pense que l'issue aurait pu être tout autre... » ajouta-t-il.

Le docteur regardait dans le vague. « Avoir des enfants est un bonheur que l'on achète à tempérament..., et on ne sait jamais quand celui, là-haut, se contentera des sommes versées. »

Arrivé à la porte, Georges, après quelque hésitation, demanda : « Je voulais m'informer auprès de vous de l'état de M. Rosner... Je dois dire que je lui ai trouvé meilleure mine que les lettres d'Anna le laissaient supposer.

— J'espère qu'il se rétablira, répondit Stauber, mais il faut considérer cependant... que c'est un vieil homme. Et même plus vieux que son âge.

— Mais il ne s'agit pas de quelque chose de grave ?

— L'âge en soi est déjà une chose grave, surtout quand tout ce qui a précédé, jeunesse, âge mûr n'ont pas été précisément sereins. »

Georges promenait ses regards dans la pièce ; soudain il s'exclama : « Je repense que je ne vous ai pas encore renvoyé les livres que vous aviez eu la bonté de me prêter au printemps. Et maintenant toutes nos affaires sont chez le transporteur. Je dois donc vous prier, docteur, de patienter jusqu'au printemps.

— Si vous n'avez pas de soucis plus graves, cher baron... »

Ils descendirent ensemble l'escalier ; le docteur demanda des nouvelles de Félicien.

« Je n'en ai eu qu'à deux reprises, et pas très détaillées... Il est à Athènes... Quelle sensation bizarre, docteur, de revenir en étranger dans une ville qu'on habitait encore récemment, de descendre à l'hôtel et de s'y inscrire : venant de Detmold. »

Le docteur monta en voiture, Georges le pria de saluer de sa part Mme Golowski.

« Je n'y manquerai pas. Et à vous, cher baron, je souhaite encore beaucoup de bonheur. Au revoir ! »

L'horloge de l'église Saint-Etienne marquait cinq heures. Georges avait une heure à perdre. Il résolut de flâner par le faubourg sous une pluie d'automne fine et tiède, une manière de se délasser. La nuit, dans son compartiment, il n'avait presque pas dormi, et déjà, deux heures après son arrivée, il s'était présenté chez les Rosner. Anna elle-même lui avait ouvert la porte, l'accueillant d'un long baiser, puis l'avait conduit, sans attendre, dans la pièce où ses parents le saluèrent poliment mais sans chaleur. La mère, gênée et un peu vexée, comme toujours, parla peu. Le père, assis dans un angle du divan, un plaid couleur sable sur les genoux, se sentit tenu de s'informer des conditions de la vie mondaine et musicale dans la petite résidence d'où Georges arrivait. Il fut ensuite un moment seul avec Anna. Ils échangèrent d'abord rapidement questions et réponses, puis, avec embarras, quelques démonstrations de tendresse, frappés tous deux de ne pas savourer le bonheur des retrouvailles comme ils s'y attendaient. Bientôt un élève d'Anna se présenta ; Georges prit congé et, dans l'antichambre, il fixa rapidement un rendez-vous à son amie pour le soir même. Il irait la chercher chez les Bittner, et de là ils se rendraient à l'Opéra pour une représentation de *Tristan* dans une nouvelle mise en scène dont l'intendant de

Detmold l'avait prié de lui rendre compte. Après cela, il avait déjeuné derrière la grande vitre d'un restaurant du Ring, fait des achats, passé des commandes chez ses fournisseurs, s'était présenté à la maison de Henri qu'il n'y avait pas trouvé, et c'est alors que, suivant une inspiration subite, il avait rendu sa visite de remerciement au docteur Stauber.

Maintenant, il continuait sa lente promenade par les rues si familières, et qui avaient déjà pour lui un parfum d'étrangeté. Il pensait à la ville d'où il venait, dans laquelle il s'était acclimaté plus rapidement que prévu. Dès le premier instant, le comte Malnitz lui avait témoigné une grande amabilité. Il caressait le projet de réformer l'Opéra de façon moderne, et voulait, comme il le sembla à Georges, se l'attacher comme collaborateur et ami, pour réaliser ses vastes desseins. Car le premier chef d'orchestre était certainement un musicien capable, mais devenu, à l'heure actuelle, plus fonctionnaire de la cour qu'artiste. On l'avait fait venir à vingt-cinq ans, et il était installé dans la petite ville depuis maintenant trente ans, un père de famille avec six enfants, considéré, satisfait, sans ambition. Peu après son arrivée, Georges avait entendu dans un concert chanter des lieder qui, il y a bien des années, avait porté la renommée du jeune chef d'orchestre presque dans le monde entier. Georges ne parvenait pas à comprendre ce succès aujourd'hui depuis longtemps oublié. Cependant, il réserva au compositeur un accueil chaleureux, car il ressentait une certaine sympathie envers cet homme âgé dont les yeux semblaient refléter l'éclat lointain d'un passé plus riche et plus prometteur. Georges se demandait parfois si le vieux chef d'orchestre se rappelait encore qu'il avait été considéré autrefois comme destiné au plus bel avenir ? Ou bien si, à lui aussi, ainsi qu'à d'autres de ses habitants, la petite ville apparaissait comme un centre d'où les rayons de l'activité et de la gloire dardaient à la ronde ? Georges avait trouvé chez très peu d'entre eux la nostalgie d'un cadre plus grand, plus vaste ; il lui semblait même parfois qu'on le considérait plutôt avec une compassion bonhomme parce qu'il venait d'une grande ville, particulièrement de Vienne. Car lorsque le nom de cette ville était prononcé devant ces gens Georges remarquait à leurs mines réjouies, un peu moqueuses, que, comme les notes supérieures par rapport à la tonique, d'autres mots commençaient immédiatement à vibrer, sans être exprimés : Valse... Café. . Grisette... Poulet rôti... Fiacre... Scandale parlementaire. Georges s'en irritait parfois, il était conscient de faire de son mieux pour améliorer à Detmold la réputation de ses concitoyens. On l'avait engagé parce que le troisième chef d'orchestre, un homme encore jeune, était mort subitement, ainsi Georges avait dû dès le premier jour s'installer au piano dans la petite salle des répétitions et accompagner les chants. Le résultat fut excellent. Il se réjouit de ses dons qui étaient plus sûrs, plus solides qu'il ne le présumait lui-même, et, avec le recul, il eut l'impression qu'Anna avait un peu sous-estimé son talent. En outre, il s'attelait plus sérieusement que jamais à ses compositions. Il travaillait à une ouverture composée à partir de motifs pour l'opéra de Bermann, et il avait commencé une sonate pour violon ; quant au quintette, l'œuvre mythique, comme Else l'avait appelé un jour, il était presque terminé. Il devait être exécuté cet hiver au cours d'une des soirées de musique de chambre qu'organisait le soliste de l'orchestre de Detmold, un jeune homme doué, la seule personne de sa nouvelle résidence avec qui Georges avait noué des relations assez intimes, et qui avait coutume de déjeuner à *L'Eléphant*. Il logeait encore dans cet hôtel dans une belle chambre avec vue sur la grande place plantée de tilleuls, et remettait jour après jour la location d'un appartement. Il n'était pas certain qu'il serait encore à Detmold l'année prochaine, et, de plus, il avait le sentiment qu'Anna serait forcément blessée de le voir s'installer à demeure, en célibataire, comme pour un séjour d'assez longue durée. Cependant il ne faisait jamais mention dans ses lettres de perspectives d'avenir ; elle, de son côté, s'abstenait de manifester par des questions son impatience ou ses doutes. Ils se communiquaient presque uniquement des faits positifs : elle parlait de son retour progressif à son mode de vie antérieur, lui, de tout cet environnement nouveau dans lequel il devait d'abord s'insérer. Mais, bien qu'il n'eût, pour ainsi dire, rien à lui cacher, il passait rapidement, à dessein, sur des choses qui auraient pu facilement donner lieu à des malentendus. Comment exprimer par des mots l'ambiance étrange qui flottait dans la salle de spectacle à demi obscure, le matin, aux répétitions, quand l'odeur des fards, des parfums, des vêtements, du gaz, du vieux bois et de la peinture neuve descendait de la scène sur l'orchestre ? quand des silhouettes qu'on ne reconnaissait pas sur-le-champ circulaient, rapides, entre les rangées de fauteuils, et qu'on sentait dans le cou un souffle lourd et parfumé ? Ou comment décrire le regard brillant d'une jeune chanteuse quand on levait du clavier les yeux vers elle ? Ou quand, dans la clarté de midi, par la place du Théâtre et la Königstrasse, on accompagnait cette jeune personne jusqu'à sa porte, et qu'à cette occasion on ne parlait pas seulement du rôle de Micaëla qu'on venait d'étudier avec elle, mais aussi de tout autres sujets, assez innocents au demeurant ? Pouvait-on raconter cela à une maîtresse restée à Vienne sans qu'elle cherche entre les lignes des choses suspectes ? Même si l'on avait insisté sur le fait que Micaëla était fiancée à un jeune médecin de Berlin qui l'adorait, et réciproquement, cela n'aurait rien arrangé, car on aurait donné l'impression de se croire obligé de faire diversion, de rassurer.

Comme c'est étrange, pensa Georges, qu'*elle* justement chante effectivement ce soir la Micaëla que j'ai étudiée avec elle, et que je parcoure le même chemin en direction de Mariahilf que j'aimais prendre si souvent l'année dernière. Il se souvenait très précisément d'un soir où il avait été chercher Anna là-bas, et avait déambulé avec elle par des rues tranquilles, contemplé avec elle des photographies humoristiques, et se rappelait leur dialogue prémonitoire sur un avenir inconnu, tenu à voix basse, tandis qu'ils foulaient les dalles de pierre froides d'une vieille église. Maintenant, il en était advenu tout autrement qu'il l'avait rêvé. Autrement... Pourquoi lui semblait-il ainsi ?... Qu'attendait-il donc alors ?... L'année écoulée n'avait-elle pas été merveilleusement riche et belle, avec ses joies et ses peines ? N'aimait-il pas aujourd'hui Anna aussi bien, aussi fort qu'autrefois ? Dans sa nouvelle ville, ne l'avait-il pas parfois désirée ardemment comme une femme qui ne lui aurait jamais appartenu ? Les retrouvailles de ce matin, dans l'humeur maussade d'une heure grise, et la gêne de leurs timides mouvements de tendresse ne devaient pas l'induire en erreur.

Il était arrivé. Comme il levait les yeux vers les fenêtres éclairées derrière lesquelles Anna donnait sa leçon, une légère émotion le saisit. Et quand, dans la minute suivante.

elle apparut à la porte dans sa robe sobre en tissu anglais, un feutre gris sur son abondante chevelure châtain, un livre à la main, exactement comme un an auparavant, il fut inondé tout à coup d'un sentiment de bonheur inattendu. Elle ne le vit pas immédiatement, car il se tenait dans l'ombre d'une maison ; elle ouvrit son parapluie et alla jusqu'à l'angle de la rue où, l'année passée, il avait coutume de l'attendre. Il la suivit du regard un moment, heureux de contempler son allure distinguée et honnête. Puis il marcha rapidement vers elle et la rattrapa en quelques enjambées.

Elle commença par lui apprendre qu'elle ne pourrait l'accompagner à l'Opéra ; son père ne s'était pas senti bien cet après-midi.

Georges fut très déçu. « Ne peux-tu pas au moins rester avec moi au premier acte ? »

Elle secoua la tête : « Non, cela ne me dit rien, il vaut mieux que tu offres la place à un ami. Va chercher Nurnberger ou Bermann.

— Non. Si tu ne viens pas, je préfère y aller seul. Je m'en faisais une telle joie ! Je me moque un peu de la représentation, et j'aimerais mieux rester avec toi..., même là-haut, chez tes parents, mais je dois m'y rendre, je dois, tu sais, en faire un compte rendu.

— Naturellement, tu dois t'y rendre, confirma Anna, et elle ajouta : Je ne voudrais pas t'imposer une soirée là-haut, chez nous, l'atmosphère n'y est pas particulièrement gaie. »

Il lui avait pris le parapluie et l'abritait, elle lui donna le bras.

« Vois-tu, Anna, je voudrais te faire une proposition. » Il s'étonnait de chercher une entrée en matière et commença, hésitant : « Mes quelques journées à Vienne sont forcément si agitées, si morcelées, et voilà, de surcroît, cette atmosphère pesante chez vous là-haut. Nous ne profitons pas du tout l'un de l'autre. Ne trouves-tu pas ? »

Elle opina de la tête sans le regarder.

« N'aimerais-tu pas, Anna, m'accompagner un bout de chemin lors de mon voyage de retour ? »

Elle le regarda de côté de son air malicieux et ne répondit pas. Il poursuivit : « Je peux encore me procurer un jour de congé en télégraphiant au théâtre. Ce serait vraiment magnifique si nous disposions de quelques heures pour nous seuls. »

Elle acquiesça mais sans enthousiasme, et fit dépendre sa décision de l'état de son père. Puis elle le questionna sur l'emploi de sa journée. Il le raconta en détail, y ajoutant son programme pour le lendemain. « Nous ne pourrons donc nous revoir que dans la soirée, conclut-il. Je monterai chez vous quand cela te conviendra, et nous discuterons de tout le reste.

— Oui », dit Anna. Elle fixait droit devant elle la rue grise, humide. Il tenta encore une fois de la convaincre d'aller avec lui à l'Opéra, mais en vain. Il s'enquit alors de ses leçons de chant, et se mit aussitôt à parler de sa propre activité comme s'il voulait la persuader que son sort à lui n'était, en définitive, guère meilleur que le sien. Il se référa à ses lettres dans lesquelles il lui décrivait tout en détail. « A ce sujet », dit-elle soudain d'une voix si dure que, frappé par son ton, il rejeta la tête en arrière, « qu'apportent des lettres aussi détaillées soient-elles ? »

Il savait à quoi elle pensait, et qu'elle n'exprimait pas plus aujourd'hui qu'elle ne l'avait fait auparavant. Il eut soudain le cœur serré. Ce silence inflexible ne renfermait-il pas tout ce qu'elle taisait : question, reproche, colère ? Il l'avait déjà senti ce matin, et sentait maintenant de nouveau que quelque chose se manifestait en elle qui lui était directement hostile, une impulsion contre laquelle elle semblait elle-même lutter en vain. Ce matin seulement ?... Est-ce que cela ne remontait pas plus loin ? n'avait pas toujours été dès le premier instant où ils s'étaient appartenus, et même aux temps de leur bonheur suprême ? Cet élément hostile n'était-il pas là quand, derrière de sombres rideaux, aux sons de l'orgue, il l'avait pressée contre sa poitrine ? quand elle l'attendait, les yeux rougis, dans la chambre d'hôtel de Rome, tandis qu'il contemplait, radieux, du haut du Monte Pincio, le soleil se coucher sur la Campagna, et avait pensé savourer en solitaire l'heure la plus merveilleuse de leur voyage ? N'était-il pas là, lorsque, par un matin brûlant, il avait couru sur l'allée de gravier jusqu'à elle, était tombé à ses pieds, et avait pleuré dans son sein comme dans celui d'une mère ? Et quand, assis à son chevet, il avait porté son regard au-dehors vers le jardin plongé dans l'ombre, tandis qu'à l'intérieur de la maison un enfant mort gisait sur un linge blanc, un enfant qu'elle avait mis au monde une heure plus tôt, n'était-il pas là plus sombre que jamais, et à peine supportable, si l'on ne s'en était pas depuis longtemps accommodé, comme il en était de mainte insuffisance et de mainte souffrance qui montaient des profondeurs des relations humaines ? Et maintenant, comme il le ressentait de nouveau, tandis que, lui donnant le bras, tenant avec précaution le parapluie au-dessus d'elle, il parcourait la rue humide. Il était de nouveau là, menaçant et familier. Les mots qu'elle venait de prononcer résonnaient encore à ses oreilles : Qu'apportent des lettres aussi détaillées soient-elles ?... Mais d'autres mots plus graves résonnaient à l'unisson. Que signifie au fond le baiser le plus brûlant dans lequel le corps et l'âme semblent se fondre ? Que signifient au fond nos voyages en commun de plusieurs mois dans des pays étrangers ? Que signifie le fait que j'aie eu un enfant de toi ? Que signifient les larmes versées sur mes genoux en repentir de ta trahison ? Que signifie tout cela puisque tu m'as toujours laissée seule, même au moment où mon corps a recueilli la semence de l'être que je devais porter neuf mois en moi, notre enfant qui était destiné à vivre parmi des étrangers et qui n'a pas voulu rester sur cette terre ?

Le cœur lourd, oppressé par ces pensées, il trouva cependant des paroles légères pour lui accorder qu'elle n'avait vraiment pas tort et que ses lettres, auraient-elles eu vingt pages, ne pouvaient contenir grand-chose ; en proie à un sentiment poignant de compassion, il exprima l'espoir de la venue d'un temps où tous deux n'en seraient plus réduits à s'écrire. Alors, avec des mots plus tendres, il décrivit ses promenades solitaires aux alentours de la ville étrangère où il pensait à elle, les heures dans la chambre anonyme de l'hôtel avec la vue sur la place plantée de tilleuls ; il évoqua sa nostalgie de la revoir, nostalgie qui ne le quittait pas, qu'il fût seul à son travail, ou devant son piano accompagnant des chanteurs, ou en conversation avec de nouvelles connaissances. Mais quand, arrivé avec elle devant le portail, la tenant toujours par la main, il lui dit « au revoir » d'un ton alerte, il demeura interdit en découvrant dans ses yeux la lueur mourante d'une déception usée, à peine douloureuse encore. Et il comprit que tous les mots qu'il lui avait dits avaient signifié pour elle moins que rien, car le seul qu'elle n'attendait plus, et qu'elle désirait pourtant ardemment, celui-là n'était pas venu.

Un quart d'heure plus tard, Georges était assis dans son fauteuil d'orchestre à l'Opéra, au début encore un peu contrarié et sans entrain, mais bientôt, sous le charme de la musique, la joie l'inonda. Et quand Brangaine jeta sur les épaules de sa maîtresse le manteau royal, et que Kurneval annonça l'arrivée prochaine du roi, et que les matelots sur le pont, dans l'éclat d'un ciel resplendissant, saluèrent la terre de leurs cris d'allégresse, alors Georges n'eut plus aucun souvenir d'une mauvaise nuit passée dans un compartiment de chemin de fer, de courses ennuyeuses, d'une conversation fort pénible avec un vieux docteur juif, d'une promenade sur un pavé humide dans lequel se reflétait la lumière des réverbères, au bras d'une jeune femme d'aspect sympathique, distinguée, un peu mal à l'aise. Et quand le rideau fut tombé pour la première fois, et que la lumière inonda la salle aux tons rouge et or, il ne se sentit pas le moins du monde péniblement dégrisé, mais, au contraire, pensa plonger d'un rêve dans un autre ; et une réalité faite de toutes sortes d'éléments désagréables et lamentables se perdit quelque part à l'extérieur, impuissante. Jamais, à ce qu'il lui semblait, l'atmosphère de cette maison ne l'avait ravi autant qu'aujourd'hui, jamais il n'avait éprouvé aussi fortement que chacun, pendant la durée de sa présence en ce lieu, était à l'abri de toute la douleur, de toute la boue de l'existence. Il se leva de sa place en fin de rangée au bord de l'allée centrale, remarqua que maint regard flatteur s'arrêtait sur sa personne, et fut conscient de son allure charmante, élégante, même un peu originale. Il était de plus — autre motif sérieux de satisfaction — un homme possédant une situation, une position, qui, même ici au théâtre, assumait une mission, une responsabilité, en quelque sorte, celle de représentant d'une scène officielle allemande. Avec ses jumelles de théâtre, il regarda autour de lui. Des derniers fauteuils d'orchestre, Gleissner le salua d'un signe de tête un peu trop familier et parut, immédiatement après, renseigner une jeune dame, sa voisine, sur la personnalité de Georges. Qui pouvait-elle être ? Etait-ce la prostituée que le poète, manipulateur des âmes, voulait métamorphoser en sainte, ou la sainte promise à la prostitution ? Difficile de se prononcer, pensa Georges. A mi-chemin toutes deux doivent à peu près se ressembler. Georges crut sentir des jumelles braquées sur sa tête, il leva les yeux. C'était Else qui l'observait d'une loge au premier balcon. Mme Ehrenberg était assise près d'elle, et, entre elles deux, un jeune homme élancé qui n'était autre que James Wyner se penchait par-dessus la rampe. Georges s'inclina, et pénétra deux minutes plus tard dans la loge. Il y fut salué aimablement, mais sans surprise. Else, dans une robe de velours noir décolletée, un mince collier de perles à son cou, coiffée de façon un peu surprenante mais originale, lui tendit la main. « Comment donc êtes-vous ici ? En congé ? Destitué ? En fuite ? »

Avec bonne humeur, Georges expliqua en quelques mots la situation.

« Ce fut très aimable de votre part, dit Mme Ehrenberg, de nous avoir envoyé un mot de Detmold.

— N'aurait-il pas dû le faire ? remarqua Else, sinon on aurait pu croire qu'il avait filé en Amérique avec on ne sait qui. »

James se tenait au milieu de la loge, grand, maigre, le visage buriné, sa chevelure châtain foncé bien plaquée avec une raie de côté.

« Dites-nous donc, Georges, quels sont vos sentiments à Detmold ? » Else leva les yeux sur lui derrière ses paupières mi-closes. Elle semblait ravie de la façon qu'il avait gardée de parler l'allemand comme s'il traduisait toujours de l'anglais. Elle en profita pour plaisanter. « Quels sont ses sentiments à Detmold ? Je crains, James, que ta question ne soit indiscrète. » Puis elle se tourna vers Georges. « Apprenez que nous sommes fiancés.

— Nous n'avons pas encore envoyé de faire-part », ajouta Mme Ehrenberg.

Georges présenta ses vœux de bonheur.

« Venez demain déjeuner chez nous, dit Mme Ehrenberg. Vous ne rencontrerez que quelques personnes qui seront certainement toutes très heureuses de vous revoir. Sissy, Mme Oberberger, Willy Eissler. »

Georges s'excusa. Il ne pouvait s'engager pour une heure précise, mais si cela était possible, il viendrait volontiers au cours de l'après-midi.

« C'est bon », dit Else doucement sans le regarder, le bras

dans un long gant blanc négligemment posé sur la rampe. « Vous passez probablement l'heure de midi en famille. »

Georges feignit de n'avoir pas entendu et fit l'éloge de la représentation en cours. James déclara qu'il préférait *Tristan* à tous les autres opéras de Wagner, y compris *Les Maîtres Chanteurs.* Else remarqua simplement : « C'est vraiment magnifique, quoique je ne sois pas pour le philtre d'amour et les histoires de ce genre. » Georges expliqua qu'il fallait ici interpréter symboliquement le philtre d'amour, sur quoi Else se prononça contre les symboles.

La première sonnerie annonçant le deuxième acte retentit. Georges prit congé, redescendit rapidement et eut juste le temps de reprendre sa place avant le lever du rideau. Il se souvint à nouveau de sa position semi-officielle, et décida de ne pas s'abandonner plus longtemps sans retenue à ses impressions. Bientôt il parvint à découvrir que la scène d'amour pouvait être représentée tout autrement qu'il en était ici ; il n'approuvait pas que le rôle de Mélot, par la main de qui Tristan devait mourir, fût tenu par un chanteur de deuxième ordre, comme c'était d'ailleurs le cas presque partout. Au second baisser du rideau, il se leva avec un sentiment accru de sa dignité et resta debout à sa place, jetant parfois un regard à la loge d'où Mme Ehrenberg lui adressait des signes amicaux, tandis qu'Else, qui parlait avec James, restait derrière elle, immobile, les bras croisés. Georges se rappela soudain qu'il devait revoir le lendemain la sœur de James. Pensait-elle encore à cette nuit merveilleuse dans la touffeur vert sombre du parc, dans le parfum capiteux de la mousse et des sapins ? Comme c'était loin ! Puis il se souvint d'un baiser rapide échangé à l'ombre du mur du jardin de Lugano. Cela aussi était bien loin ! La soirée sous les platanes et la conversation sur Léo lui revinrent à la mémoire. On aurait pu, déjà à cette époque, prévoir pas mal de choses. En vérité, quel homme étrange que ce Léo ! Comme il avait gardé secret son projet ! Car il devait être arrêté de longue date. Léo, c'était évident, avait attendu le jour où il pourrait déposer l'uniforme pour l'exécuter. La lettre que Georges lui avait écrite à la nouvelle du duel n'avait pas eu de réponse. Il se proposa d'aller le voir à la prison, si c'était possible.

Dans les premiers rangs, un monsieur salua. C'était

Ralph Skelton. Georges lui fit comprendre par signes qu'ils devaient se rencontrer à la fin de la représentation.

Les lumières s'éteignirent, le prélude du troisième acte commença, Georges entendit les vagues lasses de la mer se briser sur une rive déserte, et les soupirs plaintifs d'un héros blessé à mort se perdre dans l'air bleu raréfié. Où l'avait-il entendu pour la dernière fois ? N'était-ce pas à Munich ?... Non, cela ne datait pas de si loin. Et, soudain, il revécut l'heure où sur un balcon, sous un pignon de bois, les pages de la partition du *Tristan* étaient ouvertes devant lui. Là-bas, entre bois et prairie, un chemin ensoleillé avait conduit au cimetière, une croix avait jeté des reflets dorés ; en bas, dans la maison, une femme aimée avait gémi de douleur, et lui était demeuré le cœur serré. Et cependant, ce souvenir avait aussi une douceur mélancolique, comme tout ce qui était entièrement disparu. Le balcon, le petit ange bleu parmi les fleurs, le banc sous le poirier... Où était tout cela aujourd'hui ? Il fallait qu'il revoie une fois cette maison, une fois encore avant de quitter Vienne.

Le rideau se leva. Le chant nostalgique de la flûte du pâtre retentit. Sous un ciel blême, indifférent, dans l'ombre des branches du tilleul, le héros blessé sommeillait, à son chevet Kurneval, le fidèle, veillait. La flûte se tut. Le pâtre se pencha par-dessus le mur, et Kurneval répondit à sa question. C'était vraiment une voix d'un timbre exceptionnel. Si nous avions un baryton semblable, pensa Georges. Et bien d'autres choses qui nous manquent ! Si on lui accordait les pouvoirs nécessaires, il se sentait apte, avec le temps, à faire du modeste théâtre où il exerçait une scène de tout premier plan. Il rêva de représentations exemplaires auxquelles, de tous côtés, on viendrait en foule ; il n'était plus là seulement comme représentant d'un théâtre, mais comme un personnage dont le destin serait peut-être d'être, dans un avenir pas trop éloigné, un intendant. Ses espoirs prirent un tour plus démesuré, plus hardi. Peut-être encore quelques années, et des harmonies de sa composition résonneraient dans une vaste et solennelle enceinte, et les auditeurs seraient transportés de bonheur comme ceux d'aujourd'hui, tandis que quelque part, au-dehors, une réalité insipide se déroulerait impuissante. Impuissante ? C'était la question... Savait-il donc s'il lui serait donné de subjuguer les hommes comme le maître qui se faisait entendre ici aujourd'hui ? Triompher du quotidien, de ce quotidien trouble, pitoyable, misérable ? L'impatience et le doute se glissèrent un moment dans son âme ; mais rapidement sa volonté, son intelligence les chassèrent, et il ressentit de nouveau un bonheur parfait comme toujours lorsqu'il écoutait de la belle musique sans penser qu'il voulait souvent s'imposer lui-même comme créateur. De tous ses rapports avec son art bien-aimé, il n'en restait qu'un en de tels instants, pouvoir l'accueillir avec une compréhension plus grande que quiconque. Il sentait que Henri avait dit la vérité alors qu'ils roulaient ensemble à travers une forêt baignée de rosée matinale : Non, pas le travail créateur, seule l'atmosphère de son art était nécessaire à sa vie. Il n'était pas un damné comme Henri, toujours poussé à saisir, à façonner, à maintenir, et pour qui le monde tombait en pièces dès qu'il se dérobait à sa main créatrice.

Des bras de Brangaine, Isolde avait glissé, morte, sur le cadavre de Tristan, les derniers accords retentirent, le rideau tomba. Georges jeta un coup d'œil vers la loge du premier étage. Else se tenait près de la rampe, le regard dirigé dans sa direction, tandis que James posait sur ses épaules son manteau rouge sombre. A cet instant, elle se tourna vers la sortie après un signe de tête, rapide comme si personne n'aurait dû le voir. Bizarre, pensa Georges, vus de loin son attitude, certains de ses mouvements ont quelque chose... de mélancolique, de romanesque. Elle me rappelle alors la bohémienne de Nice, ou l'étrange jeune fille avec qui je me suis trouvé à Florence devant le Titien... M'a-t-elle jamais aimé ? Non. Pas plus qu'elle n'aime son James. Alors qui ?... Peut-être était-ce finalement le professeur de dessin de Florence, ce fou ? Ou personne. Ou même Henri.

Au foyer, il rencontra Skelton. « Déjà revenu ? demanda ce dernier.

— Seulement pour quelques jours », répondit Georges. Il apparut que Skelton n'était pas au courant de ce qui arrivait à Georges, et l'avait cru en voyage d'études musicales dans les villes allemandes. Il fut assez surpris d'apprendre que Georges se trouvait ici en congé, et avait assisté à la nouvelle mise en scène du *Tristan* sur la demande de l'intendant de Detmold.

« Cela vous convient-il, dit Skelton. J'ai rendez-vous avec Breitner, à *L'Impérial,* dans la salle blanche.

— Formidable, répondit Georges, c'est là que j'habite. »

Fidèle à sa réputation, Breitner fumait déjà un de ses énormes cigares quand les deux hommes se présentèrent à sa table.

« Quelle surprise ! » s'exclama-t-il quand Georges le salua. Il avait appris que Georges était chef d'orchestre à Düsseldorf. « A Detmold », dit Georges, et il pensa : Curieux, comme les gens ici s'intéressent peu à moi... Mais qu'est-ce que ça fait ?

Skelton parla de la représentation du *Tristan,* et Georges mentionna qu'il avait conversé avec les Ehrenberg.

« Savez-vous que Oscar Ehrenberg est en route pour l'Inde ou pour Ceylan ? demanda Breitner.

— Vraiment ?

— Et avec qui croyez-vous ?

— Certainement en compagnie féminine.

— Naturellement. J'ai entendu dire que ces messieurs avaient cinq ou sept femmes avec eux.

— Ces messieurs ?

— Oscar Ehrenberg... et devinez un peu... Eh bien, le prince de Guastalla.

— Pas possible !

— Comique, n'est-ce pas ? Ils se sont intimement liés cette année à Ostende ou à Spa. *Cherchez*[1], etc. Ainsi qu'il y a des femmes pour lesquelles on se bat, il y en a apparemment d'autres par-dessus lesquelles on fraternise. Ils ont quitté l'Europe ensemble. Peut-être fonderont-ils un empire dans quelque île, et Oscar Ehrenberg sera ministre. »

Willy Eissler avait fait son entrée, le visage cireux, la mine défaite, la voix enrouée. « Bonjour, baron, excusez-moi de ne pas rester pantois, mais j'avais déjà entendu dire que vous étiez là. Quelqu'un vous a aperçu dans la Kärtnerstrasse. »

Georges pria Willy de transmettre à son père les salutations du comte Malnitz, lui-même n'avait malheureusement pas le temps de rendre une visite au vieux monsieur, à qui, comme il le remarqua avec une affectation de modestie, il devait sa situation à Detmold.

1. En français dans le texte. *(N.d.T.)*

« En ce qui concerne votre avenir, cher baron, dit Willy, je ne me suis jamais fait de souci, surtout depuis que l'année dernière — ou y a-t-il plus longtemps ? — j'ai entendu la Bellini chanter vos lieder. Mais votre décision de quitter Vienne était une idée heureuse. Je connais cela. Quand les gens savent que vous êtes de bonne famille, avec du goût pour les belles cravates, les cigarettes fines et maints autres agréments de l'existence, ils vous refusent la qualité d'artiste. Sans des témoignages du dehors, vous ne serez jamais pris au sérieux ici... Apportez-nous-en donc bientôt, et des plus brillants.

— Je m'y efforcerai, dit Georges.

— Ces messieurs ont-ils appris la dernière nouvelle ? reprit Willy. Léo Golowski, vous savez, celui qui a abattu en duel le lieutenant Séfranek, Léo Golowski est libre.

— La détention provisoire a pris fin ? demanda Georges.

— Non, entièrement libre. Son avocat a adressé à l'empereur une requête en non-lieu. C'est aujourd'hui définitivement réglé.

— Incroyable, s'exclama Breitner.

— Pourquoi marquez-vous un tel étonnement, Breitner, dit Willy.

— Il peut encore se passer parfois des choses raisonnables en Autriche.

— Un duel n'est jamais raisonnable, dit Skelton, par conséquent une grâce obtenue à propos d'un duel n'est pas raisonnable.

— Un duel, cher Skelton, est quelque chose de bien pire ou de bien mieux que raisonnable. Ou bien une stupidité monstrueuse, ou bien une nécessité inexorable, un crime ou une délivrance. Il n'est pas raisonnable, et n'a pas besoin de l'être. Dans des cas d'exception, on ne peut rien entreprendre avec la raison. Et, dans l'affaire en question vous m'accorderez, Skelton, que le duel était inévitable.

— Absolument, dit Breitner

— Je peux imaginer une communauté où de semblables différends seraient réglés par des tribunaux.

— De tels différends devant les tribunaux ! O délicieux !... Croyez-vous sérieusement, Skelton, que dans un cas où il ne s'agit pas de question de droit ou de propriété, mais où des hommes s'affrontent, mus par une haine farouche, croyez-vous vraiment que l'on puisse aboutir à un compromis avec des amendes ou des peines d'emprisonnement ? Il est significatif, messieurs, que refuser un duel dans des cas semblables est toujours considéré par tous les gens ayant du caractère, de l'honneur, de la rectitude, comme une lâcheté. Tout au moins chez les Juifs, ajouta-t-il, car chez les catholiques, il est connu que ce n'est que leurs convictions religieuses qui les empêchent de se battre.

— Cela arrive certainement », dit simplement Breitner.

Georges souhaitait savoir comment s'était déroulée l'affaire entre Léo Golowski et le lieutenant.

« Ah, c'est vrai, dit Willy, vous étiez absent. Donc le lieutenant a sérieusement brimé toute l'année Léo Golowski, à vrai dire... »

Georges l'interrompit : « Je connais le prologue, en partie à la source même.

— Eh bien, le premier octobre, le prologue, pour s'en tenir à ce terme, fut terminé, c'est-à-dire que Léo Golowski avait accompli son année de service. Le deux au matin, il s'est posté devant la caserne, et a attendu tranquillement que le lieutenant franchisse la porte. A ce moment, il a marché vers lui, le lieutenant veut tirer son sabre, mais Léo Golowski lui saisit la main, ne la lâche pas, et lui brandit son poing libre au visage, la suite allait de soi. En outre, on a raconté que Léo aurait jeté à la figure du lieutenant les mots suivants..., mais je ne sais pas si c'est exact.

— Quels mots ? demanda Georges avec curiosité.

— Hier, mon lieutenant, vous valiez plus que moi, maintenant nous sommes provisoirement égaux, mais demain, à la même heure, l'un de nous vaudra plus que l'autre.

— On dirait le Talmud, remarqua Breitner.

— Vous êtes mieux à même de juger, Breitner, répliqua Willy, et il continua son récit. Donc, le matin suivant, le duel eut lieu dans une prairie au bord du Danube. Trois balles à vingt pas, sans avancer. Si personne n'est touché, duel au sabre jusqu'à mise hors de combat... Le premier coup fut manqué de part et d'autre, et, au second, Léo Golowski a valu considérablement plus que le lieutenant, car celui-ci ne valait plus rien, moins que rien, un homme mort.

— Pauvre diable », dit Breitner.

Willy haussa les épaules. « Il est tombé sur celui qu'il ne

fallait pas. Je le regrette pour lui. Mais il faut bien dire que pas mal de changements se produiraient en Autriche si, dans des cas semblables, tous les Juifs savaient se comporter comme Léo Golowski. » Skelton sourit. « Vous ne l'ignorez pas, Willy, devant moi, il ne faut rien dire contre les Juifs, je les aime. Si l'on décidait de régler la question juive par une série de duels, je le déplorerais, car, à la fin, il ne resterait plus un seul exemplaire masculin de cette excellente race. »

A la fin du débat, Skelton dut reconnaître qu'il n'était pas possible, à l'heure actuelle, d'abolir le duel en Autriche. Mais il se permit de demander si ce fait parlait en faveur du duel ou au contraire contre l'Autriche, étant donné que de nombreux pays, il ne voulait par discrétion en citer aucun, avaient banni le duel depuis des années. Et était-ce de sa part aller trop loin, s'il s'autorisait à qualifier l'Autriche, une contrée où il se sentait d'ailleurs parfaitement chez lui depuis six ans, de pays de l'insincérité dans les rapports sociaux. Ici, comme nulle part ailleurs, on trouvait des querelles furieuses sans trace de haine, et une sorte d'amour tendre sans l'obligation de fidélité. Il y existait ou se développait entre les adversaires politiques des sympathies personnelles ridicules ; par contre les membres d'un même parti s'injuriaient, se calomniaient, se trahissaient. On ne rencontrait que chez peu de gens des idées déclarées sur les choses et les hommes, et même ce petit nombre était toujours par trop vite prêt à faire des réserves, à admettre des exceptions. Dans la lutte politique, on avait carrément l'impression que les adversaires les plus acharnés en apparence, tandis qu'ils échangeaient les paroles les plus dures, se lançaient des clins d'œil complices : « Ne le prenez pas trop au sérieux. »

« Que croyez-vous, Skelton, qu'ils se lancent aussi des clins d'œil quand les balles sifflent ?

— Ils le feraient certainement si la mort ne les guettait pas. Mais cette circonstance n'influe pas sur la mentalité, seulement sur l'attitude. C'est mon avis. »

Ils restèrent encore longtemps ensemble à bavarder. Georges apprit toutes sortes de nouveautés. Entre autres, que Déméter Stanzidès avait conclu l'achat d'un domaine à la frontière hongro-croate, et que le petit rat attendait un heureux événement. Willy se déclara curieux de voir le résultat de ce croisement de races, et s'amusa à inventer des noms pour l'enfant futur, comme Israël Pius ou Rebecca Portiuncula.

Plus tard, tout le groupe se rendit dans un café voisin. Georges joua une partie de billard avec Breitner, puis il rentra dans sa chambre. Au lit, il établit son emploi du temps pour le jour suivant et sombra finalement dans un sommeil profond, délicieux. Le lendemain matin, on lui apporta avec le thé le journal qu'il avait demandé la veille au soir, et un télégramme. L'intendant le priait de donner son avis sur un chanteur. Justement, à la grande satisfaction de Georges, sur celui qu'il avait entendu dans le rôle de Kurneval. En outre, on lui laissait la possibilité, « pour mettre posément en ordre ses affaires », de prolonger son congé de trois jours, ce que permettait un changement imprévu dans le calendrier de la saison. Vraiment charmant, pensa Georges. Cela lui rappela qu'il avait complètement oublié de demander par dépêche une prolongation de son congé. Je vais avoir encore plus de temps que je l'aurais cru à consacrer à Anna, songea-t-il. On pourrait peut-être aller à la montagne. Les journées d'automne sont belles et douces. A cette époque on y serait à peu près seuls, à l'abri des importuns. Mais si un nouveau contretemps survenait ! Un... contretemps... survenait ! Exactement ces mots-là, et pas d'autres, lui étaient venus à l'esprit. Il se mordit les lèvres. Voilà comment la chose se présentait soudain à ses yeux ? Un contretemps... Où étaient les jours où il se sentait, presque avec fierté, membre de la chaîne ininterrompue qui allait des aïeux aux arrière-petits-enfants ? Pendant quelques instants, il se considéra comme indigne d'amour, un être un peu douteux, assez pitoyable.

Il parcourut le journal. Par une mesure de grâce impériale, l'instruction concernant Léo Golowski était suspendue. Il avait été libéré hier soir. Georges s'en réjouit fort et décida d'aller voir Léo le jour même. Puis il rédigea un télégramme pour le comte, lui donnant un compte rendu digne et détaillé de la représentation de la veille. Quand il sortit dans la rue, il était presque onze heures. L'air automnal était frais et lumineux. Georges se sentait reposé, alerte et de bonne humeur. La journée s'ouvrait devant lui riche d'espérances, permettait toutes sortes d'activités intéressantes. Quelque chose seulement le troublait. sans qu'il sût quoi. Ah oui, la visite dans la Paulanergasse ; les pièces tristes, le père malade, la mère offensée. J'irai simplement chercher Anna, je me promènerai et irai souper quelque part avec elle. Il passa devant une fleuriste, acheta de superbes roses rouges, les fit envoyer à Anna, avec une carte : « Mille salutations matinales. A bientôt. » Après cela, il se sentit plus léger. Ensuite, par les rues du quartier central, il gagna la vieille maison dans laquelle Nurnberger habitait. Il monta les cinq étages. Une vieille servante, discrète, un fichu noir sur la tête, l'introduisit dans la chambre de son maître. Nurnberger se tenait à la fenêtre, la tête légèrement penchée, dans la vareuse brune boutonnée jusqu'au col qu'il aimait porter chez lui. Il n'était pas seul. Henri, installé au bureau dans un vieux fauteuil, se leva, un manuscrit à la main. Leur accueil fut cordial.

« Votre arrivée à Vienne a-t-elle un rapport avec la crise à la direction de l'Opéra ? » demanda Nurnberger. Son propos n'était pas qu'une simple plaisanterie. « Je vous demande, dit-il, quand de petits jeunes gens qui, encore récemment, ne pouvaient justifier leurs liens avec la littérature que par la fréquentation d'un café littéraire, sont nommés dramaturges sur les scènes berlinoises, s'il y aurait rien d'étonnant à ce que le baron Wergenthin, après une carrière de six semaines certainement périlleuse comme chef d'orchestre d'un théâtre de cour allemand, soit appelé en grande pompe à l'Opéra de Vienne. »

Par respect de la vérité, Georges expliqua qu'il s'agissait seulement d'un court congé pour régler ses affaires viennoises, et il n'oublia pas de mentionner qu'il avait assisté à la nouvelle mise en scène du *Tristan*, pour ainsi dire sur ordre de son intendant, mais il le dit avec un sourire ironique qui raillait son propos. Il donna ensuite un aperçu bref, assez humoristique, de ses expériences dans la petite résidence. Il évoqua d'un ton léger le concert à la cour comme s'il était loin d'attacher une importance particulière à sa situation, à ses récents succès, aux affaires du théâtre, et même à la vie en général. Il entendait ainsi, vis-à-vis de Nurnberger, mettre sa situation hors d'atteinte. Après cela, la conversation porta sur la libération de Léo Golowski. Nurnberger se réjouit de ce dénouement inespéré mais refusa de s'en étonner, disant qu'il est connu que dans le monde en général, et en Autriche en particulier, l'invraisemblable se produit toujours. Quant à la rumeur concernant Oscar Ehrenberg et sa croisière avec le prince que Georges cita comme une nouvelle preuve de la justesse de la position de Nurnberger, ce dernier ne voulut d'abord pas y croire, mais finit par en envisager la possibilité, car, comme il le savait déjà depuis longtemps, son imagination était toujours dépassée par la réalité.

Henri regarda l'heure. Il était temps de prendre congé. « N'ai-je pas dérangé ces messieurs ? demanda Georges. Je crois, Henri, que vous lisiez une de vos œuvres à mon arrivée.

— J'avais déjà fini, répondit Henri.

— Vous me lirez le dernier acte demain, Henri, dit Nurnberger.

— Je n'en ai pas l'intention, répliqua Henri en riant. Si mes deux premiers actes avaient fait un four au théâtre, comme maintenant devant vous, cher Nurnberger, on n'aurait pu jouer la pièce jusqu'à la fin. Admettons, Nurnberger, que vous ayez quitté la salle, épouvanté, gagnant précipitamment la sortie. Je vous fais grâce des œufs pourris et du reste.

— Bon sang ! s'exclama Georges.

— Vous exagérez une fois de plus, Henri, dit Nurnberger. Je me suis simplement permis de présenter quelques objections, ajouta-t-il à l'adresse de Georges. Mais c'est un auteur !

— Tout dépend de la manière de voir. Après tout, ce n'est rien d'autre qu'une objection à la vie d'un concitoyen si on lui fend le crâne avec une pioche, une objection assez efficace. » Se tournant vers Georges, il désigna son manuscrit. « Savez-vous ce que c'est ? Ma tragi-comédie politique. On est prié de n'envoyer ni fleurs ni couronnes. »

Nurnberger rit. « Je vous assure, Henri, qu'il y avait encore quelque chose de formidable à faire avec ce sujet. Vous pouvez conserver toute l'architecture de la pièce, et un grand nombre de personnages. En reprenant votre plan, vous devez vous décider à moins d'équité.

— C'est pourtant beau, dit Georges, d'être équitable. »

Nurnberger secoua la tête. « On peut l'être partout, mais pas dans un drame. » Il s'adressa de nouveau à Henri : « Dans une telle pièce, qui traite d'un problème actuel ou de plusieurs, selon votre intention, vous n'arriverez à rien en restant objectif. Le public du théâtre réclame de l'auteur qui s'attaque à un thème qu'il le conduise jusqu'au bout, ou tout au moins qu'il en donne l'impression. Car, naturellement, il n'existera jamais, au grand jamais, une solution définitive. Et seul celui qui a le courage, ou la naïveté, ou le tempérament de prendre parti peut sembler en proposer une. Vous y viendrez, Henri, vous reconnaîtrez que la justice dans le drame, ça ne marche pas.

— Savez-vous, Nurnberger, dit Henri, ça peut aussi marcher avec la justice. En vérité, je n'ai aucune envie d'être juste, je m'imagine même que ce doit être merveilleux d'être injuste. Je pense que ce serait la plus saine gymnastique intellectuelle que l'on pourrait pratiquer. Quelle satisfaction de pouvoir haïr les hommes dont on combat les idées ! Cela vous épargne certainement pas mal d'énergie qu'on peut beaucoup mieux utiliser dans la lutte. Ah, si l'on avait la justice du cœur..., mais je ne l'ai que là. » Il désigna son front. « Je ne me place pas au-dessus des partis, je suis, pour ainsi dire, avec tous et contre tous. Je n'ai pas la justice divine mais la dialectique. C'est pourquoi... », il brandit son manuscrit, « ceci a abouti à un bavardage ennuyeux et stérile.

— Malheur à l'homme, dit Nurnberger, qui oserait écrire cela à votre sujet.

— Eh oui, répondit Henri en riant, quand un autre le dit, on ne peut jamais étouffer le léger soupçon qu'il pourrait avoir raison. Mais il me faut partir. Au revoir, Georges, je regrette beaucoup que vous m'ayez manqué hier. Quand repartez-vous ?

— Demain.

— Mais on vous verra bien encore avant votre départ ? Je suis aujourd'hui chez moi tout l'après-midi et dans la soirée. Venez quand il vous plaira. Vous trouverez un homme qui s'est détourné résolument des questions contemporaines pour se consacrer de nouveau aux problèmes éternels : la mort, l'amour... Au fait, croyez-vous à la mort, Nurnberger ? Pour l'amour, inutile de vous le demander.

— Cette plaisanterie beaucoup trop facile pour quelqu'un de votre niveau, dit Nurnberger, me laisse supposer que, en dépit de votre attitude très digne, ma critique vous a...

— Non, Nurnberger, je vous le jure, je ne suis pas blessé. J'éprouve même plutôt le sentiment agréable que l'affaire est liquidée.

— Liquidée ? Pourquoi donc. Il est toujours possible que je me sois trompé, et que cette pièce que je tiens pour peu réussie, justement elle, obtienne au théâtre un succès qui fera de vous un millionnaire. Je serais désolé si, par ma critique peut-être mal fondée, j'avais...

— Certainement, certainement, Nurnberger, il nous faut admettre une fois pour toutes, et pour chaque cas particulier, que nous pouvons nous être trompés. Sous peu, j'écrirai une nouvelle pièce avec le titre suivant : " Personne ne m'en remontrera, même pas moi-même " ... et vous en serez le héros. »

Nurnberger sourit. « Moi ? Vous voulez donc prendre un homme que vous imaginez connaître, essayer de décrire les aspects de sa personnalité qui répondront à vos vues, dissimuler ceux dont vous ne savez que faire, et à la fin... »

Henri l'interrompit : « A la fin », ce sera un portrait pris par un photographe dément à l'aide d'un appareil détraqué pendant un tremblement de terre, et une éclipse de soleil. D'accord. Ou bien manque-t-il encore quelque chose ?

— La qualification paraît exhaustive », dit Nurnberger.

Affichant une gaieté trop bruyante, Henri prit congé et s'éloigna, son manuscrit en rouleau sous son bras.

Après son départ, Georges remarqua : « Sa bonne humeur me semble un peu artificielle.

— Croyez-vous ? Je l'ai trouvé, ces derniers temps, particulièrement plein d'entrain.

— Réellement, plein d'entrain ? Le pensez-vous vraiment, après tout ce qu'il vient de subir ?

— Pourquoi pas ? Des gens qui, comme lui, se soucient presque exclusivement d'eux-mêmes, surmontent des douleurs morales singulièrement vite. Sur de telles natures, la plus insignifiante gêne physique pèse plus lourd que toute peine de cœur, plus lourd même que l'infidélité ou la mort d'êtres chers. La raison en est que toute souffrance morale flatte en quelque sorte notre vanité, et qu'on ne peut prétendre d'une typhoïde ou d'un ulcère à l'estomac. Il s'y ajoute peut-être, chez un artiste, qu'il n'y a rien à tirer d'un ulcère à l'estomac..., tout au moins jusqu'à présent... Par contre, tout est possible avec les douleurs morales, du poème lyrique aux œuvres philosophiques.

— Il existe pourtant des douleurs morales d'espèces très variées, répliqua Georges. Si une femme aimée nous trompe ou nous abandonne..., et même si elle meurt de mort naturelle, ou si elle se suicide à cause de nous, cela fait tout de même une différence.

— Etes-vous sûr ? demanda Nurnberger, que l'amie de Henri se soit suicidée à cause de lui ?

— Henri ne vous a-t-il pas raconté... ?

— Sans doute. Mais cela ne prouve rien. Au regard de nos propres problèmes, nous sommes toujours des imbéciles, y compris les plus intelligents d'entre nous. »

De telles remarques dans la bouche de Nurnberger produisaient sur Georges un effet étrangement inquiétant. Elles faisaient partie de celles que Nurnberger n'exprimait pas volontiers et qui, comme Henri l'avait déclaré un jour, privaient de sens toute relation humaine, et même tous les rapports humains.

Nurnberger poursuivit . « Nous ne connaissons que deux faits : le premier est que notre ami a eu un jour une liaison avec une jeune dame, et le second que cette jeune dame s'est jetée à l'eau. Tout ce qui se situe dans l'intervalle nous reste pratiquement inconnu, et Henri n'en sait probablement guère davantage. Pourquoi s'est-elle suicidée, nous tous ne pouvons le savoir, et peut-être la malheureuse elle-même ne l'a pas su. »

Georges regardait par la fenêtre ; il apercevait des toits, des cheminées, des tuyaux en mauvais état et, relativement proche, la tour gris clair à la coupole de pierre ouvragée. Au-dessus, le ciel était blafard et vide. Une idée frappa Georges : pas une fois Nurnberger n'avait demandé des nouvelles d'Anna. Que pouvait-il bien supposer ? Que Georges l'avait abandonnée, et qu'elle s'était déjà consolée avec un autre admirateur ? Pourquoi suis-je venu à Vienne, se demanda-t-il soudain, comme si son voyage n'avait eu d'autre but que de se faire donner par Nurnberger des informations sur l'existence aux conclusions assez pessimistes. Midi sonna. Georges prit congé. Nurnberger l'accompagna jusqu'à la porte et le remercia de sa visite. Comme si la conversation précédente sur le lieu de résidence de Georges ne méritait aucunement d'être prise en considération, il s'enquit avec cordialité de son activité, de ses travaux, de ses nouvelles connaissances, et apprit seulement alors à quel hasard Georges devait sa nomination soudaine dans la petite ville.

« Je l'ai toujours dit, remarqua-t-il, ce n'est pas *nous* qui forgeons notre destin, c'est, la plupart du temps, une circonstance extérieure qui s'en charge, et sur laquelle nous n'étions pas en mesure d'exercer une influence quelconque, que nous ne pouvions même pas inclure dans les limites de nos calculs. Est-ce finalement..., je puis bien le dire sans dénigrer votre talent, est-ce votre mérite, ou celui du vieux Eissler dont vous m'avez raconté l'intervention en votre faveur, qui vous a fait convoquer par télégramme à Detmold et y trouver si vite un cadre pour votre activité ? Non. Un homme innocent, inconnu de vous, devait mourir subitement pour que vous trouviez là-bas une place libre. Et quelles autres choses sur lesquelles nous n'avez pas plus d'influence, ni que vous n'avez pu prévoir, ont dû survenir pour vous faire quitter Vienne, vous faire partir d'ici d'un cœur léger ?

— Comment, d'un cœur léger ?

— D'un cœur plus léger que dans d'autres circonstances, veux-je dire. Si le petit être avait vécu, qui sait si vous...

— Vous pouvez être persuadé que, dans ce cas aussi, je serais parti. Et Anna l'aurait trouvé aussi naturel qu'elle le trouve à présent. Ne le croyez-vous pas ? Peut-être m'en serais-je allé d'un cœur plus léger si l'affaire avait tourné autrement. C'est Anna qui m'a persuadé d'accepter. Je n'étais pas du tout décidé. Vous n'avez pas idée à quel point Anna est bonne et sage.

— Oh, je n'en doute pas. Après tout ce que vous m'avez incidemment raconté d'elle. Elle s'est probablement comportée dans sa situation avec plus de dignité que des jeunes dames de son milieu en font habituellement preuve dans de semblables occasions.

— Cher monsieur Nurnberger, la situation n'était pas si terrible.

— Oh, ne dites pas cela. Même si elle fut adoucie par votre attitude noble et pleine d'égards, soyez persuadé que la jeune fille a certainement maintes fois ressenti le caractère irrégulier de sa situation. Il n'existe pas une femme, si hardi et si supérieur que soit son esprit, qui dans un tel cas ne préférerait l'anneau au doigt. Et ceci témoigne de l'intelligence et de la distinction de votre amie qu'elle ne l'ait jamais laissé voir, et qu'elle ait accepté avec dignité et sérénité cette amère désillusion à la fin de ces neuf mois qui ne furent certainement pas toujours roses.

— Désillusion, le mot est faible. Douleur serait peut-être plus exact.

— Ce fut probablement les deux. Pourtant, comme la plupart du temps, la blessure aiguë de la douleur guérira plus vite que celle torturante et lancinante de la désillusion.

— Je ne vous comprends pas bien.

— Allons, cher Georges, vous ne doutez pas que vous auriez très vite été marié si le petit être était resté en vie.

— Et vous croyez que maintenant, parce que nous n'avons pas d'enfant..., oui, vous semblez être d'avis que... que... tout est fini ? Vous vous trompez totalement, mais totalement, cher ami.

— Cher Georges, répondit Nurnberger, il vaut mieux que nous ne parlions pas de l'avenir. Ni vous ni moi ne savons quel fil de notre destin est tissé en cet instant. Au moment où ce chef d'orchestre succomba à une embolie, vous n'avez pas perçu le moindre signe. Et si je vous souhaite maintenant bonne chance dans votre future carrière, je ne sais pas sur qui ce vœu peut, peut-être, attirer la mort. »

Ils se dirent au revoir sur le palier. Du haut de l'escalier, Nurnberger cria à Georges : « Donnez-moi à l'occasion de vos nouvelles. »

Georges se retourna encore une fois. « Et vous faites de même ! » Il aperçut encore un geste évasif fataliste, de Nurnberger, et sourit malgré lui. Il descendit rapidement. Au premier coin de rue, il prit une voiture. En route pour la visite aux Golowski, il songea à Nurnberger et à Bermann. Quel curieux rapport entre eux ! Une image surgit devant Georges qu'il pensa avoir déjà vue en rêve. Les deux hommes assis face à face, chacun présentant à l'autre un miroir dans lequel l'autre se reflétait, tenant un miroir, un jeu de glaces se répétant à l'infini. Que savaient-ils l'un de l'autre ? Que savait-il de lui-même ? Georges se sentait pris de vertige. Il pensa ensuite à Anna. Nurnberger aurait-il raison ? Etait-ce vraiment fini ? Cela pouvait-il jamais finir ? Jamais ?.. La vie est longue ! Les prochains mois n'étaient-ils pas sans problèmes. Peut-être Micaëla... Non.

Rien de grave de ce côté, quelle qu'en soit l'issue. Et, à Pâques, il serait de nouveau à Vienne. Puis viendrait l'été, on resterait ensemble. Et puis ? Et puis quoi ? Le mariage ? Etre le gendre de M. Rosner, de Mme Rosner, le beau-frère de Joseph ! Qu'importait la famille. Anna serait sa femme, un être bon, doux et sage.

La voiture s'arrêta devant une maison assez neuve, laide, peinte en jaune, dans une large rue uniforme. Georges dit au cocher de l'attendre et franchit le portail. A l'intérieur, la maison apparaissait mal entretenue, par endroits le crépi se détachait des murs, et les escaliers étaient sales. De quelques fenêtres de cuisine s'échappait une odeur de mauvaise graisse. Dans le couloir du premier étage, deux grosses Juives conversaient dans un jargon incompréhensible à Georges. L'une dit à un petit garçon qu'elle tenait par la main : « Moritz, laisse passer le monsieur. » Pourquoi dit-elle cela, pensa Georges. Il y a bien assez de place. Visiblement elle veut entrer en contact. Comme si je pouvais lui nuire ou lui être utile. Un mot de Henri d'une conversation ancienne lui revint en mémoire : « Territoire ennemi. »

Une domestique le fit entrer que Georges reconnut tout de suite comme étant celle de Léo. Des livres et des papiers sur le bureau, le piano ouvert, sur le divan une valise au couvercle relevé qui n'était pas encore complètement vidée. Dans la minute suivante, la porte s'ouvrit. Léo entra, étreignit son hôte, l'embrassa si rapidement sur les deux joues que ce dernier n'eut pas le temps d'être gêné par la chaleur de l'accueil. « C'est gentil à vous », dit Léo. Il lui saisit les deux mains et les secoua.

« Vous ne pouvez savoir quelle fut ma joie..., commença Georges.

— Je vous crois..., veuillez me suivre, nous sommes encore à table, mais ce sera bientôt fini. »

Il le conduisit dans la pièce voisine. La famille était rassemblée autour de la table. « Je crois que vous ne connaissez pas encore mon père », remarqua Léo, et il fit les présentations. Le vieux Golowski se leva, posa sa serviette qui était nouée autour du cou, et tendit la main à Georges.

Celui-ci s'étonna de voir le vieil homme tout à fait autre qu'il se l'était imaginé. Pas un digne patriarche à la barbe grise, mais, avec son visage rasé de près et ses airs rusés, il ressemblait plutôt à un comique de province sur le retour. « Je suis heureux, monsieur le baron, de faire votre connaissance », dit-il, et dans ses yeux finauds on pouvait lire : « Je sais pourtant tout. »

Thérèse posa promptement à Georges les questions usuelles : Quand était-il arrivé ? Combien de temps restait-il ? Comment allait-il ? Patient, aimable, il répondait, tandis qu'elle le fixait avec curiosité. Puis il demanda à Léo ce qu'il comptait faire à l'avenir.

« Avant tout, je dois étudier sérieusement mon piano pour ne pas avoir honte devant mes élèves. Les gens ont été très chics à mon égard. Des livres, j'en ai eu tant que je voulais. Mais ils n'ont pas mis un piano à ma disposition. » Il se tourna vers Thérèse. « Tu devrais absolument dénoncer cela dans un de tes prochains discours, il faut mettre un terme au mauvais traitement des prisonniers en détention préventive.

— Hier, à la même heure, dit le père, il n'était pas encore d'humeur à rire.

— Si tu crois peut-être, déclara Thérèse, que le coup de chance que tu as eu, va modifier mes opinions, tu te trompes radicalement. Au contraire. » Elle poursuivit, tournée vers Georges : « En théorie, je suis absolument contre son élargissement. » Elle s'adressa de nouveau à Léo : « Si tu avais simplement abattu ce type, comme c'était ton bon droit, sans cette odieuse comédie de duel, tu n'aurais jamais été libéré, mais tu aurais purgé tes cinq à six ans, j'en jurerais. Mais comme tu t'es conformé à ce sinistre jeu de hasard sur la vie et la mort, admis par l'Etat, comme tu t'es incliné honteusement devant le dogme militaire, tu as été gracié. N'ai-je pas raison ? » dit-elle, en s'adressant de nouveau à Georges. Celui-ci inclina seulement la tête. Il pensait au pauvre jeune homme que Léo avait abattu et qui n'avait rien à reprocher aux Juifs, si ce n'est qu'ils lui étaient antipathiques comme à la plupart des gens, et dont la faute, au fond, n'était que d'être tombé sur celui qu'il ne fallait pas.

Léo caressa les cheveux de sa sœur et dit : « Vois-tu, si tu déclarais prochainement en public ce que tu as dit ici entre quatre murs, alors tu m'en imposerais.

— Bon, et de toi à moi, si tu prenais demain avec M. Ehrenberg père un billet pour Jérusalem. »

Ils se levèrent de table. Léo invita Georges à le suivre dans sa chambre.

« Est-ce que je vous gêne ? demanda Thérèse. J'aimerais aussi profiter un peu de lui. »

Assis tous trois dans la chambre de Léo, ils bavardèrent. Léo semblait savourer, sans complexe et sans remords, la liberté retrouvée, ce qui impressionna fort Georges. Sur le divan, Thérèse, dans une robe sombre très ajustée, ressemblait de nouveau à cette heure à la jeune dame qui, à Lugano, maîtresse d'un officier de cavalerie, avait bu de l'asti sous un platane et ensuite embrassé un autre homme. Elle pria Georges de jouer du piano. Elle ne l'avait encore jamais entendu. Il s'assit, joua quelques motifs du *Tristan*, puis improvisa avec bonheur. Léo exprima son admiration.

« Quel dommage qu'il ne reste pas ici », dit Thérèse, qui, appuyée contre le mur, croisait ses mains au-dessus de sa tête.

« Je reviendrai à Pâques, dit Georges en la regardant.

— Mais seulement pour disparaître de nouveau, répliqua Thérèse.

— C'est vraisemblable », répondit Georges. Il réalisa soudain, le cœur lourd, que son foyer n'était plus ici, qu'il n'en avait plus d'ailleurs aucun, et pour longtemps.

« Qu'en dites-vous ? dit Léo. Si nous entreprenions ensemble une excursion cet été ? Vous, Bermann et moi. Je vous promets de ne pas vous ennuyer avec mes discours théoriques comme un jour, l'automne dernier. Vous souvenez-vous ?

— Ah, fit Thérèse en s'étirant, il n'en résulte toujours rien. Des actes, messieurs !

— Et que résulte-t-il des actes ? demanda Léo. Ce ne sont tout au plus que des solutions privées, dans l'immédiat.

— Oui, des actes que l'on commet pour soi, dit Thérèse. Seule l'action dont on est capable en faveur des autres, exécutée sans haine, sans vanité personnelle, si possible anonymement, est ce que j'appelle un acte. »

Il fallait que Georges parte. Que de choses il avait encore à régler !

« Je vous accompagne un bout de chemin », lui dit Thérèse

Léo l'étreignit encore une fois et dit : « C'était vraiment bien de votre part. »

Thérèse disparut pour aller chercher chapeau et jaquette. Georges se rendit dans la pièce voisine, la vieille Mme Golowski semblait l'avoir attentu. Elle vint à lui, le visage étrangement tourmenté, et lui remit une enveloppe.

« Qu'est-ce que c'est ?

— L'acte de décès, monsieur le baron ; je n'ai pas voulu le donner à Anna... Cela l'aurait peut-être par trop bouleversée.

— Ah oui... » Il glissa l'enveloppe dans sa poche, et lui trouva au toucher quelque chose de différent des autres...

Thérèse apparut avec un petit chapeau à l'espagnole, prête à sortir. « Me voici. Au revoir, maman, je ne rentrerai pas pour dîner. »

Elle descendit l'escalier avec Georges, le regardant de côté, l'air joyeux.

« Où dois-je vous conduire ? demanda-t-il.

— Emmenez-moi avec vous, je descendrai en cours de route. »

Ils montèrent dans la voiture, qui s'ébranla. Elle lui posa toutes sortes de questions auxquelles il avait déjà répondu dans la maison ; elle paraissait admettre que, maintenant seul avec elle, il serait plus sincère que devant les autres. Elle n'apprit rien de plus ; qu'il se plaisait dans son nouveau milieu, que son travail lui donnait pleine satisfaction. Anna avait-elle été étonnée de le revoir. Non, il l'avait prévenue. Etait-ce donc vrai qu'il reviendrait à Pâques. C'était sa ferme intention...

Elle parut étonnée. « Savez-vous que je m'étais figuré, dur comme fer, que...

— Quoi donc ?

— Qu'on ne vous reverrait jamais. »

Il ne répondit pas, un peu déconcerté. Une réflexion subite lui vint : cela n'aurait-il pas été plus raisonnable ? Il était assis tout contre Thérèse, sentait la chaleur de son corps comme autrefois à Lugano. Dans lequel de ses rêves était-elle plongée maintenant ? Dans celui, confus et sombre, d'assurer le bonheur de l'humanité, ou dans l'autre, gai, léger, des aventures amoureuses ? Par instants, elle regardait par la fenêtre. Il saisit sa main, qu'elle ne lui refusa pas, et la porta à ses lèvres. Soudain, elle se tourna vers lui et dit simplement : « Faites arrêter, c'est ici qu'il vaut mieux que je descende. »

Il laissa sa main et la regarda.

« Oui, cher Georges, qu'adviendrait-il de nous si l'on ne... », un pli moqueur joua sur ses lèvres, « devait se dévouer pour l'humanité. Savez-vous ce que je pense parfois ?... Que tout cela n'est peut-être qu'une fuite devant moi-même.

— Pourquoi..., pourquoi fuyez-vous ?

— Adieu, Georges. » La voiture s'arrêta. Thérèse descendit. Un jeune homme s'immobilisa et la dévisagea, elle disparut dans la foule. Je ne crois pas qu'elle finira sur l'échafaud, pensa Georges.

Il regagna son hôtel, y déjeuna, alluma une cigarette, se changea et se rendit chez les Ehrenberg.

Dans la salle à manger, au moment du café, étaient présents, outre la maîtresse de maison et sa fille, James, Sissy, Willy Eissler et Mme Oberberger. Georges prit place entre Else et Sissy, but un petit verre de Bénédictine, et répondit à toutes les questions sur sa nouvelle activité avec patience et humour. Bientôt on se rendit dans le salon, et il resta assis un moment dans l'angle en encorbellement avec Mme Oberberger qui, ce jour-là, avait l'air très jeune, et qui souhaitait par-dessus tout avoir de nombreux détails sur les expériences personnelles de Georges à Detmold. Malgré ses dénégations, elle resta persuadée qu'il avait eu des liaisons avec toutes les cantatrices, la vie au théâtre ne consistant apparemment à ses yeux qu'en occasions et prétextes pour des intrigues amoureuses. De toute façon, elle insista pour qu'il lui raconte les choses scandaleuses qui devaient se passer derrière les coulisses, dans les garde-robes et au bureau directorial. Comme Georges ne pouvait faire autrement que la décevoir par son récit du mode de vie bourgeois, convenable, presque digne de béotiens, des membres de la troupe, et par la description de sa propre existence vouée au travail, l'éclat de son visage commença visiblement à se faner, et bientôt il n'eut plus en face de lui qu'une femme mûrissante dans laquelle il reconnut celle qui lui était apparue l'été passé dans la loge du petit théâtre au décor rouge et blanc, et plus tard dans un rêve maintenant presque oublié. Puis il bavarda avec Sissy près de l'Isis de marbre, une conversation insignifiante pendant laquelle chacun cherchait dans les yeux de l'autre le souvenir d'une heure d'après-midi ardente dans l'ombre épaisse d'un parc au feuillage vert sombre. Mais elle semblait aujourd'hui pour tous deux engloutie dans des profondeurs inaccessibles. A la fin, il s'assit avec Else près d'un petit guéridon couvert de photographies et de livres. Elle aussi, comme les autres, lui posa d'abord des questions insignifiantes. Et brusquement, à l'improviste, elle demanda, parlant plus bas : « Comment va votre enfant ?

— Mon enfant ?... » Il hésita. « Dites-moi, Else, pourquoi cette question ?... Simple curiosité de votre part ?

— Vous vous trompez, Georges », répondit-elle. Elle parlait calmement, avec sérieux. « Comme vous vous trompez la plupart du temps à mon sujet. Vous me tenez pour extrêmement superficielle, ou Dieu sait quoi. Inutile de revenir là-dessus. Mais il n'y a rien d'extraordinaire à ce que je m'intéresse à l'enfant. Je désirerais le voir.

— Vous désirez le voir ? » Il était ému.

« Oui, et j'aurais même une autre idée... que vous allez probablement juger complètement folle.

— Dites toujours, Else.

— Je pense que nous pourrions le prendre.

— Qui ça, nous ?

— James et moi.

— En Angleterre ?

— Qui vous dit que nous partirons pour l'Angleterre. Nous resterons ici. Nous avons déjà loué un appartement, loin du centre, chemin du Cottage. Personne n'aura besoin de savoir que c'est votre enfant.

— Quelle idée romantique !

— Mon Dieu, pourquoi romantique ? Anna ne peut le garder près d'elle, et vous encore moins. Où le mettrez-vous pendant les répétitions ? Dans le trou du souffleur, peut-être ! »

Georges sourit. « Vous êtes très bonne, Else.

— Je ne suis pas bonne du tout. Je me dis seulement, pourquoi un petit être innocent devrait-il payer et souffrir le fait que..., eh bien, je veux dire qu'il n'y est pour rien..., en définitive... Est-ce un garçon ?

— C'était un garçon. » Il fit une pause, puis il dit à voix basse, sans la regarder : « Il est mort.

— Quoi ? Ah oui, vous voulez vous protéger... de mon insistance.

— Else, comment pouvez-vous... ? Non, Else, dans des choses semblables, on ne ment pas.

— C'est donc vrai ? Comment est-ce... ?

— Il est venu au monde mort. »

Elle baissa les yeux. « Non, c'est affreux ! » Elle secoua la tête. « C'est affreux, elle n'a plus rien maintenant. »

Georges tressaillit légèrement, mais ne put rien répondre. Il semblait que, pour tous, son aventure avec Anna était considérée comme terminée. Et lui, elle ne le plaignait pas. Elle ne soupçonnait même pas le choc qu'avait été pour lui la mort de l'enfant. Comment pouvait-elle le soupçonner ? Que savait-elle de l'heure où pour lui le jardin avait perdu ses couleurs, le ciel, sa lumière, parce que son merveilleux enfant reposait mort dans la maison.

Mme Ehrenberg s'était rapprochée. Elle exprima à Georges sa satisfaction. Elle n'avait jamais douté qu'il ne se montre à la hauteur dès qu'il aurait un champ d'action. Aussi était-elle convaincue que, dans trois à cinq ans, on le retrouverait ici à Vienne comme chef d'orchestre. Georges la détrompa. Pour le moment, il ne pensait pas du tout revenir à Vienne. Il sentait que, là-bas en Allemagne, on travaillait davantage, et plus sérieusement. Ici, on courait le danger de se perdre.

Mme Ehrenberg approuva, et saisit l'occasion de se plaindre de Henri Bermann, le poète dont la voix s'était tue, et qui, de surcroît, boudait la société.

Georges prit sa défense et se crut obligé d'affirmer que Henri n'avait jamais autant travaillé. Mais Mme Ehrenberg avait d'autres exemples de l'influence néfaste de l'air viennois. En premier lieu, le cas d'un Nurnberger qui semblait s'isoler complètement du monde. Quant à ce qui était arrivé à Oscar, est-ce que cela aurait pu se passer dans une autre ville que Vienne. Au reste, Georges savait-il que Oscar était en voyage avec le prince de Guastalla. Elle feignait de ne pas y attacher d'importance, mais Georges remarqua bien qu'elle en était un peu fière comme si, finalement, tout s'était terminé au mieux pour son fils.

Tandis que Georges parlait avec Mme Ehrenberg, il voyait par moments Else, qui s'était retirée avec James dans l'angle de la fenêtre, jeter vers lui des regards avertis, mélancoliques, qui le glaçaient.

Il prit bientôt congé. La poignée de main d'Else fut étonnamment distante, d'une amabilité encore plus indifférente que celle des autres. Il partit.

Quel phénomène étrange, pensait-il dans la voiture qui le conduisait chez Henri. Les gens savaient tout avant lui. Ils avaient connu son aventure avec Anna avant son commencement, et maintenant ils savaient avant lui qu'elle était finie. Il avait une furieuse envie de leur démontrer à tous qu'ils se trompaient. Bien que, dans une telle situation, on ne dût surtout pas se déterminer par bravade. Il était heureux que quelques mois s'écoulent pendant lesquels il pourrait se reprendre, tout peser mûrement. Pour Anna aussi, ce serait bon, peut-être particulièrement pour elle. Il se rappela leur promenade d'hier sous la pluie qui lui parut indiciblement triste. Ah, les heures dans la chambre voûtée tandis que, du dehors, à travers le rideau flottant des flocons de neige, le son de l'orgue montait. Où étaient-elles ? Celles-ci et tant d'autres heures merveilleuses, où étaient-elles passées ? Il se revoyait avec Anna, un jeune couple en voyage de noces, se promener par des rues où passait le souffle magique d'un lieu étranger ; des chambres d'hôtel banales où il n'avait séjourné que de courtes journées avec elle surgissaient soudain devant ses yeux, sanctifiées par le parfum du souvenir. Puis son amie lui apparut sur le banc, sous les branches lourdes de fruits ; son front haut resplendissait dans l'attente, hélas trompeuse, d'une douce maternité. Il la vit enfin une partition à la main, et des rideaux blancs se balançaient légèrement dans le vent. Et lorsqu'il prit conscience que c'était cette même chambre dans laquelle maintenant elle l'attendait, et qu'à peine plus d'une année s'était écoulée depuis cette heure du soir, à la fin de l'été, où, accompagnée par lui, elle lui avait pour la première fois chanté son lied, il poussa dans sa voiture un profond soupir, presque un soupir d'angoisse.

Quand, quelques minutes plus tard, il se trouva dans la chambre de Henri, il le pria de ne pas considérer sa venue comme une visite. Il voulait seulement lui serrer la main — demain matin, si cela lui convenait, il viendrait le chercher pour une promenade..., oui, l'idée lui en était venue tandis qu'il parlait, une sorte de promenade d'adieu dans la forêt de Salmansdorf.

Henri fut d'accord. Il le pria seulement de demeurer quelques instants. Georges lui demanda en plaisantant s'il s'était remis de son échec du matin.

Henri désigna son bureau jonché de feuilles volantes remplies d'une grande écriture nerveuse. « Savez-vous ce que c'est ? J'ai repris mon Aegidius. Et, juste avant votre arrivée, j'ai eu l'idée d'une fin acceptable. Si cela vous intéresse, je vous en dirai plus demain.

— Certainement, je brûle de la connaître. C'est très bien de vous être remis tout de suite au travail.

— Oui, mon cher Georges, je n'aime pas rester complètement seul. Il me faut trouver rapidement de la compagnie, de la compagnie à mon goût..., sinon n'importe qui se présente, et l'on ne tient pas à être à la disposition de personnages falots. »

Georges raconta qu'il avait rendu visite à Léo, et l'avait trouvé d'humeur beaucoup plus enjouée qu'il l'aurait supposé.

Henri s'appuya au bureau, les deux mains enfoncées dans ses poches de pantalon, la tête légèrement penchée ; la lampe avec son abat-jour dessinait des ombres vagues sur son visage. « Pourquoi ne vous attendiez-vous pas à le trouver de bonne humeur ? A nous..., à moi du moins, il en aurait été probablement de même. »

Georges était assis sur le bras d'un fauteuil de cuir noir, les jambes croisées, tenant toujours à la main son chapeau et sa canne. « Peut-être avez-vous raison, dit-il, mais je ne puis vous cacher que je ne cessais de songer avec gêne, en voyant son visage joyeux, qu'il avait la mort d'un homme sur la conscience.

— C'est-à-dire », reprit Henri, et il commença à marcher de long en large dans la pièce, « voici un des cas où le rapport entre la cause et l'effet est si évident qu'on peut dire sans hésiter : " Il a tué " sans avoir l'air de jouer sur les mots... Ne trouvez-vous pas, Georges, que, en général, nous considérons de telles choses un peu superficiellement ? Il nous faut voir l'éclat d'un poignard, entendre siffler une balle, pour réaliser qu'un meurtre a eu lieu. Comme si celui qui donne la mort à autrui ne se distinguait pas souvent du meurtrier par rien d'autre qu'un degré plus élevé de commodité et de lâcheté...

— Vous faites-vous finalement des reproches, Henri ? Si vous aviez cru que cela devait arriver, vous ne l'auriez pourtant pas... laissée mourir.

— Peut-être, je ne sais pas. Mais je puis vous dire une chose, Georges. Si elle vivait encore..., c'est-à-dire si je lui avais pardonné, pour reprendre votre expression, je me sentirais encore plus coupable que je crois l'être aujourd'hui. Oui, oui, c'est ainsi. Je ne veux pas vous le dissimuler, Georges, il y a eu une nuit..., plusieurs nuits où je suis resté comme anéanti de douleur et de désespoir... Eh bien, d'autres auraient pris cela pour des remords. Ce n'était pas le cas. Car, au sein de ma douleur, de mon désespoir, j'ai su que cette mort représentait une sorte de délivrance, de pardon, de pureté. Si j'avais été faible ou moins vaniteux..., à vous de juger..., elle serait redevenue ma maîtresse, et la suite aurait été pire que cette mort, pour elle également..., le dégoût, le tourment, la fureur, la haine auraient rampé comme des reptiles autour de notre couche..., nos souvenirs encore vivants seraient tombés en pourriture par lambeaux, notre amour se serait gangrené. Cela ne devait pas être. Il eût été criminel de prolonger cette liaison moribonde, comme c'est un crime — et qui sera considéré comme tel dans l'avenir — de prolonger la vie d'un homme appelé à mourir dans d'atroces souffrances. Chaque médecin raisonnable vous le dira. C'est pourquoi je suis bien loin de me faire des reproches. Je n'ai pas l'intention de me justifier devant vous ou devant qui que ce soit au monde, c'est ainsi. Je ne *peux* pas me sentir coupable. Mon moral est parfois très bas, mais cela n'a rien à voir avec des sentiments de culpabilité.

— Etes-vous allé là-bas ? demanda Georges.

— Oui, j'y suis allé, j'ai même assisté à la mise en terre. Oui, j'y suis allé avec sa mère. » Il était debout près de la fenêtre, plongé dans l'ombre. Il se secoua. « Non, je ne l'oublierai jamais. Au reste, c'est un mensonge de prétendre qu'une douleur commune crée des liens entre les humains. Elle n'en crée pas entre des êtres que rien ne rapproche. Et leur éloignement grandit aux heures de souffrance. Ce voyage ! Quand j'y pense ! J'ai lu presque tout le temps. M'entretenir avec cette vieille personne stupide m'était insupportable. On ne hait personne davantage qu'un être indifférent qui réclame votre pitié. Nous nous sommes tenus devant la tombe, sa mère et moi. Moi, sa mère et quelques comédiens du petit théâtre. Et après, après la cérémonie, je suis allé, seul avec elle, dans une auberge. Un repas d'enterrement à deux, une chose lamentable, je vous le dis. Et savez-vous où elle est inhumée ? Au bord de votre lac, Georges. Oui, j'ai dû souvent penser à vous. Vous connaissez l'emplacement du cimetière. A cent pas à peine de Auhof. On a une vue délicieuse sur le lac ; seulement si on est vivant, évidemment. »

Un léger frisson d'horreur parcourut Georges. Il se leva. « Je dois malheureusement vous quitter, Henri. On m'attend, excusez-moi. » Henri sortit de l'ombre de la fenêtre. « Je vous remercie beaucoup de votre visite. A demain donc, n'est-ce pas ? Vous vous rendez probablement chez Anna ? Faites-lui mes amitiés. J'ai appris qu'elle se portait bien. Je le tiens de Thérèse.

— Oui, elle a une mine superbe. Elle est parfaitement remise.

— J'en suis heureux. A demain donc, n'est-ce pas ? Je me réjouis de vous revoir une dernière fois avant votre départ. Vous avez encore des tas de choses à me raconter. Comme de coutume, je n'ai rien fait d'autre que de parler de moi. »

Georges sourit. Avec Henri, il y était habitué depuis longtemps ! Assis de nouveau dans sa voiture, Georges était poursuivi par certaines paroles de Henri, il y découvrait une relation quasi souterraine, depuis longtemps soupçonnée, avec le sourd malaise qu'il éprouvait parfois. Il repensa l'heure où il lui avait semblé que son enfant à naître était l'objet d'un jeu dans le ciel, et il trouva soudain étrange qu'Anna n'ait pas échangé avec lui un seul mot sur la mort de leur enfant, et qu'elle ait même soigneusement évité de parler dans ses lettres non seulement de l'issue malheureuse mais aussi de toute la période où elle avait porté l'enfant dans son sein. La voiture approchait du but. Qu'est-ce qui fait battre mon cœur ? se demanda Georges. La joie ? La mauvaise conscience ?... Aujourd'hui, tout d'un coup ! Elle ne peut pourtant pas me rendre responsable ?... Quelle bêtise ! Je suis détendu et énervé en même temps, voilà tout. Je n'aurais pas dû venir. Pourquoi ai-je revu tous ces gens ? Malgré toute ma nostalgie, n'étais-je pas plus heureux dans la petite ville où une vie nouvelle avait commencé pour moi ?... J'aurais dû rencontrer Anna dans un autre endroit. Peut-être partira-t-elle avec moi..., alors tout pourrait avoir une fin heureuse. Est-ce que quelque chose ne va pas ?... Nos rapports sont-ils, eux aussi, malades, et est-ce un crime de les prolonger ?... Ce pourrait être à l'occasion une échappatoire commode.

Quand il entra chez les Rosner, la mère était assise seule à la table, elle leva les yeux de son livre, le ferma. Au-dessus de la table, éclairant tout autour, une suspension oscillait faiblement. D'un coin du divan, Joseph se redressa. Anna sortit à cet instant de sa chambre, passa ses deux mains dans sa chevelure ondulée, coiffée en hauteur, et salua Georges d'une légère inclination de la tête. Elle lui parut alors tenir plus d'une apparition que d'une personne réelle. Georges serra toutes les mains, et s'enquit de la santé de M. Rosner.

« Il ne va pas très mal, dit Mme Rosner, mais il peut difficilement se lever. »

Joseph s'excusa d'avoir été trouvé endormi sur le divan. Il devait profiter du dimanche pour se reposer. Il occupait à son journal un poste qui le retenait parfois jusqu'à des trois heures du matin.

« Il travaille maintenant beaucoup, confirma la mère.

— Oui, dit Joseph, l'air modeste, quand on a, dans une certaine mesure, un rayon d'action... » Il ajouta que le *Messager chrétien* connaissait une diffusion toujours croissante, même au-dehors, en Allemagne. Puis il posa à Georges quelques questions sur sa nouvelle résidence et s'intéressa vivement au chiffre de la population, à l'état des rues, à la propagation du sport cycliste, et aux environs.

De son côté, Mme Rosner l'interrogea courtoisement sur la composition du répertoire. Georges donna des explications. Bientôt une conversation s'engaga à laquelle Anna prit part calmement, et Georges se vit soudain en visite dans une famille bourgeoise respectueuse des usages, et dont la fille était musicienne. La conclusion de l'entretien fut que Georges se trouva conduit à exprimer le vœu d'entendre chanter la jeune dame, et il lui fallut un effort de réflexion pour réaliser que c'était son Anna dont il avait souhaité entendre la voix.

Joseph s'excusa ; un rendez-vous au café avec des membres de son club le réclamait... « Monsieur le baron se rappelle-t-il encore... la joyeuse compagnie sur la Sophienalpe ?

— Certainement, dit Georges en souriant, et il cita : " Le Dieu qui fit croître le fer... "

— " Ne voulait pas d'esclaves " », compléta Joseph. « Mais nous ne chantons plus cela depuis longtemps. C'est trop proche de *La Garde sur le Rhin*[1], et on ne doit plus pouvoir nous reprocher de loucher en direction de la frontière. Il y a eu des luttes sérieuses chez nous au comité. Un membre a même démissionné. Il faut dire qu'il est secrétaire dans le cabinet du docteur Fuchs, le député national-allemand. Tout ça, c'est de la politique. » Il cligna de l'œil. On ne devait pas croire qu'il prenait encore tout ce cirque au sérieux maintenant qu'il était initié aux mécanismes de la vie publique. Sur la remarque, à peine plus surprenante, qu'il pourrait en raconter de belles, il prit congé. Mme Rosner jugea qu'il était temps de s'occuper de son époux.

Georges était assis en face d'Anna, seul avec elle à la table ronde sous la lumière de la suspension.

« Je te remercie pour les belles roses, dit Anna, elles sont dans ma chambre. » Elle se leva, Georges la suivit. Il avait totalement oublié qu'il lui avait envoyé des fleurs. Elles étaient là, d'un rouge foncé, dans un long vase de verre, devant la glace, où elles se reflétaient sombres, sans éclat. Le piano était ouvert. Des partitions sur le pupitre, éclairées de part et d'autre par deux bougies. A part elles, la seule lumière de la chambre provenait de la pièce voisine par la porte entrouverte.

« Tu as joué, Anna ? » Il s'approcha. « L'aria de la comtesse ? Et tu l'as chantée ?

— Oui, j'ai essayé.

— Ça va ?

— Ça commence..., me semble-t-il. On verra bien. Mais conte-moi d'abord ce que tu as fait de toute la journée.

— Plus tard. Nous ne nous sommes sommes même pas dit bonjour. » Il l'étreignit et l'embrassa.

« Il y a bien longtemps, dit-elle, souriant dans le vague.

— Alors, pars-tu avec moi ? »

1. Poème patriotique de Schneckenburger, écrit pendant la crise franco-allemande de 1840-1841, devenu très populaire en 1870. *(N.d.T.)*

Anna hésita. « Mais comment te représentes-tu la chose ?
— C'est très simple. Nous pouvons partir demain après-midi. Je te laisse le choix du lieu. Reichenau, Semmering, Brühl, où tu voudras. Et après-demain matin je te raccompagnerai. » Quelque chose le retint de parler du télégramme qui mettait à sa disposition trois jours pleins.

Le regard d'Anna était fixe. « Ce serait beau, dit-elle d'une voix sourde, mais, Georges, ce ne sera pas possible.
— A cause de ton père ? »

Elle fit oui de la tête.

« Il va pourtant mieux ?
— Non, il ne va pas bien du tout. Il est si faible. Naturellement, on ne me le reprocherait pas directement. Mais je... je ne *peux* pas maintenant laisser ma mère seule pour une sortie semblable. » Il haussa les épaules, un peu vexé du terme qu'elle avait choisi. « Et dis-moi sincèrement, fit-elle comme en plaisantant, y tiens-tu tant que ça ? »

Il secoua la tête, et son visage prit une expression presque douloureuse. Mais il se rendait compte que ce geste manquait lui aussi de sincérité.

« Je ne comprends pas, Anna, dit-il moins énergiquement qu'il l'eût souhaité, que d'avoir été quelques semaines éloignés l'un de l'autre, que..., vraiment je ne sais comment dire..., c'est comme si l'on s'était perdus. C'est pourtant *moi,* Anna, c'est *moi...* », répéta-t-il avec violence, mais d'une voix usée. Il était assis dans le fauteuil devant le piano. Il prit ses mains, les porta à ses lèvres d'un geste distrait, un peu nerveux.

« Ce fut comment le *Tristan ?* » demanda-t-elle.

Il s'appliqua à lui donner un compte rendu fidèle de la représentation, ne lui cacha pas sa visite dans la loge des Ehrenberg, parla de toutes les personnes rencontrées, et lui transmit les amitiés de Bermann. Puis il l'attira sur ses genoux et l'embrassa. Lorsqu'elle éloigna son visage du sien, il vit des larmes couler sur ses joues. Il fit l'ignorant. « Qu'as-tu, mon petit ?... Mais pourquoi, pourquoi ?... »

Elle se redressa, alla à la fenêtre en détournant son visage. Il se leva, un peu agacé, arpenta un moment la pièce, s'approcha tout près d'elle, et reprit dans un élan inattendu : « Anna, réfléchis, ne pourrais-tu pas partir avec moi ! Tout serait différent d'ici. Nous pourrions parler à cœur ouvert. Nous avons des choses si importantes à discuter. Et j'ai besoin aussi de tes conseils au sujet des décisions à prendre pour l'an prochain. Je te l'ai bien écrit, n'est-ce pas ? Il est très vraisemblable que l'on va, dans les jours suivants, me proposer de signer un contrat de trois ans.

— Quel conseil donner ? Tu es le mieux placé pour savoir si tu te plais là-bas ou non. »

Il se mit à lui parler de l'intendant aimable et doué qui souhaitait visiblement l'avoir pour collaborateur, du vieux chef d'orchestre sympathique, autrefois si célèbre, d'un tout petit accessoiriste qu'on appelait Alexandre le Grand, d'une jeune dame avec qui il avait étudié le rôle de Micaëla et qui était fiancée à un médecin berlinois, d'un ténor en place depuis vingt-sept ans et qui détestait farouchement Wagner. Puis il commença à exposer ses vues personnelles du point de vue artistique et matériel. Il pouvait assurément accéder dans ce petit théâtre de cour à une situation stable et prospère. D'un autre côté, il fallait considérer qu'il était dangereux de se lier pour trop longtemps, une carrière comme celle du vieux chef d'orchestre n'était pas à son goût. Sans doute... les tempéraments étaient différents, lui, pour sa part, se croyait à l'abri d'un destin semblable.

Elle le fixait toujours et, du ton mi-indulgent, mi-moqueur dont on s'adresse à un enfant, elle dit enfin : « Non, comme il se donne du mal ! »

Il resta stupéfait. « Comment, je me donne du mal ?

— Voyons, Georges, tu ne me dois aucune espèce d'explication.

— Des explications ? Tu es vraiment... Je ne te donne pas des explications, je te décris simplement quelle est ma vie, avec qui j'ai affaire..., parce que je me flatte de croire que ces choses t'intéressent, exactement comme je t'ai raconté où j'avais été aujourd'hui et hier. »

Elle se tut. De nouveau, Georges sentit qu'elle ne le croyait pas, et qu'elle avait le droit de ne pas le croire, même si parfois, fortuitement, la vérité venait sur ses lèvres. Il avait sur le bout de la langue une foule de mots, des paroles d'indignation, des paroles de colère, des paroles de réconfort, mais chacune lui semblait également futile et vide. Il ne répliqua plus rien, s'assit au piano, frappa doucement quelques notes, quelques accords. Il avait maintenant l'impression de l'aimer très fort et de ne pouvoir le lui dire, convaincu que cette heure des retrouvailles eût été tout autre si on l'avait fêtée partout ailleurs. Pas dans cette chambre, pas dans cette ville, de préférence en un lieu inconnu d'eux, dans un environnement nouveau, étranger. Oui, dans ce cas, tout serait peut-être redevenu comme autrefois. Ils auraient pu se précipiter dans les bras l'un de l'autre, comme autrefois retrouver le désir, la volupté, la paix. Une idée lui vint : Si je lui disais : Anna ! Trois jours et trois nuits nous appartiennent ! Si je la priais avec les mots qu'il faudrait..., à ses pieds, la suppliais... Viens avec moi, viens... Elle ne résisterait pas longtemps ! Elle me suivrait certainement... Il le savait. Pourquoi ne prononçait-il pas les mots qu'il fallait ? Pourquoi ne la suppliait-il pas ? Pourquoi se taisait-il, restait-il au piano sans la regarder en jouant doucement quelques notes, quelques accords ?... Pourquoi ?... Il sentit alors sur sa tête la douceur de ses mains. Ses doigts reposèrent pesamment sur les touches, un accord se prolongea. Il n'osait pas se retourner. Il devinait : Elle le sait aussi. Que sait-elle ? Est-ce donc vrai ?... Oui, c'est vrai. Il se souvint de l'heure, après la naissance de l'enfant mort, où il s'était assis à son chevet tandis qu'elle gisait, immobile, le regard fixé sur le jardin plongé dans l'ombre... Déjà, à cette heure, elle avait su, su avant lui... que tout était fini.

Il leva ses mains du clavier, prit celles d'Anna qui reposaient toujours sur sa tête et, attirant son amie contre lui, la fit glisser lentement sur ses genoux. Il reprit timidement : « Anna..., peut-être... pourrais-tu encore te décider... Il me serait peut-être possible en télégraphiant d'obtenir encore quelques jours de congé. Anna..., m'entends-tu..., ce serait pourtant merveilleux ?... » Des profondeurs de sa pensée un plan surgissait : S'il partait vraiment avec elle pour quelques jours. Et mettant à profit cette occasion, s'il lui disait loyalement : Il faut en finir, Anna. Mais la fin de notre amour doit être aussi belle que fut le commencement. Pas d'abattement et de tristesse comme pendant ces heures chez tes parents... Si je lui disais cela loyalement quelque part à la campagne..., ne serait-ce pas plus digne d'elle et de moi, et de notre bonheur passé ?.. Et ce projet le rendit plus pressant, plus audacieux, presque passionné..., et ses paroles retrouvaient l'intonation d'autrefois, d'un temps lointain, très lointain. Elle, sur ses genoux, les bras autour de son cou, répondit doucement : « Recommencer, Georges, je ne le supporterais pas. »

Il avait déjà un mot sur les lèvres, un mot qui aurait pu dissiper ses craintes, mais il le retint. Car le dire ne pouvait avoir qu'une signification : qu'il envisageait bien de partager encore une fois avec elle quelques heures de plaisir, mais qu'il n'était pas disposé à assumer une obligation quelconque. Pour ne pas la blesser, il lui suffisait de dire : Tu m'appartiens pour toujours ! Il faut que tu aies un enfant de moi ! A Noël, au plus tard à Pâques, j'irai te chercher, et nous ne serons plus jamais séparés. Il sentait qu'elle attendait ce mot comme une dernière chance, un espoir qu'elle-même ne croyait plus réalisable. Mais il se tut. S'il avait exprimé ce qu'elle désirait ardemment, il se serait lié de nouveau, tandis — il le savait maintenant plus fortement qu'il ne l'avait jamais su — qu'il voulait être libre.

Elle reposait toujours sur ses genoux, sa joue appuyée contre la sienne. Ils restèrent longtemps silencieux, et tous deux savaient que l'heure des adieux était venue.

Se décidant enfin, Georges déclara : « Si tu ne veux pas venir avec moi, Anna, je rentrerai directement demain. Nous nous reverrons au printemps ; jusque-là nous ne pourrons que nous écrire. A moins qu'à Noël, si c'est possible... »

Elle s'était relevée et s'appuyait au piano. « Le voilà redevenu peu sérieux, dit-elle. N'est-ce pas finalement préférable de ne pas nous revoir avant Pâques ?

— Pourquoi préférable ?

— D'ici là, tout sera beaucoup plus clair. »

Il souhaitait ne pas la comprendre. « Tu veux dire, à cause du contrat ? Oui..., mais je dois déjà me décider dans les prochaines semaines. Les gens veulent savoir où ils en sont. D'un autre côté, même si je signe pour trois ans, et que d'autres occasions se présentent, ils ne me retiendront pas de force. Jusqu'à présent, il me semble que le séjour dans cette petite ville me soit très profitable. Je n'ai jamais travaillé avec autant d'ardeur que là-bas. Ne t'ai-je pas écrit que je reste à mon bureau après le théâtre parfois jusqu'à trois heures du matin ? Et pourtant, à huit heures, je suis frais et dispos. »

Elle continuait à le fixer d'un regard à la fois douloureux

et indulgent qui lui parut lourd de doutes. N'avait-elle pas un jour cru en lui ? Confiante et tendre, ne lui avait-elle pas dit dans la pénombre d'une église : « Je veux prier le ciel pour que tu deviennes un grand artiste. » De nouveau il eut l'impression que, depuis longtemps, son estime n'était plus aussi grande qu'aux premiers jours. Une inquiétude le saisit, d'une voix mal assurée il lui demanda : « Tu permets pourtant que je t'envoie ma sonate pour violon dès qu'elle sera terminée ? Tu sais que c'est à ton jugement que j'attache le plus d'importance. » Et il pensait : Si je pouvais la garder comme amie... ou, un jour, la reconquérir... comme amie..., est-ce possible ?

Elle dit : « Tu m'as parlé dans tes lettres de quelques nouveaux morceaux pour piano seul.

— Tout à fait exact. Mais ils ne sont pas encore au point. Par contre un autre que j'ai... que j'ai... », son hésitation lui parut à lui-même stupide, « composé cet été au bord d'un lac, là où la pauvre fille, l'amie de Henri, s'est noyée, celui-là tu ne le connais pas encore. Est-ce que je peux..., je te le jouerai pianissimo, veux-tu ? »

Elle approuva d'un signe de tête et ferma la porte. Là derrière lui, elle resta debout, immobile, tandis qu'il commençait.

Il joua. C'était le petit morceau mélancolique et fervent qu'il avait composé au bord de son lac alors qu'il avait totalement oublié Anna et l'enfant. Cela le soulageait de pouvoir le lui jouer. Elle devait comprendre le langage de ces sons. Il n'était pas possible qu'elle ne comprît pas. Il entendait sa voix s'exprimer à travers eux ; il lui semblait atteindre, seulement maintenant, à la connaissance de soi-même. Adieu, bien-aimée, adieu... Ce fut beau. C'est aujourd'hui fini... Adieu, bien-aimée... Le temps qui nous était imparti de vivre ensemble, nous l'avons épuisé. Quoi qu'il puisse arriver maintenant à toi et à moi, chacun de nous deux restera gravé dans le souvenir de l'autre. A cette heure, ma vie prend une autre voie... et la tienne aussi. Il faut en finir. Je t'ai aimée, je baise tes yeux..., je te remercie de ta bonté, de ta douceur, de ton silence. Adieu, bien-aimée..., adieu... Les sons moururent. Il avait joué sans lever les yeux du clavier, il se retourna alors lentement vers elle. Elle était toujours debout derrière lui, grave, les lèvres un peu tremblantes. Il saisit ses mains, les baisa. « Anna, Anna !... » s'écria-t-il. Son cœur battait à se rompre.

« Ne m'oublie pas tout à fait, dit-elle doucement.

– Je t'écrirai dès que je serai de retour là-bas. »

Elle hocha la tête.

« Et toi aussi, Anna, écris-moi... Et tout..., tout..., comprends-moi. »

Elle hocha de nouveau la tête.

« Et... et... demain matin, je te reverrai. »

Elle secoua la tête. Dans son étonnement, il voulut répliquer d'un mot. N'allait-il pas de soi qu'il dût la revoir avant son départ ? Elle leva légèrement la main comme pour le prier de se taire. Il se leva, l'étreignit, embrassa sa bouche qui resta froide et ne lui rendit pas son baiser. Il quitta la chambre. Elle demeurait là, debout, les bras ballants, les yeux fermés. Il descendit en hâte l'escalier. En bas, dans la rue, il crut qu'il allait remonter, pour lui dire : « Tout cela n'est pas vrai. Ce ne sont pas des adieux. Je t'aime. Je t'appartiens. Ce ne peut être fini. »

Mais il sentit qu'il ne devait pas le faire. Pas maintenant. Demain, peut-être. De ce soir à demain matin, elle ne serait pas perdue pour lui... Et il erra sans but par les rues désertes, un peu ivre de tristesse et de liberté. Il était heureux de n'avoir pris aucun rendez-vous et de pouvoir rester seul. Loin en dehors de la ville, il dîna dans la salle basse, enfumée d'une vieille auberge ; les tables voisines étaient occupées par des gens d'un autre univers. A l'écart dans son coin, il avait l'impression de se trouver dans une cité étrangère : solitaire, un peu fier de sa solitude, et un peu inquiet de cette fierté.

Le jour suivant, vers midi, Georges se promena avec Henri par les allées du Dornbacher Park. Un air lourd, traversé de minces bandes de brouillard, les enveloppait, les feuilles mortes humides crissaient et glissaient sous leurs pas, et, à travers les buissons, ils voyaient briller la route d'où ils étaient partis, cela faisait juste un an, en direction des collines teintées de rouille et d'or. Les branches immobiles s'étalaient comme écrasées par la chaleur accablante, lointaine, d'un soleil voilé.

Henri était en train de raconter la fin de son drame dont l'inspiration lui était venue la veille. Aegidius avait débarqué dans l'île. Après une navigation de sept jours vers la mort, il est résigné à subir le destin prédit. Le prince lui fait grâce, Aegidius ne l'accepte pas et se jette d'un rocher dans la mer. Georges n'était pas satisfait. « Pourquoi Aegidius doit-il mourir ? » Il n'y croyait pas.

Henri était surpris qu'il faille l'expliquer. « Comment peut-il continuer à vivre ! s'exclama-t-il. Il était condamné à mort. Dans cette expectative il fut maître à bord, amant de la princesse, amis des sages, des trouvères, des astrologues, mais c'est toujours avec cette mort en vue qu'il a connu les journées les plus magnifiques qu'il a été donné à un homme de vivre. Toute cette richesse aurait, pour ainsi dire, perdu son sens, l'attente solennelle de l'instant suprême se serait transformée dans les souvenirs d'Aegidius en une frayeur risible, grotesque, si le voyage funèbre s'était révélé n'être finalement qu'une fade plaisanterie. Voilà pourquoi il devait mourir.

— Et vous jugez cela vraisemblable ? demanda Georges dont le doute grandissait. Je regrette, mais à moi pas.

— Ça ne fait rien, répliqua Henri. Si cela vous semblait déjà vraisemblable, ma tâche serait trop facile. Quand la dernière syllabe de ma pièce sera écrite, elle deviendra vraisemblable. Ou bien... » Il s'interrompit.

Ils gravissaient une prairie, et bientôt la vallée familière s'étendit devant eux. A droite, sur le penchant de la colline, le chemin de la Lande d'été étincelait au soleil ; de l'autre côté, tout contre la forêt, l'auberge aux murs jaunes et aux terrasses en bois peintes en rouge apparaissait, et non loin de là une petite maison au pignon gris foncé. On devinait la ville plongée dans un vague brouillard, et, plus au loin, la plaine ondoyait vers les hauteurs, avec à l'horizon la ligne basse des montagnes qui s'estompait dans la brume. Ils durent franchir une large route, puis descendre par un chemin de terre à travers prairies et champs. Des deux côtés, à une large distance, la forêt s'étendait. Georges pressentait déjà que dans des années, peut-être dès demain, il se souviendrait de ce paysage avec nostalgie, ce paysage qui avait cessé d'être son foyer.

Au bout du chemin ils s'arrêtèrent devant la petite maison que Georges avait voulu voir une dernière fois. Porte et fenêtres étaient barricadées avec des planches. Ravagée par le temps, la maison paraissait plus ancienne qu'elle ne l'était, fermée au monde extérieur.

« Voici le moment des adieux », dit Georges d'un ton qu'il voulait léger. Son regard tomba sur la statuette d'argile au milieu des parterres flétris. « Curieux, dit-il à Henri, dire que j'ai toujours pris ce garçonnet en bleu pour un ange. Plus exactement, je l'ai toujours appelé ainsi tout en sachant ce qu'il représentait : un gamin aux cheveux bouclés, pieds nus, avec une petite veste et une ceinture.

— Il y a un an, vous auriez pourtant juré qu'il avait des ailes. »

Georges regarda en haut, en direction de la mansarde, avec l'impression que quelqu'un pouvait soudain surgir sur le balcon. Peut-être Labinski, qui depuis un certain rêve ne s'était plus manifesté ? Ou lui-même, un Georges de Wergenthin d'une époque antérieure. Le Georges de cet été qui avait habité là-haut ? Des idées stupides. Le balcon restait vide, la maison était muette, et le jardin plongé dans un profond sommeil. Déçu, Georges se détourna. « Venez », dit-il à Henri. Ils partirent par la route qui rejoignait le chemin de la Lande d'été.

« Quelle chaleur tout d'un coup », fit Henri. Il retira son pardessus et, selon son habitude, le jeta sur ses épaules.

Il ne restait plus à Georges qu'un fade souvenir privé de charme et de tendresse. Il se tourna vers Henri. « J'aime mieux vous le dire tout de suite. C'est une histoire terminée. »

Henri le regarda de côté, hocha la tête. Il n'était pas particulièrement surpris.

« Mais, ajouta Georges risquant une faible plaisanterie, vous êtes instamment prié de ne pas penser à l'angelot. »

Henri secoua la tête gravement. « Merci bien. La fable de l'angelot bleu, vous pouvez la dédier à Nurnberger.

— Il a eu raison une fois de plus, dit Georges.

— Il a toujours raison, mon cher Georges. Car on ne peut jamais, au grand jamais, être trompé quand on se méfie de tout sur cette terre, y compris de sa propre méfiance. Même si vous aviez épousé Anna, il aurait eu raison..., ou vous en auriez eu au moins l'impression. En tout cas, je pense..., si vous me permettez de le dire..., que tout c'est bien passé.

— Bien passé ? Pour moi, sûrement », répliqua Georges en accentuant volontairement ces mots pour montrer qu'il n'avait pas l'intention d'excuser sa conduite. « Dans votre esprit, Henri, c'était mon devoir envers moi-même d'en finir.

— C'était bien aussi votre devoir envers Anna.

— On verra par la suite. Qui sait si je ne l'ai pas détournée de sa voie ?

— De sa voie ?

— Souvenez-vous de la réflexion de Léo Golowski, qu'elle était destinée à une fin bourgeoise.

— Pensez-vous, Georges, qu'un mariage avec vous eût été le gage d'une vie très bourgeoise ? Anna était peut-être créée pour être votre maîtresse, pas votre femme. Qui sait si celui qu'elle épousera un jour n'aura pas toutes les raisons de vous être reconnaissant ? Si les hommes n'étaient pas si désespérément bêtes. Seuls les gens qui ont eu des aventures possèdent des souvenirs authentiques. Les femmes aussi bien que nous. »

Ils poursuivaient leur chemin en direction de la ville, et approchaient du cimetière.

« Est-ce raisonnable, demanda Georges en hésitant, de visiter la tombe d'un être qui n'a jamais vécu ?

— C'est ici que votre enfant repose ? »

Georges approuva de la tête. Son enfant ! Comme ce mot résonnait étrangement. Ils longèrent la palissade de bois d'où dépassaient des monuments et des croix jusqu'à une murette de brique marquant l'entrée. Ils interrogèrent un gardien qui leur indiqua le chemin par l'allée centrale bordée de saules. Sur une étendue de gazon, tout contre la palissade, des monticules s'alignaient comme pour un jeu. Ils étaient surmontés de petites plaques ovales portées par de courts poteaux fichés en terre. Le monticule que Georges cherchait se trouvait au milieu du gazon. Des roses d'un rouge foncé y étaient posées. Georges les reconnut. Son cœur cessa de battre. Quelle chance, pensa-t-il, que nous ne nous soyons pas rencontrés. L'avait-elle espéré ?

« Là où sont les roses ? » demanda Henri.

Georges fit signe que oui.

Ils restèrent silencieux un moment. « N'est-ce pas, demanda ensuite Henri, pendant tout ce temps, vous n'avez jamais envisagé au fond de vous-même ce dénouement ?

— Jamais ? Je ne sais pas exactement. Il vous passe toujours par la tête toutes sortes de possibilités. Mais sérieusement je n'y ai naturellement jamais songé.

Comment le pourrait-on ? » Il raconta une fois encore à Henri la réflexion du professeur à la mort de l'enfant. Un hasard malheureux qui frappait un à deux pour cent des nouveau-nés. Mais pourquoi ce hasard était-il survenu justement *ici,* cela le professeur n'avait su le dire. Mais le hasard n'est-il qu'un mot ? Ce hasard-là ne devait-il pas avoir sa cause ?...

Henri haussa les épaules. « Evidemment..., une cause après l'autre, et la raison première au commencement de toutes les choses. Nous pourrions certainement prévenir la manifestation de certains prétendus hasards si nous avions une vue d'ensemble plus vaste, plus de science et plus de pouvoir.

— Et peut-être aurait-ce été en mon pouvoir, dit Georges lentement.

— Je ne comprends pas. Y a-t-il eu des signes précurseurs ou... ? »

Georges restait immobile, les yeux fixés sur le monticule. « Je voudrais vous poser une question, Henri, mais ne vous moquez pas de moi. Tenez-vous pour possible qu'un enfant à naître puisse mourir parce qu'on ne le désire pas comme on devrait, mourir par manque d'amour en quelque sorte ? »

Henri lui posa la main sur l'épaule. « Georges, vous un homme toujours si sensé, comment pouvez-vous avoir des idées pareilles d'ordre métaphysique ?

— Appelez-les comme vous voudrez, métaphysiques ou stupides. Depuis quelque temps, je ne puis chasser de mon esprit la pensée que je suis responsable à un certain degré de ce dénouement.

— Vous ?

— Quand j'ai dit précédemment que je n'avais pas désiré sa venue, je m'étais mal exprimé. En vérité, je ne pensais pas du tout à ce petit être qui devait venir au monde, et surtout dans les dernières semaines précédant sa naissance je l'avais complètement oublié. Je ne peux l'exprimer autrement. Bien sûr je savais ce qui allait arriver, mais comme si cela ne me concernait pas. J'ai continué à vivre sans y songer. Pas toujours mais souvent, en particulier pendant l'été au bord de mon lac, comme vous l'appelez... Là j'étais..., oui, il m'était tout simplement sorti de la tête que je devais avoir un enfant

— On m'a raconté toutes sortes de choses », dit Henri sans le regarder.

Georges le fixa. « Vous savez donc ce que je veux dire. Non seulement ma pensée était loin de l'enfant à naître, mais loin également de la mère d'une manière si inquiétante que je ne puis avec la meilleure volonté vous le décrire, et que j'ai moi-même de la peine à le comprendre aujourd'hui. Et il y a des moments où je ne puis chasser l'idée qu'il doit y avoir quelque rapport entre cet oubli et la mort de mon enfant. Tenez-vous cela pour totalement exclu ? »

Henri fronçait le front. « Totalement exclu, on ne peut le dire. Il est certain que les racines s'enfoncent souvent à une telle profondeur qu'il nous est impossible de suivre leur cheminement. Oui, il existe peut-être de tels rapports. Mais même s'ils existent..., pas dans votre cas, Georges ! Pour vous, de tels rapports même réels n'auraient aucune valeur.

— Aucune valeur pour moi ?

— L'idée que vous avez exprimée ne correspond pas à mon avis à votre personnalité. Elle ne vient pas du fond de votre être. Certainement pas. Jamais de votre vie vous n'auriez eu une pensée semblable si vous ne fréquentiez pas un individu de mon acabit, et si ce n'était parfois un trait de votre nature de ne pas suivre vos pensées mais celles de personnalités plus fortes... ou plus faibles que la vôtre. Je vous assure que dans votre aventure au bord du lac avec votre..., notre..., aucune faute ne vous incombe. Chez un autre peut-être, mais chez vous qui êtes par nature — vous me pardonnerez — assez léger, et parfois même un peu indélicat, il n'y a certainement pas eu faute. Puis-je vous dire une chose ? Ce sentiment de culpabilité ne concerne pas l'enfant, votre malaise provient simplement de l'obligation que vous croyez avoir de vous sentir coupable. Voyez-vous, si j'avais vécu une aventure voisine de la vôtre, je serais peut-être devenu coupable parce qu'il eût été possible que je me sente coupable.

— Vous, Henri, à ma place vous vous seriez senti coupable ?

— Peut-être pas, comment puis-je le savoir ? Je devine à quoi vous pensez, que j'ai récemment provoqué la mort d'un être sans me sentir coupable.

— Oui, j'y pense. Et c est pourquoi je ne comprends pas... »

Henri haussa les épaules. « Parfaitement, je ne me suis pas senti coupable. Quelque chose au fond de moi a pu nourrir cette pensée, mais en creusant plus profondément il n'en est rien resté. Toute la question est de savoir jusqu'où nous plongeons nos regards en nous-mêmes. Et quand, à tous les étages, toutes les lumières sont allumées, nous sommes en même temps coupables et non coupables, des lâches et des héros, des fous et des sages. " Nous ", le terme est un peu trop général. Chez vous, mon cher Georges, par exemple, toutes ces choses se présentent de façon beaucoup plus simple, tout au moins tant que vous n'êtes pas influencé par le climat qui est le mien. C'est pourquoi vous vous portez beaucoup mieux que moi. Beaucoup mieux. A quoi me servent ces lumières qui brûlent à tous mes étages ? A quoi me sert ma science des hommes, et mon magnifique entendement ? A rien..., à moins que rien. Au fond, je ne souhaiterais rien d'autre, Georges, que tous les événements effroyables de ces derniers temps n'aient pas eu lieu, n'aient été qu'un mauvais rêve. Je vous jure, Georges, je donnerais tout mon avenir, et je ne sais quoi encore, pour abolir le passé. Et s'il était aboli..., je serais probablement aussi malheureux que maintenant. »

Son visage se crispa comme s'il allait crier. Mais le moment d'après il redevint froid, rigide, morne, comme éteint. Et il dit : « Croyez-moi, Georges, il y a des moments où j'envie les gens qui possèdent ce qu'on appelle une conception philosophique de l'univers. Moi, quand je veux vivre dans un monde structuré, il me faut d'abord m'en créer un. C'est épuisant pour quelqu'un qui n'est pas le bon Dieu. »

Il poussa un profond soupir. Georges renonça à lui répondre. Passant sous les tilleuls, il marcha avec lui jusqu'à la sortie. Il savait qu'on ne pouvait rien faire pour cet homme. Il était destiné à se jeter un jour dans le vide du haut d'une tour dont il aurait gravi l'escalier en spirale ; et ce serait sa fin. Georges se sentait frais et dispos. Il décida d'employer les trois jours qui lui appartenaient de la manière la plus raisonnable possible. La meilleure solution était de se reposer dans la solitude au milieu d'une campagne belle et tranquille, et de se concentrer sur un nouveau travail. Il avait apporté à Vienne le manuscrit de la sonate pour violon. Il avait l'intention de le terminer en priorité.

Ils franchirent la porte et se retrouvèrent dans la rue. Georges se retourna, mais le mur du cimetière bouchait la vue. Il dut faire quelques pas pour redécouvrir le coup d'œil sur la vallée. Mais il ne put que deviner l'emplacement de la petite maison au pignon gris ; d'ici elle n'était plus visible. Sur les collines teintées de rouille et d'or qui fermaient l'horizon, le ciel versait une pâle lueur d'automne. Dans le secret de son cœur, Georges prononça un tendre adieu à tant de jours de bonheur et de souffrance dont la rumeur lui semblait se perdre dans cette vallée qu'il quittait maintenant pour longtemps, et, d'un même mouvement, il adressa son salut aux lendemains mystérieux qui par le vaste monde accueilleraient de leurs fanfares sa jeunesse.

Achevé d'imprimer en mars 1988
sur presse CAMERON
dans les ateliers de la S.E.P.C.
à Saint-Amand-Montrond (Cher)
pour le compte des éditions Stock,
103, boulevard Saint-Michel
75005 Paris

Imprimé en France

Dépôt légal : mars 1988.
N° d'Édition : 7909. N° d'Impression : 445.

54-06-3436-04

ISBN 2-234-01796-3

54-3436-0